有光咬月亮

柠芝 —— 著

【上 册】

青岛出版集团 | 青岛出版社

图书在版编目（CIP）数据

春光咬月亮 / 柠芝著. -- 青岛 : 青岛出版社,
2024. -- ISBN 978-7-5736-2512-0
Ⅰ. Ⅰ247.5
中国国家版本馆CIP数据核字第2024EF3133号

CHUNGUANG YAO YUELIANG

书　　名	春光咬月亮
作　　者	柠　芝
出版发行	青岛出版社（青岛市崂山区海尔路182号）
本社网址	http://www.qdpub.com
邮购电话	18613853563
责任编辑	方泽平
特约编辑	崔　悦
校　　对	李晓晓
装帧设计	千　千
照　　排	王晶璎
印　　刷	三河市良远印务有限公司
出版日期	2024年12月第1版　2024年12月第1次印刷
开　　本	32开（880mm×1230mm）
印　　张	18
字　　数	698千
书　　号	ISBN 978-7-5736-2512-0
定　　价	69.80元（全2册）

编校印装质量、盗版监督服务电话 4006532017　0532-68068050

目录

上册

第一章	竟然是他	001
第二章	给她的偏心	031
第三章	动摇了	063
第四章	你想不想我	091
第五章	橙　粒	124
第六章	雪夜里的心动	156
第七章	她得对他负责	198
第八章	你呀，你呀	220
第九章	撒个娇	256

目录 下册

第 十 章	太喜欢了	285
第十一章	我的未来里有你	313
第十二章	他的秘密	339
第十三章	七年的暗恋	364
第十四章	咬住了他的小月亮	384
第十五章	爱与梦想	406
第十六章	我一定好好爱你	426
第十七章	抓住你了	470
第十八章	岁月与你共珍藏	505
番 外 一	如果早点儿遇见你	522
番 外 二	情 书	565

第一章

竟然是他

"在这一届冬奥会花滑女子单人项目中,大家关注的热门选手李玥在赛场上发挥失常,我国未能摘得奖牌。"

铺天盖地的新闻轮番播放着。

李玥刚从机场出来,便听到有人对她大声喊:"李玥,你太让我们失望了!"

她抬起头,四周密密麻麻的目光射向她,如针一样扎在她的身上!

"李小姐!"身边有人喊她。

李玥迅速地从回忆中回过神,看向对面的主持人。

四周的摄影灯投射在她的身上,热得她后背微潮。

她现在面临的情况和三年前的冬奥会赛后很像。

"大家很关心您之后的计划,您可以分享一下吗?"漂亮的女主持人对着李玥亲切地微笑道。

星直播平台不愧是互联网首屈一指的新媒体直播平台,这位女主持人专业素质一流,如果不是李玥近距离地观察到她的细微表情,完全发觉不了她内心的焦灼。

直播间的镜头前虽然只有两个人,镜头后却有十几个工作人员,每个人都面色凝重,焦灼不安。

李玥扫了一眼,心情复杂。

她今年23岁,是现役女单花滑运动员,15岁时获得了国内花滑青年组冠军,18

岁那年,在国际世锦赛中摘得银牌。

即使花样滑冰在国内属于相对冷门的项目,李玥这个名字依然广为人知。

前不久,李玥在比赛中意外受伤,不得不暂停训练进入休养期,于是各种商业邀约纷至沓来。

李玥推拒了各种影视客串和综艺节目,只答应出席一个合作了五年的运动品牌的直播活动,时间就定在今天——她生日当天。

开播不久后,李玥便发现不断有人刷"神秘嘉宾""见证爱情"等奇怪的弹幕。趁着中场休息,她问工作人员这是怎么回事,对方一脸抱歉地告诉她事情的原委。

就在昨天,李玥的男友江崇私下联系了节目组,打算给她一个惊喜,要在直播现场当众向她求婚,还希望工作人员不要告诉她。

直播平台曾和江崇有合作,自然顺水推舟地答应下来,在预告中放出消息说在李玥生日直播当天会有一位重要的神秘男嘉宾出现,配图中暗示着各种喜事。

李玥作为知名运动员,多年来从未正式公布过自己的恋情,这个消息一下子吸引了网友的注意。

节目组为了播出效果而向李玥隐瞒了实情,可在直播前半小时,节目组却联系不上江崇了。

大家本以为江崇会在直播前赶到,可现在直播快一个小时了,依旧不见他的人影。这下子节目组彻底慌了!

与此同时,网友们的耐心已经消磨殆尽,大家迟迟见不到所谓的神秘男嘉宾,更没有任何惊喜,以致期待落空。李玥的粉丝还好,被宣传吸引而来的路人网友已经生气了。

李玥将目光落在显示屏上,只见弹幕一条条地迅速弹出。

"到底来不来人了?"

"万万没想到,李玥不去赛场争光,生日当天跑来宣传恋情,但男主角呢?不会是跑了吧?"

"浪费我的时间!"

…………

网友们的怒火越烧越旺,可以想象直播结束之后,他们还会有新一轮的讨论。到时候李玥会被这场无妄之灾架在火堆上烤。

见李玥迟迟没有回应,旁边的主持人提示她:"李玥?"

李玥侧头,问道:"你是指哪方面的计划?"

主持人看了一眼屏幕,此刻镜头外的同事也举起了提示牌,上面写着:别提私生活。她知道一定是还没联系到李玥的男友，心顿时凉下来。

眼看着实时观看人数从原本的十几万飙升至四十多万，而且仍在不断地增加，她急得后背冒出一层冷汗。她吞了下口水，故作镇静地问："大家很关心您是否有退役的打算？"

这次的绯闻预热之所以能吸引这么多人来观看，是很多人以为李玥打算退役结婚。毕竟作为花滑女单运动员，李玥在这个年纪退役也是正常的，再加上如今她受了伤，又突然爆出恋情，不免让人往这个方面想。

这时候同事又举了下牌子。

主持人眼前一亮，对着镜头莞尔一笑，说："现在直播观看人数已经达到五十万人了，我们来抽一波奖。李玥先下去休息一下，等会儿她还会回来继续跟我们分享。"

主持人顺利地将李玥送出直播间。

李玥刚从房间里出来，工作人员立刻迎了过去，却都有点儿不敢看她。

李玥很漂亮，有一头漆黑的长发，眉睫黑浓，肤白唇红，是那种带有英气的美，面无表情时又有种慑人的气场。

工作人员颤巍巍地将手机递给她，屏幕上亮着一个名字——江崇。

李玥找了个没人的房间接听电话。

江崇不耐烦的声音从听筒里传来："打那么多电话什么事？我现在很忙。"

他手机里的背景音嘈杂，偶尔有电子音的叫号声。

"你现在在哪儿？"李玥问。

"医院。盈盈病了。"

李玥握着手机的手紧了一下。

李玥和江崇交往四年，虽然说起来时间不短，但由于李玥常年封闭训练，两个人相处的时间并不多，满打满算顶多一年。可两个人的感情世界里，总会多出第三个人——江崇的青梅竹马冯盈盈。

冯盈盈清纯貌美，天真活泼，她自小与江崇相识，且关系极好，好到让李玥总觉得自己才是那个多余的人。

三个人一起出去吃饭时，点的全是江崇与冯盈盈喜欢吃的菜，江崇明知李玥不吃香菜，偏要点一道撒满香菜的香锅。

三个人爬山的时候，冯盈盈没站稳，拽着李玥摔了一跤。冯盈盈擦破了胳膊，江崇立刻背着她下山去医院。李玥独自回家后才发现脚踝肿得老高，半夜自己一个人去医院，却发现江崇在同一家医院里彻夜照顾冯盈盈。

冯盈盈知道李玥受伤后，就跟着江崇来她家看望，趁李玥不注意偷偷进入书房,还打碎了李玥人生中获得的第一个奖杯!可还没等李玥回过神来,江崇已经带着被奖杯碎片划破手的冯盈盈离开了。

两个人因为冯盈盈不免争吵。每次李玥对江崇说不想再见到冯盈盈的时候,江崇总会皱着眉头训她:"你就为那点儿小事生气?盈盈说了她不是故意的。"

李玥能想象到冯盈盈是怎么解释的。不同于李玥的英气长相,冯盈盈看起来仿佛是一株柔弱无辜的菟丝花,细细弯眉,盈盈大眼,咬着嘴唇便是一副可怜无辜的模样,谁看了都不由得心疼。

于是每每惹事后,冯盈盈都能再次出现在李玥的面前。

因为冯盈盈的存在,四年来,两个人从未单独庆祝过一次生日。去年终于有机会,可是冯盈盈一个电话又把江崇叫走了,而且江崇彻夜未归。

李玥顾念两个人的感情,遇到这种情况时,往往都主动和好,可再热烈的情感也无法经受长年累月的失望。

尤其是在不久前,两个人有过一次激烈的争吵,从那时起,李玥已经在考虑自己和江崇的关系是否还要继续下去了。

李玥平静地开口:"你知道今天是什么日子吗?"

电话那边的江崇愣了几秒,反问道:"现在几点了?"

他反应了一会儿,又试探着问:"你已经开始直播了吗?"

"是,包括你所谓的惊喜我也知道了。"

江崇懊恼地叹了一声,说:"我……我这边出了点儿意外。"

"你不能来?"

"我现在不能走。盈盈突然昏倒,她父母都在国外,一个女孩子无亲无故的,万一出事了怎么办?"

李玥冷笑道:"所以你为了去照顾别的女人,搞出来的烂摊子只能让我来收拾,是这个意思吗?"

江崇语气明显不悦:"李玥,这种情况我也不想发生的,你能不能不要这个时候跟我闹?"

闹?他觉得她在跟他闹,在跟冯盈盈争他吗?

"你好,你的女朋友醒了。"电话那头有人说话。

江崇开始走动起来,并没有否认对方的意思。

李玥心头一阵刺痛。

江崇匆忙地说:"玥玥,我这边实在是走不开,你理解一下。"

他的话像是一把利刃,刺入她的胸口。痛到极致的同时,她彻底斩断了心中所有的犹豫。

江崇根本没意识到,他即将失去"李玥男朋友"这个身份了。

当真正下定决心的时候,李玥竟觉得肩膀都放松了下来,她平静且冷淡地说:"我明白了。"

江崇缓缓地松了一口气。他就知道,李玥一定会像以前一样乖……

"他们告诉我,你给我准备的惊喜是求婚,"李玥冷嘲一声,"不过就算你来了,我也不会答应。"

江崇愣了一下,加重了语气,问:"李玥你说什么?"

嘟——

李玥没有回答,挂断了电话。

看着手机屏幕上自己的影子,她英眉舒展,目光笃定,靠别人永远不如靠自己。

挂断了江崇的电话,李玥对这个身心全在别处的男友彻底死了心。

可眼前的麻烦依旧是个难题,江崇一手造成的糟糕局面,如今却要她自己一个人承受。

李玥刚挂断电话,手机就弹出了一个热门消息——花滑一姐李玥生日直播恋情。

她点进去扫了一眼,评论区已经恶评如潮。

"李玥是打算公布恋情参与恋爱综艺吗?"

"我觉得李玥现在退役太可惜了,她可是花滑一姐啊!"

"可惜什么?她都多大了,吕琦、韩晓罗不比她年轻有实力?难道还指望她能像当年一样吗?三年前冬奥会有多少人吹她能得金牌,结果呢?还不够打脸吗?"

网上对李玥的抨击还在不断地扩散。李玥却毫不意外,她近几年在网络上的争议不小,不是因为得罪了谁,单纯是因为大众对她的期待变成了失望,继而产生了厌恶感。

李玥年少成名,18岁在世锦赛中获得银牌,让沉寂许久的花滑项目再次进入大众视野,这是近年来国内少有的优异成绩,所有人都期待花滑项目能够逆袭。

那段时间,李玥成为万众瞩目的希望之星。

就在所有人以为她会再创神话的时候,三年前的冬奥会,她在赛前心态失衡,擅长的自由滑项目表现不佳,导致整体成绩下滑,最后落到第四名,与奖牌擦肩而过。

此后的几年里,李玥虽然能拿到世锦赛的参赛名额,可成绩不佳,关注度变成了沉重的压力,观众的期待演变成恶评。

直至不久前的世锦赛上,她意外受伤,不得不彻底进入休养期,还被外界传言要退役进军娱乐圈。

"李小姐!"门外的工作人员迫不及待地敲门进来,眼含期待,"您的男朋友那边怎么样？"

"他来不了。"

工作人员眼底的光"唰"的一下暗淡了，他满脸局促地道歉："李小姐，这次是我们欠考虑了，实在是对不起。"

再多的道歉也改变不了现状，李玥单刀直入地问："你们宣传的时候没说具体人名吧？"

"没有，您男朋友来联系我们的时候，我们也挺意外的。"

这些年李玥被传过几次捕风捉影的绯闻，最出名的绯闻对象是近几年强势崛起的俄罗斯男单花滑冠军安德烈。可李玥从没有公开过自己的感情生活，要不是江崇拿出两个人交往的证据，他们也不敢策划这场惊喜直播。

李玥平静地说："那就好。"

她长舒一口气，他们没提到江崇的名字，起码事后少了一些麻烦。

事实上，除了身边的亲朋好友，鲜有人知道江崇是李玥的男朋友。一来李玥专注于训练，两个人聚少离多，记者拍不到；二来她也不喜欢曝光自己的私生活。但关于两个人保密恋情这件事，并不是李玥提起的，而是江崇的父母要求的，他们不允许李玥对外曝光恋情。

李玥的确不喜欢公开隐私，但不喜欢和不允许是两码事。很多时候她只是懒得计较，可计较起来，她心里是有本账的。

李玥平复好情绪，走出房间，问："我该回直播间了是吧？"她出来有段时间了，就算品牌方准备再多奖品，也架不住这么抽啊！

工作人员追上来，问："那您的男朋友来不了，待会儿可怎么办？"

现在观看直播的人数已经达到一百多万了。

他提议："要不，我们这边安排一个人，您配合一下？"

"不行。"

李玥自认为没有高超的演技，可以和一个陌生人装熟，何况找人假扮，早晚有被网友扒出来的风险，到时候那就是证据确凿的黑点了。

"我来解决。"李玥直视前方，目光中没有一丝怯懦和回避。

网友来无非是想看个热闹，她就给他们这个热闹！

李玥再次回到直播间，女主持人的嗓子明显微哑，她看到李玥的时候无疑像是看到了救星，可眼底的焦灼真实地反映了她的情绪。

李玥给了她一个安心的眼神。

女主持人有点儿疑惑，又镇定自若地介绍："好，刚才中奖的网友记得联系我们的官方客服。现在，欢迎我们今天的寿星李玥小姐。"

直播间的灯光照得李玥的脸颊微微发热，屏幕上的弹幕不断滚动，观看人数直逼二百万。

李玥看向镜头，红唇微弯，说："感谢大家陪我度过这么一个奇妙的生日。刚才大家问我今后的计划是什么，现在我来告诉大家。"

她眼睛熠熠生辉，坚定地说："我不会退役，而且向大家承诺，在明年的冬奥会上，我会为国家拿回一块属于我们的金牌。"

瞬间，直播间内静谧一片。

屏幕外的网友似乎跟着呼吸一窒，连网络都不稳地闪动了一下，接着是如潮水般的弹幕飞快地刷屏，观看热度直线飙升。

"我的天！真敢吹。"

"李玥疯了吧？这种承诺也敢说？金牌是你想得就能得的吗？三年前在冬奥会上怎么输的难道忘了吗？"

"李玥最好的成绩是世锦赛银牌，要说国内有可能获得金牌的也非她莫属了！"

"热血沸腾啊，我支持你！"

"加油啊！李玥！"

无数的特效烟花与礼物齐放。

所有弹幕化作一句话：期待玥神归来，荣耀与你并存！

医院里，小护士看着走廊里的一个年轻男人。他二十四五岁的样子，生得俊朗耀眼，一身剪裁得体的西装显露出男人宽肩窄腰的好身材，他眼尾微微下垂，显得亲切，一看便让人生出好感来。

小护士看着年轻男人拿着保温盒走进了VIP（特需）病房。

小护士知道病房里是一个刚被送来的年轻女孩，女孩因低血糖昏倒，她的男朋友如此贴心，小护士心底羡慕极了。

那女孩年轻漂亮，还有这么优秀的男朋友……

这时候同事突然碰了一下她，问道："哎！你看直播了吗？"

"什么直播？"

"发你了，快看，看了就知道了。"

江崇走进病房，冯盈盈已经醒了。她长得清秀柔弱，一生病更有一种让人怜惜的气质。

看到江崇后，她立刻露出甜甜的笑，唤道："崇哥。"

"你醒了？"江崇放下保温盒，在她身边坐下，"感觉怎么样，还难受吗？"

冯盈盈脸色发白，眼角红红的，嘴上却说："我没事了，崇哥，你快去找玥姐吧！"

江崇看着她毫无血色的小脸儿,怎么能放心她一个人在医院里?

"我现在就是开车过去也要两个小时,她那边直播早结束了。"反正怎么也来不及了,他还是先顾着冯盈盈这边,李玥又不会真生他的气。

冯盈盈咬着发白的嘴唇,有些自责道:"都怪我,不然你也不会错过玥姐的生日直播,我就不应该给你打电话。"她把半张脸埋进被子里,眼圈瞬间红了。

"这怎么能怪你呢?你出事了我很担心。"江崇连忙安慰她。

"那玥姐怎么办呢?"冯盈盈皱着眉头,"我看现在网上很多人在说她。"

江崇怎么会不知道现在网络舆论对李玥的恶评呢?他开的就是娱乐文化公司,自然能掌握第一手的网络舆论动态。

刚才秘书周雨薇已经跟他说过现在网上对李玥的种种不利言论了,待到直播结束,一定会产生更大范围的讨论,造成很大的负面影响,不知道会有多少冷嘲热讽等着李玥。

不过以江崇看,这不一定是坏事。

"要是她受不了,不做运动员不就得了?"他一脸轻松道。

"那玥姐是要退役吗?"冯盈盈问。

"她没说,不过她现在受伤了,退了不正好吗?到时候我和你玥姐结婚,盈盈要来当伴娘啊!"江崇打趣道。

冯盈盈唇边的笑容僵了一下,眼底划过一丝意味不明的情绪,她掏出手机,说:"我们先看看玥姐直播那边什么情况吧。"

冯盈盈打开微博,发现李玥的名字竟然在第二!

李玥的事就算再大,她也不至于有这种热度啊!

冯盈盈疑惑地点开,第一条就是李玥的直播界面,她点了进去。

直播间的弹幕正飞快地刷着,观看热度不断攀升。她发现直播间里除了李玥竟然多出一个男人。

男人低沉的声音从手机里传出来,江崇的脑袋"嗡"的一声,他赶快抢过冯盈盈的手机,震惊地盯着屏幕。

这……怎么会是他?

十分钟前,在李玥向公众承诺完后,无论是直播现场的工作人员还是屏幕前正观看直播的网友瞬间都沸腾了。

李玥对自己的公众形象一直保持谨慎态度,很少做这样出格的事,尤其是现在她还在负伤疗养期间,能不能重新回到赛场还是个问题。可她当众做出了承诺,她会继续比赛,还会赢得金牌!

这无疑给喜欢她的体育粉丝们吃了一颗定心丸。

瞬间,粉丝们弹幕刷起来,排场搞起来,玥神的名字点亮了整个直播间,可这只持续了几分钟,更多的质疑声接踵而来。

其中有一群人一直在刷同一句话。

"是在转移焦点吗?男嘉宾是谁你倒是说啊!"

…………

一时间,直播间几乎满屏都是质问,已经到了无法忽视的地步。因为这句话的出现,部分网友又被拉回了之前的状态。

"那个,该上蛋糕了……"主持人试图控场,可焦灼紧张的气氛令她声音微颤。

"咔嗒"一声,直播间的门打开了,六层高的蛋糕被推了进来。

伴随着蛋糕的香气,一个高大的男人从蛋糕后面走出来。

他的出现似乎将所有的目光都吸引了过去。在场的人纷纷将目光投向他,周围冒出此起彼伏的抽气声。

而直播间的观众纷纷一震,开始飞快地刷弹幕。

"我的妈呀!这是哪儿来的绝世帅哥?"

"这宽肩窄腰大长腿,我疯狂地喜欢!"

他一步步地向李玥走来,手里捧着一束鲜花,更映衬出了他的气势。

所有人都愣住了,包括李玥自己。

他微俯身,距离她极近,将怀里的栀子花放到她手里。温热与香气同时包裹住她,灼烫的气息印在耳边。

他低声落下一句:"笑一下。"

李玥在他乌黑的眼里看到了呆愣的自己,她心头微颤,一字一顿地念出他的名字:"程牧昀。"

他怎么会来?

程牧昀是谁?

短短几分钟,网友就把程牧昀的信息翻了个底朝天。

程牧昀,24岁,毕业于世界名校康蒂尔斯,现任封达集团总裁。

封达集团是国际上赫赫有名的跨行业集团公司,旗下经营着房地产、运输、医药等产业,是上市大公司。

程牧昀之所以能胜任总裁职位,与他自身的优秀经历密不可分,但更重要的是,封达集团是他家的。

网友们继而扒出他在学校时名列前茅的成绩。而且无论在高中还是大学,他都是学校当之无愧的校草。

学霸、男神、集团总裁，他这是什么完美人设？而且他还长了一张这么好看的脸！

所有人都在关注直播间里这个俊美的男人，他坐在李玥的侧后方，露出精致的侧脸，鼻梁高挺，下颌线条流畅，气势凌厉傲人，令人无法忽视。

他看起来清冷到难以接近，可偶尔偏头去看李玥时，他乌黑的眼里却含着柔和清澈的光，禁不住让人心神微动。

这种对比反差尤为动人，配上这张完全不亚于当红艺人的盛世美颜，网友们被帅得已经失去了组织语言的能力。

因为程牧昀，一时间直播间拥进来更多的网友。

不仅网友们激动，就连看过众多俊男美女的女主持人也鲜有地不淡定，说："程……程总，欢迎您来到我们直播间！"

她一时琢磨不透他的来意，难道这是换人求婚了？

程牧昀接过她的话，说："本来是想早点儿来的，但航班延误，我的惊喜效果大概是少了很多。"

他又拿出一个盒子，继续说："不过希望这个可以弥补我迟到的过错。"

看到他掏出盒子的一刹那，李玥承认自己彻底蒙了。

程牧昀，他……不会吧？！

所有人跟着一顿，目光紧盯着他打开的盒子。盒子里面躺着的不是意想中的钻戒，而是一条闪闪发光的钻石手链。

李玥紧绷的肩膀缓缓地松了几分。

程牧昀拿出手链，用修长的手指将微凉的钻石手链环在她的手腕上，他温热的指尖偶尔碰触到李玥手腕内侧的肌肤，给她带来说不出的痒意。

璀璨的手链在李玥的手腕上放射出耀眼的光芒。

程牧昀抬头看她，眼眸里的光更浓烈，温柔地问："喜欢吗？"

李玥配合地点头，说："很喜欢，谢谢。"

程牧昀回应道："老朋友了，客气什么？"

他一句话，便轻轻松松地化解了所有的难题。

之后的直播短暂而顺利，网友们一直好奇的神秘男嘉宾终于出场。之前直播平台的宣传虽然各种暗示喜事，但是同样可以理解为李玥生日当天与好友相聚。

这场直播对于网友而言既刺激又激动，但最大的获益者非直播平台莫属。

本来这仅仅是官方举办的一个带有慈善性质的群星直播活动。直播平台会将收益捐赠给贫困地区，他们不仅邀请了李玥这种知名运动员，还邀请了一线艺人。

对于李玥这种运动员，直播平台本不指望她能给平台带来多少知名度，不然他们也不会私下接受江崇突如其来的方案了。

虽意外频出,没有原计划中的江崇直播求婚,可李玥的爆炸性承诺与程牧昀的出场,让整场直播热度高,数据直线上升,几乎可以和一线流量艺人的热度媲美。

下播后,星直播平台的高层亲自接待李玥和程牧昀,一方面给李玥道歉,承诺赔偿她的损失;另一方面感谢程牧昀的到来,解了燃眉之急。

终于应酬完,剩下李玥和程牧昀两个人的时候,李玥抬头对他说:"刚才谢谢了。"

程牧昀回应道:"没事。"

气氛有点儿冷,李玥看着面前出挑好看的男人,心情复杂,倒不紧张。

问:如何在一个冷酷帅哥面前保持心如止水的?

答:多看看就免疫了。

李玥和程牧昀不算太熟。他是江崇的好友,两个人还是高中同学,关系极好。李玥以前跟江崇一起出去玩的时候,总会见到程牧昀,可除此之外,李玥和他并无交集。

李玥沉默了一会儿才开口,问:"是江崇让你过来的?"

"不是。"

不是?李玥愣了两秒,问道:"不是江崇?那你……"

"我下飞机时看到的消息,"他声音有点儿哑,"好在赶上了。"

机场离这里有两个多小时的路程吧。

"你生病了?"李玥觉察到了。

程牧昀淡淡地说:"嗯。"

李玥抬头看他,白炽灯光落在他的脸上,肤色呈现一种冷白色调,她心头涌出一股说不出来的情绪。

她干咳一声,说了句:"你……你多喝热水。"

说完她就后悔了,这妥妥的直男发言,对得起人家千里救场的情意吗?

程牧昀忽而唇角一弯,眉目生动明丽。他低声说:"好的。"

这时李玥的手机开始振动。从她下播之后,电话几乎就没停过,李玥一直没时间接,可这个电话不一样。她看了一眼号码,直接给挂断了。

接着同号码的短信被发了过来:"玥玥啊!你是和江崇吵架了吗?我刚才看你的直播了,那男的是怎么回事啊?"

李玥将短信删除,接着把号码拉黑,动作麻利顺畅,仿佛已经习惯了。

程牧昀突然开口,问道:"听说是江崇私下告诉他们,打算今天来跟你求婚?"

李玥抬头,承认了:"嗯。"

"那他怎么没来?"

"来不来跟我有什么关系?"她话里透着丝毫不掩饰的冷意。

程牧昀微微扬眉,将目光落在她的脸上,目不转睛。

这些内情李玥不好细说,只能侧头避开他的目光,微微抿起红唇,说:"这次多谢了,你哪天有空?我请你吃饭。"

程牧昀盯着面前的李玥。她眉宇微拢,眼底露出一丝少见的脆弱,下唇有一个浅浅的印子,烦恼时她总喜欢轻咬那里。

程牧昀盯了她一会儿,李玥感受到了,有点儿不自在。

他缓缓地说:"好。"

李玥回道:"那我先走了。"

"等一下,"程牧昀叫住她,拿出一个袋子递给她,"生日快乐。"

李玥微微一愣,说不出心头的情绪,想婉拒却迟疑。

程牧昀没给她回绝的机会,恰好他的助理过来叫他回公司。他把袋子放到桌子上,瞥了一眼李玥过分纤细的手腕,留下一句:"记得好好吃饭。"

他先离开了,隔着一扇门,李玥听到他轻咳的声音。

联想到他指尖的温度,李玥猜测,他是不是发烧了?

她有点儿后悔刚才没仔细询问一下。就算程牧昀是江崇的好朋友,可今天,他是来帮自己的,不是替江崇来的,这个人情李玥记在心里了。

李玥拎着程牧昀给她的袋子走出直播公司的大楼。一路上不少人看她,这是这场直播的影响。但对于之前做出的承诺,她没有一丝后悔。

她有时候管不住自己冲动的性子,可对于自己做出的决定却从不后悔。既然选择了,就要承担,无论荣耀还是伤害,自己选的路,她会坚持走下去。

李玥的手机一直在振动,她走到大楼门前,夜色浓郁,周围的树上亮起了五颜六色的彩灯。

李玥愣了一会儿,才掏出手机。她知道打来电话的人不会是江崇,以江崇的性子,他是不会这么快打给她的。

按他的说法,吵架后她要自己冷静冷静,好好反思自己的问题,清醒了再去找他谈。

从前的每一次,的确是李玥主动找他和好,可这次不一样了。

她看了一眼屏幕,接了电话。

电话那头传来女孩子柔软的声音:"玥姐。"

打来电话的人是冯盈盈,她貌似关切地问:"玥姐,你还好吧?"

李玥用鼻子喷了口气,反问她:"你觉得呢?"

冯盈盈的声音听起来更难过了，她不断自责地说："都怪我，今天崇哥才没能过去。他不是故意的，我替崇哥给你道歉，你不要生他的气好不好？"

李玥听着觉得好笑，她也确实笑了。

那边的冯盈盈哽咽了一下，似乎有点儿被吓到了。

这种对话场景之前发生过很多次。

每次李玥和江崇因为冯盈盈吵架的时候，冯盈盈总是会善解人意地给李玥打来电话。冯盈盈明面上是在调和，实际是炫耀在江崇的心里她其实比李玥更重要。

以前李玥懒得理会冯盈盈这种恶心人的小手段，可这次她突然冷笑了一声，说："替江崇道歉，你以什么身份替他道歉，你算老几啊？"

冯盈盈心头一颤，以前她给李玥打电话的时候，无论她说什么，李玥都不会这么直接怼她。她有点儿嗔怪地说："玥姐，你真的生气了啊？我和崇哥什么关系你还不知道吗？"

"知道，不过在这个位置上待久了，就不会变了，你明白吧？"李玥若有所指地说。

冯盈盈沉默下来。

李玥慢条斯理地说："江崇女朋友这个位置，就算不是我在，也会换另一个人，永远不会是你。江崇可是一分一秒都没把你当成女友看过呢！你不是喜欢当妹妹恶心人吗？好，你当一辈子吧！反正你永远得不到想要的那个身份。"

冯盈盈听完李玥的话，太阳穴猛地一突，面红耳赤地一口气没喘上来！对她而言，简直没有比这更恶毒的诅咒了！

她是喜欢江崇，可她有什么错？她和江崇从小一起长大，青梅竹马，是李玥介入他们的世界，抢走了江崇，李玥才是第三者！

可李玥的一番话正中冯盈盈的死穴。她是和江崇亲近，可江崇一直把她当妹妹对待，她才不甘心永远待在妹妹的位置上呢！

冯盈盈心里堵了一口气，喘不上来，咽不下去，呼吸都变得困难了。她正要回李玥一句，偏偏李玥直接把电话挂断了！

被挂断电话的冯盈盈蒙了好一会儿。李玥挂她的电话？李玥竟然挂她的电话？

以前李玥可不会这样，就算讨厌自己，她也要照顾江崇的情绪。

想到江崇，冯盈盈脸色变得难看起来。

就在之前，江崇看李玥的直播时，脸色肉眼可见地沉了下去。

冯盈盈怯生生地问："崇哥，这不是程牧昀吗？"

程牧昀是江崇的朋友，冯盈盈自然认得，只是他性格高冷，从不理人，冯盈盈有点儿怵他。

江崇唇角抿成一条线，一语不发。

他看着程牧昀将花送到李玥手里，两个人低声细语，偶尔目光交错，相视而笑，气氛仿佛透着暧昧的粉红色。

程牧昀把手链戴在李玥的手腕上，李玥含羞带笑地说很喜欢的时候，江崇呼吸一窒，眉头拧得死死的。

冯盈盈在一旁问："崇哥，是你让他去玥姐直播间的？"

难怪冯盈盈会这样想，现在李玥遇到了麻烦，江崇去不了，程牧昀又是他的朋友，自然而然会被人以为是江崇找程牧昀去替李玥解围的。

但问题就在于，江崇根本没找过程牧昀！

江崇突然站了起来，说："盈盈，你好好休息，我出去一趟。"

冯盈盈拉住他的衣角，撒娇地说："可我想崇哥多陪陪我。"

江崇揉了揉她的脑袋："我当然会来陪你，就算我不来，你玥姐也会来照顾你的。"

冯盈盈的脸色微僵，她不舍地看着江崇离开。

之后她再点开页面，李玥还在直播，看着看着，她心头不禁生出一股怨愤。

李玥自己惹麻烦不说，还要崇哥帮她收拾烂摊子，早晚有一天她会害了崇哥！

为了得到崇哥，冯盈盈暗下决心，一定要赶走李玥。

刚才，她本想打电话敲打一下李玥，没想到李玥这么不客气，直接戳穿了她隐秘的心思！

被李玥一针见血地刺中心事，冯盈盈既憋屈又生气，却无法否认事实！

这些年，无论自己怎么努力，江崇依旧没有和李玥分手，再这样下去是不行的。

她嘴角微勾了一下，暗下狠心：我会让你后悔的。

不久之后，他的眼里就会只有她冯盈盈！

对于冯盈盈的挑衅，李玥完全没放在心上。江崇她都放下了，冯盈盈算什么东西？于是她轻轻松松地怼完人，挂了电话，叫车回家。

路上她回复了几个亲近的人的消息，婉拒了他们要给自己庆生的邀请。

接着她给妈妈的闺密朱姨打了个电话："朱姨，是我，我妈最近跟您说过我吗？"

朱姨声音爽朗地说："没有啊！放心吧！你妈最近忙着打牌，没时间上网，她要是看到什么肯定会跟我说，我第一时间告诉你！"

李玥这才稍稍放心，她不怕网上的恶评，怕的是这些消息被妈妈看到。尤其是今天的事情，闹得这么大，妈妈要是见到指不定会怎么想呢？

"麻烦朱姨了。"

"我和你妈什么关系？说这些多见外，"朱姨嘱咐她，"小玥，你妈多牛的一个人啊！她不会在乎那些闲言碎语的，谁敢说你，你妈能直接上去撕破他的嘴！"

李玥唇角微弯，说："我知道。"

她一直知道，她妈妈最厉害了。

李玥挂断了电话，但来电的人越来越多，有的甚至旁敲侧击地问起程牧昀，她干脆将手机设置成免打扰模式，瞬间，世界恢复了清静。

到家，她推开门，屋子里黑暗寂静。

开灯脱掉外套后，手腕处一片璀璨，李玥这才想起忘记将手链还给程牧昀了。

这手链看着起码价值几十万元，李玥一边感叹着程少爷的阔绰，一边轻手轻脚地将手链摘下来放进丝绒盒子里，心里想着下次约程牧昀出来时再还给他好了。

把手链放进柜子的时候，她不小心碰掉了旁边的盒子，掉在地上的是一条旧的编绳手链。李玥愣了几秒钟，她认得，这是自己以前送给江崇的生日礼物。

在刚交往的时候，两个人还是学生，李玥一直想给江崇一个特别的生日礼物。

那时候学校里流行编东西，为了给江崇编这条手链，李玥用自己比赛获得的奖金购买了材料，还上网学习了特别的手法，利用空余时间，耗时近两个月，终于完成了这条编绳手链。

收到手链时，江崇是用两根手指捏起来的，摆弄了一会儿，他皱着眉头说："好糙啊！你编的吗？"

李玥的眼眶顿时有点儿发热，她伸手去抢："不要就还我。"

"算了算了，看在是你亲手编的分儿上我留着吧！"江崇把编绳手链揣进兜里。

李玥这才露出笑容。

只是李玥从没见江崇戴过一次。过了四年，这条手链已经发黄变旧，对比旁边闪烁的钻石手链，显得廉价、老旧，正如他们的感情一样。

李玥把手链捡起来直接扔进了垃圾桶。

接着她去洗了个热水澡，暖暖的，一天的疲乏感全消除了。涂好身体乳从浴室出来，她踢到了一个袋子。

袋子是程牧昀临走前给她的，她打开后发现里面放着一盒私房炖菜和一小块香气满满的奶油蛋糕。

袋子里面还放着精致的贺卡，卡片上的字迹飘逸潇洒。

"菜热一下就能吃，蛋糕是低脂的。"

"李玥，生日快乐。"

落款：程牧昀。

李玥顿时觉得心口涌出一股淡淡的暖意。

李玥是运动员，即使现在是休养期，也要注意饮食，所以高热量的食物她基本不碰。她没想到程牧昀如此贴心，他选择了低脂蛋糕，细心地照顾到她的职业习惯。

在忙碌而又混乱的一天后，对于李玥来说，暖热脾胃的美食比贵重的礼物更显珍贵。

她真想不到，23岁的生日蛋糕是程牧昀送的。

她嘴角含笑地把炖菜放入微波炉加热，没多久香味就钻进鼻子里，勾得她食欲大增。

李玥美美地吃了一顿私房菜，不得不说，这私房菜的味道太绝啦，好吃极了！

她下次请程牧昀吃饭时一定要问问这是哪家饭店做的，实在是太美味了！

不只是私房菜，蛋糕也细腻柔香，入口的一瞬间便征服了她的味蕾，她竟然想，幸亏是自己一个人吃，分给别人的话她一定会不舍到心痛！

吃饱喝足，生日圆满，但她似乎还忘了点儿什么，哦，对了，该解决的应该一起解决了。

她找出手机解除了屏蔽模式，一瞬间排山倒海般的消息"叮叮咚咚"地响个不停。

李玥看了一眼通话记录，打电话来的人很多，唯独没有江崇的，从她直播到现在，他完全没有联系过自己，哪怕今天是她的生日。

李玥并不意外，这么多年，两个人每次吵架，江崇从不会主动联系她。而李玥不喜欢冷战，每次都主动找他和好。江崇也不为难她，两个人很快就会和好如初。他还会加倍地对她好，给她买昂贵的衣服，请她吃法式西餐，可之后总是会对她讲道理。

"我刚接手公司，太忙了，不想浪费时间跟你吵，你乖一点儿，我们好好相处不行吗？"

"我知道你训练累、压力大，不行你就退役，我养你！"

"盈盈和我认识这么多年了，她就是个单纯的小姑娘，你别总和她计较。"

这些话像一块块坚硬的石头往她心口上砸，到最后李玥已经听得麻木了，她不想再因为这些无谓的事情和江崇吵下去，经过长久的忍耐、沉默，直到现在，她终于放下了。

手机铃声突兀地响起，上面亮起的名字竟然是"江崇"。

李玥心底生出一丝怪异的情绪，心情却十分放松。

她接通电话，江崇带着薄怒的嗓音立刻从听筒里传来。

"李玥，你跟盈盈打电话说什么了？我早跟你说过，咱俩的事跟她没关系，你有事来找我，往她身上撒气像什么话？"

哦，看来是有人告状了，李玥毫不意外，这种倒打一耙的事冯盈盈没少干，每次江崇却都会责怪她。就算听了她的解释，他也总是会说："盈盈年纪小、性子娇，你别总惹她哭。"

反正每次他觉得有过错的人都是李玥，可凭什么呢？

李玥"扑哧"一笑，冷冷地说："我有时候会想，你这么维护冯盈盈，为什么不去做她的男朋友呢？"

江崇那边停顿了一会儿，声音听起来像更生气了："盈盈就像我的妹妹一样，你怎么能有这种想法？李玥，你太让我失望了。"

"失望？"李玥哼了一声，"该失望的人应该是我才对吧。在我生日当天，你，作为我的男朋友没有陪在我身边，反而彻夜去陪另一个女人。我却要一个人收拾你留下的烂摊子，今天的直播一旦出问题，我会面临多糟糕的舆论难道你不知道？你知道，可你还是选择了冯盈盈。然后，过了这么久你才打电话过来，不问我好不好，也不向我道歉，反而为了别的女人责怪我，甚至还要倒打一耙。你说你还是我的男朋友吗？天底下有人这么做男朋友的吗？"

江崇呼吸一窒，被李玥一连串的质问扼住了喉咙。没等他说什么，听筒里便传来李玥冰冷的声音："江崇，我们分手吧！"

江崇在听到李玥说完这句话后，脑袋"嗡"的一声，感觉周围的声音好像全部消失了。他和李玥在一起这么久，哪怕在两个人吵得最凶的时候，李玥也从没提过分手，也正因如此，他此时简直怒火中烧！

江崇一直在她家楼下。几个小时前，他看着李玥一个人坐车回来，本以为她会很快打电话给自己，那他自然就会上楼好好哄她。

可结果呢？足足五个小时，他都没等到她的电话，冯盈盈倒是打给他了。

电话里冯盈盈哭得厉害，说她给李玥打电话道歉，李玥不接受。

冯盈盈的声音颤抖着，听了都让人心疼："崇哥，玥姐生我气了，她都挂断我的电话了。怎么办？她是不是真的误会了？"

江崇知道，李玥肯定是生气了，不然她是不会不明事理地挂断盈盈电话的，更不会过了这么久也不联系自己解释她和程牧昀的事！

李玥不高兴找自己也就算了，盈盈还生病住院呢，她和一个小姑娘生什么气？

结果他打过去，她非但不认错，还说这种话！

江崇的第一反应就是一定有人撺掇她这么做的，他问："李玥，谁教你用这种手段威胁我的？"

"威胁？"李玥开口，声音听起来冷淡得没有一丝起伏，"威胁是想要获得什么，可我什么都不要，只是想放你走而已。"

江崇的胸口升起一团怒意，他强压住："我给你一次机会把话收回去。"

李玥听了，反而重复了一遍："我要和你分手。"

江崇全身的血液直往头上冲，额角的青筋一鼓一鼓的，他气愤地说："李玥，是我太惯着你了是吧？你以前不是这么任性的！"

她冷嘲一声："我只是不想再忍下去罢了。"

这句话深深地刺激到了江崇，他恶狠狠地说："好，随便你！"

他"啪"的一声挂断了电话，启动车子，将油门踩到最大，直接驶出小区。

等着吧！这回李玥再来求他，他一定不会给她好脸色！

第二天一早，李玥是被电话铃声吵醒的，昨晚她和江崇说完分手后又把手机设置了免打扰，只有几个亲近的人才能打进来。

她困意正浓地说了一声："喂！"

"玥玥，你那边什么情况？现在还好吗？我今天早上才看到你直播的事，你说的承诺是怎么回事？你快说句话啊！"

听着夏蔓噼里啪啦地问了一堆问题，李玥彻底清醒了，回答道："你问这么多问题，让我从哪儿开始说啊？"

夏蔓："就从我学校的男神程牧昀开始讲起吧！"

李玥顿了一下。

她和夏蔓是多年老友了。说起来，夏蔓和江崇、程牧昀是一个高中的。那时李玥和江崇已经在交往，一起出去时，程牧昀偶尔会来，夏蔓想追程牧昀，为了拉近关系，主动结识了李玥。结果两个人志趣相投，慢慢成为好朋友。至于夏蔓的追人计划，没多久便失败了。

对此，夏蔓的说法是："程牧昀是学校里万众瞩目的男神嘛，谁还没点儿憧憬呢？男人没追上，但我收获了好朋友啊！男人能换，好朋友可是一辈子的！"

李玥对这句话表示深深地认同。

她把事情简单地说了一下。当她提到江崇给她惹完麻烦去照顾冯盈盈时，夏蔓气不打一处来。

"江崇这个王八蛋脑子里到底装的是什么垃圾，这种事他也做得出来？被惯得想上天了吧？"她忽然意识到自己有点儿失言，又连忙说："玥玥，我瞎说的，你别往心里去啊！"

李玥笑了笑："你说的没错。"

江崇可不就是被她惯的？每次吵架，都是她主动求和，最后哪怕自己有理也反倒成了有过错的一方。

可她只是讨厌冷战，不想用这种方式折磨自己和爱人。

冷战的时间久了,感情会变,她不想让感情被无谓的冷战消磨殆尽。

虽然李玥总是退让,但感情终究还是走到了尽头。

"你放心,我已经和他分手了。"李玥冷静地说。

夏蔓愣了一下,痛快地附和:"分得好!"

她早对江崇这种拎不清的做派看不惯了,追问道:"那程牧昀是怎么回事?"

李玥抿了抿唇,说:"他是来帮我忙救场的。"

夏蔓有点儿意外地说:"没想到程男神这么高冷的人还挺仗义的。"

李玥陷入沉默中。

外界对程牧昀的评价大多是矜贵高冷,他的家世和外貌给人留下一种高高在上的冰冷印象,可李玥倒觉得他不是那么冷傲的人。

她见过程牧昀发脾气。

当时江崇他们一群人一起玩,有个男生知道程牧昀长得好,就打着程牧昀的名号晚上约女生出来,还硬拉着女生去酒店,不巧正被程牧昀撞破了。

程牧昀当众翻脸,一拳把人打倒在地,场面极其吓人。

李玥当时就在旁边看着,周围所有人都吓白了脸,连被骗的女生都惧怕地躲着程牧昀。

从那之后,再没人敢打着程牧昀的旗号骗人了,只是外界对他的评价变差了很多,说他是大少爷脾气,动不动就打人,身边再没人靠近,显得他更冰冷高傲。

不过通过这件事,李玥对程牧昀有了全新的认识,她不觉得他高冷,反而觉得他挺爷们儿的,有担当。所以昨天他来帮忙救场,她只是有些吃惊,倒并不意外。

李玥斟酌了一下,说:"他人挺好的。"

夏蔓说出了自己的担心:"你和江崇分手,阿姨知道吗?"

这是让李玥头疼的另一件事了,妈妈一直以为自己和江崇感情稳定,之前还问过他们计划什么时候结婚,自己突然跟她说他们分手了,说不定妈妈会直接从老家杀过来刨根问底。

李玥揉了揉太阳穴:"先不跟她说吧!"

"那你可得想好说辞。"夏蔓知道李玥的家庭情况。李玥是单亲,她妈妈独自一人把她养大。李妈妈性格强势,万一知道他们分手后一时冲动把事情闹大,可就不好善后了。

"我心里有数。"李玥说。

之后两天李玥一直窝在家里。其间,她的教练熊耀打了个电话关心她腿伤的恢复情况,又问她直播时对外承诺一定会拿金牌是怎么回事?

李玥简单地说了原委，熊教练长叹："你太冲动了。"

他知道李玥是有实力的，她曾经一度成为花滑界的冉冉新星，是世界瞩目的女单选手，不然三年前的冬奥会大家也不会那么笃定她会赢得奖牌。

可李玥的最大问题是心态，比赛时她往往不能发挥出最佳水平。加上她现在做了手术，情况不容乐观。

李玥的腿是老伤加新疾。这些年国内女单花滑选手青黄不接，作为国内排名第一的选手，她每年国际大赛都要出战，这又导致她压力倍增，伤病不断。

那次是冯盈盈爬山时把李玥拽倒，导致她脚踝的肿伤影响到训练，但她仍然坚持到比赛结束。又因在赛场上摔倒，李玥的伤情严重到需要立即手术，直到现在仍需长时间的康复疗养，她才有可能恢复到从前的状态。

别看她行走起来没什么大问题，可她的身体却难以支撑长时间的剧烈运动和训练。距离冬奥会仅剩不到一年的时间，她怎么能保证自己可以恢复到从前的状态并能够打败一直不间断训练的各国运动员呢？

李玥承认自己的性格是有些冲动，可她并不后悔，既然当众夸了海口，努力去做就是了，哀怨愁苦是解决不了问题的。

熊教练："过几天你来队里一趟，我们再细谈。"

李玥："好的。"

挂了熊教练的电话，她翻出程牧昀的微信。他的微信头像是一座高耸的雪山，月亮挂在山头，非常符合他对外的形象。

李玥给他发了条消息，感谢他的帮助和礼物，问他什么时候有时间出来吃个饭。

程牧昀回复得很迅速："今天就有时间。"

李玥："那等会儿见？"

程牧昀："好。"

李玥发了个位置给他，是她一早就挑好的一个高档餐厅。打车到餐厅，没多久她就看见了程牧昀。

他坐在座位上，英俊出众的长相异常显眼，额头的发微微垂下，眼睛漆黑明锐，下颌线条流畅。他今天穿得休闲，是略宽松的黑色衬衣，第一颗扣子没有系上，露出微凸的喉结和一小片锁骨，看起来随性又慵懒。

他对面站着一个年轻的女孩，满脸通红地和他讲话。

李玥见怪不怪，程牧昀长成这样，难怪招人喜欢。

李玥走过去，程牧昀看到她后眸光微亮，对那位女孩说："我等的人来了。"

女孩上下打量了李玥一番，有些不甘心地对程牧昀说："就加个微信，帮我完成一下调研就行。"

"那加我的微信好了。"李玥开口。

女孩难堪地跺了下脚,这才心有不甘地转身离开。

"谢了。"程牧昀起身帮李玥拉开椅子。

要是两个人的关系近一点儿,李玥大概会揶揄一句他随处招人的桃花运。只可惜他是江崇的好友,两个人虽认识许久,但从没有单独吃过饭,她便把开玩笑的心思压了下去。

李玥关心地问:"你的病好些了吗?"上次他好像发烧了。

"吃了药就退热了。"

那天他果然生病了。

没等李玥说什么,程牧昀把菜单递给她,问道:"想吃什么?"

李玥赶紧推回去:"今天我请客,你来点。"

程牧昀眉眼弯了一下,笑着说:"好。"

他翻开菜单,手指修长漂亮,那白皙的手背上,青色血管很明显。

李玥很喜欢看别人的手。她记得第一次见程牧昀时,令她印象最深的不是那张脸,反而是他那双指节分明的手。

当时他们一起吃海鲜,李玥看着程牧昀用叉子轻巧地分开贝蚌,取出里面鲜嫩的肉,吃完之后,他还用自带的雪白手帕擦手。大概是她盯得有点儿久了,程牧昀还送给她一块手帕。

被他看穿的那一瞬间,李玥觉得脸颊有点儿发热。当时接过手帕后她并没使用,而是回家展开手帕细细观察。手帕是丝绸质地的,手感比她师姐最贵的赛服还要柔滑,手帕左下角是黑色的刺绣——花体的字母C。

李玥当时就想,程牧昀不愧是矜贵的名门少爷,随身带的一块手帕都这么漂亮。

这时候程牧昀点的菜上桌了,李玥从回忆中抽离,低头扫了一眼,发现大部分是自己爱吃的。

这……都是程牧昀喜欢的菜吗?他俩的口味这么一致?尤其是在这些菜里,都是不带一点儿香菜和香草的。

李玥看着程牧昀拿起叉子,娴熟地切起牛排,她问:"那天后,江崇有联系你吗?"

程牧昀:"没有,怎么了?"

李玥松了口气,她还怕江崇去找程牧昀来当说客呢!

"没事,"她尽量用轻松的语气说,"我和江崇分手了。"

瞬间,餐刀重重地划在餐盘上,"嘎吱"一声尤为突兀。周围的人纷纷看过来,李玥抬头看到程牧昀整个呆住的表情,还别说,他这模样真的有点儿呆萌。

李玥轻咳了一下,说:"你别多想,不是因为直播那件事。"

感情转淡不是一天两天的事，而是日积月累的失望与疲惫造成的。经过这段时间，李玥彻底明白了，这段她坚持的感情也许并没有想象中那么珍贵，那么值得她留恋。

自她提出分手后，三天了，江崇没联系过她，甚至都没问过程牧昀直播的事，这也足以证明自己在他的心里是多么微不足道。

程牧昀垂下眼睑，说："我知道了。"

李玥从包里拿出装着钻石手链的盒子，说："这个还给你。我知道这对你来说不算什么，但我觉得它实在是太贵重了。"

程牧昀放下手里的刀叉，乌黑的眼睛盯着她。

被他这么看着，李玥有点儿紧张，是她说错什么了吗？

过了好一会儿他才开口："你最近有没有时间，如果方便的话可以当我的女伴儿陪我出席活动吗？"

程牧昀刚帮了自己一个大忙，李玥当然愿意还他人情，只是当女伴儿……

她正犹豫着，程牧昀就低声开口说："我听说有人打算在活动上表白。"

"哟！"

"因为她的男朋友劈腿，她想要报复。"

"嗯。"

"她打算和前男友的小叔交往，以惩罚她的前男友。"

"嚯！"

"被选中的那个人就是我。"

"扑哧！"

李玥当真是没忍住，捂住脸笑了足足半分钟。

这着实是个精彩绝伦的计划，就是可怜程牧昀无缘无故地成了别人感情报复的攻略目标，还有比这更惨的无妄之灾吗？

她笑得泪花都出来了："所以你想让我当你的女伴儿挡住那个女人？可我要是演技不过关怎么办？"

程牧昀好脾气地任由她笑个够，说："她应该不会找你麻烦，你只要陪在我身边就行了。"

李玥想想也是，对方是被插足的，知道程牧昀身边有女伴儿，应该会放弃计划。

"这些话我不好对外人讲，只能拜托你，"他抬起头看向李玥，眼睛亮得惊人，"可以帮帮我吗？"

他的目光太亮，对视的瞬间，李玥有种心脏被击中的震动感，心脏狂跳的同时,耳根隐隐发热。嗯,所以,她对程牧昀来说,不算是外人?

"好吧!"李玥答应了。

于情于理,她都应该帮他的忙,毕竟他之前带着病帮了自己一个大忙,只是帮他挡挡桃花而已,她可以的!

程牧昀瞬间眉眼舒缓,表情生动,让人移不开眼睛。他把手链盒子重新推回到李玥这边,说:"这个你留着活动当天戴。"

李玥避开他的视线,说了声好。

吃完饭两个人一起走出去,李玥的电话响起,她看了眼区号,接着直接挂断、拉黑。

程牧昀低声问:"谁找你?"

"没谁。"她遮掩地垂眸。

天气微微有些冷,李玥忽然发现对面有家奶茶店,她问程牧昀:"要不要喝奶茶?"

她自己也知道刚才遮掩的方式不太巧妙,好在程牧昀没追问下去,还主动说要去买奶茶。

"别,我来我来,你在这儿等我。"

李玥自己去了奶茶店,店里正在做促销活动,情侣光顾的话,第二杯半价。

这对于刚刚花了一笔巨款请客的李玥来说还是很有吸引力的,可她又想了想,随即作罢,算了,做这种暧昧不清的事不太好。

于是她忍痛单独点了两杯,出来的时候,迎面遇到两个人,她心里冷哼了一声。

江崇和冯盈盈并肩站在一起,两个人的手里各拿着一杯奶茶,正是她刚才在店里看到的活动情侣款。

"玥姐。"冯盈盈怯怯地和李玥打招呼,摆出一副楚楚可怜的模样。

冯盈盈身后还跟着江崇公司里的几个员工,全是李玥认识的,他们都以为李玥下一秒就要发火了。

结果……李玥只是冲他们笑了一下,是那种疏离客气的笑。

"好巧啊!你们是在工作吧?那我不打扰了。"

她说完这句话,江崇的脸色顿时阴了下去。

李玥这话是什么意思?好像他背着她打算做什么见不得人的事一样。他和盈盈又不是约会,这么多人在一起当然是工作!

"你出来干什么?"江崇语气不好地问。

"有点儿事。"李玥随意地回了一句,至于什么事,她没有必要跟前男友说。

这句话就差明晃晃地写在她脸上了,江崇自然看得出来。在他看来,李玥这是幼稚又矫情的挑衅行为。她一定是早就偷偷地跟在他身后,现在故意装作巧遇,还不就是为了引起他的注意吗？

他在心底冷哼一声，就知道李玥等不了几天的。

但同时，他又有点儿失望。这几天他故意晾着李玥，本以为她会难过委屈到整个人消瘦萎靡，结果今天一见，她的状态特别好。

李玥穿着一件牛仔外衣，收腰短裤，露出一双修长的美腿，小腿线条流畅，长发柔柔地披在肩上，皮肤光洁紧致，明艳靓丽，看起来竟比之前还要漂亮。

江崇不免有些失落，他眉头紧紧地皱了起来，问："你怎么打扮成这样？"

李玥知道江崇又不满意她的穿着了。

很早之前，李玥有一条露背的亮片人鱼裙赛服。穿着这件衣服比赛，李玥取得了非常亮眼的成绩，下了赛场后，她跟江崇分享自己的激动心情。

江崇的话却像一盆冷水泼向她。

他说："你的衣服怎么那么露？以后你的衣服要给我看过后，我同意了你才能穿。"

她希望他看到自己的成绩，自己在冰面上的舞姿，而不是一件在他眼里暴露的衣服。

可他偏偏看不到自己。

对此，李玥只是冷淡地扫了他一眼。

习惯了李玥专注温柔的目光，江崇第一次感受到她如此冷漠的眼神，有些不舒服。

这时候江崇注意到她手里拎着的奶茶，正要问她跟谁出来时，身后就传来一个熟悉的低沉嗓音。

"李玥。"

对方走到李玥的身边，低头小声地问："没事吧？"

"没事啊！我不是说让你等我吗？"

"你这么久没回来，我怕你走丢了。"

"我又不是小孩子，"李玥失声笑道，"给你奶茶。"

男人接过，礼貌地说："谢谢。"

两个人交谈甚欢，完全没把江崇一行人放在眼里。

江崇不由得一阵心慌，忍无可忍地开口："你们两个怎么会在一起？"

他死死地盯着李玥和程牧昀，问得咬牙切齿。

程牧昀像才发现江崇一样，诧异地喊了一声"阿崇"。

李玥更是做了一个无辜的表情，说："怎么了？我和朋友一起出来，有什么问题吗？"

那能一样吗？江崇握紧了拳头。李玥前几天刚跟程牧昀直播完，外界都在传绯闻，现在当着他下属的面，李玥给程牧昀买奶茶，她还把他这个男朋友放在眼里吗？

江崇质问道："你还给他买奶茶？"

接下来，李玥轻飘飘的一句话像一盆冷水泼到他的头上。

"给朋友买杯奶茶怎么了？"她意味深长地看了一眼江崇手上的奶茶，"我买的可不是情侣款呢。"

当初他们三个人一起出去，冯盈盈买奶茶时总是和江崇喝一样的情侣款，给李玥的却是加了冰的牛奶，还说是照顾她不能喝糖分太高的奶茶，特意买给她的。

有次李玥正值经期不想喝，江崇却挑刺儿地说她是看不惯冯盈盈，才不喝冯盈盈买的东西，明明冯盈盈这么贴心，她怎么这么不懂事？

当时他手里喝的是跟冯盈盈同款的奶茶，李玥看了心里发凉。

现在好了，李玥爱喝什么就喝什么，想给谁买就给谁买，和别人不清不楚地搞暧昧的人可不是她。

江崇只觉得手上拿着的奶茶像一块热炭般发烫。他想说什么，偏偏又说不出口，呼吸逐渐变得急促，全身散发的气场压抑得骇人。

周围人全都感受到了。

江崇身后的一群员工简直集体愣住了。这是什么情况，什么情况？他们一向软脾气的老板娘今天毫不客气地冷嘲热讽，一点儿面子都不给老板，而且老板娘的身边还站着一个英俊逼人的超级大帅哥！

前几天，他们看过李玥的直播，里面出现的神秘嘉宾就是面前这位超级大帅哥，看样子他跟老板也认识，这都是什么人物关系？

场面僵持之际，旁边突然停下一辆车。

一个大腹便便的男人从车上下来，对方声音带笑地说："江总，我一看就是你。"

江崇看到来人，脸色努力地缓和了一下，打招呼说："钱总。"

"这不是李玥小姐吗？"待钱总看到李玥身边的程牧昀时，整个人的状态瞬间不一样了："程总，您好，我是嘉茂公司的小钱。"

程牧昀知道嘉茂公司，它是做潮牌时装的，他冷淡地跟对方握了握手。

钱总是个人精，能看出来这几个人认识，便主动找话题，先跟李玥说："李玥小姐，我这次是来和江总谈合作的，之前江总跟我说起您，我还以为他吹牛呢！"

李玥瞟了江崇一眼，发现他的表情有点儿僵，问道："他说我什么了？"

钱总笑眯眯地说："江总说您很喜欢我们的品牌。其实我们特想跟您合作，苦于一直没有机会。江总跟我说了，您和他身边这个妹妹关系可好了，要是签约最好能一起。李玥小姐，今天我给您打包票，只要您愿意，我这边完全没问题！"

李玥眼神如刀般狠狠地剜了江崇一眼，他竟然让她带着冯盈盈一起签约广告，亏他想得出来!

　　李玥知道冯盈盈想进演艺圈，否则冯盈盈怎么会签约到江崇公司旗下，还天天黏着江崇？她只是没料到，江崇竟把吸血的主意打到自己头上来了。

　　看到李玥脸色变了，冯盈盈立刻上前一步，低声地喊："玥姐，你千万别误会崇哥了……"

　　"我和这位小姐不太熟，"李玥打断她的话，冷冷地瞥了江崇一眼，"包括这位江先生。"

　　江崇的脸色瞬间难看到了极点。

　　李玥对钱总轻轻一笑，说："至于您说的什么合作我更是没听过，也没有兴趣。有什么问题，您还是问他们好了。"

　　钱总顿时僵住了，皱着眉头看向江崇。

　　江崇只得沉默，旁边的冯盈盈更是尴尬得像被人当众扇了一巴掌。身后员工们的视线像一根根针扎在背上，她死死地咬着嘴唇，难堪得恨不得当场挖个洞钻进去。

　　"我还有事就先走了。"李玥潇洒地离开。

　　程牧昀跟了上去，走过江崇身边时被他拉住了手臂。

　　江崇压低嗓音，问："你们两个到底在干什么？"

　　"谈工作，"程牧昀瞥了江崇旁边脸色发白的冯盈盈一眼，露出一个意味深长的表情，"就跟你和她一样。"

　　这句话无疑是火上浇油！

　　江崇知道按道理他不该生气，他和冯盈盈本来就是出来谈代言合作的，清清白白地在工作！

　　可李玥和程牧昀，他们……他们什么时候熟到可以单独约对方出来了？

　　他们谈工作？江崇一个字都不信！

　　听了李玥刚才的那番话，江崇知道这次的合作机会基本黄了。

　　钱总一改刚才的热情，他本来就是冲着江崇说李玥可以代言他家产品才答应谈合作的，结果被李玥本人当场打脸，还有什么可说的？

　　至于冯盈盈，钱总全程没看她一眼，他之前了解过，冯盈盈的确有点儿人气，可她不是科班出身，本人既没作品也没知名度。

　　李玥是什么人？国内拿到世锦赛奖牌的第一人，花滑一姐，长得美，形象和实力都很适合他家的品牌。要是李玥肯代言的话，他才不介意顺手加个人，没了李玥，这合作谈不了。

　　而对于冯盈盈来说，这种无视甚至比直接打脸还要让她难受！

　　江崇一行人灰溜溜地坐车回了公司。

冯盈盈坐在江崇旁边，双手拢着膝盖，脑袋低低地垂着，眼圈红红的。

要是以前，江崇发现她不对劲儿，早会及时低声安慰了。然而这次，直到车子到公司楼下，江崇完全没发觉她的情绪，直接下了车。

冯盈盈心里更加委屈，坐在车上不肯下去。

江崇站在车外提醒她："盈盈，到公司了。"

"我不想去公司了，我丢了这么大的脸，大家肯定在笑我。"她满是委屈地说。

冯盈盈以为，江崇一定会和从前一样耐心地安慰她。

可谁知，江崇说："那你自己在车上休息一会儿，累了就回家吧！"他关上车门转身离开。

冯盈盈惊愕地抬起头，看着江崇离去的背影，不可置信地张大了嘴巴，这次她是被崇哥丢下不管了吗？

公司里，以江崇为中心，周围气压极低。

电梯里，员工拿着冯盈盈买给江崇的奶茶，说："江总，盈盈让我给您拿过来的。"

江崇皱着眉头接了过来。到了办公室，他看着奶茶纸杯上印着的爱心图案，突然感到有点儿刺眼，直接眼不见为净地扔进了办公室的垃圾桶里。

他现在满脑子都是刚才李玥和程牧昀站在一起的画面，手里迫不及待地掏出手机在微博上搜索李玥的名字。

前几天直播的舆论风波仍在，微博上，除了李玥的粉丝在欢呼期待李玥回归赛场，还出现了一批李玥和程牧昀的情侣粉。

粉丝们把超话都建好了，叫"橙粒"，粉丝们还自称"果汁"。

"救命，我的玥神是不是打算官宣恋情了，不然为什么在生日直播预热时说有神秘男嘉宾空降？这些年可从来没有过啊！"

"直播回看十几遍了，气氛太甜啦，两个人每次对视眼里全是对方，你说这是友情？我不信！"

"橙粒组合锁死，为你奔赴而来，为你遮挡流言。待你登顶荣耀，我携花相伴。"

江崇一条条地看下来，眉角直抽搐！

他认为李玥不过是拿分手来威胁他，她今天表现冷淡，却刻意点出他和冯盈盈喝情侣奶茶，这是为什么？还不是她心里在乎他！

江崇才不会被她这点儿小手段挑衅得去主动联系她，之前每一次都是李玥主动来求和，这次也不会例外。

他慢慢地定了神，现在唯一让他不快的是网上这些乌七八糟的言论。

从前李玥和外国男选手的绯闻他忍了，现在她跟程牧昀传的这些像什么样子？

如果被他们共同的朋友看到，丢的到底是谁的脸？

江崇叫来手下，把东西发给他，命令道："赶紧把这些乌七八糟的言论热度压下去。"

"是，江总。"

江崇还是很憋气窝火。

李玥要是识相，就应该赶快发微博澄清，让这些脑袋进水的网友清醒一下！

江崇点开李玥的微信，顿了顿，又关掉了。

他才不要主动去找李玥，反正过不了多久，她一定会重新回到自己身边的，就和从前一样，绝对是这样！

李玥越过江崇一行人直直地往前走，脚下一时不稳，身体跟着一晃。

一只手伸过来稳稳地扶住她的腰。

李玥侧头看向程牧昀，他很快收回手，低声说："小心点儿。"

"谢谢……"

她退了一步，从年轻男人手臂传来的力度与温热让她呼吸一顿。印象中的程牧昀总是冷冷的，以前一起出去的时候他话很少，他们俩更没有近距离地接触过。刚刚一瞬间，她隐隐地感觉到他身上有种侵略感。

她抿了抿唇，犹豫地说："我现在和江崇的关系已经到了这种地步，你要不要考虑换一个女伴儿？"她不想因为自己让程牧昀和江崇这对老友产生隔阂。

"不必，阿崇是个大方的人，"程牧昀微微一笑，"何况你们已经分手了，不是吗？"

李玥想了想，觉得也是，为什么要为了江崇放弃自己的交际圈，程少爷怎么看都是一条非常好的人脉。

"而且除了活动的事，我还有事要找你，我家旗下的云步想让你代言，你觉得怎么样？"他问。

云步是知名的体育品牌，质量好、口碑佳，绝对的国货之光，在国际上也享有名誉，和国家体育局达成多年的冠名合作。

之前的代言人不是国际巨星就是奥运冠军，李玥的经纪人之前问过她这个项目，她婉拒了。

"我不太适合，"李玥垂下眼睫，"我太久没出成绩了，也没拿过冠军，你们那么大的品牌，找我不是降了格调吗？"

程牧昀说："现在的成绩不代表以后，何况你是国内首屈一指的女单花滑选手。你不是说过要拿金牌吗？等你拿到了，我可是沾你的光。"

"李玥,能站在世锦赛领奖台上,让祖国的国旗在世人面前扬起,无论在过去还是未来,你都能做到,所以云步的代言人非你莫属。"程牧昀坚定地看向她。

她抬起头,心脏剧烈地跳动,她已经很久没听到这类话了。

这么多年,她知道自己的成绩让大多人失望了。网络上的唱衰,周围人的不屑,所有的压力全压在她的肩上,甚至江崇也经常劝说她放弃花滑。

"反正你也滑不出什么好成绩了。"江崇总是这样说。

上次直播间的冲动承诺是为了缓解现场的窘迫,更是她一直想达成的目标,她想得到金牌,但她知道,没有人相信她。

她离开领奖台太久,连自己都快忘记了曾经的荣光。

可程牧昀的一番话瞬间将她浑身的热情点燃,胸口的热意不断膨胀。

程牧昀的眼睛极其漂亮,形状狭长,瞳仁乌黑,往常他的眼神是冷淡、漫不经心的,从没有像现在这样热烈过。

一瞬间,李玥的心颤动了一下,她宛若受到蛊惑似的点点头,说:"好。"

程牧昀开车送她回家。

李玥上楼时,在电梯里收到他的微信。

程牧昀:"谢谢奶茶,我很喜欢。"

到家后,李玥从窗户看下去。程牧昀还没走,靠着车身站着,看到她后,抬了下手臂。

夕阳的余晖落在男人黑色的短发上,在他立体的五官上打了一层柔光,同时落在他宽阔的肩膀与比例完美的长腿上。

今天的程牧昀和以前李玥认识的他很不一样,她有一种说不出来的感觉。

李玥在窗口抬手回应。

他好像笑了一下,长腿一迈,转身坐回到车里,驶离了小区。

李玥联系了自己的经纪人,在国家体育局的允许下,达成了和云步的代言合作意向。

经纪人邹姐大喜过望,让李玥明天来公司签合同:"你一会儿上线关注一下云步的官方微博,正好可以预热一下活动。"

"上次我直播的事,网评还好吧?"李玥是争议体质,基本不看微博,也不搜索自己的评价,真出了大事经纪公司会第一时间联系她。最近风平浪静的,她觉得……大概没事了吧?

果然,经纪人回复道:"你应对得很好,网络舆论现在很支持你。"

李玥说要拿金牌,粉丝一拥而上地支持她。不想拿金牌的人还算体育人吗?支持，粉丝必须支持！

更多的好评来自李玥和程牧昀的"橙粒情侣粉"。

神颜大佬和飒爽运动员！多新鲜啊！多有意思，粉丝高兴疯了好吧？！

对此，李玥毫不知情。

她打开微博，关注了云步官方微博，看到它们最近的微博有@程牧昀，她点进去看了一下。

程牧昀的微博头像和微信一样，同样的皑皑雪山上有一轮明月，微博内容多与工作相关，今天他倒是发了一条最新微博。

很奇怪，他只发了一张头像照片，而且看时间是两个人分开之后发的，他是什么意思？

李玥顺手给程牧昀点了关注，发现原来他早就关注她了，两个人变成互相关注的状态。

她关掉微博，走进浴室洗澡，身心一片轻松。

她明天就去公司签约，没有什么比赚钱更让人开心的事了。

第二章
给她的偏心

这天晚上，江崇喝得烂醉。

江崇拜托了他爸，晚上又跟钱总约了一次，总算敲定了合同。

江崇被灌了不少酒，他倒在车座后面沉重地喘息着。

旁边的冯盈盈替他擦了擦额头的汗，柔声说："崇哥，你要是难受我们就去医院。"

"不用，"江崇知道自己只是喝多了难受，"盈盈，对不起，这次代言没有你。"

江崇晚上约了钱总后又带着冯盈盈一起，可钱总答应让他旗下的一个知名女艺人代言支线产品，却拒绝了冯盈盈。

毕竟她现在顶多算个网红，知名度和人气都没有高到可以宣传产品的地步，品牌方才不愿意拉低自己的名气呢！

于是冯盈盈今晚赔笑了一整晚，什么也没捞着。

想到饭桌上钱总看都不看她一眼，冯盈盈委屈得眼泪差点儿当场掉下来。

那个钱总一定是眼瞎了！她哪里比不上李玥？他对着李玥笑脸相迎，对她却看都不看一眼。

他的公司早晚要倒闭！

可对着江崇，冯盈盈还是露出笑意："我没关系的，只要崇哥工作顺利就好。"

江崇心底一松。看冯盈盈多懂事，李玥怎么就不能学学呢？

前排开车的秘书周雨薇开口说："盈盈姐，你早晚会有更好的机会，江总一定把你捧成国际大腕！"

冯盈盈脸颊一红，说："别胡说。"

周雨薇："我才不是胡说，到时候别说一个小代言，不知道多少资源求着跟你合作呢。"

"对，盈盈你放心，我会给你安排合适的资源……"江崇没说完，太过疲惫，很快就睡了过去。

车子继续行驶在回冯盈盈家的路上。

她趁着前排开车的周雨薇不注意，让江崇的头搭在她的肩膀上，偷偷拍了一张照片。

到她家后，冯盈盈轻轻地推醒江崇："崇哥，你这么难受，不然到我家睡吧？我父母的房间是空着的。"

江崇虽然头晕，但意识尚算清醒，拒绝道："不用了，你回家好好休息。"

冯盈盈还想劝说，前面的周雨薇神经大条地插嘴："放心吧！盈盈姐，我保证把江总安全送到家。"

冯盈盈强忍着不快，勉强地笑着说了声好。

周雨薇是不错，傻愣愣的，好糊弄，缺点就是太不会看人脸色。

冯盈盈只能不甘心地目送江崇离开。

周雨薇确实安安稳稳地把江崇送回了家。

她是所有人当中第一个发现江崇和李玥感情有变化的人。作为贴身秘书，从前几天开始，她就发现江崇不再回李玥的住处，反而住回之前的小别墅。

今天下午全公司的人都在八卦老板娘李玥在客户面前当众打了江崇的脸，一定是吵架了，而且是很严重的那种。

周雨薇心想：我早知道他俩出问题了，而且还知道在李玥生日直播那天一定发生了什么！

在她看来，肯定是李玥又开始作了。

周雨薇挺瞧不上李玥的，因为她总是跟江总闹别扭生气，也不反省一下自己的问题。

她是运动员，常年不能陪在江总身边就算了，偶尔来一次公司，总是冷冷淡淡的，对他们这些员工没什么好脸色，哪儿像盈盈姐，长得漂亮说话又甜，家世好又没架子。

要她说，盈盈姐多好的人啊！李玥却总是对盈盈姐挑三拣四的，弄得江总夹在中间为难。李玥还是太小家子气了。

周雨薇把车停下，叫醒了江崇："江总，到家了。"

江崇睁开眼，看到别墅门时愣了几秒钟，心底随即生出强烈的烦闷感。

要是换作以前，他现在早到李玥家了，她会提前出门接他，煮好暖热的醒酒汤喂自己。

可他回到别墅，里面冷冷清清的，只有他一个人，没人关心，没有热汤，更没有一盏留给他的灯。

只要一想到今天白天李玥冰冷的表情，他就憋闷得不行。

他绝不能让李玥觉得用分手威胁的招数对他管用，这回好好晾着她，让她心里清楚，到底是谁离不开谁。

冯盈盈突然打来电话："崇哥，你到家了吗？"

"嗯。到了。"

"那就好，"冯盈盈怯怯地问，"崇哥，我觉得今天钱总虽然话说得难听了点儿，倒是很有道理，我现在确实没什么知名度，不怪他们不用我。"

冯盈盈继续说："我听说过几天凯悦的制作人会参与一个商务活动，你去的话能不能带上我？我想参加凯悦投资的那个真人秀试试。"

冯盈盈说的那个活动是业内非常重要的活动，出席的行业大佬众多，是结交人脉扩展关系的绝好机会，江崇靠着他爸的关系才得到一张入场券。

这种活动带的女伴儿该是最亲密的人，他本打算带李玥去的，据说会有几个国外知名的教练和舞者到场，对她的事业会有很大帮助，可谁叫她非在这个时候跟自己闹别扭呢？

冯盈盈今天丢了脸，江崇心怀愧疚，又想趁机惩罚一下李玥，便直接答应了："行。"是李玥自己跟他作才失去了这个机会，让她后悔去吧！

冯盈盈语气欢悦极了："谢谢崇哥，你对我最好了。"

江崇低笑一声："还是你乖，要是李玥能学学你就好了。"

冯盈盈哽了一下，没接他的话："崇哥，那我穿什么好呢？首饰我也没什么适合的，你知道我父母去了国外，东西都带走了。"

"我这边有几件，明天让雨薇带给你。"

冯盈盈娇声说："崇哥，你真好。"

江崇让周雨薇跟他进去，他从保险柜里拿出一只翡翠手镯。手镯水头不错，却称不上极品。他想着冯盈盈不会在乎首饰是否贵重，只要搭配适宜即可，便随手放到了蓝色的盒子里。

他又从保险柜里拿出一个红盒子，里面是一串极其漂亮的宝石项链。这是他给李玥买的生日礼物,本来想在她生日当天晚上送她,谁叫她非跟自己矫情,还说什么要分手的鬼话?

一想到直播时程牧昀送出的钻石手链,江崇的额角直抽抽。

他的女朋友用得着别的男人送礼物吗?难道他给不起?

算了,他就当给李玥一个台阶下好了。

只要她自己乖乖过来主动认个错,他就既往不咎了。

江崇把盒子拿出来递给周雨薇:"红色的快递给李玥,蓝色的拿给盈盈。"

江崇头痛欲裂,交代完便转身回了房间。

第二天早上周雨薇寄快递的时候,看着两个除颜色外一模一样的盒子发起了呆。

昨天江总说什么来着?蓝色的给盈盈姐,红色的寄给李玥?

她有点儿不确定,可又不能再问江崇。要不是她妈妈认识江总的妈妈,她刚毕业不可能进这么大的公司给江崇当秘书。

这点儿小事都办不好,不是证明她工作能力不行吗?

快递员问:"这两个盒子哪个发快递?"

"等一下。"

她挨个打开看了一下,被红色盒子里面的项链晃花了眼。昨天江总要给盈盈姐的首饰,肯定是这个了。

"寄蓝的!"

"保价吗?"

周雨薇看了一眼玉镯,突然皱了皱眉头:"用不着。"

李玥是一大清早被快递电话叫醒的。

快递来自她的母亲大人,一大箱子的家乡美食,是她妈亲手做的卤猪蹄、酸辣虾、酱菜萝卜,还有一整套的护肤品。

李玥立刻给她妈妈打了个电话。一接通,李玥甜甜地喊了一声妈妈。

李三金:"姑娘,收到快递啦?"

李玥:"花了很多钱吧?您给我寄吃的就好了,不用买东西。"

"我姑娘过生日我不得买点儿好东西,"李三金声音爽朗,"你妈有钱,店里生意好得很,老有网红来打卡呢!"

李三金在老家开米粉店,十几年做出口碑了。

现在她年纪大了雇人做,每天去店里看一圈、查查账就成。

李玥本想让她关店休息，出去旅旅游散散心，可李三金是个闲不住的性子，生意做了十来年，哪儿能说放下就放下。

李三金："姑娘，妈问你一个事，孙志强前阵子是不是去找你了？我看他儿子发天安门合影了。"

她的语气有点儿严肃，李玥的心悬了起来。

孙志强是李玥的亲爸。李玥10岁的时候父母离异，她随了母姓，以此换来彻底地和孙志强断绝关系。

这么多年无论李玥是学习还是花滑训练，所有的费用全靠李三金一人支付，孙志强既没有关心过李玥，更没给过一分钱抚养费。

直到李玥18岁一战成名，孙志强像一条闻到血腥味的鬣狗般开始频繁地骚扰李玥。

李玥知道他想从自己身上吸血，当时就冷笑着对他说："从我姓李之后就跟你没一丝关系了，少来打感情牌，我没有爸。"

孙志强顿时脸黑得跟锅底一样，大男子主义的他忍受不了李玥这种态度，骂了李玥一顿后离开了。可隔一阵子他又会出现，李玥直接拉黑。无论他是假意讨好还是威胁恐吓，她通通视而不见。

这件事李玥知道瞒不过，承认了："我是见到他了。"

"他又找你要钱？"

"这次不是，"李玥安抚她妈妈，"反正他想要什么我都不会给。"

她的钱就是拿出去做慈善也不会给他一分。

"真是贼心不死！下次他再找你，你要立刻告诉我，"李三金跟一只护崽的母豹一样，"妈帮你收拾他！"

"嗯。"李玥嘴上答应了，心里却不想再让妈妈操心。

母女俩亲热地聊了好一会儿，直到提起江崇。

"你俩最近怎么样？他上次跟我提起想要跟你订婚。"

李玥选择了隐瞒："……还不急。"

"那你俩商量，等你过两年退役就结婚，我就等着抱外孙女了。"

李玥没接话。

李玥挂了电话后，去拆第二个快递。

快递里是蓝色的首饰盒，盒子里是颜色剔透的翡翠镯子。她拿起来看了一圈，发现有个明显的小缺口，看起来已经破损很久了。

谁会送她一只缺口的玉镯子？

李玥看了寄件人，脸上露出嘲弄之色。

怎么，江崇是特意来恶心她的吗？

他想告诉她什么，破镜不能重圆吗？

那可真是太好了！

李玥懒得深究，更没想联系江崇，直接把东西原样退回。

她换了一身衣服准备出门，镜子里的自己眼眸明亮，嘴角带笑，心情丝毫没受影响。

已经放弃的感情丝毫不值得她留恋或停下脚步，她还要去签合同搞事业呢！

江崇算什么？他比事业更香吗？

同城快递速度一流，周雨薇收到退回的包裹顿时为难了起来，把东西拿到江崇的办公室："江总，快递被李玥姐退回来了。"

江崇闻言沉下脸："搁这吧！"

没多久，一个员工走进来，说："江总，话题热度压不下来。"

怎么一个个的都不让他省心？

他点开微博，没几天，橙粒组合的排行竟然位列前三十，在一众影视综艺艺人里已是相当高的热度了。

他点进去一看，粉丝数已多达两万。

最近一条热度很高。

"看我发现了什么，考古两个人的微博，两个人在五年前的同一天去过同一个游乐园！不是有人奇怪毫无交集的两个人是怎么认识的吗？原来早就认识了！"

"青梅竹马、少年初恋、破镜重圆……忍不住脑补起来了！"

江崇的气血瞬间往上涌。

这个游乐园是他以前跟李玥一起去的，当时程牧昀的确在场，可这是他俩在一起的证据好不好？这怎么就成了李玥和程牧昀的糖了？

江崇差点儿按捺不住地去回复，可一想到家里的嘱咐，硬生生地忍了下来。

紧接着他又看到一条。

"大家快看玥神的微博！"

江崇立刻点开李玥的微博。她没发状态，关注的人却变多了。

江崇点开看到她最新关注的人——程牧昀。

江崇顿时愣在原地。

"姐姐，是我想的那样吗？"

"这不是暗示我们是什么？橙粒组合超甜，我给两位新人助助兴！撒花撒花！"

"他们没公开我已经快傻了，比两位正主还要激动。"

江崇快被这群人给气吐血了。

李玥顺利地签了约。

云步的代表方非常有诚意，签约之后提出一起去吃个饭庆祝一下，李玥欣然答应。

地点是酒吧，包间里有美食，能唱歌，有美酒，宾主尽欢。

李玥没喝酒，看时间太晚提出先行离开，婉拒了对方想送她的好意，独自离开了包间。

李玥走出去没几步，突然听到身后有人喊她："李玥！"

她一回头，竟然看到隔壁包间里的江崇一行人，眉头顿时皱了起来。

她想起来了，这个酒吧是江崇喜欢来的。

江崇的身边全是他的好友，可她和这群人算不上朋友。一来她常年训练和他们接触少，二来这群人并不喜欢她。

她扫了一眼，看到了坐在江崇身边的冯盈盈，嘴角勾起一抹冷笑，转身就走。

江崇是出来跟哥们儿一起喝酒散心的。

席间自然少不了八卦，众人谈起了李玥和程牧昀的直播。

江崇的好友余深第一个开口："李玥和程牧昀是怎么回事？她的生日直播竟然请他，不应该请你吗？"

江崇跟程牧昀是关系挺近的朋友，在学生时期接触比较多。

可他们在座的所有人的家世没有一个可以和程家媲美，这种差距感让他不快，每次一起出来，所有话题的中心都变成了程牧昀。

江崇后来慢慢地疏远了程牧昀，两个人之间的交往少了许多。

程牧昀和他都联系甚少，怎么会出现在李玥的直播间？江崇的唇紧紧地抿成一条线。

想起直播间两个人对视的画面，程牧昀给李玥戴钻石手链的动图，江崇的拳头就忍不住攥得死紧。

余深这时候碰了碰江崇，小声地说："你注意点儿。"

江崇一时没反应过来："注意什么？"

"还能是什么？"他意有所指，"那可是程牧昀。"

万一李玥移情别恋了……

"别瞎说。"江崇脸色不好，可提起程牧昀时眉宇是轻松的。

以江崇对程牧昀和李玥的了解，他们是绝对不可能发生什么的。

他不是自视甚高,而是很了解李玥,她不是那种三心二意的人,她喜欢谁就认定了谁。

以前还是学生的时候,他们一起出去玩,有一次在街上碰到一个卖花的小姑娘。明明是三个人站在一起,小女孩却把程牧昀和李玥当成一对情侣,说好听的哄程牧昀买花送李玥。

当时李玥窘得脸色通红:"不是,我们不是……"

程牧昀没说话,默默掏钱跟小姑娘买了花。

他对李玥说:"别在意,她只是想卖花。"

李玥抿着嘴唇没说什么。

当时江崇其实心底是有点儿不舒服的。难道在外人眼里,李玥和程牧昀看起来才像一对情侣吗?还是自己就这么不如程牧昀?

可他送李玥回家的时候,李玥的话让他瞬间安心了。

她说:"以后能不能就我俩出来玩啊?"

江崇当时一愣。

"为什么?"虽然他心里是高兴的,表面上却做出疑惑的表情,"你烦程牧昀了?"

"没有,就是,今天挺尴尬的。"

李玥说,要是程牧昀有女朋友一起出来还好,三个人总觉得怪怪的,毕竟多个人,有时候她有点儿放不开。

江崇心里乐得不行,转头就跟程牧昀说了。

从那以后,他再也不会担心什么了。程牧昀再好有什么用,照样入不了李玥的眼。

可现在呢?他俩竟然单独出来见面了!

"放心吧,天塌了他俩也不会有什么的。"江崇轻松一笑。

只是他的手一直紧握着酒杯,显示出他内心的焦灼。

余深奇怪了:"那为什么李玥的生日直播那天请他不请你?"

这时候旁边的冯盈盈咬了咬嘴唇,小声地说:"本来崇哥要去的,但我那天病了,崇哥着急送我去医院。全怪我惹得玥姐不高兴了。"

"就这?"余深顿时无语了,"是直播秀恩爱重要还是人重要啊?盈盈出事了怎么办?李玥不会这都拎不清,还气上了?"

周围人纷纷点头,觉得李玥太过小气。

"哎!"有人抬头,"这是不是李玥?"

众人纷纷看去,果然是李玥。

她身穿V领条纹衬衫和黑色阔腿裤,衬得腰肢纤细,长腿笔直,头发扎成了高高的马尾，眉浓唇红，整个人容光焕发。

他们的周围大多是温柔的女生，像李玥这种明艳英气的女孩确实少见。让人感觉她如一阵春风，瞬间拂过心头，别样的清爽惬意。

余深"哟"了一声，碰了碰江崇的肩膀，戏谑道："跑这儿来找你和好了，一会儿你打算给她台阶吗？"

江崇："无聊。"

他们都知道李玥有多喜欢江崇，无论受了多大的委屈，最后还不是乖乖地求他和好？说到底，哪里什么生气，她还不是故意拿腔作调，舍不得江崇？

余深鄙夷极了，却不妨碍他看好戏的心情，他大声喊："李玥！"

李玥闻声回头，看到了他们。

所有人等着她像以前一样过来给江崇赔罪示好……

可下一秒，李玥轻描淡写地扫了他们一眼，竟然转身走了。

众人一时语塞。

余深愣了，冯盈盈呆了，江崇拿起酒杯的手也顿住了。

余深反应过来转头问江崇："她看到我们了吧？"

有人说："肯定看到了啊！"

"那她怎么不过来？"

按照以前，李玥肯定会立刻过来找江崇，今天竟然无视了他们。

余深："李玥是吃错药了吗？"

江崇铁青着脸，表情僵硬极了，任谁都看得出他的心情不好。

就在这时，冯盈盈冲了过去，以极快的速度拉住了李玥。

她眼圈通红，咬了咬下唇："玥姐，我知道你因为我生崇哥的气了，你骂我出气吧！别再怪崇哥了好不好？"

余深一群人看着冯盈盈，直为她抱屈。李玥实在是太不像话了，江崇和冯盈盈可是从小认识的青梅竹马，她生病了，江崇送她去医院不是很正常吗？就因为这个生气，李玥太矫情了！

他们甚至想，如果李玥敢骂一句无辜的冯盈盈，他们绝对会冲上去好好教训一下李玥！

面对泫然欲泣的冯盈盈和周围一群想"打抱不平"的男人，李玥扬了扬眉说："我和他的事跟你没关系，如果你一定觉得有关系，那我听听，你觉得自己做了什么才让我生他的气？"

冯盈盈一时无言以对。

李玥直接兴师问罪还好，可让她自己开口，她要怎么说？

她死死地咬住下嘴唇，显得更加楚楚可怜。

正当余深看不过去想替冯盈盈说话时，李玥开口问："你是说我们一起爬山，你害得我受伤，江崇背你下山，把我丢在山里的那次？还是我下雨打不到车回不了家，找他的时候他去机场接你的那次？或者是我生日当天他不在，彻夜在医院里陪你的那次？"

周围变得静悄悄的。

明明她说的是不值一提的小事，可所有人都有种被一口气噎住的感觉。

李玥："对了，我好奇地问一句，你得了什么病啊，不到两天就出院了？"

冯盈盈脸色发白，说不出话来。

这话显然不好回答。

她要是把病情说得重了，明摆着有违常理，但要是说得轻了，那当初江崇为了冯盈盈放弃为李玥庆生的举动不就显得过分了吗？

江崇的心里焦躁得像有一座即将喷发的火山，他从没见李玥如此不客气地当众"打脸"冯盈盈。

不，她打的不是冯盈盈的脸，是他的脸。

李玥这从未有过的举动让他焦躁的同时，他还不由得产生了一股难以言喻的恐慌感。

他竟然有点儿害怕李玥继续说下去。

他正要起身阻止，就听李玥轻轻地一笑。

"不过你不用再纠结我有没有生气这件事了，"她转头看向江崇，明艳的脸上巧笑嫣然，"我们已经分手了。"

众人无语。

一瞬间，周围的空气仿佛被抽离，震惊、荒诞、难以置信的复杂表情出现在众人脸上。

所有人，包括冯盈盈也在心里念了一句：不可能！

李玥要分手？

不能啊！她不是特喜欢江崇吗？他们在一起四年多了啊！虽说李玥一直训练，两个人相处的时间较少，可交往这么久，她好不容易搭上了江崇，异地的煎熬、无尽的委屈、周围的冷落、明显的偏心，这么长时间都扛过来了，现在江崇明显是认定了她打算结婚的，现在说分手？

她是疯了吗？

李玥淡淡地瞥了一眼他们陡然变色的脸,鼻端轻轻地哼了一下,用冷嘲的语气对冯盈盈说:"以后无论你是半夜给江崇打电话,还是生病让江崇照顾你、难过时到他怀里哭诉都可以。因为,我不要他了。"

说完这句话,李玥毫不留恋地转身,英姿飒爽地走了,衬托得江崇一行人像一群可笑的小丑。

所有人都目瞪口呆地看着李玥大步离开。

余深转头问江崇:"李玥是认真的?"

旁边的任加云接话:"不可能吧?那可是李玥啊!她有多喜欢阿崇,怎么可能要分手?"

"估计是在欲擒故纵,而且就为这点儿事,至于吗?"余深也不知道自己怎么就有点儿卡壳了,"盈盈和江崇认识这么多年了,家人都在国外,需要帮助找他有什么问题?"

"对,还是李玥自己太小心眼儿了,"有人安慰脸色尴尬的冯盈盈,"盈盈,你别有心理负担,是李玥自己想不开。"

大家嘴上这么说,可多多少少看冯盈盈的眼神有点儿不对劲儿。

毕竟现在是坐实了,因为冯盈盈,李玥才跟江崇分手的。

冯盈盈自然看得出来,忍不住委屈地咬了咬下唇。

这时候旁边有人冷不丁接话:"要我说,这女人就是欠收拾,打一顿就好了。"

周围瞬间一静。

紧接着,江崇将一杯酒狠狠地泼在那人的脸上,他表情阴郁难看,冷冷地说了句:"滚!"

那人被泼了一脸酒,领口全湿了,气得胸口起伏,站起来指着江崇骂:"活该你戴绿帽子!"

这句话换来的是江崇一记狠狠的重拳!

那人轰然倒下,周围人的视线被吸引过来。余深拦住江崇,安排任加云赶紧把人带走。

余深劝道:"他口无遮拦,你别当真啊!"

江崇现在脑子"嗡嗡"的,脑海中浮现的全是网上李玥和程牧昀情侣粉的言论,每一句话都像针一样扎在他的心头。

还有李玥,她竟然当着众人的面宣布他们分手了。

她就不想想以后吗?江崇一想起刚刚那句"我不要他了",就喉咙干疼,心酸又痛苦。他死死地咬着后槽牙,有淡淡的血腥味在口中蔓延。

他实在是不明白为什么李玥这次反应这么大。

就算他有错,她也不至于这样惩罚他啊!以前更严重的事不是没发生过,怎么这次……

"我先走了!"他坐不住了,沉着脸推开余深大步往外走。

"崇哥,我……"冯盈盈眼尾微红,可怜兮兮地看着江崇。

要是以前,像他们一起聚会,江崇一定不会放心喝了酒的冯盈盈,是要亲自把她送回家的。

她捂着脑袋,看起来弱柳扶风般可怜:"我跟你一起走行吗?"

江崇竟然拒绝了:"我有事要忙,让余深送你回去吧。"他把冯盈盈安排好,急匆匆地离开酒吧。

冯盈盈委屈得眼圈发红。这句拒绝的话让她难受得发酸,刚才得知他和李玥分手的喜悦之情一扫而空。

明明他最在乎的是自己啊!他是怎么了?

李玥确定自己被人跟踪了,不过她知道身后的人是谁。

她今天是开车回来的,刚到地下停车场,就感觉到身后有人。凭着敏锐的直觉,她认出对方是以前跟拍过她的娱记。

当初自己和安德烈的绯闻就是他拍的。

安德烈是国际上人气非常高的男单选手,金发蓝瞳,技术强悍,被称作"冰面上的王子"。

那场"绯闻"是因为赛后大家一起聚餐,有很多人参加,可经他剪辑,正好是她和安德烈一前一后从饭店出来的画面。

当时"绯闻"一出,李玥几乎是被网友指着鼻子骂。那场风波直到现在仍未平息。

她不知道对方跟了自己多久,有没有听到刚才的话,现在最重要的是不能让他知道自己的住处,绝对要甩掉他!

李玥镇定地往前走,不远处有辆车停下,车上下来一个男人。

他穿着一身纯白西装,颜色虽然挑人,但是穿在他身上却特别好看。

他的西装扣子系得严实,只露出纤长的脖颈和微微突出的喉结,带着一股别样的禁欲感。

男人侧过脸,立体的五官在灯光下显出淡淡的阴影轮廓,眉眼间的清冷感吸人眼球。而他在注意到她后,仿佛阳光染亮了他的双瞳,露出别样的光来。

这种喜悦的变化极打动人，要是平时，李玥会打趣一句难怪他会被当作"攻略"目标。

可现在，李玥对上他的眼睛，微微摇了摇头。

程牧昀瞬间捕捉到她的暗示，立刻侧身去关车门，两个人像完全不认识的陌生人般错过了。没多久，他收到李玥的微信。

"我后面跟了娱记。"

程牧昀装作不经意地抬头，没多久，便看到后面不紧不慢地走来一个毫不起眼的中年男人。

他拿出路上买好的咖啡，吩咐好助理，注意到李玥上车启动后，在和娱记擦肩而过的瞬间拿出手机说："你刚才说在哪个包间？"

他低着脑袋，挑了个刁钻的角度，正巧撞到娱记，热烫的咖啡翻洒到两个人的身上。

对方被烫得"嗷"一声："你长没长眼睛？"

程牧昀低头貌似抱歉："不好意思，我会赔的。"

没等娱记看清他的脸，他就直接走了。

娱记要伸手拽他："你……"

程牧昀身后的男助理立刻上前："先生，您的损失由我全权负责。您有烫伤吗？要去医院吗？"

娱记看了一眼快步离去的程牧昀，判断了一下对方衣服的品牌，在看到李玥开出去的车子时，一下子着急了。他多有运气才能在酒吧停车场遇到李玥啊！

"算了算了。"他得赶紧上车跟人！

助理拦住他："不行，我们的企业文化教导我们一定要负责到底！"

"你这人怎么回事？我说了不用了！"

"请一定给我一个机会！"

"你有病吧！"

娱记想挣脱开助理，可眼前的这位助理看着瘦弱，力气却非常大，他只能看着李玥的车开出去。这下是一定追不上了！

"完蛋了！"娱记气哼哼地说，"要赔偿我是吧？"

"是的，"男助理微微一笑，掏出两百元，"您的衬衫是个中档品牌，这些钱足够您再买两件了。"

娱记气愤到极点。

这就是你说的负责到底？

李玥出来没多久就收到了程牧昀的微信。

程牧昀："人被拦住了。"

李玥正要打电话问，却在另一边的地下车库出入口看到了程牧昀。

身材高挑的男人极其亮眼，同样抓人眼球的是他白色西装的胸口处扩散开的一片狼藉，喷溅式的深色污迹从胸口延伸到衣摆，白色西装裤上同样淋上了许多星星点点的污迹。

"叮咚。"

微信消息弹出来。

程牧昀："你放心走吧！他追不上你的。"

李玥看着前方被周围人好奇地打量着的程牧昀，心里愧疚不已。

现在，程牧昀正在她家的浴室里洗澡。

李玥回想起刚刚的一幕，知道他是为了自己才撞洒了咖啡拦住娱记，她有点儿内疚。在等他助理时，李玥鬼使神差地把车停到程牧昀身边，提议要不要先去她家。

说完这句话，她还觉得自己是不是有点儿冒犯了，可程牧昀是因为自己才弄脏了衣服，难道要他大冷天的在外面一直等吗？

她没想到的是，程牧昀毫不犹豫地答应了，从上车，到关门，再到系安全带，一气呵成，直到现在她还有点儿蒙。

李玥把煮好的乌龙茶摆到桌子上，"咔嗒"一声，浴室的门被打开了。

伴着淡白色的雾气，英俊的男人走了出来。他头发湿润，细小的水珠从光洁的额头滴落，他向上捋了一把，露出英俊的眉眼，散发出一种诱惑力。

画面冲击感太强了，李玥喉头发紧，她缓了一下，过去递给他一块新毛巾，说："不好意思，只能让你穿江崇的衣服了。"

程牧昀的白西装不能穿了，李玥的家里只有她以前买给江崇的衣服，她买来之后一直挂在衣柜里，只是……

李玥极快地扫了一眼程牧昀，深墨色罩衫被他完美的宽肩撑了起来，领口微微露出一截锁骨，裤子有些短，骨节分明的脚踝暴露在外，让人呼吸发紧。

这衣服有这么好看吗？

"衣服挺好的。"程牧昀接过李玥递过来的毛巾擦了擦头发。他倒是随意，胡乱地一抹，像极了一只抖水的大狗。

李玥忍不住笑了起来。

有水滴不小心甩到她的脸上。

程牧昀突然靠近:"我帮你。"

带着水汽的男人气息罩了过来,味道清冽,气氛微妙。她下意识地屏住了呼吸,背脊紧得发僵。

程牧昀仿佛感受到了,动作微微一顿,低头看着她的眼睛。

他睫毛湿湿的,眼眸润润的,似一拢温水包裹住她,任凭谁撞入这双眼睛中,都会禁不住意动神摇。

李玥看着他指节分明的手捏着毛巾,轻轻地在她的脸上蹭了一下,像一根鹅毛拂在她的心头。

"好了。"他轻声说。

李玥摸了一下脸,水珠没了,留下的只有若有似无的触感和一颗止不住猛跳的心。

她嗓子发哑,正要说什么,门口突然传来按密码的声音。

"嘀。"

密码错误,但对方还在按。

"嘀。"

再一次,密码错误。

对方反复在试。

李玥的背脊瞬间绷直,心跳加快,她不安地看向门口。

耳边传来程牧昀沉稳的声音:"你现在是独居?"

"嗯……"

"我去开。"

他把毛巾搭在肩膀上,保持一副恣意舒适的模样,在对方还在按密码的时候打开了门。

照面后双方一下子都愣住了。

江崇愣了几秒后,呼吸猛地加快。他死死地盯着面前这位穿着他衣服、穿着他拖鞋的男人——程牧昀。

江崇咬牙切齿地问:"你怎么在这里?"

李玥走到门口,门外站着处于盛怒中的江崇。

看到她后,江崇立刻指着她质问:"你把密码改了?"

不过这已经不是江崇最在意的了,江崇瞪向程牧昀,问道:"他怎么在这儿?"

程牧昀解释道："阿崇，你不要误会我们了……"

"不要误会？"江崇根本听不进去，"你在我家里穿着我的衣服还让我不误会？你是不是刚才洗澡了？你俩干什么了？"

他咄咄逼人的模样让李玥忍不住冲上去挡在程牧昀前面。

"你冲他吼什么？衣服是我买的，我想给谁穿就给谁穿，"她冷嘲道，"你有什么资格质问我？别忘了，我们已经分手了，我用不着向你解释。"

"这种赌气的话你还要说多少次，有意思吗？"

"是你听不懂人话。"

她决定的事不会改变，至于江崇能不能明白，她才懒得管。

江崇被激得大口喘气，通红的双眼死死地盯着李玥。

他真是疯了才会低声下气地来主动找她！

"李玥，你别后悔！"他一字一顿地威胁，转身下楼。

回到车里，他把一直藏在身后的快递盒"砰"的一声扔到后面的车座上！

亏他还打算亲自把礼物送给她，结果呢？她竟然和程牧昀在一起……

江崇突然整个人顿住了。不对，他怎么一时冲动跑出来，把李玥他们两个人留在一个屋子里了？

他当然知道程牧昀和李玥不可能有什么事。

程牧昀是什么人？天之骄子，高傲冰冷。无论是从家世还是性格上来看，他和李玥都绝对不是一路人。

江崇一直没问那天直播的具体情况，就是等李玥主动来找他解释，可一次是意外，两次是巧合，那这次呢？

即使江崇非常了解他们，知道这两个人绝不是那种暗度陈仓的人，可毕竟孤男寡女，怎么能让他们共处一室呢？不行！

但就在江崇准备再次上楼的时候，他看到穿着帽衫的程牧昀下来了。

他一个人。

江崇悄悄地盯着他。

程牧昀低头按了下手机，瞬间江崇的微信提示音响起。

程牧昀向江崇解释了他为什么会出现在李玥家里。

江崇知道程牧昀不会说谎，心里稍微松了一口气。

江崇就知道李玥果然是在气他。

接着，程牧昀又发来一条消息，是一个微信红包。

"衣服不错。"

江崇很诧异，明明挺正常的，他怎么偏偏品出一股怪味呢？

冯盈盈没让余深送她回家，周雨薇打电话说有东西要转交给她，她便直接去了公司。

"盈盈姐，江总要我把这个给你。"周雨薇递过来一只红色的首饰盒。

冯盈盈本来因为今天江崇的冷落而失望着，在打开盒子看到宝石项链的瞬间，又露出了笑颜。

"这条项链好漂亮，江总在半年前就订好了，"周雨薇满脸羡慕地说，"一定是特意给你准备的！我都能想象出盈盈姐你戴上这条项链会有多漂亮，肯定艳压全场。"

原来崇哥那么久之前就为她买好了首饰。

冯盈盈的小脸儿一红，其实就算她不主动说，江崇也一定会主动送给她的吧。

她就知道崇哥对她最好了，今天一定是因为他有急事，所以才没送自己回家的。

"崇哥都没跟我提呢！"冯盈盈害羞地说。

"肯定是想给你个惊喜啊！盈盈姐你有江总这样的哥哥可真好！"

冯盈盈用手指缠上项链，可她不想只当他的妹妹呢！

"辛苦雨薇了，"她从包里拿出几块巧克力，"这是我朋友从国外带回来的，觉得你会喜欢，特意留给你的。"

周雨薇开心地当即就吃了一块，说："哇！好好吃，谢谢盈盈姐。"

冯盈盈温柔地一笑，带着首饰盒满意地离开了，她要好好挑几件衣服，搭配这条宝石项链。

李玥最近几天过得风平浪静。

她把之前遇到娱记的事告诉了经纪人。经纪人在一番打听之后，确认李玥没有被拍到。

然后是云步代言的拍摄任务，定妆、换服装拍摄了很久，完成之后，李玥回家睡了一整天。

没多久就到了李玥和程牧昀约好出席商务活动的日子，活动的前一天，她收到了程牧昀送来的裙子和鞋子。

另一个让李玥应接不暇的便是她来"大姨妈"了。

由于这些年不停地训练，李玥经期时会很难受，有时候还会引发一场低烧，尤其是第二天，是她最难受的日子。

不过既然李玥答应程牧昀当他的女伴儿，就一定不会食言。

·047·

李玥本来想在家自己化妆、穿好裙子，可中午的时候程牧昀联系她，说会有专人来帮她。

她本来想推托说不用这么麻烦，可程牧昀的助理早早就等在楼下了。

助理年纪不大，笑起来有个小酒窝，亲切地说："李小姐叫我小杜就行。"

"那你叫我李玥吧。"

"好的。"

小杜把她拉到一间工作室，从美容化妆到造型穿衣，好多人围在她身边为她一个人忙碌，李玥觉得这阵仗比她前几天拍广告还要大。

李玥忍不住给夏蔓发了个微信，询问关于这个商务晚会的事："是很隆重、很严肃的那种吗？"

"这个是国内很大的商务晚会，去的全是国内外知名企业家和各路名流。这么说吧，就算你是个特别有钱的暴发户，人家也不一定会邀请你。这种场合是那种有强大的背景、雄厚的经济实力，或者自身极其优秀的人才能够参加的。"

夏蔓有点儿奇怪，说："你问这个干什么？"

"我一会儿要去参加你说的这个晚会。"

"啊？你被邀请了？大佬受我一拜！"

"不，我应该算大佬的挂件。"

"嗯？"夏蔓很快想到了什么，"你该不会是和程男神一起去吧？"

李玥很惊讶，这也能猜中？好朋友八卦"雷达"太强悍了可怎么办？

"快，从实招来，你俩什么时候进展到这种地步了？"夏蔓感叹道，"我是挺希望你和江崇分手后桃花开的，那可是程牧昀啊！"

她啧啧两声。

"你想太多了。"

李玥才不会像某些人一样自我感觉良好，随便被异性看一眼就认为对方喜欢自己呢。

于是她把事情的原委跟夏蔓说了一遍："只是凑巧而已。"

夏蔓："你信不信，所有频繁的巧合，全是设计之下的别有用心。到底是不是我多想，今天肯定能印证，我等你在电话里跟我汇报！"

李玥的心紧了一下。

之后，李玥在众人的帮助下化好妆、换上衣服，由小杜送到会场门口。

小杜："程总在里面等您。"

李玥点点头。

一下车，李玥几乎受到周围所有人的注目，那些目光里有惊讶，也有惊艳。这场面比起在赛场上受到万众瞩目来说简直不值一提，李玥目不斜视，直接进入会场里面。

会场装饰得金碧辉煌，男性西装革履，女性长裙华丽。相比之下，李玥穿的是修身长裙，鞋子低跟舒适，不知道要轻松多少。

程牧昀为她选的衣服果然十分合她的心意。

她看着周围觥筹交错的人群，心里有点儿好奇，这里面究竟哪一位是想要攻略程牧昀的人呢？

说实话，她还真有点儿紧张。

她看到餐桌上放着甜品、酒水，随意拿了一杯饮料，入口之后这酸爽滋味瞬间令她的五官都皱了起来。

旁边有个年轻甜美的服务员走了过来。

"这杯口感偏酸，您可以试试这款气泡酒。"

李玥拒绝道："我今天喝不了酒。"

服务员瞬间领悟，拿了餐盘里的另一杯给她，说："这杯是无酒精的。"

李玥低声道谢，抿了一口果然甜醇可口："很好喝。"

"您喜欢就好。"甜美的服务员笑着说，"您是一个人来的？"

"不是。"

没多久，她在远处的人群中看到了程牧昀，大多漂亮出挑的人总是亮眼的。他正被一群人簇拥着，周围的人纷纷向他靠近。他是全场的中心，在场的人都比不上他耀眼。

他被一个年长的人拥住。对方说了些什么，他大概是推辞不过，于是走到一台钢琴前坐下。然后，悠扬的琴声在他白皙修长的手指下传出，整个会场瞬间安静下来。所有人都向他投去欣赏的目光。

不知道是不是错觉，程牧昀侧头朝李玥的方向看了一眼，然后目光又收了回去，他好像在寻找什么。

琴声悦耳，人更耀眼。可从这画面当中，李玥感受到一股淡淡的寂寞。

众星捧月的程牧昀令人艳羡，可如果这种日子是不断重复的，会不会稍微有点儿孤独呢？

琴声终了，掌声雷鸣而起，程牧昀起身，弯腰致谢，姿态洒脱。

"好帅呀！"身边甜美的服务员低声说，"喜欢上这种人一定会是一场灾难。"

是啊！那可是程牧昀。

服务员又说:"可如果被他喜欢,一定是这世上最幸福的事。"

"相爱才是可遇而不可求的幸福,不是吗?"李玥对她笑笑。

服务员突然顿住了,继而认真地向她点头:"您说得对。"

程牧昀终于从人群中脱身,避开向他敬酒搭讪的人们,可没多久他的肩膀却突然被人搭上。

"程大少有什么事这么着急啊?"丁野对他眨眼睛,"我听说你这次带了女伴儿,怎么没一起来?"

丁野是这场活动的主办方,更是程牧昀私交甚好的朋友,大学时两个人就读于国外同一所学校。和程牧昀的沉稳不同,丁野人如其名,惹祸打架的事没少做,人长得出众,特别招蜂引蝶,后来回国后他安心发展事业,家里人激动地回老家给祖坟烧高香,丁野知道后还说不如直接拜他比较靠谱儿。

程牧昀知道他想看热闹,淡淡地开口:"你不是要我早点儿来吗?何况她不喜欢这种应酬。"

丁野闻言笑了声:"呵,后面这句才是真的吧。"

程牧昀拨开他的胳膊,说:"后面的人你去应付吧。"

"小气,还不想让我看见?你不会不知道你远房侄子的小前女友已经混进来了吧?"

程牧昀蹙眉,问:"不是让你挡住吗?"

"小丫头挺有本事的,她溜进来后我才知道的,"丁野摆出一副混不吝的模样,"现在你还要我去帮你应付那群老头子吗?我一次只能专心干一件事。"

程牧昀冷着脸让他滚。

"还不高兴了,到底是谁啊?这么藏着掖着的,"丁野眼眸一亮,好奇地说,"不会是你上次发烧三十九摄氏度还要去见的那个谁来着……"

没等程牧昀说出名字,助理小杜匆忙地从人群中跑过来,站到他身后,低声说:"程总,李玥小姐那边出事了。"

程牧昀立刻甩开丁野,大步向前走去。

李玥本打算给程牧昀发个微信告诉他自己到了,可刚要发送时,身后却突然传来一声柔柔的低唤:"玥姐。"

李玥回头看到了冯盈盈,便嫌恶地皱起眉头。从前她多少会掩饰一些,现在对对方的嫌弃可以说是完完全全地呈现在了脸上,她连表面功夫都懒得做了,放下酒杯抬步就打算走。

冯盈盈不满地咬唇。

她身后的余深更觉得无语，跟旁边的任加云说："现在李玥的脾气可真不小，见了面连招呼都不打，过分了吧？"

"人家傲呗！不过……"任加云附和，但又顿了一下，"她今天挺漂亮的。"

冯盈盈闻言，脸色顿时沉了下来。

她想起刚才的场景。

她今天精心打扮了一番，黑发直长，穿嫩黄礼服，漂亮又清纯，加上崇哥送她的项链，相信自己一定能够艳压全场。

果然，从她进入会场开始，就一直有不少人偷偷盯着她。刚才余深他们见到她，还惊喜地说："盈盈，你今天真……"

话音未落，余深身后的任加云和一群朋友纷纷露出吃惊的神情来。

冯盈盈羞涩地抿唇，还在想，这群人又不是没见过她穿裙子，为什么做出这种夸张的表情呀？

她心底是得意扬扬的，可实际上，直到沾沾自喜地走到他们面前时，她才发现他们还没回过神，这就不对劲儿了。

她渐渐收起脸上的喜悦，缓缓回头，没料到竟然看到了李玥！

冯盈盈的心情直转而下，瞬间降至冰点。

就算她讨厌李玥，也不得不承认，李玥着实美得惊人。

她穿着黑色修身长裙，金色的丝线与珍珠的点缀让礼服如星月坠入夜空，完美地衬托出她纤细的腰肢与修长的四肢。

她长发拢起，两鬓各垂下一缕发丝落在雪白的腮边。脖颈纤细优美，一条细细的吊带勾勒出她线条优美的肩背与锁骨。雪白手腕上的钻石手链熠熠生辉，让她更加生动明艳。

冯盈盈这才醒悟，原来她以为刚刚那些投向自己的目光实际上全是在看李玥！

她的心口像有熔岩在烧，脸颊一片通红，不仅是不甘，还有回过神后的羞愤！

她怎么能就这样让李玥以胜利者的姿态离开？

她大声叫住李玥："李玥，你是不敢跟我说话吗？"

冯盈盈将声音扬高。

周围皆是各界名人，当然有不少人认得李玥。至于冯盈盈，互联网行业的人也能眼熟几分。大家都在猜测，这两个人……难道有什么过节儿吗？

周围人的视线密密麻麻地扎了过来，而冯盈盈则以一副柔弱可怜的姿态缓缓地走到了李玥面前。

这让李玥想起第一次见到冯盈盈的时候。

那时她和江崇交往了一段时间,感情稳定,但冯盈盈的出现彻底打破了以前的平静。

冯盈盈只比李玥小一岁,可她脸嫩娇小,看起来就像清纯柔弱的学生,娇声娇气地喊玥姐。

李玥当时抱着和她好好相处的心思,直接说:"不用喊我姐,叫我名字就行。"

冯盈盈咬了咬嘴唇,说:"那不行的,你比我大呀!"

李玥当时就有种说不出的尴尬和怪异感觉,但只能随她便了。

后来,冯盈盈开始频频出现在李玥和江崇的约会中。

一起吃饭时,李玥是运动员要注意饮食,可冯盈盈总是喜欢吃高热量的快餐,李玥只能看着他们吃。

等他们吃完,冯盈盈自作主张地给李玥买了一份馅儿饼。碍于江崇在旁边,李玥只能接受,可一口下去,她立刻反胃地吐了出来。

因为这里面放了足量的香菜,李玥最闻不得这个味道,她下意识地干呕。

冯盈盈见她干呕顿时哭了出来,说:"玥姐,你就这么讨厌我吗?"

她哭着跑走,江崇怕她出事,匆匆留下一句要李玥在原地等他,随即追了过去。

李玥空着肚子等到天黑,也没见江崇回来。

过了很久,她打电话给江崇。

江崇诧异地反问:"这都半夜了,你还没回家吗?"

李玥沉默,她真想反问他一句,不是他要自己等的吗?

她解释了自己不能吃香菜的事,明明在第一次见面吃饭的时候她就说过的。

江崇却说:"可现在盈盈哄不好。李玥,上次我送你的那个玩偶小熊你能不能拿来给盈盈,她就想要这个。"

那是江崇之前在游乐园打游戏时赢的礼物,他送给了她,她一直很珍惜,不想给。

可当时江崇是这么说的:"李玥,对盈盈你永远不能说'不'。"

然后,每天陪着她睡觉、伴随她获得第一次比赛胜利的小熊就这样被冯盈盈抢走了。

这样的事发生了太多次,冯盈盈总是能以一种柔弱无辜的姿态赢得江崇和众人的怜惜和呵护,可现在的李玥已经不会再像从前一样为了江崇委曲求全了。

这时冯盈盈走到她面前。

李玥注意到冯盈盈脖颈上的项链,心头突然好似被猛扎了一下。

那是李玥很喜欢的项链,江崇曾许诺,会买下来作为他们的结婚礼物。

现在,这条项链却戴在冯盈盈的脖子上。

李玥虽然已经放弃了这段感情，可在看到项链的一瞬间她心里仍然很难受。她紧绷着脸，冷冷地问："你有事？"

冯盈盈低垂着目光，说："玥姐，上次你在酒吧里说的那些话，好像在指责我，你和崇哥分手是因为我一样，可我明明什么都没有做啊！所以我希望你能向我道歉。"

"你要我道歉？"李玥感叹冯盈盈的脸皮之厚，"难道我说的那些你都没做吗？不是你半夜给江崇打电话吗？不是你一时难过就往他怀里钻吗？"

"可我从来没有想拆散你们啊！"冯盈盈泪光盈盈，摆出一副被冤枉的姿态。

身后的余深插话："李玥，你上次说的话确实过分了，该给盈盈道歉。"

李玥没搭理他，冷冷地盯着冯盈盈："如果我真冤枉了你，那你当着大家的面说，你从未对江崇有过别的心思，你永远不会和他在一起。"

冯盈盈瞬间被噎住，她怎么可能会说这种话？江崇好不容易和李玥分手，她一定会和江崇在一起的！

李玥见她脸色异常难看，冷笑一声："怎么不说呢？你不是问心无愧吗？"

冯盈盈不是爱演吗？那她敢演到底吗？骗骗自己、恶心恶心别人就够了，她还当真了。

"我知道了，玥姐你是在忌妒我对吗？忌妒崇哥对我好，"冯盈盈唇角弯弯，手指有意无意地划过颈部的项链，"其实你就是怕我抢走崇哥，就连今天特意来这里，也是为了崇哥对吧？"

周围人听到后瞬间感叹，原来如此，难怪他们会遇到李玥呢，原来是这样……

还没等他们想完，就看到李玥毫不掩饰地开始大笑起来，她像听到了什么笑话。

冯盈盈脸色发僵，忍不住问："你笑什么？"

"你想想，"李玥边笑边说，"一条狗捡了别人的残羹剩饭，觉得特别香，恬不知耻地捧到人面前说好吃，还怕人抢，你说好不好笑？"

冯盈盈脸色一变，怒道："你骂我是狗？"

李玥抓住了她的"小辫子"，笑着说："你这么主动对号入座的话不就是坐实了你心中有鬼吗？"

冯盈盈的脸色难看极了。

李玥的这番话抹去了之前冯盈盈所有的优越感。李玥摆出一副完全不在乎的模样，那冯盈盈的得意与攻击岂不全部都是在哗众取宠，现在她被李玥反过来牵制住了。

冯盈盈感到一阵憋屈，正要说什么，旁边有人走过来，她立刻咬着下唇，眼圈通红。

"李玥。"

低沉温柔的嗓音传来,穿着深色西装的男人向她走来。

程牧昀走到李玥身边,唇瓣带着上翘的弧度:"果然这件裙子只有你才能穿得这么漂亮。"

还没等李玥回答,旁边的冯盈盈小声地喊:"牧昀哥哥。"

程牧昀冷淡地抬头,只见冯盈盈双眼微红,咬着嘴唇,一副被欺负了的模样。

要是换作别人,肯定会下意识地以为是李玥在欺负人了。

可谁知,程牧昀看了冯盈盈一眼后,不问她发生了什么,连招呼都不打一声,像看到个陌生人似的,直接忽略过去。

最可气的是,他低头用很温柔的语气对李玥说:"你忘了一件东西。"

站在他身后的小杜将一个方形盒子送到李玥面前。

周围人全都在看,包括不明所以的冯盈盈和余深他们。

李玥抬眸看了一下程牧昀,他示意她打开。她轻轻地开启盖子,瞬间被里面的璀璨夺去了目光。盒子里面是一条宝蓝色的宝石项链,以中间完美的圆月钻石为尊,设计精美,可谓有市无价。

李玥猛地抬头,说:"这个是……"这是她最喜欢的设计师J.C的代表作——星空银月!

程牧昀拿出项链,闪烁的光芒照亮了在场所有人的眼睛,包括冯盈盈。

"只有这个才配得上你。"程牧昀俯身,温热的气息笼罩着李玥。

李玥的心脏紧张得"怦怦"直跳,她明白程牧昀的用意,可这实在是太珍贵了。

"李玥,"靠近她脸侧的时候,他用低柔的声音喊她的名字,"有我在,就不会让你受委屈。"

李玥心头大震。

她看向程牧昀,从这个角度看过去,他的睫毛根根分明,一双眼睛荡着水墨光泽,里面如旋涡般把人吸引进去。

他双手环绕着李玥的脖颈,为她戴上她最喜欢的设计师的最美杰作。

宝石微凉稍重,却完全压不住她此时猛烈的心跳,不是为了这条项链,而是因为眼前的这个男人。

这么久以来,李玥一直是委曲求全的角色,可谁不想被偏心一次呢?想有那么一个人会保护她、偏袒她、不让她受到一点点伤害。当这个人终于出现时,她没想到竟会是程牧昀。

李玥摸着颈间微凉的宝石,展颜一笑,娇艳美丽到了极致,说:"我很喜欢。"

而冯盈盈早被晾在一旁,无人问津,只好独自躲在暗处委屈地流泪。她摸着脖颈上的项链,已经不觉得是值得炫耀的礼物,反而成为羞耻的枷锁,坠着她不断地弯腰低头。

有了李玥脖子上的那串绝世之宝,她的这条项链不过是东施效颦的伪劣品,谁见了她都只会发笑!

冯盈盈不甘心就这样输了,她从没输给过李玥!她上前一步,红着眼睛站在程牧昀的面前,委屈地说:"牧昀哥哥,你这么做不好吧!你这样不怕崇哥误会吗?"

李玥脸色一变,正要说话,程牧昀却抬了抬手。

他语气坚定地说:"今天李玥是我的女伴儿,我不允许任何人怠慢她。"

他又示意身边的小杜:"把人带出会场。"

冯盈盈瞬间脸色煞白,别说她被吓到了,连她身后的余深、任加云都被惊到了。

他们没想到程牧昀会这样不客气地打冯盈盈的脸,一点儿面子都不留。

先不说冯盈盈家世尚可,还是江崇的青梅竹马,就说她现在好歹也算半个公众人物,这周围有多少同行业的大佬,如果她被当众赶出去,那以后别想在圈儿里混了。

她连忙说:"是崇哥带我进来的,她才应该被赶出去!"她边说边指着李玥。

"李玥是受我邀请的正式贵宾,至于你,"程牧昀冷冷地盯着她,"你有邀请函吗?"

冯盈盈难堪得脸色惨白,哪儿有什么邀请函?

两个保安缓缓地走了过来,那架势像要立刻带走冯盈盈。

她怎么能走?要结交的制作方还没见到,而且她不要脸面的吗?她急得眼泪快掉下来了,色厉内荏地吼道:"你……你又不是主办方,凭什么要我走?"

冯盈盈试图躲在余深身后。

余深不忍,上前劝和:"程少爷,也不用搞成这样吧?"

"我有这个权力让她离开,"他看向余深,目光中带着说不出的压迫感,"如果你为她抱不平,可以跟她一起走。"

余深见过几次程牧昀,可交情是没有的,哪里真的敢和他硬碰硬,顿时沉默了下来。

"余深哥?"冯盈盈呆住了。

紧接着,保安走到她面前,伸出一只手示意:"小姐,请。"

她乖乖地配合,还能有几分体面,如果她不配合,保安就只能使用强硬措施。

这一刻,冯盈盈仿佛被所有人抛弃了,周围的人都在看她的笑话。她出了这个门以后,哪里还会有人看得起她?而这一切的屈辱,仅仅是因为她得罪了李玥。

冯盈盈的唇色越来越白,她死死地握紧拳头,心里委屈得不行,可只能认命地低头跟保安走。

在冯盈盈走过程牧昀身边时,他低声说了一句:"冯小姐。"

冯盈盈眼眶通红,不时地回头,心里还残存着一丝希望。

"不是所有的事都能够靠眼泪和博同情来解决的。"程牧昀的表情冷淡到令人惶恐。

冯盈盈眸光一颤,脸色变得极为难看,她像是被人当众揭开了心底最隐秘、最肮脏的心思。

她终于知道自己为什么每次见到程牧昀都会觉得发怵了。这个人的眼睛太锐利,似乎总是能看清她的一切。她再不敢哭闹委屈,死死地抿着唇,像一只被拔光了毛的灰雀,灰溜溜地离开了会场。

冯盈盈离开后,周围的人还没散去。程牧昀低头问李玥:"没吃东西吧?那边有日料要不要尝尝?"

李玥现在的心情非常好,欣然点头,说:"好啊。"

她被程牧昀带到人少的贵宾专区。桌子上美食不少,大部分是凉食,李玥正处经期,只吃了几口甜品。

"刚才谢谢了。"李玥对程牧昀说。

程牧昀低头看着她的脸,说:"她在你面前一直是这样的?"他指的是冯盈盈。

李玥不置可否地做了个表情。

程牧昀眉头微皱,尝试地问:"以前,江崇不管吗?"

"那是他的好妹妹,他怎么舍得管她?"李玥讽刺地说。

程牧昀的表情看起来更不解了。

"不提他们了,你之前说要攻略你的那位小姐来了吗?"李玥靠近他,悄声问,"要我做些什么吗?"

"她来了,你不用做什么,像现在就好。"

"现在?"她好奇地蹙眉,眉毛微拢,有一股呆萌气。

李玥大概怕旁边的人听见,靠他极近地说着悄悄话,她姿态放松,眉眼灵动,从远处看仿佛轻轻地依偎在他的怀里一样。

程牧昀感受到她身上传来的暖意馨香,呼吸渐紧,耳根渐渐烧了起来。

李玥抬起头看他,只见程牧昀突然俯下身来,灼烫的气息拂在颊边,低沉磁性的嗓音响起:"那你一会儿陪我到台上,只要站在我的身边就好。"

李玥不知怎么有点儿紧张,大概是他的气息太过灼热。她忍不住吞咽了一下口水:"好。"

接下来,有不少人来和程牧昀攀谈,全是各界大佬,其中也不乏和运动圈相关的人物。

李玥跟着他结识了不少人脉,最令她惊喜的是见到了自己非常佩服的外籍花滑选手安娜苏。安娜苏是她年少时的偶像,对方竟然还知道她。

李玥激动地和对方聊了好一会儿,直到对方离开,她内心仍久久不能平静。

"有那么开心吗?"程牧昀看着李玥脸上浮起的红晕,她像个兴奋的小女孩一样。

"你不知道安娜苏有多厉害,我小时候就是看了她的比赛才决定当花滑运动员的!"李玥仰着脑袋,眼睛里闪烁着光亮。

程牧昀低下头,说:"你也很厉害,一定也有人因为你选择追求梦想。"

李玥微微别开脸:"我没有你说的那么好。"

她将声音压低了些,脸上的红晕未退,像极了恋爱中羞涩的少女,连她自己都没发觉。

程牧昀低低一笑。

这时小杜走了过来:"程总,该您上台了。"

程牧昀看向李玥,她点头回应,两个人一同向台上走去。

台上的主持人正在介绍程牧昀公司的项目,李玥听不太懂,只见身边的程牧昀大方地微笑着,轻松赢得台下所有人的注意。

而站在他身边的自己,李玥相信,如果视线有实体,她现在已经是"筛子"了。

冗长的介绍还在继续,李玥思绪神游。

直到主持人声音高昂地说:"获得的这一切成果,都要感谢封达总经理——程牧昀!"

远处的灯光"啪"的一声乍然熄灭,随着一盏盏灯光逐渐熄灭,黑暗席卷而来。

李玥突然感到异样,这种感觉正来源于身边的程牧昀。灯光已然熄灭,她看不清他的表情,只是敏感地觉得,他似乎有点儿紧张。

她稍微靠近他一点儿,紧接着胳膊被他轻轻地碰了一下。她正要小声发问的时候,一只带着灼烫体温的手突然握了过来。

她的手被他紧紧地缠住,手指一根根地插入,掌心贴着掌心,十指紧紧地相扣。

黑暗中她什么都看不清,只能感受到男人掌心温度的灼热。湿热的手心相贴,烫得她心脏猛跳,"扑通、扑通、扑通"……每一声都强烈地震在耳边。

她脑海里想到的是夏蔓说过的话——所有频繁的巧合,全是设计之下的别有用心。

她再也无法用借口来遮掩、逃避。

因为灯光亮了，他依旧没有松开手。

在活动进行了三个小时后，陆陆续续有人离开。

梁小西脱下服务员制服从厨房后门溜出去，刚打开门就被人堵住了。

丁野吹了声口哨，薄唇上挑："这么快就走，不要工资了？"

梁小西被他撞破，一点儿没惊慌，她轻松地说："姐不差钱，赏你了。"

她说话的口气和甜美的长相一点儿也不相符，人倒是很贱，抬腿就要走。

丁野长腿一迈把人拦住，笑眯眯地问："你不是要拿下程牧昀吗？怎么还帮人通风报信呢？"

他问过了，李玥被人刁难的时候，是梁小西找到小杜通知程牧昀的。

"我又不傻，看不出别人对我没意思吗？再说了，是我通知的又怎么样？那姐姐一看就是被那心机女搅黄了恋情。别以为女生只会抢男人，"她一脚踹开丁野挡路的腿，看他疼得咬牙切齿，笑着说，"女孩子会帮女孩子，你们这群臭男人懂什么？"

梁小西跟兔子似的跑得飞快，丁野没抓到她。

他用舌尖顶了下脸颊，啧了一声："小丫头，给爷等着。"

没多久，程牧昀和李玥一起离开了活动现场。

本来程牧昀不该这么早走的，可他发现李玥脸色有些发白，她还一只手按着小腹，便提出先走，打算送她回家。

李玥沉默地点点头，她已经疼得不太想说话了。

她没想到这次来"大姨妈"反应会这么大，小腹发坠，痉挛地抽搐，疼得她快站不住了，额头渗出细密的汗珠，好在一旁的程牧昀扶着她。

快走到地下车库的时候，他突然停了下来，说："我抱你走吧！"

李玥想说不用，可下一秒她整个人身体一轻，已经被他打横抱在怀里。

程牧昀看着清瘦，没想到这么有力气。他的手臂稳稳地架住她的背，她整个人靠在他的怀里，淡淡的香气传到鼻端。

他的体温暖暖的，李玥忍不住红了脸。掌心轻轻地撑在他的肩上，她小声地说："别，我自己走吧。"

程牧昀露出强硬的一面："很快就到了，你再忍忍。"

李玥抬头，看到他那线条清晰的下颌线。他目视前方，浓密的睫毛下形成了一小片阴影。

他走得很稳，李玥没有感觉到一点儿颠簸，她咬着下唇没再说话。

"程牧昀，你放开她！"

突然，一个带着薄怒的声音由远及近地传来。

李玥从程牧昀的怀里抬起头，就看到浑身充满怒气的江崇正冲向他们。

江崇走到两个人面前，看着眼前的一幕，露出难以置信的表情。他实在是没想到，程牧昀竟然会抱着李玥！

还没等他发难，程牧昀便冷冷地开口："有什么话以后再说，李玥现在不舒服。"

江崇满腔的怒火突然被这句话浇得透心凉。

他看向李玥，靠在程牧昀胸膛上的她脸色青白，罕有的虚弱模样。

江崇心头一刺，他很少见到李玥这副模样，更难堪的是，他竟然没有第一时间发现。

程牧昀这番表现无疑是在说，江崇还不如外人关心李玥！

江崇心头燃起熊熊怒火，有无数的话要质问，可理智告诉他，现在不行。

程牧昀抱着李玥越过他继续向前走。

江崇不甘心地追上去。

那是他的女朋友，就算她生病难受，也该是他照顾，轮得到程牧昀吗？

他刚转过身，就看见李玥白皙的手在程牧昀宽阔的肩膀上拍了拍，轻声说："放我下来。"

程牧昀看了她几秒，轻轻地放下她。

江崇看着李玥越过程牧昀，一步步地向自己走来。

唇边的笑意渐渐扩散，他就知道，李玥是最在乎自己的，无论发生什么，她都一定会回到自己身边。

他得意地看着对面面无表情的程牧昀，直到李玥走到他的面前。

她脸色苍白，唇色转淡，鲜有的脆弱模样。江崇看着有点儿心疼，想着算了，不为难她了，她只要好好地解释清楚，以后乖乖的，他就原谅她。

只见她冷淡地扫了自己一眼，似乎还有几分嫌恶，江崇心底突然生出一股不祥的预感。

李玥淡淡地说："你把你现在的住址给我，你在我家的东西我打包寄给你。"

瞬间，整个世界安静了。

江崇难以置信地问："你就想跟我说这个？"

"你以为呢？"她的嘴角勾起一个嘲讽的弧度。

江崇愣在原地，从未见过李玥用这种语气跟他说话，一直以来的优越感与淡定开始出现了裂缝,他的心头生出阵阵不安。

他勉强开口:"你在胡说些什么?跟我回家!"他试图去抓李玥的手。

李玥毫不留情地甩开他的手。

空气中清亮的一声"啪",犹如一记巴掌狠狠地扇在他的脸上。

江崇的脑袋"嗡嗡"作响,他的内心既慌乱又虚弱。这一切混乱的状况让他复杂的情绪化作怒火倾泻而出:"李玥你到底闹够了没有?我已经忍你到极限了!你是不是觉得自己特委屈,一点儿错都没有?有本事你说,你怎么来的这里?"

李玥竟然轻轻地笑了。

"我是和程牧昀一起来的又怎么样?难道我做什么事、见什么人还要打报告给你签字吗?"

江崇的心脏"怦怦"地跳,一开始他是要发火的,可他品出一股熟悉的感觉。

这……这不是他从前曾对李玥说过的话吗?

之前有一次他去照顾冯盈盈,李玥要他以后去见冯盈盈时告诉她一声,免得找不到他人。江崇当时觉得李玥太小题大做,讽刺地说了句:"要不要我以后做什么事、见什么人都打个报告让你签字啊?"如今这句话被李玥完完整整地还了回来。

江崇憋得面色铁青,心里像被一只大手搅了个天翻地覆,可他竟一句反驳的话也说不出口,只能看着李玥决绝地转身离开。她身上穿着漂亮的修身黑裙,手腕上戴着程牧昀送的钻石手链,曾经她总是会戴和自己成对的编绳手链,现在通通都没了。

江崇看着李玥坐到程牧昀的车上,程牧昀坐在驾驶座上。汽车带着劲风掠过江崇而去,就好像,他被他们丢下了一样。

这一刻,江崇突然感到心脏抽搐得难受。

以前这种事发生过很多次,他总会把李玥丢在原地。他知道,她一定会在原地等他。可是他从没有想过她会是什么感受。这一次,被丢下的人换成了自己,原来被冷落无视竟是这么难受的吗?

江崇揪着胸口,衬衣被拽出一条条褶皱,他缓缓地蹲了下去。

他从前让李玥受了那么多的委屈吗?一想到这些他就难受得不得了。他更不敢深想,他怕真的会被李玥丢下。

李玥坐到车上,窝在椅背上迷迷糊糊地闭上了眼睛。

她实在是难受,更多的是不知道该跟程牧昀说些什么,刚开始是装睡,后来就真的睡着了。

不知道过了多久,她隐约地听到有人在说话。

恍惚间睁开眼，她看到程牧昀正在接什么东西，车外站着一个穿蓝衣服的外卖小哥。

程牧昀把东西接过来，食指放到唇上，小哥眨了眨眼表示明白。

一回头，程牧昀看到李玥已经醒了。

"到你家了。"他说。

李玥坐直身体，发觉身上披着他的西装外套，怪不得暖暖的，还有一股淡淡的苦橙香气。她的耳根微微发热，赶紧把西装还给他。

"你……"

"你……"

他们同时开口，又同时停住。

李玥清了一下嗓子，客套地说："今天谢……"

他打断她："再说谢就太见外了。"

"是，"她朝他笑笑，避开了他的视线，"毕竟我们是朋友嘛！"

说完她有点儿后悔，觉得自己是不是有点儿太刻意了？

程牧昀渐渐收起脸上的笑意，清冷如玉的脸上带着说不出的强势，他将目光在她脸上停了片刻，说："我不会随便邀请一个女性朋友出席活动，更不会在半夜单独送她回家。"

李玥心口一紧，轻抿住嘴唇没有说话。

程牧昀等了一会儿，见她没有任何回应，放缓了语气说："如果你真的想谢我，给我做条手链吧。"

李玥诧异地问："什么？"

"你以前不是会做编绳手链吗？给我做一个当谢礼吧！"

她以前是很喜欢做手工，最擅长做手链，还给江崇做过手链当生日礼物，可给程牧昀做……

"我太久没做了，早不会了。"

程牧昀的脸色渐渐地沉了下来。

李玥舔了下嘴唇，侧过脸不敢看他，狠了狠心说："我上楼了。"

"这个给你。"程牧昀把刚才从外卖小哥那拿到的盒子递给她。大概是因为她的冷淡，他有点儿不高兴。

李玥能猜到他为什么不高兴，可她并没说什么，沉默地接过盒子下了车。

上楼之后，她轻轻地舒了一口气，心头有些轻松，又有些愧疚。

可那是程牧昀啊！她想都不敢想。

无论是她自作多情或是误会，李玥觉得到这里都该停止了。

回到家里，她换了衣服，卸了妆，把项链和手链收到一只盒子里，璀璨的首饰闪烁着夺目的光辉。李玥并没有留恋，打算找机会一起还回去。

洗漱过后，她打开程牧昀给她的盒子，里面是一盒热腾腾的红枣蜜仁粥和一杯甜甜的热牛奶。

李玥心里暖暖的，被人关心的感觉总是不一样的。

隐藏在角落的愧疚感再次缓缓地涌了上来，她轻轻地叹了口气，点开程牧昀的微信，想了一会儿，消息还是没有发出去。

李玥坐在小桌子边把红枣粥喝了，胃里暖烘烘的，困倦感席卷而来。

最后，她边喝热牛奶边坚持浏览了一下网购软件，买了几样东西后便躺进被窝里睡着了。

她没留意到有人给她发了一条微信，问她睡了没。

那人接着又发了几条消息，是刚刚在微博上的话题榜——"李玥程牧昀"。

"家人们，视频都看了吗？"

"原谅我没见过世面，大家会和异性朋友牵手吗？不要说什么台前礼仪，我不听！"

"注意到了没，灯暗下去之前程总的胳膊碰了一下玥神，好像在提醒她！等灯亮起来的时候两个人就牵手了！啊啊啊！我好爱这种暗戳戳的细节！"

因为这段被人传到网上的视频，李玥的名字上了话题榜。

睡梦中的李玥完全没想到，几天后这个话题会给她带来无法预料的强烈影响。

第三章
动摇了

李玥睡得不太踏实，梦到了小时候。

那时她八九岁，用肉肉的小手握着铅笔，在田字格上一笔一画地写着：爸爸、妈妈、哥哥……

屋子里明明有三个人，却除了压抑的呼吸声，没有任何多余的声音。

天已经黑了，她饿得难受，放下铅笔，蹑手蹑脚地走到爸爸的身边，小声地说："爸爸，我饿了。"

孙志强黑着脸，没好气地说："找你妈去。"

她撇着嘴去找妈妈。

李三金起身给她做了一碗面条，加了一个大大的鸡蛋。

但李三金只做了一碗，没有孙志强的，她自己也不吃。

"妈妈，一起吃。"李玥拽妈妈的手。

李三金一脸疲惫，露出勉强的笑意，说："你自己吃。"

孙志强从房间里出来，看到桌子上只有一碗面，不满地伸出手直接将桌子掀翻在地上。

"啪"的一声，瓷碗炸裂，滚烫的面汤溅到李玥的脚背上，她哭都不敢哭出声。

孙志强死盯着李三金，两个人谁也不说话。

直到他走出去"砰"的一声关上了大门，李玥再也忍不住疼痛，"哇"的一声哭了出来："妈妈，脚疼。"

李三金这才知道李玥被烫到了脚,急得不行:"快让妈妈看看。"

她连忙把李玥抱到诊所,等擦了药包好脚,母女俩快半夜了才到家。

孙志强已经回来了,屋子里满是酒气。

李三金沉默地把地上的汤面收拾干净,重新做了一碗给李玥吃。

和其他小孩子不一样,李玥特别喜欢上学,放了学去同学家玩,一起看电视、玩游戏,有说有笑的,每次她都要等到同学家开饭了才走。

她同学的妈妈送她出门,有一次问:"这么晚回家,你爸妈不问你吗?"

她低着头不说话。

她不想回家,家里没有人陪她说话。

李玥醒来之后,打开手机看消息。她先是看到了事件提醒,好像到了打钱的日子,按照惯例把钱打了过去,然后才看到夏蔓的微信。

她刚回了消息说自己才醒,夏蔓就迫不及待地打电话过来:"你和程牧昀什么情况,昨晚你俩都上热搜了,知道吗?"

"什么热搜?"

"你俩牵手的热搜啊!网上都说你俩恋爱了。"

"没有,只是陪他出席了一下活动。"

"真的没有?"

李玥沉默以对。

夏蔓以为她是否认了,长叹一口气:"其实我也觉得不太可能。想想也是,程男神喜欢的类型和你差太多了。"

李玥附和地说:"是啊。"

她以前见过程牧昀的前女友,肤白貌美,气质很仙,是那种女孩子见了都会心生好感的漂亮。

李玥认为自己和那种仙气飘飘的女生相差太大,人家是高高地飘在天上,而她则是土生土长地扎在地里,天生接地气。

她现在回想起来,也许昨天自己是真的想太多了,还做出一副拒绝的模样,想想就尴尬。

夏蔓估计是回过味了,说:"也是,程牧昀跟江崇还是好朋友呢。他总不会抢自己兄弟的女人吧?"

李玥强调:"我和江崇已经没关系了,我和谁在一起他管不着。"

"对,你要真和程牧昀在一起我还高兴哪!气死江崇!"

李玥笑了声:"别胡说八道。"

"我就是网上冲浪帖子看多了,被影响了。你不知道,那些人说得那叫一个真啊!我要不是亲自求证,都信了!"

李玥知道自己在网上的风评不行,很少上网看自己的消息,这会儿听夏蔓这么一说,还真是有点儿好奇,问:"都说我什么了?"

夏蔓总结道:"可夸张了,说你和程牧昀在一起了,还有的说你们甚至隐婚几年了。"

李玥笑喷,网友的想象力真丰富啊!

李玥没有看网上的言论,可有人刻意关注了。

江崇盯着李玥和程牧昀的橙粒超话,气不打一处来!他要是早知道网上会出来这么一群人,那天就应该去直播间的!

"江总,"周雨薇敲门进来,细声细气地说,"番茄台的工作人员到了。"

他们要做一个户外综艺,江崇本来想推荐冯盈盈去的。

"盈盈来了吗?"他沉声问。

"盈盈姐说她不舒服,在家里休息。"周雨薇知道这是借口,冯盈盈是在和江崇闹别扭。

就在昨晚,她陪着被赶出来的冯盈盈在活动会场门口等了好久,终于等到了江崇。他不知道怎么了,整个人一副失魂落魄的模样。

"崇哥。"眼圈通红、满心委屈的冯盈盈一看到江崇,难过地要扑到他怀里诉苦。

可她刚走到他面前,江崇看到她脖子上戴着的项链,却冷着脸问了一句:"谁让你戴这个的?"

冯盈盈整个人被吓住,不敢哭也不敢说话了。

江崇命令道:"把项链摘下来。"

冯盈盈不敢拒绝,颤抖着手指怎么也摘不下来,窘迫得脸颊通红,最后还是周雨薇主动过去帮她摘下来放到江崇手里。

他沉着脸,冷冷地说:"以后不要随便动我的东西。"

冯盈盈抽着鼻子不吭声。

要是以前,江崇早就不忍心看她这样委屈,柔声轻语地安慰起来了,可这次,他竟然都没看她一眼,都不问她一句,就直接离开了。

情绪压抑到了极点,冯盈盈"呜"的一声哭了出来。

她以为江崇会为她主持公道,会安慰她的,可他竟然当着别人的面把项链要了回去,还把她丢在这里。

"盈盈姐,你别哭了,"周雨薇愧疚地扶住她,"都怪我,把东西搞错了。"

"你说什么?"冯盈盈霍然抬头,如被当头棒喝。

"就是，江总拿给我两件东西，我给搞错了，另外那只镯子都有缺口了，我就以为是给李玥的。"

什……什么？冯盈盈感觉这番话简直不亚于一个巴掌打在她的脸上。

她一直得意的那条项链竟然是江崇送给李玥的！而他打算给自己的是一只破镯子？羞辱感瞬间淹没了她。

她回家痛哭了一晚上，第二天没去公司，等了一整天，终于到下午的时候，门铃被按响了。

冯盈盈赶紧照镜子看了看自己，黑色的长发披肩，嘴唇只涂了淡淡的护唇膏，眼尾淡淡的红，足以让人心疼。她做出一副难过的模样缓缓地打开门。

门外站着的不是她心心念念的江崇，而是周雨薇。

她好大声地说："盈盈姐，你的眼睛怎么肿成这样了？像被人打了一样！"

冯盈盈愣了好几秒，低头避开她的视线，冷淡地问："你怎么来了？"

"江总让我过来给你送合同。"

"崇哥？"听到江崇的名字，冯盈盈连忙问，"什么合同，他怎么不自己拿来给我？"

"就是盈盈姐你之前想参加的那个啊！江总帮你谈下来了。"周雨薇掏出合同，"你看看，要是没问题就签个字。"

已经到这个份儿上了，冯盈盈总不能还让周雨薇在门口等，于是让她进来。

她一进门就感叹冯盈盈家的阔气："盈盈姐，你家真大！"

"我父母出国，这房子就留给我一个人住了，有时候还挺害怕的。"冯盈盈仔细地看着合同，尤其是收入这一处，江崇几乎没有任何抽成，全部给她了。

冯盈盈心生喜悦，她就知道崇哥还是对她好的。

她把合同签好，递给周雨薇，状似无意地提起："崇哥还好吗？"

周雨薇老实地说："江总今天情绪一直不太好。"

冯盈盈心头有点儿高兴，江崇一定是因为她才烦恼的吧？

她小声问："他还生我的气？"

周雨薇："没有，跟盈盈姐没关系，他是气网上那些乱七八糟的人。"

冯盈盈愣了几秒才问："什么？"

"我把链接发给你吧。"周雨薇临走前把网上的相关信息发到了冯盈盈的微信上。

冯盈盈和江崇不同：江崇要管理公司，很多东西是靠手下收集数据做成报告。冯盈盈经验丰富，对网上的动向和操作一清二楚。

她看了一会儿，心里迅速生出一个计划来。

李玥这次害得她出了这么大的丑，她怎能不让李玥好好栽一次跟头？

她给一个人打了个电话:"你这边接单吗?我有个大活儿给你,价钱没问题。"

封达集团。

今天早上,一封举报邮件直接发到了内部领导的邮箱中。邮件中言辞犀利又有条理地将某位员工损害公司利益的各种证据全部罗列清楚。

程牧昀直接解雇了这位员工。

丁野听说后过来看热闹:"你那远房侄子就这么走了,没闹?"

程牧昀瞥了他一眼:"当然闹了,没用。"

是啊,谁能搞得过铁血手段的程牧昀啊?他认定的事,就没有办不成的。

"本来也不是什么正经亲戚,不让他赔钱已经是网开一面了。"

丁野问他:"知道是谁发的邮件吗?"

程牧昀似笑非笑地说:"明知故问吗?"

丁野眼睫半垂,摩挲着下巴:"小丫头挺有本事,可以当黑客去了。你公司邮箱被黑了,难道就不找她算账?"

"小事而已。"

"哟,怕不是谢她给你通风报信吧!"丁野促狭地眨了眨眼,又拿出一张纸,"对了,那个俄罗斯花滑运动员安娜苏每年都会去这个地方度假,时间地点都标好了。要找她合作可不容易,你费了这么大的劲儿,可别竹篮打水一场空。"

程牧昀接了过来。

丁野提醒他:"要去得趁早啊。"

"不急。"他回道。

丁野观察了他几眼,深吸一口气:"不会吧!别告诉我你做了这么多,人还没追到?"

程牧昀冷睨了他一眼。

丁野拍着大腿笑:"风水轮流转啊!当初那么多女孩奔着你去,你一个都不要,现在好了,上赶着白送,人家都不搭理你。终于有人能治你这根木头了!"

程牧昀的回应是直接把人踹了出去。

只剩下自己的时候,他拿出手机,微信置顶的那个人过了两天,依旧没有联系他。

怪他,等了这么多年,还是没忍住,把人给吓到了,不过他不打算放手就是了。

此刻的李玥正在家里休息,没有什么比窝在家里睡觉更能治愈痛经的了,这么多年,她还是第一次享受这种待遇。

以前她为了训练只能硬扛,否则也落不下这个病根,现在终于能好好休息一下。

谁也没料到，就在这短短的两天内，有关李玥的新闻在网上发酵成一个大事件。

李玥的名字突然出现在了话题榜上，与之关联的是星直播的新闻内容，其中讨论度高的是有关李玥和程牧昀之前的那场直播视频内容，包括不久之前的那场酒会的照片。

而在前排的评论中，有人将李玥捧上高位。

经过一晚上的发酵，当天早上七点，李玥的名字妥妥地被高挂上了话题榜第一。

李玥昨晚早早就睡了，手机开了静音，是被经纪人一大早急促的敲门声叫醒的。

她迷迷糊糊地听对方说了一通，整个人还是蒙的："你说什么？"

现在网络上对于李玥的讨论度攀升到白热化的状态，比起之前生日直播时有过之而无不及。

一个原因是来自她热搜新闻上把星直播活动的热度归功于自己，被认定为抢占功劳的行为，其他参加活动的艺人的粉丝开始集体对李玥各种嘲讽不断。

另一个原因则是不知从哪里冒出来了一则爆料，说李玥是有男友的！

这极大地伤害到了原本替李玥说话的情侣粉，而李玥的粉丝根本无力应对这种事情。

各种丑闻信息夹杂在一起，直接把李玥送上了话题榜第一。

在大众心里，李玥是一名花滑运动员，是为国家出战、为人民争光、在赛场上闪闪发亮的运动健儿，尤其近十年来唯一的一枚世锦赛奖牌是她赢下的。

虽说这些年来她的成绩不太稳定，没有再取得更好的成绩，可目前依旧是国内首屈一指的花滑一姐，再加上前阵子她向大众承诺，之后一定会在比赛中取得金牌，让不少人对她重新燃起了希望。

然而如今，李玥的名字开始和黑料联系到了一起。

如果有人反驳，必定有一大堆人从四面八方来围攻。

李玥在经纪人邹姐的讲述下，明白了事情的原委和她当下的处境。

邹姐说："当务之急是要平息网友的愤怒。"

邹姐严肃地对李玥说："不能再扩散影响了，否则会更严重。"

李玥抬眸，冷淡地看了她一眼："这应该是你立刻要做的事。"

这么久以来，李玥没有理会过网上对她的言论攻击。

她很清楚，她的人生赛场在冰面上，是真刀真枪靠实力拼出来的。她是战士，不是商品。无论她是被骂还是被黑，解释再多都没用，靠实力回击才是最好的选择。

"我没有想揽功，更没有进入娱乐圈的想法，等我的腿伤完全好了，就会恢复训练。对一个未来会常年待在训练馆的人来说，这些东西对我有意义吗？"

李玥的反问让邹姐为难了。

"可现在就算澄清说不是你发的这些消息也无济于事。"

这就像个无解的题，因为受益者是李玥，所以哪怕别人故意捧杀她，她拿不出证据的话就无法令人信服。

可如何从茫茫人海当中找到那个要黑李玥的人？这基本上是不可能的事。

"我这边实在没办法了。"邹姐头疼地说，"要是现在出个什么大新闻把你这事给压下来就好了。"

巧的是今天的网络风平浪静，没有任何"瓜"可吃。闹得最大的新闻非李玥这个莫属，网友的关注点全部被这件事吸引过来了，热度居高不下。眼看着李玥的各种负面舆论冒出来，各大合作方纷纷来问询。

邹姐急得要命，她不是什么金牌经纪人，没有那么高超的手段和人脉，又是第一次遇到这么艰难的公关问题。可她知道一点，当务之急是赶快解决这件事，现在是最佳的回应时机，一旦错过，网友的关注度转移，那么李玥的负面形象固定后就来不及挽回了。

邹姐提议道："你和封达的程总是认识的，要不请他帮帮忙？"

邹姐不知道程牧昀到底是李玥的什么人，但上次他能主动来帮李玥化解生日直播的困境，那再帮个忙也可以吧？

"不行。"李玥立刻拒绝了。

她刚刚避开了程牧昀，没那么厚脸皮再去找他帮忙，何况这次是自己给他惹了麻烦。

"那你男朋友那边……？他好像是开传媒公司的，如果你俩可以公开的话，也能平息一下事态。"

"我和他已经分手了。"

邹姐顿时嗓子发干，快坐不住了。

"这件事不是不能解决，"李玥镇定地说，"你去联系星直播的主办方，告诉他们，我退出这次活动。"

江崇已经知道这事了。

一上午，他推掉所有的会议，坐在办公室里监控着网络舆论。可过了这么久，除了工作上的事，他的手机一直很安静。

余深听说后来到江崇的公司，好奇地问："这不挺好解决的吗？把正牌男友拉出来不就行了？都闹成这样了，李玥就没联系你？"

江崇的脸色变了。他气的就是这个，现在影响这么大，对李玥的个人形象已经产生了严重的损害，她还不联系自己，等什么呢？

她低一次头不行吗？她以前又不是没低过，怎么这次就这么犟？

江崇烦躁地再一次点开手机。

事实上，不只是微博，各个论坛、贴吧已经对李玥开始了全面地讨论。如雨后春笋般，有关李玥的帖子占据了各大平台的首页。

其中最引人瞩目的当属前阵子李玥出席活动时的视频，网友们纷纷加入讨论。

"有没有人关注到李玥身上的珠宝啊？一个运动员能戴得起J.C独家的宝石项链吗？预估起码八位数了吧！"

"花滑运动员年薪才多少钱啊？她怎么能戴得起这种项链？"

网友们发挥了强大的搜索能力。

李玥的新闻大多是与体育圈相关的，于是很多人看到了李玥训练的视频、在比赛中摔倒后重新站起来的画面。甚至有人扒到了三年前荣城大地震时，李玥给灾区捐款四十万元的新闻。

舆论的风向在不知不觉中转变。

"捐款四十万元，李玥是不是把她这些年的薪水都捐了？"

"你不扣税吗？不吃饭吗？普通人也不能一下子拿出来几十万吧！"

"可她有额外收入啊！"

"她没参加过综艺和影视，她是运动员，代言也没多少钱啊！"

"我觉得李玥没有故意搞噱头，也不是想抢功劳进娱乐圈，捐款这件事要是这次没被人扒出来，会有几个人知道？她要是有心想进娱乐圈，能憋这么多年没爆出来吗？那些艺人捐个两万元，粉丝都会奔走相告，恨不得用大喇叭喊，让全天下都知道，但李玥从来没说过吧？"

"我晕，你们快看隔壁帖子，真有反转！"

有个老用户开了个帖，标题是《给李玥的澄清，希望大家进来看一下》。

"大家好，这里是一直潜水的吃瓜群众，今天偶然看到热搜，我想说李玥并不是你们说的那样。

"三年前我的家乡发生地震，很多人失去了亲人，在国家的帮助下重新有了住处。现在我在一个慈善机构工作，有很多人会通过我们的机构给失去亲人的学生捐款，很多孩子是因为有了资助才能够继续上学的。

"这个资助人之一，你们能猜到，就是李玥。

"她一直在持续地帮助几个孩子，为了保护隐私，我不能说出机构的名称和学生的姓名。

"当然，李玥没有和这些孩子见过面，孩子们也不知道他们的资助人是李玥。李玥曾经通过我们表达，她只希望孩子们能好好学习，无须任何回馈，更不需要报恩。

"她从来没有想过用这件事对外宣传、牟取私利，只是一直默默地帮助学生们。

"现在在她的资助下，学生们都很努力，希望明年能考上理想的大学。

"下面是几张截图，全是这些年李玥的转账记录，最新的一条就在几天前。

"我希望大家能够多了解一下李玥，她真的是一个非常好的人。"

这个帖子一出，让很多网友开始为李玥发声。

"我没想到李玥默默地做了这么多好事，捐款、救助她从不宣传，这才是真正做好事的人啊！"

"大家可能不太了解花滑竞技，练这个特别苦，要从小开始练。我不信李玥坚持到现在是为了奔着进娱乐圈去的，如果是的话，几年前得奖牌的时候就进了好吗？那时候的名气和年纪都是最好的。"

"大家快去看，李玥发微博了。"

就在网友得知李玥默默地为灾区捐款、资助孩子的事情后，舆论风向开始转好之际，李玥本人在微博上发了个人声明。

李玥V："本人单身，各种传闻均为不实。这次参加直播活动是希望能给大家带来正向的传播，并能够帮助到有需要的人。很抱歉影响了广大网友的心情，我会退出这次活动，希望大家能够继续支持这次的公益活动。@星直播"

这则回应完全打脸了之前所有泼脏水的人！

接下来她所属的经纪公司发布了律师函，声称已收集证据，关于之前造谣的网友们针对李玥所发布的不实言论行为，公司会采用法律手段维权。

这下子之前各种造谣的网友们慌了，纷纷开始删帖道歉。

"一次次摔倒，一次次站起，身上多少伤痛，你从来不说，你有多好，我们知道。李玥我们支持你。"

"你们见过凌晨四点的太阳吗？你们见过一年三百六十五天凌晨四点的太阳吗？"

"谁能让祖国的国旗在全世界人的面前升起？我李姐可以！"

可就算这样，还是有一撮人在说李玥拜金炒恋情的事。

这时候有业内人士站出来了。

"前几天李玥出席的活动我参加了，项链是程牧昀送的。手链不用我说了，程总家里干什么的大家都知道的，会差这点儿钱？"

"李玥和程牧昀在直播活动时公开说过两人是老朋友，而且他们绝对在很早前就认识了！这是五年前、三年前、去年李玥比赛的视频，可以看到：3分02秒，观众席第三排戴白色棒球帽的就是程牧昀；5分22秒，英国世锦赛他也在；10分45秒，起身的那个人也是他。据我所知，程牧昀不是花滑迷，可为什么每次李玥的比赛他都在？李玥不在的比赛，他连决赛都不看，他是为了谁去看的比赛？要是他们不认识，他为什么要特意飞到国外去看比赛？"

网友们越扒越多，有更多网友发布了在花滑比赛的观众席上偶遇程牧昀的照片。

有的人不认识他，当时只以为是遇到个大帅哥，今天的新闻爆出来才知道他是谁。各种偶遇的图片被翻了出来，一下子更佐证了程牧昀、李玥两个人早就认识的言论。

"再加上几年前他们在同一天发布同一个游乐场的微博，连吃的东西都一样，这不是铁证是什么？"

"而且两个人是认识多年的好朋友，就因为程牧昀的家世好，两个人是异性，就有特殊关系了？搞笑！"

"有钱人就不能交异性朋友了？谁不想要一个随手送你钻石手链的好朋友？"

"只有我一个人刷到了更多的新糖吗？我现在好像一只糖罐里的蜜蜂！"

"你在赛场上发光，我在台下看你，好甜好甜！"

"@程牧昀程总，看到玥神说的了吗？单身，懂？"

程牧昀没有在万众期待中出场。

星直播官方在这个时候发布了一条消息。

"此次活动感谢每一位参与的星播官，如今所有的成就都来自大家的努力与支持。对于李玥小姐受到的无端伤害，我方感到深深的歉意。同时，本次活动的所有收入均会以公益形式捐献出去，再次抱歉拒绝李玥小姐的退出申请！"

至此，李玥在网络上的名声彻底扭转，现在正向又积极，在短时间内发生这样的巨变，是所有人想不到的。

更惊喜的是，李钥收到了很多投资商和广告商的合作邀请，邹姐喜不自胜。

邹姐确定一定有幕后的强力推手在帮李玥，会是谁呢？

邹姐知道李玥的男朋友是做新媒体的，试探地问她："会不会是你男朋……不……前男友？"

李玥看着帖子，起身说："我去打个电话。"

她联系了自己资助学生的慈善机构，他们说下午的确有人主动联系过，所以配合了对方，在网络上为李玥澄清。

对方还以为是李玥的经纪公司来联系的，后怕地问她是不是他们做错事了。

李玥安抚道:"没有,是我要谢谢你们,不会影响到你们吧?"

"不会,我们只是实话实说。"

"联系你的人有自我介绍吗?"

"好像说什么达公司的,哦,封达。"

原来是程牧昀。

李玥说不出自己此刻的心情,默默地挂断电话,回到客厅,见邹姐笑得春风满面。

"太好了李玥,你这事差不多结束了,而且网友现在对你的观感很好,你以后的风评会越来越好的。"

事情发生到现在只过去了几个小时,李玥却感觉漫长到度日如年。她好奇地问:"怎么就知道结束了?"

邹姐说:"有新的话题把你这件事顶下去了。"

正如邹姐所说,李玥这件事本来就不算什么违纪出格的大事,如今澄清了,舆论又反转了,接下来对她的网络评价只会更好。

最可喜的是有新的事件冲上了话题。和李玥不一样,对方是娱乐圈的知名红人,网友们的注意力已经被成功转移了。

李玥点开话题——"冯盈盈老赖"。

她还没来得及看,一个电话突然打过来,对方是程牧昀的助理小杜。

"李玥小姐,您能来一下吗?我的老板被您的前男友给打了。"

李玥大吃一惊,问清医院地址后,立刻开车赶了过去。

她在医院楼下见到了小杜。

李玥边上楼边问:"发生什么事了?他俩怎么会打起来?"

说实话,程牧昀和江崇打起来带给她的感觉,比今天自己上话题榜还要匪夷所思,他俩关系一直很好啊!

小杜的表情一言难尽,他说:"具体您问我老板吧!我只知道是江总主动约的我们程总。"

李玥抿了抿嘴唇,说:"好。"

两个人坐电梯上楼,李玥在单人病房里看到了刚刚包扎完毕的程牧昀。

他身上的西装领口被撕了好大一个口子,左手的手背处被白色的纱布包裹,额角贴着一小块创可贴。

李玥脑袋"嗡"的一声。

完了,完了,程牧昀伤的全是重要部位啊!脸和手都有伤口,他这不相当于破相了?

李玥走了进去。

程牧昀抬头看到她，乌黑的眼眸绽出明媚的光彩，喜悦瞬间流露在脸上，却语气沉沉地问："谁让你叫她来的？"

他这话是冲小杜说的。

小杜在门口低头听训。

李玥急忙说："你别怪他了。"

程牧昀转眸，沉沉地看了她一眼。

不知怎么的，她似乎从他的眼神中读出了一股……淡淡的委屈？就那种"你怎么帮别人说话不帮我"的劲儿。

李玥局促地舔了下嘴唇，让自己别再胡思乱想。

她走到程牧昀身边，看了看他手上和额头上的伤，关心地问："你怎么样？伤得严重吗？"

程牧昀低声说："小事。"

"你们怎么会打起来？"李玥抿着嘴唇，咽了咽口水，"是不是因为我？"

程牧昀却摇头。

"你看到现在的微博新的话题了吗？"

李玥点点头。

"我做的。"程牧昀说。

一个小时前。

在李玥的网络风评逐渐转好时，突然间有关冯盈盈的新闻缓缓传播开。

江崇立刻打电话约了程牧昀见面。

不只是为了这件事，他还有很多问题想问。

江崇本打算等李玥来找他和好的时候当面问关于程牧昀的事，可自从两个人吵架到现在，李玥完全没搭理他，连这次出了这么大的事她都没来求他。

江崇心底生出一股说不出来的不安情绪，尤其是程牧昀的突然出现，更让他增添了一层烦躁的情绪。

对于网络上关于两个人恋情的风言风语，江崇觉得碍眼，也觉得可笑，因为他知道那不可能，可又害怕出现哪怕万分之一的可能性。

毕竟，最近程牧昀的举动实在是太反常了。

两个人见面时，气氛十分糟糕，他们已经有很长时间没有单独私下见面了，这回连表面上的应酬都没有，两个人沉默地对视了几秒。

江崇先开口："网上的事是为什么？"

程牧昀漫不经心地说："看不过去罢了。"

江崇皱眉,问:"她哪里得罪你了?"

程牧昀一顿,面色露出几分疑惑。

"我是说盈盈。"江崇说。

程牧昀感到啼笑皆非,轻哼一声:"你是为了她找我?"

"那你以为?"江崇反应过来,很意外地问,"帮李玥的人是你?"

程牧昀冷冷地抬眸看着他,那表情让江崇没办法形容……

程牧昀像在极力地压制着愤怒,又有一种对江崇的嘲讽与失望。

程牧昀用一双漆黑的眼睛沉沉地盯着江崇,声音冷得像冰:"同样是上热搜,你好像并不关心李玥被骂后会怎么样。"

江崇被他的话刺了一下,声音微微扬高:"那是我和李玥之间的事,再说了,她现在不是已经没事了吗?以前又不是没出过这种事,她没你想象的那么脆弱,是你多事了!"

江崇在表明自己对李玥的了解并警告程牧昀:他的行为已经越界。

可程牧昀竟然轻轻地笑了,这让江崇感觉有点儿莫名其妙。

程牧昀慢条斯理地开口:"李玥坚强,所以你觉得她不会受伤对吗?她从前被人谩骂攻击的时候,你没有挡在她面前,现在却怕另一个女人受到攻击。江崇,你还算男人吗?"

江崇的表情变得难看极了,他"噌"的一下站了起来,浑身散发着压制不住的怒气。

程牧昀挑眉看他一眼,满脸不屑,直接揭破了江崇一直伪装的那层皮:"或者说你并非不在乎,只是选择了冷眼旁观。你希望李玥陷入孤立无援的状态,这样她只能来找你了,对吗?"

江崇有种被看穿阴暗心思后的羞愧与难堪,喘着粗气吼道:"关你什么事?"

"通过伤害来得到一个人,太卑劣了。"程牧昀起身站到江崇面前,看他的眼神就像在蔑视一条下水道里的蛆虫,冷笑道,"你根本配不上她。"

江崇的回应是向程牧昀狠狠地挥了拳头。

"所以,他是为了冯盈盈打你的?"李玥轻轻地吸了一口气,"可你为什么要针对冯盈盈?"

程牧昀眉宇微沉,说:"现在还没有证据,但我可以确定,捧杀你这件事情是她做的。"

然后他不说话了,乌黑的眼睛静静地看着她。

李玥没再问下去,只觉得心头发热,手心有点儿汗湿。她小心地蹭了一下,清了清嗓子,问他:"伤口还疼吗?"

他嗓音微哑:"都是小伤,除了脑袋磕了一下有点儿晕,其他没什么大事,这就能出院了。"

她凑近了一下。

"哪里被磕到了?起包了吗?"

"要摸摸吗?"

他突然低下头,把脑袋伸到她的面前。

李玥闻到一股好闻的苦橙香气,眼前黑亮柔软的头发透着光泽,她吞咽了一下口水,舌头有点儿打结:"那……我看看。"

她把手指伸向他的头发,细白的手指穿过浓密的黑发,触感柔软温暖,她在内心发出感叹,他的头发好软。

她想起妈妈曾说过,头发软的男人心肠一般会很软。

她轻轻地抚摸着他的头发,体温渐渐因过快的心跳开始上升。她在一处微鼓的地方停下,小声地问:"是这里?"

他含糊地发出一个低声。

"那我揉揉?"

"嗯……"

李玥轻轻地揉了起来,目光停留在他的后颈处。

程牧昀肤色很白,和黑色的头发对比起来更加明显,只是她从没注意过他的后颈是这样白皙,脊骨的关节突出,像微微一条线延伸进衣领里。

她突然脸颊生热,并后知后觉地察觉到,程牧昀竟然如此轻易地向她低下了自己的头颅,仿佛在向她暴露自己的弱点,他对她如此信任,又如此亲近。

她的手突然顿住了,他察觉到后,轻轻地抬起头,目光缱绻动人,就那样静静地盯着她。

"怎么了?"过了一会儿他低声地开口问。

李玥看着他,脑袋里突然冒出一个想法——他们现在这个姿势,好适合接吻啊!

程牧昀伤得不重,已经可以回家了。

下楼的时候,李玥听到身后传来江崇的声音:"李玥!"

李玥听到他的声音就气不打一处来,冷冷地回头甩过去一个"眼刀",本来要说出口的话突然凝住了,江崇……现在看起来挺惨的。

李玥知道看到程牧昀后只以为两个人产生了一点儿小摩擦,然而事实显然比想象中惨烈得多。

江崇穿着住院服,脑袋上包裹了一圈白色的纱布,右手上臂同样被缠住,吊在胸前，走路一瘸一拐的，靠近时李玥才发现他一只眼眶发青，嘴角也破了，明显一副被揍惨了的模样。

等等，小杜不是说……是程牧昀被江崇打了吗？

李玥看了一下小杜。

小杜不愧是程牧昀的助理，立刻心领神会，说："是江总先出手打人的。"

程总回击没错呀！程总平时就喜欢打拳击，不能怪他下手失了分寸。

李玥无语。

可江崇就是有一种本事，能让人将刚对他产生的同情瞬间转化为厌恶。

"你来医院是看他的？"江崇死死盯着李玥身后的程牧昀，太阳穴直抽动，"我知道了，怪不得你那天的生日直播他会去，是你叫他去的对吗？你就是成心想报复我！"

李玥心头的火"噌"的一下冒上来，她只觉得江崇身上的伤太轻了，大夫怎么就没把他的嘴给缝上呢？

"我和你的事少带别人！"

江崇嗤笑一声，说："是，就算你想，也得看人家看不看得上你。"

李玥受够了江崇这种常年的贬低讽刺，脸上的怒容顿消，微微笑了一下，说："如果要说和你分手后我学到的唯一道理，那就是找男人一定要找别人觉得我配不上的。"

她摊牌了。

我就是喜欢年轻、好看的，你觉得我配不上，但偏偏这个男人是我的，你气不气吧？

果然，江崇愣了一秒，瞬间气血上涌，嘴唇跟着哆嗦。

更可气的是，旁边的程牧昀火上浇油地来了句："别说这样的话，是我配不上你。"

好家伙，小杜在一旁内心惊呼。

难怪人家程总年纪轻轻地就能坐上总裁这个位置，功力就是高啊！

一句话就把对面的人快气疯了，程总真是牛啊！

江崇气得眼睛都红了，胸口上下起伏，简直快喘不过气来。他一字一顿地说："李玥，你别太过分了。"

李玥一脸轻松，勾唇一笑："你管得着吗？"

她说完转身就走，看都不看江崇一眼。江崇本想去追，可他腿上有伤，最后"砰"的一下单膝跪倒在地。

李玥他们已经走了，完全没注意到江崇。

"你以前不这样的……"江崇看着地面喃喃低语，"你以前不是这样的。"

李玥怎么就……突然变了？江崇怅然若失，好像弄丢了什么珍贵宝物却不自知，或者不敢相信。可此时已经避无可避，他终于意识到这次和以前完全不一样了。

到了医院楼下，夜幕降临，冷风习习，吹灭了李玥头脑里发热的冲动，她心中的懊恼随即而至。

她慢慢地停下脚步。

小杜很有眼色地停在远处，只有李玥和程牧昀两个人站在树下。

"刚才那些话……"

她想说，刚刚是一时冲动为了气江崇才那么说的，本来不想把程牧昀牵扯进来的，最终还是没控制好把他卷进来了，一句"不好意思"还未说出口，突然卡在喉咙里。

程牧昀站在她对面，微低着头，从医院一侧投射过来的光落在他的侧颜上，清晰的轮廓，明亮的眸子，半边脸隐没在暗处。

突然，李玥不忍心接着说下去了。

"我挺高兴你那么说的。"他用漆黑的眼睛望着她。

李玥呼吸一顿，背脊处涌上一股暖流，烘得全身发热。

"然后呢？"夏蔓瞪大了眼睛追问。

李玥懒懒地瞥她一眼，完全无法忽视她激动又八卦的表情，用十分平淡的语气说："没有然后了，各回各家，各找各妈。"

她才不想说出自己狼狈地在程牧昀面前落荒而逃的过程，再回想一次自己都无法正视。

夏蔓无语，往沙发上一倒，抱怨道："哪儿有你这样的，话说一半儿，吊着人不是？"

不是李玥故意这么说，是现在连她自己都厘不清他们之间的关系，实在是没有心思再跟别人分享自己和程牧昀的事。

于是她推了推夏蔓，说："你是来听八卦的还是来帮我收拾东西的？"

夏蔓知道李玥的事情后直接来到她家，带了满满五斤的麻辣小龙虾来安慰她。

她听说是程牧昀帮李玥摆平了网上的攻击，又和江崇打了起来，虽说是因为冯盈盈，但归根结底肯定还是为了李玥。

"我觉得程男神是来真的了，"夏蔓正色道，"就算你和江崇分手了，也是兄弟的前女友啊！他这下子直接和江崇翻脸了，那就说明他一定是认真的！"

李玥头疼得要命，赶紧转移话题，说："别光动嘴，手动起来。"

正好夏蔓来了，李玥抓了壮丁，要一起收拾江崇留在她家中的东西。

两个人交往了四年多，其实相处时间并不算太多。李玥常年训练，假期少，除了要回家陪妈妈，她留给江崇的时间加起来顶多一年，因此她才不想吵架，遇事往往选择隐忍。

江崇留在她家的东西不算太多，只有一些衣服、鞋子和生活用品，基本两只箱子就够装了。

"这手帕是谁的？"夏蔓在衣柜里翻出了一条丝绸质地的手帕，上面有一处刺绣花体的英文字母C。

李玥愣了一下才说："我的。"

夏蔓感叹道："摸起来好舒服啊！这有两条，你给我一条呗。"

"不行，"李玥从她的手里把手帕抢了过去，"这个，不行。"

夏蔓敏感地捕捉到了细节，挑眉问："一定是别人送你的吧？"

李玥没否认，"嗯"了一声。

"那要好好收着。"夏蔓递给李玥一个空盒子。

李玥把手帕放进去，搁在柜子里，旁边还有一个大盒子，里面装着程牧昀送她的首饰。

她把江崇的东西收拾好，给周雨薇打了个电话。

周雨薇："李玥？"她挺诧异的，李玥几乎不联系她。

李玥开门见山地说："把江崇现在的住址发给我，我要把他的东西寄过去。"

周雨薇觉得李玥挺无理取闹的，没好气地说："我现在很忙，你之后再发吧！"

"如果挂完电话你抽不出这一分钟的时间把地址发给我，我就会把东西直接寄到公司，到时候江崇问起来我会说是你不给我地址。"

周雨薇一下子气血涌到头顶，以前李玥人虽冷淡，但说话从来都是客客气气的，不像现在这么讨厌。

"你……"周雨薇压了一下火气，抱怨地说，"现在公司真的很忙，盈盈姐的事闹得那么大你不会不知道吧？"

她言下之意反而有点儿责怪李玥。

李玥冷淡地说："那是你分内的工作，不是吗？"

"行，我马上发给你！"

李玥直接挂断了电话。

周雨薇气得眉角直抽抽。她还生气呢！李玥这是什么态度？

她点开微信把江崇现在的住址发过去之后，顺势把李玥给删了！

等以后李玥和江总复合了，李玥得求着自己加回来！

李玥麻利地把快递发出去，夏蔓刚才听了一耳朵，喜不自禁。

"江崇公司的人因为冯盈盈头都大了是吧？"她乐得直拍手，"活该啊！让他不分轻重非要安排冯盈盈出道，这下里外不是人，名声都臭了。"

"什么？"

"你自己去微博看。"

微博上，"冯盈盈老赖"依旧是话题榜第一。

冯盈盈本来在网络上就小有名气，但没有正式出道，在演艺圈里属于网红一流。可她的粉丝不认，觉得冯盈盈出身名门。

以前冯盈盈没有出道是天仙不愿下凡，人家生活已经够快乐了，为什么要进演艺圈啊？她四处游玩，过简单快乐的生活不香吗？

可前阵子冯盈盈要正式出道后，粉丝的话又变了：冯盈盈就是体验生活随便玩，和其他人不一样。言语和姿态傲慢得让人生厌。

然而，今天的新闻狠狠地打了他们的脸。

冯盈盈出身名门？呵呵！

"你见过推荐'三无'面膜的千金吗？"

"你见过父母是老赖的千金吗？"

一瞬间，冯盈盈的人设彻底垮掉。

冯盈盈的父母根本不是她说的什么移居国外，是老赖跑出去躲债了，现在还有一堆欠款没还，不少家庭因为冯盈盈的父母破碎！冯盈盈是老赖之女，用别人的钱，她好意思吗？

原本的合作方删掉了关于她的微博，她后续一系列的资源全部被撤掉，公司也打算雪藏她。

一堆人开始攻击冯盈盈的经纪公司，这让江崇的公司彻底乱了套。

江崇受伤还在医院里，只能远程处理事务，现在公司给冯盈盈的解决办法只有一个——

装死，不回应。

至于之前谈好的综艺和广告资源只能统统让位给公司里的其他艺人们。

冯盈盈就安分守己地在家里待着，什么言论都不要发表。

冯盈盈自然不乐意！她等了这么久，终于能出道，机会就这么流失了，她怎么能甘心？

可公司现在也没办法给她公关了啊！首先她在舆论上就不占理，她父母确实是欠债老赖。

公司说到底就是放弃她了。

冯盈盈气得拳头攥得死紧，心里是又气又悔！她完全没想到事情会演变到这个地步！

冯盈盈开始后悔抹黑李玥的时机不对，可一切已经太晚了……偏偏江崇不在公司里，她想找他哭诉求安慰都没办法。最糟的是，她得知家附近现在蹲守了好几个记者，等着拍她的惨状，好上娱乐新闻头条。

冯盈盈站在公司的卫生间里，看到镜子里的自己脸色暗沉、嘴角长痘，心知如果自己被拍到的话，将会丧失最后一点儿尊严。

她戴上口罩去了江崇的办公室。她知道江崇有一把备用钥匙，现在她只能去他家躲躲了。

从江崇的办公室出来时，冯盈盈正好撞到周雨薇。

"盈盈姐，你还好吧？"周雨薇目光透着同情。

冯盈盈现在最讨厌有人用这种眼神看自己，何况周雨薇这种人有什么资格同情她？

她没好气地说："我先走了！"

周雨薇被怼得有点儿莫名其妙。

冯盈盈让公司的人把她送到了江崇家，刚到就接到了她爸爸的电话。

"盈盈，你不是说已经和江崇在一起了吗？怎么现在网上闹成这个样子？！"

"爸，我和崇哥还没在一起……"

"要不你就回老家吧！"

"我才不要回去！"

冯盈盈的父母根本没有出国，他们欠下了不少债，自知无法偿还，早转移了所有财产跑回老家，只给冯盈盈留下一套大房子。

瘦死的骆驼比马大，在老家他们靠着以前的积蓄过得倒是蛮滋润的，可还是惦记从前的风光日子，便指望靠女儿嫁人翻身。

这几年他们劝说无数次让冯盈盈回老家，可冯盈盈就是不肯，说等她做了大明星，替家里摆平那点儿债务就是轻而易举的事了，自己早晚会赚大钱，而且江崇就是做新媒体公司的，一定会捧她！

可结果呢？连他们这个十八线小城都知道冯盈盈的丑事了！赚钱事小，丢脸为大！现在老家的亲戚朋友都在嘲笑他们家。

"总之我不会回去的！"

冯盈盈挂断电话，崩溃地大哭了一场，可偏偏这时候门口有动静，吓得她坐立不安。

后来才发现是快递员送来了一个寄给江崇的包裹，她给签收了。

到了晚上，冯盈盈听到门口有车声。她推开门，看到余深架着受伤的江崇一步步走进来。

"崇哥！"冯盈盈冲了出去，没想到他伤得这么重，"你的手怎么了，这是谁干的？"

江崇对她的突然出现感到很意外，问："你怎么在我家？"

冯盈盈小脸儿一僵，低声说："我家附近蹲了记者，我不敢回去。雨薇给了我钥匙，让我先在这里待一会儿。"

江崇脸色不太好，没再问下去，进了家门，看到门口放着两个大箱子。

余深看了一眼快递单，诧异地问："李玥给你寄的，这是什么？"

江崇眼眸一亮，突然紧张了起来，说："不知道，打开看看。"

打开一看，屋子里的三个人全都安静了。不用说，谁都能看得出来，里面全是江崇的私人用品，李玥这是把江崇放在她家里的东西寄回来了。

空气中弥漫着令人窒息的沉默。

余深率先开口："这次李玥闹得有点儿大啊！"

实际上，这已经不能说是闹，而是很认真了，李玥说要分手，是真的要分了吧？

江崇将拳头握得死紧，表情阴云密布。

"谁签收的？"

他根本没在家，谁自作主张把东西签收了？只有冯盈盈在家，答案不言而喻。

冯盈盈小脸儿煞白，瑟缩着肩膀直摇头，她现在状态不好，没有了平时楚楚可怜的小模样，倒显得有几分懦弱无能。

"不……不是我，"她颤着嗓子说，不敢看江崇的眼睛，"我来的时候东西就在了。"

"那会是谁？"江崇沉着嗓子问。

冯盈盈小声地说："钥匙是雨薇给我的，可能是她签收的……"

屋子里沉默的气氛再次弥漫开来，空气仿佛冻住了。

而此刻，来给江崇送文件的周雨薇恰好站在大门口，整个人完全僵住了。她刚刚听到了什么？什么她给了钥匙，签收了东西？她完全没做过啊！为什么盈盈姐要这么说？她想不到，平日里温柔大方的盈盈姐会在江总面前栽赃自己。可是，盈盈姐为什么要这么对她？

周雨薇开始审视过去的每一次相处，自认为对冯盈盈没有任何冒犯之举。

那就只能说明一件事——冯盈盈从来没把她当朋友，冯盈盈也根本不是自己想象中那么温婉和善的人，至于所谓的豪门家世更是虚假的欺骗。冯盈盈从家世到性格,全是装出来的!

屋子里维持着诡异的沉默。

余深忍不住了,干咳一声:"阿崇,要不你挑个时间跟李玥好好谈谈?"

江崇死死地盯着箱子里的东西,气血不断地往上涌,又恨又怒地说:"凭什么?"

他做错了什么,李玥非要这么一次次地闹?她还拉着程牧昀一起来气他,现在还把他的东西寄回来,做出一副跟他彻底划清界限的模样!不就是逼他主动去找她吗?

可江崇一想到去找李玥求情和好,心里的委屈和别扭怎么都压不下去,只觉得又酸又痛。

"以前每一次都是她来找我低头认错的,我凭什么去找她?"

那不就说明自己是真的错了吗?他之前的坚持和等待不就是很傻的行为了吗?

余深在一旁感到无语。这次和以前能一样吗?以前你俩吵架不到三天李玥就过来求和了,这次过多久了,李玥来了吗?她已经当着他们的面说分手了,而且和程牧昀一起出席了活动,连东西都寄回来了,这还不能说明情况的严重性吗?这次李玥是彻底寒了心。

"放心吧!"江崇压抑住内心的不安与冲动,冲余深一笑,"她闹够了就会回来的。"

余深彻底无语了。大哥,你脸上这笑明明跟要哭了似的……

余深觉得自己真的待不下去了,看江崇行动没问题便离开了。

他一走,屋子里更安静了。

江崇盯着被寄回来的东西,心脏揪得生疼。对他来说,每一样东西都如此熟悉,是他们一起购买的,成对成双,它们应该被摆在家里,和李玥的东西放在一块儿,而不是像现在这样躺在冰冷的箱子里,像一堆随时可以扔掉的垃圾,他也跟这些东西一样被李玥扔掉了。

江崇内心的痛楚已经盖过了身体的疼痛,他的呼吸渐渐沉重,旁边忽然传来一声呼唤:

"崇哥……"

江崇吓了一跳,回头一看,冯盈盈正眼圈通红地看着他。

江崇只觉得诧异:"你怎么还没走?"

冯盈盈的脸色一僵,她本来是开心的,李玥这次是下决心和江崇分手了,那她就能和江崇在一起了。

可为什么崇哥脸上是一副她很多余、不应该再留在这里的表情?

"我……我没有地方去了。"她红着眼眶,委委屈屈地说,"现在外面的人都在说我,我家附近全是记者。崇哥,你收留我几天好不好?我不会给你添麻烦的。"

她上前一步，撒娇地轻轻牵住他的衣袖，脸颊靠了过来，好像要倚靠到他怀里似的。

直到两个人的距离越来越近的时候，江崇突然意识到——太近了，这个距离，不合适。

他一下甩开了冯盈盈的手。

冯盈盈先是愣了一下，接着眼睛蒙上了一层水雾，马上要哭出来了。

江崇别开脸不去看她。

"这不合适，你是大姑娘了，住在我家里怎么行？你玥姐知道了会不高兴的。"

冯盈盈抽了抽鼻子，不甘心地说："可你们不是分手了吗？"

"我俩的事你不懂，李玥不会真的和我分手的。"

冯盈盈咬了咬唇，下决心上前一步，想再拉住他的衣袖："起码今天晚上，别赶我走……"

谁料她刚一上前，江崇竟然猛地退后了一步，这一步，就像一记响亮的耳光打在她的脸上。

他在避开她，很刻意、很明显地避开她！

冯盈盈整个人彻底愣住了。

江崇也觉得自己的动作有点儿太明显，脸上浮起几丝尴尬："今天你住这儿吧！我去别的地方，明天我给你找酒店。"

江崇快速地说完，像怕冯盈盈再抓住他一样，绕了一个大圈越过她。

直到关门声响起，冯盈盈才意识到，整个屋子只剩下她自己了。

羞愤与震惊一瞬间涌上心头，她整个人又羞又气。为什么？！江崇以前绝不会这样对她的。到底是哪里出了错？明明他已经和李玥分手了，为什么还要避开她？

冯盈盈想不明白，只觉得心里又冷又疼，一环接一环的打击让她难受得不行。她想起之前李玥对她说的那句话——"江崇一分一秒都没把你当成一个女人看过"。

"不……不是的……"

她才没输，她要让李玥后悔，是李玥错了！

江崇出去没多久就遇到了前来送文件的周雨薇，他冷脸训斥道："以后我家钥匙没有我的允许不准给任何人，我的私人快递要经过我的允许才能签收。"

周雨薇眼底发热，憋屈的情绪在胸口揪成一团，她低声说："是，江总。"

"再有下次，你不用来上班了。"

"我知道了。"

周雨薇咬着下唇老实挨训，她知道向江总告状是没用的。冯盈盈和江总是什么关系？她又算什么？哪怕自己说没有做那些事，江总会信谁不是一目了然吗？

周雨薇忽然想起从前，李玥总是会在冯盈盈手里吃瘪，她还以为是李玥无理取闹，现在她终于体会到李玥那种委屈憋闷的感受了。她心里突然生出对李玥的愧疚，以前不该用异样的眼光看李玥的。

可现在李玥离开了，连江总交往那么久的女朋友都不是冯盈盈的对手，周雨薇一个小秘书能有什么办法？因此她选择了沉默，就算要回击，也不是现在。

接着，江崇不得不去公司处理冯盈盈事件后的各种问题，哪怕是胳膊绑着绷带、满脸的伤，为了公司他也得去。

这一忙就是好几日，今天他醉醺醺地回到家，胃里胀得生疼，脑袋晕得难受，眼睛也模模糊糊地看不清东西。而最让他难受的是，回到家，屋子里漆黑一片，冷冷清清的。

他的心一下子空了，他不明白自己这么累死累活地奋斗到底是为了什么。

以前不是这样的，以前他回去，李玥会等他，有一盏灯为他点亮，屋子里散发着清香，还有她温暖的怀抱，耳边会响起她担忧的话语——

"怎么又喝这么多？下次再这样，不准你进门。"

可现在，这些全都没了。

江崇一个没站稳，跌坐在冰冷的地板上，"砰"的一声，他感觉不到身体的疼痛。

心中涌出千头万绪，最后他抓住最急迫的一个，拿出手机，拨了出去。

"喂？"

在听到李玥声音的那一刻，江崇内心是喜悦的。他就知道，李玥不会不理他的。

"玥玥，我胃疼，"他低着嗓子，一听就是醉了，用清醒时绝对不会发出的嗓音小声地说，"特别疼，疼得不得了。"

"你可以打120，或者找你的朋友。"李玥说。

江崇心脏疼得发紧，抽了下鼻子，他哀求着说："我就想你来。"

"我们分手了，记得吗？"

她的话像一根冰刺狠狠地扎进他的胸口。

江崇不由得呼吸加重，又急又怨地说："玥玥，你别这样……"

他知道她生气了，但是……但是他们怎么会真的分手呢？

李玥的回应是直接挂断了电话。

周围再次陷入安静，江崇孤零零地坐在空旷的房间里，心里空空的，一颗心像被人生生地挖出去，疼得他五脏六腑绞在一起。这疼痛终于让迷蒙的意识有了一丝清醒，他再也无法回避和自我欺骗。

李玥，是不会主动回来找他了。

李玥挂断了电话，如果江崇刚才足够细心就能发现，她的嗓子哑得跟破锣似的，说话有气无力。

她一直担心的发烧终于还是在各种折腾之下发作了，而且来势汹汹。

她半眯着眼睛给夏蔓发了个微信语音："宝贝，你通知一下江崇的兄弟，他刚才给我打电话，说自己不舒服。"

她才不会管他，但还是怕万一真的出事。

说完她哑着嗓子加了句："你晚上过来一趟给我买点儿药和吃的行吗？我发烧了。"

她把房间密码说完，接着"哐当"一声，手机掉了下去。

她太难受了。

迷迷糊糊地睡了不知道多久，她耳边突然传来按密码开门的声音，有人坐到她身边。

额头有冰冰凉凉的触感传来，她舒适地叹了一口气，低声呢喃："小夏？"

"睡吧！"

那人握了握她汗湿的手心，触感微凉。她不由得用手指缠了一下，手感……真好呀！

李玥是被一股香味勾醒的，那香味悠远绵长。

她晕乎乎地睁开眼，意识从天旋地转渐渐清醒了几分。她嗅了嗅，闻到一股清新微甜的淡淡味道。

"小夏？"她小声呼喊，声音沙哑低沉。

没有夏蔓的回应，李玥有点儿奇怪，按照夏蔓的性子，她肯定是风风火火的，人未至，声先到了。

李玥明明记得有人进来了。

接着卧房门被推开，看到进来的人，李玥惊得眼睛都瞪圆了，完全没有任何心理准备，在这种境况下她看到的竟然是——

"程……程……"

"嗓子不舒服就别说话了，"程牧昀走到她面前，把手上的水杯递过来，"先喝水。"

李玥睡了很久，嗓子干涩，便没说话，接过他手上的杯子，低头吞咽口水的时候她的目光触及程牧昀的脚踝。

他没穿拖鞋，是赤着脚的。

等她喝完水，程牧昀说："饿了吧？我带了东西，去餐桌那边吃吧！"

他看起来镇定又随意，俨然一副熟悉亲近的模样。

李玥恍惚了一下，点点头，等程牧昀出去，她终于恢复了理智，心脏狂跳，第一时间去抓手机。

等看到自己那条语音的接收人不是夏蔓而是程牧昀时，李玥在内心哀号了一声，整个人一头倒回床上。

这是什么乌龙啊？好尴尬啊！而且，她还喊了宝贝……

李玥努力地收拾了一下心情，该面对的始终是躲不掉的。

她先是去卫生间洗漱了一下，睡了好久，满身汗。她简单地清洗了一下，重新换了衣服，深吸一口气推开门，饭菜的香气扑鼻而来，肚子"咕噜"一声先叫了。

李玥给程牧昀找了一双拖鞋，可现在家里只有女式拖鞋，拎过去时，他在厨房里，正把保温盒里的热粥倒进碗里。

"程牧昀，"她喊他的名字，弯腰把拖鞋放到他面前，"你先穿这个试试。"

她穿的是睡衣，领口宽松，衣领跟着垂落下来，线条明晰的锁骨之下，露出半个白皙圆挺的胸线。

程牧昀喉头一紧，目光随之移开。

李玥蹲下来对比了一下鞋子和他的脚，不用试就知道穿不了。

"我的拖鞋太小了。"她说。

"没事，"他声音有点儿哑哑的，"下次我自己拿一双过来。"

李玥背脊紧了一下，他说下次，这是要常来的意思吗？

李玥抿了抿唇，发现他的耳垂有点儿红，抬眸问他："你热吗？"

"没有，"他的睫毛微颤，小片的阴影落在睫下，好看得很，他低着声音说，"烧退了吗？还难受吗？"

他好像在转移话题，可李玥还有点儿迷糊，没太在意，只是说："好多了。"

两个人沉默了下来，呼吸都不自觉地放缓，在这个空间内，只有他们两个人独处。

她说不清两个人现在的关系，程牧昀不再是简单的前男友的朋友，更不是所谓的朋友，可再进一步她丝毫不敢去想。她甚至，不敢看他的脸。

"要吃粥吗？"他先开了口。

"好。"

李玥不好意思让他动手，主动去拿碗筷。

程牧昀拦住她，捏住她的手腕，声音轻缓又带着不容人拒绝的语气："别动，你现在只需要休息，病人要好好听话。"

说实话，李玥这些年生病全靠自己扛，从没被这么体贴地照顾过，心里倒是有点儿甜。

"嗯。"

李玥不再动手,却没有走,看着程牧昀撸起袖子,从碗柜里拿出碗筷,重新清洗了一遍,将他热好的饭菜盛进去。

男人明明看起来斯文俊秀,衬衣下露出的小臂却肌肉结实,有强健的一面。他手腕处线条漂亮,手指白皙修长。李玥盯着那双漂亮的手,喉咙微微发痒。

可能是因为发烧脑子不清醒,这一刻她鬼使神差地觉得,他好像在勾引她。

程牧昀端好盘子,微抬下巴示意她:"走吧。"

两个人坐到餐桌前,李玥看着面前的清粥热菜,没忍住先喝了一口粥,胃里一下子暖暖的,舒服极了。

"好好喝!"她惊喜得眼睛发亮。

程牧昀嘴角微翘,注意到她脸颊上沾着濡湿的头发,伸手替她拨开。

这个动作有点儿太亲近了,别说是李玥,就连程牧昀做完后也愣住了。

程牧昀顿时有点儿懊恼,可谁叫今天的李玥这么不一样啊!

她穿着淡紫色的睡衣,上面印着一只大大的迷你版独角兽。穿着这么可爱的衣服的她与平时给人的感觉完全不同,他仿佛窥见了她柔软的另一面,不由得想要亲近。

她总是冲他笑,还有因生病微红的脸颊、看人时柔和的目光、完全不加掩饰的神情……

李玥轻咳一声,拢了一下耳边的碎发,说:"谢谢,还有你的饭。"

"不是白给的。"他说。

"啊?"

程牧昀有意活跃气氛:"谢你上次帮我解决了桃花债。"

哦,这件事,李玥差点儿忘了。

她好奇起来,问道:"那女孩不打算跟你表白了?就这么放弃了?"

程牧昀点点头。

李玥眨了眨眼,没想到预想中的大戏竟如此平淡,甚至有点儿怀疑到底有没有这个人,不过她这怀疑很快就被困意压下去了。

程牧昀拿了药过来,说:"把感冒药吃了再睡。"

她乖乖地吞了药,困意再次袭来,没过多久又回房间睡着了。

这一次李玥睡得很安稳,等她再次醒来的时候,发现天色已经黑了。

床头有杯水,李玥一口气喝完。这次她睡醒之后精神大好,头不热,脑不晕,重新活过来了!

她走出房间,本以为程牧昀已经走了,却在卫生间听到了声音,她推开门,看到了一幅令人完全无法置信的场景。

程牧昀，程男神，程总，那个家世优越、精致贵气、一双手漂亮得一看就是十指不沾阳春水的男人，正在给她洗衣服！谁能信？

李玥差点儿一口气没上来，声音发颤："你……你干什么呢？"

程牧昀抬起头，冲她笑了一下："你醒了？"

她家浴室的吊灯昏黄，一层柔光覆在他的脸上，他脸上的笑容更加生动迷人，李玥的心仿佛被烫了一下。

他站起身洗了一下沾满泡沫的手。

"你家洗衣机坏了。"

是，所以她才有那么多件衣服没洗，包括之前醒来换下的睡衣。但现在那件睡衣已经洗好被晾在杆子上，她的脸开始发热。

"还烧吗？"他走了过来，手掌按在她的额头上。从这个角度，李玥看见他解开的衬衣衣领里露出了一小片白皙的锁骨，那股淡淡的苦橙香气袭来，清冽又好闻。

她忽然意识到，自己之前正是被这股香味勾醒的，这让她的脸更烫了。

"怎么还没退下去？我们去医院吧！"程牧昀说。

"不……不用了。"她哑着嗓子说。

她的头已经不烧了，现在烧的是心脏，尤其是当她的目光落在那排挂着的衣服上时，心更加发烫了，天啊！

"我没事了，这么晚不好再麻烦你。"她低着头小声地说。

李玥能感觉到程牧昀的目光停留在她的头上，她觉得自己也挺浑蛋的。

人家大总裁，日理万机的，又是高岭之花，从没为谁折过腰，特意带了饭菜和药照顾了她一整天，又卖力地洗衣服收拾屋子，结果现在歇都没歇一下，她就要赶人走。这种愧疚感在她看到他泡白的赤脚时更强烈了。

李玥的心一揪一揪的，直到她听到头上响起男人略微冷淡的嗓音："我是该走了。"

李玥微微松了一口气，可心头的愧疚感并没有真的缓解。

程牧昀穿好衣服、鞋子，李玥沉默地送他到门口。

"我送你下去。"

"你还没退烧，好好在家休息吧。"他说。

李玥心口发紧，咬了咬嘴唇想说什么又说不出口，最后干巴巴地说了句："今天，谢谢你来照顾我。"

"我不是你的宝贝吗？来照顾你还不是应该的？"

他的话语里含着轻佻，像一股电流掠过她的心头。

她站在门里，他站在门外，一扇门半掩在两个人之间。空间突然显得逼仄，暖昧的气氛搅得人心头大乱。

他的呼吸落在她的额头处，气息温热，离得很近。

她不敢抬头。

她的下巴突然被他的手勾起来，她避无可避地对上他的眼睛。他那双眼睛里没有想象中的生气或冷漠，形状漂亮的眼眸里盛着几分无可奈何的温柔，那眼神让人有些受不住。

她突然有点儿怕他开口说些什么。

仰起的脸颊被他的拇指蹭了蹭，程牧昀摸了一下她的脸，说："别这么害怕，我不吃人。"

他对她笑了笑，笑容很好看。

等他离开后，李玥背靠着门慢慢地坐了下去。

完了，完了，她摸着脸颊，那里滚烫一片，刚才的触感还在，她的心脏跳得飞快。

只有她自己知道，她不是怕他会对自己说什么，怕的是她一直以为坚固的地方，竟然开始动摇了。

第四章
你想不想我

江崇酒醒后,浑身上下疼得像被人狠狠地打了一顿一样。

他喝醉后就直接倒在家里的地板上睡着了,如果李玥还在,她是不会让自己孤零零地躺在又冷又硬的地上睡一整晚的。

一想到李玥,他的心就像针扎一样疼。

他已经想明白了,他要去找李玥和好。

如果她这么想要自己向她低一次头、认一次错,那他满足她!

想通就做,江崇先是把自己收拾了一番,让自己看上去不太落魄,免得丢了面子。

看着镜子里的自己,江崇笑了笑,眼角弯弯,亲切、阳光、帅气。

他知道李玥喜欢长相阳光帅气的男生。对自己的长相,江崇颇有自信。

买了一束百合,他开车去往李玥的家,还在路上定好了一个高档餐厅,打算两个人晚上去吃。一路上他的心情有几分紧张,但他很快乐观地消除了那丁点儿紧张。

他了解李玥,就她生日那点儿事,她是不会真的生他的气的。

他都主动来求和给她台阶下了,她肯定会高高兴兴地跟他和好。

李玥家距离市中心有点儿远,路上的车越来越少,唯独有一辆黑色的豪车一直稳稳地开在他的前面。

起初他没在意,直到开近了一些,他浑身的汗毛都竖起来了。

他没认错,这是程牧昀的车。

他的呼吸缓缓变沉，一股形容不出的冷意攀上心头，他有一种不好的预感。

他放缓了车速，间隔两辆车的距离跟在程牧昀的车后面。

果然，他看见程牧昀的车开进了李玥家所在的小区内，程牧昀下车进了李玥家的单元门。

他真的是来找李玥的！

江崇气得眼底充满蛛网状的血丝。他死死地盯着程牧昀的背影，前后脚跟了上去。

这次他一定要李玥给自己一个说法！

他到得及时，电梯门打开的时候，正好看到李玥给程牧昀开门。

他怒吼一声："李玥！"

他额头的青筋一跳一跳的，走到门前，看到李玥正给程牧昀拿拖鞋。

新的，男式拖鞋！

他气得胸口快炸开了，活像抓到女朋友出轨一样，瞪着他们两个人的表情都扭曲了。要不是还记得今天是来干什么的，他早就闹开了。

他努力地压了一下怒气，对李玥说："你们两个到底怎么回事？你今天必须给我一个解释！"

李玥在看到他的时候表情就开始变得冷淡起来，侧头示意程牧昀："你先进去。"

江崇瞪着眼睛对程牧昀吼道："你敢！"

程牧昀眼眸上挑，故意对他露出个得意的笑。

江崇瞬间被气得浑身发抖！

他是故意的！

一团火好似从胸腔里升腾起来，江崇觉得自己快气炸了！

见江崇一副快气炸了的模样，李玥奇怪地回头看了程牧昀一眼。

程牧昀敛眉垂眸，薄唇微抿，侧颜精致，要多好看就有多好看，要多无辜就有多无辜。

从江崇出现他就一言不发，决不给李玥添乱生事。

李玥还真怕两个大男人一时冲动打起来，要说还是人家程牧昀理智。

看看人家，再看看眼前这条"疯狗"，李玥都懒得给他一个眼神。

等程牧昀进了屋子，李玥才转眸看向江崇。

他的状态很不对劲儿，呼哧呼哧地喘气，胸口剧烈地起伏，看得出是在极力压制着怒气。

他压着嗓音问："你俩……多久了？"

他看得出两个人很亲密，这绝不是普通的关系！

"你好好解释,我……我给你机会。"江崇不想闹得太难堪。

谁知对面的李玥却笑出了声:"解释?给我机会?你以为你是谁啊?"

江崇的脑袋"嗡嗡"作响,再也不顾什么自尊和矜持了。

他深吸一口气:"李玥,你不就是想逼我认错吗?想让我跟你低头,主动找你求和吗?行,你赢了,够了吧?!"

"我为什么要跟你斗气计较这些?"李玥眉宇间带着几分似笑非笑的冷意,"要我说几遍你才能明白?江崇,我们分手了!分手是什么意思你懂吧?我的事你管不着,我和谁见面和你没关系,我更不在乎你自作多情产生的无聊情绪。别再出现在我面前了,你很烦。"

什么?

江崇后退一步,脸色转为煞白,似乎从这一刻起才终于明白,李玥说的分手不是在引起他的注意,也不是在闹脾气故意作,更不是逼他低头的手段,而是她真的想要和他分手。

这句话像在他耳边炸开一样,恐慌瞬间紧紧地勒住他的心脏。他脸上的血色尽退,满目的惶恐不安,可他不明白。

"为什么?你……你是因为程牧昀……"

"跟他没关系。"李玥冷着脸,"别把别人想得那么脏。"

江崇有一瞬间的喜悦,可紧接着他更搞不清楚了:"那是为什么?难道就真的是因为你生日那天我没去,就那点儿小事……"

小事?

在他眼里,她生日当天被"放鸽子"是小事?

全国上下看她的笑话,被人嘲笑是小事?

他抛下自己和青梅妹妹待一整晚是小事?

李玥哭笑不得。

她不想再和他争论下去了。

也许在江崇眼里,这些的确是小事,因为在过去这种事发生过很多次,只是这一次闹到了直播上。

"确实和那件事有关,可让我想分手的原因不只是这个。"她冷冷地看着他,"早在那一个月之前我就想分手了,不过是在生日那天我终于决定了。"

她生日的一个月前?

江崇突然想到一件事,随即脸色跟着一变。

江崇打算在她生日直播那天求婚不是一时兴起,而是早在之前就已经有订婚的计划了。

当时李玥一直没有给他准确的答复。直到有一天，李玥的生父找上他，得知两个人有结婚的打算，立刻敲定说一起见面好好劝劝她。

江崇知道李玥出身于单亲家庭，和她爸爸的关系不太好，他想要帮助两个人修复感情，便把李玥约了出来。

当看到孙志强的一刹那，李玥变了脸。那是江崇第一次看到李玥的那种表情，既仇恨又羞怒，眼神像在看仇人。

她当时转身就走，江崇追了上去："李玥，你别着急走，有话好好说。"

她冷着脸："我要是知道你今天让我见他的话，我是不会来的！"

江崇劝道："别这样，他这次来是想参加我们的订婚礼，他毕竟是你爸。"

李玥当时一个"眼刀"狠狠地甩给他："要他参加我的订婚礼，开什么玩笑？！"

江崇试图让她别太激动，过去搂她："你想想，将来举行婚礼的时候总需要有人陪着你走红毯的，不然多遗憾？我看他挺有诚意的。"

李玥推开他的手，盛怒不减："你们才见过几次，你就这么替他说话。怎么，他是你的人生偶像了？以后你也打算像他一样抛妻弃女？"

江崇在她的连连讽刺下挂不住脸，沉声道："李玥，你别过分了。"

"过分的人是你。"她说完转身就走。

江崇当时也气，他忙里忙外的到底是为了谁？

他脱离家里的产业，独自出来开公司打拼是为了谁？

他还不是想要自食其力，摆脱家里的控制，让家人能接受她。

为了这次订婚，他跟父母做了多久的思想工作，忙里忙外地订酒店、排流程、接待她爸，不全是为了她吗？！

她还跟他甩脸子！

当时两个人吵完架不欢而散，他本来想等她过生日的时候给她一个惊喜，当场求婚，没承想，当天冯盈盈生病了。

可自始至终，江崇从来没想过李玥会真的跟他分手。

江崇反应过来后觉得心里委屈。

"就因为那次和你爸的见面？"江崇情绪上来，"是你爸找到我说想跟你修复关系，我也是为了你才答应的，你反过来怪我？"

李玥平静地看着面前的男人。

"你知道我家的情况，在我7岁那年，父母离婚，我妈是净身出户带着我，累死累活赚钱供我读书，让我练花滑。你只知道孙志强说想要和我修复父女感情，可你知道吗,他从来没有在乎过我这个女儿,我爸妈离婚就是因为他想要儿子。"

江崇瞬间无语。

李玥原来是有个哥哥的,大她3岁。李玥并没有多少对哥哥的记忆,因为她哥哥身体不好,常年住医院。

在她5岁的时候,她哥哥出了意外。

那天是她哥哥的生日,孙志强带他们一起去公园划船,她妈怕水就没上船。

意外发生那天,他们在湖中心不小心弄翻了船,三个人一起掉入水中。孙志强不会游泳,勉强抓着船身,李玥被旁边游船上的人救到岸边,可她哥哥不幸溺死在湖中。

这件事情发生后,孙志强生意不做了,每日酗酒,她妈妈深夜总是抹泪。

可没过多久,她记得有一天深夜父母吵得很凶。

她只记得屋子里回响着孙志强的吼声:"你得再给我生个儿子,我们老孙家不能没有儿子!"

当天晚上李三金是到李玥的房间里抱着她睡的,而且一直在哭,她当时很怕,一直抱着妈妈。

而后是她父母漫长的冷战期。两个人完全不说话,一个屋檐下,当彼此是隐形人。

因为李三金不肯再生,所以孙志强逼得她净身出户,从此,李玥改了母姓,和孙家再无关系。

"孙志强后来和别人生了儿子,这么多年他从没来看过我一次,没出过一分抚养费,在我成名之前他没给我打过一次电话。"李玥语气冷淡地讲述着她和爸爸的关系。

她早没有爸爸了。

"这样一个人现在突然贴上来到底是为了什么,别跟我说你看不出来。"

江崇变得慌乱起来:"我不知道这些……"

"不,你知道,"李玥盯着他的眼睛,"你全都知道,最终你还是坚持把他带到我面前,要我跟他和好,要他出席订婚礼。"

这么久以来,在两个人的相处中都是李玥在一步步退让。

"我不可能让一个伤害我妈的人出席我的订婚礼,更不会和一个伤害我的人结婚。"

她不想再退了。

"江崇,我们已经分手了,不要再来找我了。"她冷冷地说道。

江崇的大脑空白了好几秒,他无法相信自己听到的话。

"还有，我不喜欢百合，"她瞥了一眼他手里的百合花，"百合是冯盈盈喜欢的花。"

无论是孙志强的出现，还是冯盈盈的挑拨，都已经让他们之间有了太多的隔阂，犹如万丈深渊横亘在两个人之间，再难消除。

她退后一步，缓缓地关上了房门。

吹起江崇额头的发的风有些微凉，和他的心一样。

他从没想过有一天李玥会这样对他。

他突然想起那天酒吧里她在众人面前说的话——"我不要他了"。

她真的不要他了！

这句话像一颗长长的钉子狠狠地扎在他的心上，越钻越深，痛得他弯下腰来。

他从没想过李玥会真的和他分手。

他和李玥在18岁时开始正式交往，那时候她在国家队训练花滑，他则在学校里拼搏。

两个人同样是在重压之下，可他们的联系从没断过，每天互发消息，短短几句话就甜满了心。

终于有时间能够出来约会，有一次正赶上他的生日，李玥拿出一条编绳手链送给他。他故意说反话逗她，表现出嫌弃的样子，当时李玥因为他的话而气恼，让他心里满足极了。

他知道李玥心里是很在乎他的。

吵架的时候，只要自己吓唬吓唬她，故意冷冷她，没多久李玥自己就回来找他了。这极大地满足了江崇的虚荣心。

当然，有时候他也会因为自己犯错而内疚。

可江崇从小家境好，顺风顺水惯了，哪怕是自己有错，依然不会认错。他总想着之后再去弥补李玥就好了，反正她不会真的生自己的气。

他们交往了四年多，真正在一起的时间却不多，因为李玥把更多的时间放在了花滑上面。

这总是让江崇心生不满。

他想让李玥把心思都放在他身上，所以一直希望李玥能够尽早地放下花滑，退役后和他完婚。他是想和她结婚生子的。自始至终，他的人生计划里只有李玥，从来没有过别人。可现在这个计划完全被打乱了。

他从没有想过有一天李玥会真的和他彻底断绝关系！

江崇眼底涩涩的，浑身的关节像生了锈，完全无法动弹。

想起李玥刚刚说的关于她爸妈的事，他的心头又痛又悔。

他承认自己有私心，想要李玥听他的话。

他觉得李玥不可能这么狠心，一点儿不想见自己的亲生父亲。如果他们父女俩能和好，她爸爸再劝动他尽早退役，那岂不是更好了吗？

他知道李三金不会帮他说话，但是孙志强不一样。如果是他帮助他们父女俩和好，孙志强一定会多帮他劝李玥尽快退役的。可这竟然成了她想要分手的导火索！

江崇的大脑里回忆起一幕幕李玥失望地看着他的场景。

她希望自己和冯盈盈保持距离，他只觉得是她小题大做。

一起吃饭的时候，菜品不是她喜欢的，她挑拣的模样让他以为是她太娇气。

还有，在她生日的时候他瞒着她把宣传做出去，结果自己却不能去，让她一个人陷入窘境，而他却陪在别人身边。

如果换作自己，在他生日的时候，李玥不来陪他，反而和一个男人待一整晚的话……

江崇仅是想想就觉得心里难受。

他倏然醒悟。

原来他以前让李玥受了这么多的委屈。他一直以为这些都不算什么，反正他们不会分开，她总是会和从前一样主动来找自己。享受了太久，他早已忘记这并不是理所当然的。

今天李玥的态度就像一记响亮的耳光打在他的脸上。

她不要他了。

鼻端充斥着芬芳的百合花香，像在提醒他对李玥的忽视。

不只如此，还有他寄错的项链，没能送到她的手上，反而戴到了冯盈盈的脖子上。

江崇无法想象当时李玥看到时是什么心情，可自始至终，她都没有问过自己一次。

为什么？她是失望到了极点才会连质问的想法都没有了吗？

还是她觉得没有必要追问了？

江崇感觉悔恨如潮水般渐渐地漫过口鼻，他的手紧紧地按着胸口，快喘不过气来了。

同时，一股迷茫涌上他的心头。

他人生中从没遇到过这种情况，完全不知道接下来该怎么做才能让李玥消气。

手机振动了两声，江崇过了好一会儿才拿出手机。

手机里是冯盈盈发来的微信。

冯盈盈："崇哥，我做了你最喜欢的番茄意面，你还要多久才能回来呀？"

因为之前的丑闻，冯盈盈一直没有回家，住在江崇的小别墅里。

这些日子他回到父母家里住，除了要去拿一些生活用品和工作资料，没再去过小别墅。

如今他再看到这条微信，想到冯盈盈住在他家里给他做了晚餐等他回去，不由得想起之前李玥对他说的话——

"你为什么不去当冯盈盈的男朋友呢？"

江崇的心情很复杂，眼前闪过一幕幕从前偏心冯盈盈而冷落李玥的画面。

过了片刻他回复："我不过去了。"

过了一会儿他又加了一句："以后也不用帮我做了。"

这是他第一次明确地表示要和冯盈盈拉开距离。

李玥关上门走回了房间，原本昏暗的房间变得阳光明媚。

程牧昀把窗帘拉开了，屋子里通畅明亮的同时，也让一些沉在心底的隐秘心思再也无所遁形。

程牧昀站在透明的玻璃窗前背对着她，肩膀宽阔结实，长腿傲然笔直，背影很吸引人。

她轻轻地吸了一口气，扯了扯睡衣袖口，努力组织着语言。

这时程牧昀听到声响，缓缓地转过身来。

他眼眸清澈，定定地望着她，目光落在她身上，延伸出缱绻的意味，带着深深的克制，并不过分热情，也不显得冷淡，让人清晰地感受到他的专注。

这一瞬，李玥仿佛听到心口有什么东西裂开的声音，细微而痒，轻微而痛。

她一时分辨不出什么，只知道刚才准备好的一堆场面话突然说不出口了。

过了好一会儿，她开口问道："我和江崇的事会不会影响到你？"

程牧昀轻轻摇头："不会。"

李玥微微松口气，补充说："我和他彻底分手了，没有回转的余地。"

"嗯。"他立刻回应，尾音微微上扬。

她轻轻地别过脸："我现在不想再谈感情了。"

她说完这句话，屋子里陷入了沉寂。

李玥咬了咬嘴唇，让自己不去看他，继续说："我之前对外许下了承诺，腿伤好了之后我会尽快投入训练，努力参赛赢得金牌。我不想太分心。"

程牧昀薄唇抿紧。

她把心里话一股脑儿说出来："和江崇在一起的这几年，说实话挺累的，以后的日子我想更爱自己。"

不再为了谁委曲求全，也不再为了谁胡思乱想，她想要自私一点儿，全身心地投入到自己的事业中。

她承认程牧昀对自己有吸引力，这种纠结的、热烈的、刺激的心动让她辗转难眠。而且他是普通人攀不上的高岭之花，为了她走下神坛，将手递到她面前，任谁都会心动。可他不适合她。

两个人的身份、地位悬殊，再加上他是江崇的好朋友，以后根本不可能与江崇没有交集或牵扯。

这无疑会消耗更多精力，可她现在不想再耗费多余的时间了。

李玥清楚地知道，留给自己职业生涯的时间并不多。

花滑女单的黄金时期本就短暂，她今年23岁，是经验和实力最好的时期，她不能再错过，更不想去冒险。

她抬起头来，对上他的目光。

程牧昀的眼神晦暗难辨，一言不发。

过了好一会儿，他终于开口："我能抽根烟吗？"说着，他从兜里掏出烟盒来。

李玥抿了抿嘴唇，伸出手去："给我也来一根吧。"

刚打开的烟盒盖被他扣上了，他看了她一眼："吸烟不好。"

李玥忍不住说："那你还抽。"

"你不一样。"

他的目光落在桌子上的药盒上。

李玥反应过来，嘴角忍不住牵了牵。她都快忘了自己还在生病中，而他还注意着。想到这里，她的心口突然有点儿闷疼。她不能再拖下去了，怕会后悔。

她转身去房间里拿出之前他送给她的钻石首饰，小声地说："这些你还是拿走吧。"

程牧昀盯着她的脸看了几秒，突然开口："你很讨厌我吗？"

李玥有点儿被他的直白吓到，吞了一下口水才笑着说："怎么会？"

"那我送你一点儿东西你都不肯要。"

李玥觉得自己一定是昏头了，发烧还没好，竟然从这话里品出几分软软的委屈。

可问题在于这不是"一点儿"东西啊！

别的不说，像J.C的那条独家宝石项链，是有市无价的，她怎么要得起？

就像他一样，她要不起。

她铁了心地说："这些首饰不适合我。"

她说完这句话后，程牧昀脸上瞬间露出被刺痛的表情。

李玥突然有点儿不忍心。可说出去的话无法收回,她紧紧地抿着唇。

程牧昀沉默着上前把盒盖打开,首饰整整齐齐地躺在里面,那天宴会之后她再没动过。

接着,他目光微微一震。

盒子里除了原本他送的首饰,还有一条红色的编绳手链。编绳手链朴素简单,与旁边熠熠生辉的钻石形成鲜明对比。

李玥:"这个……"

那天程牧昀说要她给他做一条编绳手链,她说自己已经不会了,可还是没忍住在网上下单买了材料,空闲在家的时候就编好了。

毕竟这么久以来,程牧昀只对她开过这一次口,李玥觉得这点儿要求还是可以满足他的。

可这才算是半成品,她本来想再买点儿玛瑙或者转运珠装饰一下再给他的。

现在这光秃秃的半成品躺在首饰盒里,接着被他白皙修长的手拿了起来。红绳落入掌心。

他漆黑的眼看着她,嘴角荡起浅浅的笑意。

"我要这个就够了。"

李玥愣了一下,对上他的眼睛:"那这些……"

"之后再说吧。"他眉眼含笑,穿着她新买给他的男式小熊拖鞋,脚步轻快地离开了。

李玥的病来得快,去得也快。

她身体素质本来就好,没两天就恢复了活蹦乱跳,要不是顾忌腿伤,真想去冰场上遛一遛。

在她憋得不行的时候,"及时雨"夏蔓来约她出去玩了。

在连续加班两个月之后,夏蔓终于迎来了她久违的休息日,必须狠狠地玩起来,最佳伴友自然非李玥莫属。

李玥嗜辣,夏蔓也一样。

两个人打算去市中心一家非常有名的川菜馆吃川菜。这家菜馆装修得极具风格,是一座五层高、古色古香的建筑。火辣爆香的川菜,吃得人心情舒畅,就一个字——爽。

李玥夹菜的时候,夏蔓正一脸纠结地盯着手机。

李玥抬头问她:"不会还有人在你假期时要你处理工作吧?"

夏蔓这个工作常年加班，李玥有时候想劝她换一份工作，又不好开口。

夏蔓的情况特殊，她没念过大学，是自学的设计，好在现在这个老板欣赏她，才能混一口饭吃，累是累，钱倒是不少的。

夏蔓把手机屏幕转给她："你自己找亮点。"

手机上是两个人刚拍的朋友圈合照，精致漂亮的餐盘旁边两个人挨着坐，李玥梳着高马尾，英姿飒爽，夏蔓齐耳短发，娇俏可爱。

夏蔓的配文："干饭人，干饭魂！"

下面有很多人回复，大多是夏蔓的同事，没多久李玥找到了她说的"亮点"。

这条朋友圈里，点赞的人里有程牧昀。

"啧啧，我加了程男神七八年了，这是他第一次给我点赞。"

夏蔓意有所指地递给李玥一个眼神。

李玥没接话茬儿。

"我做梦都想不到有一天高冷的程牧昀能追人，还被拒绝了。"

说实话，夏蔓有点儿爽。

李玥瞪了她一眼，夏蔓收敛了一下，赶快给她夹了毛肚儿示好。

李玥吃了毛肚儿，忍不住好奇地问："怎么，他以前没追过人？"

"像程男神这种，只有被人追的份儿好吧！"夏蔓跟程牧昀是一个高中的，对此记忆深刻，"你不知道学校里有多少女孩子被他迷得神魂颠倒。"

"那他没和谁在一起？"李玥问。

"你当男神是那么好拿下的吗？越是像他这样的，越难追。这么说吧，我们学校的人无论谁找程牧昀要微信，他都给，但是你给他发消息，他一句话都不回。"

是这样的吗？

李玥一时恍惚，她好像每次给程牧昀发微信，他都会很快回复。而且上次她发烧发错了消息，程牧昀直接连饭和药一并带来她家。

一股异样的情绪浮上心头，李玥呼吸渐紧，忍不住吞咽了一下口水。

夏蔓没注意到，继续分享八卦："我们学校的人都觉得程牧昀挺高冷的。他本来家世就好，大家还在奋斗高考的时候，他哪怕考得不好，照样有万贯家财继承，更别提他还是学霸，常年排名第一，自然和周围的人格格不入。"

所谓的天之骄子，说的就是程牧昀。

她话锋一转："不过我想起来了，他好像以前被人骗过一次。"

李玥给她续了杯橙汁，示意她继续。

"我听别人说，高一的时候程牧昀没这么高冷的，挺喜欢参与活动的，周末放学总是一群人结伴一起玩。后来吧，不知道发生了什么，程牧昀再没参与这种集体活动，变得独来独往起来。最奇怪的是据说没多久他们班有个男生转学了，那人本来和程牧昀的关系特别好，可就这么突然消失了。后来大家说程牧昀是被这人给耍了，那男生没把他当朋友，就拿他当提款机，你懂吧？"

李玥微垂眼睫，心情复杂。

"后来呢？"她问。

"从那之后他一直独来独往，给人的感觉越来越冷漠，挺难接近的，"夏蔓干咳一声，"除了江崇。"

说起来，程牧昀是什么时候和江崇变成朋友的？

夏蔓也记不起来了，两个人不是一个班的，没什么交集啊。

"玥玥，你和他就没可能了吗？"

她觉得程男神比江崇好一万倍啊！

李玥没抬头，只是说："我觉得他可能不想再见到我了吧。"

说实话，连她都觉得自己挺过分的。

夏蔓同意："按程男神那么高冷的性格，差不多吧。"

李玥沉默。

相比其他人，李玥从没觉得程牧昀高傲冷漠，那只是他的保护色，至少她了解的程牧昀，很好很好。

她心里有一个秘密，从没对任何人说过。

她在16岁那年见过一次程牧昀，早在认识江崇之前。

她记得那天的雨下得很大，惊雷在乌云里咆哮，豆大的雨滴很快让马路上出现蜿蜒的水流。李玥狼狈地躲在屋檐下。

冷风裹着冰冷的雨水落在脸上、脖颈上，身体禁不住打战，她摸了一下脸，湿漉漉的，分不清是雨水还是泪水。

她心中孤寂难过。大街上空无一人，仿佛在提醒她，自己被丢弃在荒芜之地，她是不被需要的人。

程牧昀是在这个时候出现的。

她那时还不知道他的名字，只看到桥上走下来一个撑伞的少年。

他穿着蓝白色的校服，皮肤很白，露出的下颌线很漂亮。他背着一个长长的黑包，黑包里面装着乐器。

李玥抬眼看了看，又低下头去。

雨越下越大了。

她拢了一下额头半湿的头发，感觉呼出的气息都是冷的。阴影突然罩在上空，一双白色的球鞋在她面前停下了。

李玥抬头，看到少年精致的脸。他瞳仁极黑，气质冷淡，嗓音低沉又好听："回不去家了？"

李玥愣了几秒。

"给你。"他把手上的黑伞递了过来。

李玥眼睫微动，声音有点儿哑："你怎么办？"

"我家很近，跑过去就行。"

他看到她脸上的水，拿出一块白色的手帕递给她："擦擦脸吧。"

李玥来不及拒绝，少年把伞硬塞到她的手里。

他手上的温度是她唯一感受到的热。

接着，他背着琴包跑进滂沱大雨中。

当时她来不及问他的名字，恰是偶然，他送了她一把遮风避雨的伞，护着她回家。

直到两年后，她再一次从程牧昀手里收到同样的雪白手帕，下面绣着独特的花体英文C，才恍然，那个雨中撑伞的少年原来是他。

两个人吃完饭，李玥去结账的时候，看到有个姑娘声音窘迫地说："我手机是真坏了，突然就没办法开机。我不是想吃霸王餐，不然干吗吃到一半儿来跟你们说啊？"

餐厅经理为难地道："您说没带现金，又不能手机支付，我这边说叫您联系父母朋友过来，您又不同意。"

"不是我不同意，是我不想让他们知道……"

餐厅经理皱着眉头，觉得这全是借口，他有点儿严肃地说："那我们只能报警处理了。"

女孩急了："我给你打欠条，我保证之后回来付钱行不行？"

这时候李玥看了一眼女孩，她长发披肩，脸上戴着蓝色口罩，露出的一双眼睛又圆又黑，很漂亮，尤其是那一双手，白嫩纤细，指甲涂成樱紫色，秀气精致。

她走了过去，主动问经理："她的餐费是多少？"

经理："342元。"

"我帮她付。"李玥扫完付款码，侧头对女孩笑了笑："你安心吃，我请你。"

女孩看到她"啊"了一声："你是李玥？"

李玥眨眨眼："你不会是我的粉丝吧？"她自认知名度还没大到能在大街上被人认出来。

女孩摘下口罩，露出一张又乖又甜的脸，表情中带着惊喜："是我啊！姐姐，我给你介绍过饮料的。"

李玥想起来了，她是之前在商务酒会上遇到的小服务员。

"是你啊。"

梁小西几乎是眼含热泪，双手合十地对李玥说："谢姐姐救我狗命。"

李玥被她逗笑了："哪儿有那么夸张？"

"姐姐你把微信给我，我之后把钱转给你。"

"不用，我请你吃。"

这时候夏蔓走了过来，问："熟人？"

李玥摇摇头，笑着冲梁小西摆摆手："我们先走了，再见。"

梁小西看着李玥和夏蔓离开，心里激动得发热。

啊！李玥真是神仙小姐姐！

有了李玥的解救，梁小西终于能安心地吃完这顿川菜了。她把所有的东西扫荡一空，肚子撑得鼓鼓的打车回了酒店，但一下车她便被自家经纪人抓了个现行。

"西西老师，你急死我了！"

梁小西觉得她小题大做，说："我一个大活人又不会丢。"

"那你怎么不接电话？"

"我手机坏了，对了，后面车费你帮我结一下，我回头转给你。"

梁小西没能躲过经纪人的火眼金睛，经纪人凑近闻了闻她身上的味道，板着脸质问她："您是不是溜出去吃东西去了？西西老师，我们马上就要参加综艺录制了，您是要露脸的，可不能再这么吃了！"

"我就是一个编剧，又不是演员。要不是受李导邀请，我才不会又去那个什么点评综艺，还要给自己弄个经纪人找罪受。"

梁小西委屈，她的经纪人更气，就没碰到过这么不合作的艺人！

的确，严格意义上来说，梁小西不算是艺人，她是圈内有名的编剧。

别看人家是20岁的小姑娘，可她从15岁开始写书，全是硬核的悬疑小说，改编影视剧后收视率刷新了各大平台榜单纪录，她可是业内所有人抢着要的编剧"大拿"。

这次梁小西终于同意在公众面前露脸，经纪人严格要求她减重保持形象，可偏偏她本人是这么个随心的个性，这又偷吃去了！

经纪人真是头疼死了。

梁小西吃饱喝足只想回酒店躺着，她用电脑上网下单买了新手机，接着去李玥的微博点了关注。

从今天起,她就是李玥的粉丝了!

这一关注不要紧,她好像发现了新大陆。

顺着李玥微博下面发表评论的粉丝,她点开了对方的页面,第一条是转发程牧昀的微博。

程牧昀V:"笑脸.jpg。"

接着下面是三张图,都是风景照,蓝天白云、绿草美花,看起来没什么特别的。

她顺着这个粉丝的微博链接点进去一个超话——橙粒超话。

"姐妹们,来糖了来糖了!今天程总发了微博。程总是工作狂大家都懂的,一般只发工作商务,今天分享起生活了,你品,你细品。"

"程总突然开始发这些花花草草的,很不对劲儿噢。"

"我悟了,有变化就说明心情的改变,四舍五入就是……我要恋爱了!"

"大家看程总第一张图天空上的那朵云,像不像月亮?这不是暗示是什么?"

"第三张图程总露出的手腕上的这条红手绳怎么有点儿眼熟?他以前不是戴表的吗?"

"好像玥玥有同款,捂住我的小心脏,不会吧!我搞到真的了!"

"这是两年前玥玥比赛前的新闻照,重点是手腕,一样的红绳!"

"同款情侣手绳!还有比这更铁证的吗?疯了疯了。"

"我觉得可以叫姐夫了,要勇还是程哥勇!"

一瞬间,梁小西仿佛进入了一个新世界。这激情,这热血,疯狂地在胸口涌动,她情不自禁地把鼠标移动到超话上方。

橙粒超话粉丝数+1。

"您是第31520名果汁。"

梁小西对着屏幕嘴角上扬:家人们,我来了。

李玥和程牧昀的情侣粉愈加壮大,热度持续不减,加上被花滑视频吸引的新粉,李玥现在的热度非常高。因为赢得了普遍大众的好感,现在她的网评转好了不少。

李玥在接到经纪人邹姐电话的时候很是诧异,问:"你说什么直播大典?"

邹姐声音里带着压不住的笑意:"就是你生日那天参与的星直播举办的晚会大典!"

"这次活动是慈善性质的,对你的形象非常有帮助。"邹姐说。

李玥对这个活动的利益并不是很热衷。她参与活动是受合作方的邀请,之前资助学生是出于本心,并不想靠这个获得什么。

运动场上的奖杯才是她真刀真枪拼出来的，但基本的职业操守她是有的，既然参与了活动，如果时间合适她会配合的。

李玥问："晚会什么时间举行？"

邹姐："大概两个月后。"

"好，具体你来和平台协商吧。"李玥对邹姐说。

李玥对出席活动并不在意，可这不代表别人也不在意。

这场星直播晚会大典会邀请众多艺人，盛况不亚于一场电影节，一旦谁被邀请，就极易引起媒体注意，便能够迅速被大众认识，非常有利于之后的星途发展。

可偏偏，冯盈盈不在受邀之列！

冯盈盈在办公室里质问经纪人黄叔为什么她没被邀请，公司里不如她的人都被邀请了，为什么偏偏漏掉了她？

"你们是不是把我的名额让给了别人？"

就像之前一样，明明是她的代言和综艺，全都被分给了别人！

黄叔叹着气，说："你的人气是没问题，可你爸妈那件事算是污点，平台怕出问题才没有邀请你。"

冯盈盈委屈地说："我有什么错？欠债骗钱的人又不是我。"

冯盈盈这话说得好像她没花过她爸妈的钱一样，据经纪人所知，她现在住的房子还是她爸妈留给她的。

黄叔没给她眼神，冷淡地说："公司还在和平台谈，你回家继续等我消息。"

总是让她等，她现在和被雪藏有什么区别？

冯盈盈不甘心地说："听说他们连李玥都邀请了，据我所知，她的经纪公司没有我们强，但她都可以被邀请。"言下之意就是指责黄叔的能力不行。

黄叔瞥她一眼："李玥现在的热度可不低。"

冯盈盈撇嘴："还不是钱砸的。"

"这只是你看到的一面罢了。"黄叔手底下又不是只有她一个艺人，哪儿能围着她一个人转，他不耐烦地说，"你还是回家等消息吧！"

冯盈盈心里气得不行，她直接去了总经理办公室找江崇。

大不了她换个经纪人，反正崇哥一定会帮她的。

冯盈盈刚到江崇的办公室，迎面就碰到了周雨薇，于是脸上浮起甜甜的笑："雨薇。"

周雨薇看到她，表情僵了一下，很快调整好，回应道："盈盈姐。"

"你瘦了呢！"冯盈盈看着她，看似关切地说，"是不是最近工作太辛苦啦？

我叫崇哥给你减点儿工作！"

周雨薇没接话："盈盈姐有事找我？"

"我找崇哥。"

"江总不在。"

冯盈盈意外地问："他去哪儿了？"

"最近江总一直在家办公，有什么事吗？"

冯盈盈凑近她耳边，说："我现在的经纪人故意针对我，态度好凶呢！他是不是平时对你们也态度不好啊？"

"艺人部的事情我不太了解。"周雨薇拿出手机，微信群消息不断地往上弹，她将手机在冯盈盈眼前晃了一下，满面歉意地说，"盈盈姐，我先去忙了。"

冯盈盈有点儿失落。

要是以往，周雨薇一定会开心地拉着她聊天儿的，今天不知道是不是她的错觉，好像周雨薇对她有点儿冷淡。

她想了想又觉得不会，像周雨薇这么傻的人，哪里会有什么心机？

只是原本冯盈盈以为，李玥和江崇分手后，自己会以胜利者的姿态怜悯地俯视李玥。可现在完全不是这样。网络上，那么多人在追捧李玥，各种夸赞与支持。可自己呢？大多是骂她是老赖之女、让她滚出娱乐圈的言论。她看得心里发堵，想去联系江崇，结果他总是在忙，来公司找他也见不到人。这和她计划中的发展完全不一样！

"不能再这样下去了！"冯盈盈暗暗地想。

李玥无非是想用分手这件事引起江崇的注意，自己要把崇哥的这份注意力重新夺回来！

冯盈盈走后，她的经纪人黄叔联系了江崇。

江崇把小别墅让给了冯盈盈，这些日子他搬回了父母家里。了解情况后，江崇揉着太阳穴，压着心里的烦闷，说："我知道了。"

挂了电话后，江崇只觉得疲惫。

他现在的心思完全不在公司上面，这些天，他一直在思考自己和李玥的关系。他当然不会放弃李玥，她只是生他的气，再把人哄回来就好了？可他怎么做又是一道难题。

在和李玥交往的这四年中，两个人真正相处的时间并不是很多。每次他们吵架的话，都是李玥来找他和好，他从来没有求和的经验。但他知道，哄人当然要投其所好。

他回想了两个人的过去，惊奇地发觉自己对李玥的喜好知之甚少，她喜欢的东西、爱吃的食物他都不清楚。

可这些年来李玥对他太好了，总是会迁就他。

他记得以前有一次自己和李玥见面，手里拿了一束百合。她见到自己的时候眼睛亮亮的，抿着唇角说："这花真好看。"

江崇闻言面露尴尬。

这时，一旁的冯盈盈直接把花拿走了。

冯盈盈小脸儿微红，喜滋滋地说："这是我让崇哥帮我去花店买的。我好喜欢，谢谢崇哥。"

当时李玥的脸色迅速黯淡了下去。

事后江崇对她说："下次我再给你带。"

李玥表情勉强地说了声好。

可她训练日程紧，能外出的时间本来就少，下一次见面间隔了太久，江崇早忘记给她带花的承诺了，只是记忆里模糊地以为她是喜欢百合花的，可事实并非如此。

一想到这儿，江崇感到心口传来阵阵闷痛。

"儿子，下来吃饭了。"江母推门进来。

江崇心烦意乱地翻了个身："我不想吃，你们吃吧。"

"这怎么行？你看看你最近瘦了多少？！"

江母心疼儿子，她早发现儿子不对劲儿了，于是坐到他身边："跟妈说说，你和李玥是怎么了？"

江崇心烦，别开脸说："我俩挺好的。"

江母有些生气，说："还挺好的！当你妈是傻的？我就是体谅你才一直没问，可现在网上闹得动静这么大，她对外公开说自己是单身，你又把订婚的事情放下了，还跟我说没事？"

"不是你们不让她对外说我俩的关系吗？"江崇埋怨道。

"不让她往外说，和她说自己单身能一样吗？"江母沉着脸问，"你老实告诉我，是不是因为冯盈盈？"

江崇眉头紧皱，说："您怎么都这么想啊？跟盈盈没关系好吧？！"

江母板着脸，说："你得小心点儿，可别被她给骗了。要不是这次网上爆出来她家是老赖，我还当她爸妈真的移民出国了呢！这个冯盈盈瞒了我们这么久，好有心机。"

江崇解释说："我问过盈盈了，她确实不知道她爸妈的事。"

"这话你也信？"江母突然警惕地拍了他一下，"你老实跟我说，你到底是不是为了她才跟李玥闹起来的？"

说实话，江母是不满意李玥做她儿媳妇的。

可相比较，她更不喜欢冯盈盈，那丫头一看就是个娇气无用的菟丝花，指不定还是个黑心的。

她能勉强接受李玥，可冯盈盈绝对不行。

江崇一听这话，话里带气地说："说什么呢？我拿盈盈当妹妹看待的！"

江母这才放心，又嘱咐他："你把人家当妹妹，人家未必这么想。我告诉你，你要娶冯盈盈可不行。"

"什么娶不娶的？我跟她不可能有那种关系的！"江崇心里有点儿怨气，不满地说，"而且当初不是您要我对冯盈盈好点儿的吗？现在又说这种话。"

要是没有冯盈盈，也许李玥就不会跟自己提分手。明知道自己不该这么想，可江崇还是忍不住产生一两分怨怼。

这么多年，江崇一直帮护着冯盈盈不是没有缘由的。

有一次江母突发脑出血昏倒了，是冯盈盈来江家时最先发现的，她把江母及时送医治疗，才没出什么大事。

当时医生说，如果晚送来半个小时，人以后可能会瘫痪或成植物人。

冯盈盈成了江母的恩人，江家当时送了不少的谢礼，江母话里又提点江崇，以后要多照顾妹妹。

从那之后，两家人走得近了些，冯盈盈和江崇的关系也更加亲密。

因为她救过自己的妈妈，江崇自然事事照顾她，并要求李玥和自己一样。毕竟他和李玥是亲密的家人，李玥多帮自己照顾一下小妹，难道不应该吗？

可他对冯盈盈从来没有过其他的想法，为什么李玥和妈妈都这么想自己呢？

江母说："那既然这样，后天你孙阿姨的女儿回国，你们见一面吧！"

江崇反应过来了，难以置信地说："您要让我相亲？开什么玩笑，我和李玥……"

"别提李玥了，还当我看不出来你俩出问题了吗？"江母嫌弃道，"她现在和程家那小子不清不楚的，实在是不像话，你趁早跟她断了！"

提到程牧昀，江崇心里堵得像压了一块重重的石头。

他至今仍旧认为李玥只是拿程牧昀来故意气他而已。他了解李玥，她不会喜欢程牧昀那种公子哥儿。

甚至李玥和程牧昀根本就不是一路人。

可程牧昀那天模糊不明的态度让江崇心底发慌。

难道程牧昀真的对李玥有了心思？

当天晚上，江崇开车到程牧昀的公司门口蹲他。

程牧昀出来后看到了等在门口的江崇。两个人对视一眼，谁也没说话，默契地一前一后往外走。直到周围没人了，江崇才停下。

他紧紧地盯着程牧昀，语气低沉地问："程牧昀，你是不是喜欢上李玥了，想跟我抢？"

"是。"程牧昀直接承认，完全没有掩饰的意思。

比起江崇阴云满布的表情，程牧昀看起来气定神闲。

这深深地刺激到了江崇，他呼吸加重，说："我真是看错你了，还把你当朋友，你竟然抢朋友的女朋友！"

程牧昀展眉一笑，说："如果不是她，我不会和你做朋友的。"

这便是赤裸裸的侮辱了！之前在和程牧昀的来往中，江崇经常被程牧昀冷落，他还以为是错觉呢。

江崇手臂上的青筋根根暴起，要不是两个人之前打过一次，自知打不过程牧昀，江崇早上去给他一拳了！

"你少痴心妄想了，李玥根本不喜欢你这样的！"江崇高声强调，"我和她在一起四年，没人比我更了解她。"

"你已经是过去时了，别忘了，那天进她屋子的人是我。"程牧昀微微扬眉，得意地说。

江崇被噎得如鲠在喉，心里又酸又怒。

他痛骂道："不要脸！"

"你们已经分手了。"程牧昀冷静地说，"而且在大众眼里，我和她才是天生一对，这还要多亏你那天没来直播间，谢谢了。"

江崇顿时眼前一黑，他更加后悔在李玥生日那天没有去直播间，为他人做了嫁衣！

网上那群粉丝的各种言论再次浮现在脑海中，那些话像针一样，密密麻麻地刺在他的心上！

那本该是属于他和李玥的，而这个机会，是自己亲手放弃的，他后悔至极。

无论是网上的拥护和祝福，还是李玥，他都失去了。

江崇万万没想到，程牧昀竟然是来真的。

一想到程牧昀竟然喜欢上了李玥，江崇就感到恐慌，他不断地告诉自己李玥不喜欢程牧昀这样的人，而且就算那天程牧昀进了李玥的家门，他们看起来也是并没有确定关系的样子。

所以他还是有机会和李玥复合的!

更让江崇信心倍增的是,他接到了李玥妈妈李三金的电话,李三金问他之前李玥的生父是不是找过他,来干什么?

江崇有点儿心虚,可没多久,他旁敲侧击地发现,李三金不知道他们分手的事。

李玥没跟她妈妈说! 这让江崇喜出望外!

这说明他和李玥之间还有回转的余地,是吧? 一定是的!

江崇开心极了! 至于江母说的相亲,他当然是拒绝。

江母气得不行:"我答应你孙阿姨了!"

江崇坚决地拒绝道:"我喜欢的人是李玥,别再给我搞这些乱七八糟的了。"

"你俩不是分手了吗?"

江崇穿衣服出门,临走前甩了一句:"您别管了。"

江母能不管吗? 她管不了儿子,还管不了李玥?

她一个电话给李玥打了过去,也不管现在是几点,反正在李玥这里,她早就随意惯了。

李玥刚从浴室里出来,看到是江母的电话,顿时皱了皱眉。她知道江母一直不喜欢自己,过去为了江崇,一直忍耐对方的冷言冷语,可现在两个人已经分开了,江母还打电话过来干什么? 怀着疑虑,她还是按了通话键。

江母严肃的声音传来:"是我。"

李玥淡淡地说:"哦。"

江母不高兴地说:"哦什么? 不会叫人吗? 一点儿礼貌都没有。"

"推销员有礼貌,你闲得没事可以给他们打电话。"李玥不客气地说。

江母吓了一跳,以前李玥对自己说不上态度热情,可也是尊重的,她说什么李玥都老实地听着,而且态度从来没有像现在这么强硬过。

江母语气不悦地说:"你什么态度,还拿我当长辈吗?"李玥还想不想进江家的门了,敢这样对自己说话?

李玥懒得理会,冷冷地说:"有事吗? 没事的话我挂了。"

江母心里一堵,想着先把事情问清楚再训人:"你和江崇是怎么回事? 他最近心神不宁的,你这个女朋友得多关心他,知不知道⋯⋯"

"我和江崇分手了。"李玥直接打断她。

江母顿时一哽。

他们分⋯⋯分手了?

江母猜到两个人出现了问题,但没想到他们竟然分手了!

江崇为了李玥和家里抗争了这么久,马上要订婚了,怎么会说分手就分手?

江母沉声质问:"你做了什么,是不是惹他生气了?"

"去问你的儿子好了。"李玥冷淡地说。

江母再一次因她的态度哽了一下,教训道:"李玥,你也算公众人物,对长辈用这种态度可不行!"

李玥冷漠地说:"你的意见不重要。"

江母又体验了一次心塞的感觉。

没等她说话,李玥直接把电话挂断了,她再打过去,竟然无法接通!李玥把她拉黑了!

江母气得心脏疼,不甘心这样被怼,直接一个电话打到了李三金那里,怒气冲天地说:"李妈妈,你得好好教育一下你的孩子。我知道单亲家庭长大的孩子不正常,没想到现在李玥变得这么过分!"

然后,江母就知道李玥怎么这么会气人了,因为李三金接下来的几句话把她怼得差点儿喘不上气。

"单亲家庭咋啦?吃你家大米啦?管得这么宽,你怎么不上天呢?"

…………

"对,你吃饱了撑的,肯定上不去。"

…………

"分手了?好事啊!李玥要是摊上你这么个婆婆那才叫活受罪,我明天就去庙里烧香!"

…………

"就你有素质,你有素质说人家孩子不正常?"

…………

"想知道什么叫没素质吗?照照镜子吧!"

江母气得眼前发黑,差点儿去医院吸氧。

江崇还在欢喜李三金不知道两个人分手的事,不知道此刻这事已经被自己的亲妈给捅破了。

非但如此,江母还去找了程牧昀的母亲。

因为程牧昀和江崇交好,两家近几年有些走动,正好这天程家来了不少太太,全是和程母交往亲近的。

江母不请自来,一身珠光宝气,刚落座没多久便开始谈起自家的苦恼,她一脸烦恼地说："我家孩子现在越来越不让人省心了。"

旁边的人问："怎么啦？你家孩子多好，公司开得好，又要成家了。"

"气的就是这个！"江母声音一扬，"他非要和一个运动员结婚，就是那个李玥，要说家世也没有多好，她妈就是一个开米粉店的，一家子都没素质！她长得吧，又不说多漂亮，主要是这丫头的脾气太火暴，一点儿都不尊重长辈，也不知道我家小崇看上她什么了？"

提起李玥，在座的太太们倒是有几个人觉得熟悉。新闻上的小姑娘看起来英气端正，没想到私底下竟会是这样恶劣的性子。

"这不，不知道是怎么了，我家小崇前阵子喊着要订婚，酒店都选好了，现在她倒是能耐了，突然闹起分手来。"

这种事一般人可不会往外说，在座的太太们当八卦听，正要问上一句，程母抬了抬手，叫用人给江母倒了一杯茶，笑道："我家老程从云南带回来的，你尝尝。"

在这些人中，程母穿得最朴素，可她是所有人当中最亮眼的那个。

她将长长的黑发盘起，眉黑如黛，肤色白皙透红，和耳边的珍珠耳坠一样散发着淡淡的光泽。岁月给她增加了更美的滤镜，任谁看了都会赞一句如斯美人。

她的手也漂亮，光滑细腻，配着手腕上素绿的翡翠手镯，气质更显典雅端庄。

经由程母一打断，聪敏的人马上反应过来。丁母巧妙地转移了话题："这茶真香，一闻就是爱心味儿的。"

大家全知道程家夫妻俩感情甚好，众位太太哈哈一笑，程母禁不住羞涩地弯了弯唇。

可有人偏偏不会瞧眼色。

"这茶是不错，"江母牛饮了一口，接着说，"我现在是知道李玥为什么要和我家小崇闹分手了，说起来，还和你儿子有关呢！程太太！"

原本大家是当八卦听的，一乐就算了，可牵扯到程母就变得不一样了。

程母放下手上的茶杯，终于抬眼看向江母，脸上镇定自若："怎么说？"

"你没看网上那消息，李玥生日当天和你家孩子一起直播，搞得网上沸沸扬扬地传他俩的绯闻。我估摸着，她是打算勾引你家程牧昀了！"

别家太太听得直皱眉："什么勾引不勾引的，网上的话怎么能信？"

"那我的话总能信吧？"江母信誓旦旦地说，"她和小崇在一起好几年了，突然订婚前闹分手，又开始勾搭程牧昀，肯定是因为我家小崇和程牧昀是好朋友，她故意拿小崇当跳板，可怜了我家儿子。"

说着她抽了抽鼻子像要哭，周围人觑着程母的脸色，不敢说也不敢劝。

江母毫无自觉,还在跟程母说:"我想着一定得过来提醒你一下,这小丫头心眼儿坏极了,可不能被她骗了!"

从头到尾,程母的脸色都没变过,她将浅笑挂在唇边,只是说:"等牧昀回来我问问他。"

巧的是,这时候穿着一身深黑色西服、英气勃发的程牧昀走了进来。

他看到太太们在,礼貌地停下脚步问好。众位太太互相瞅了瞅,室内变得异常安静。

程牧昀敏锐地察觉到气氛有点儿怪异,浓眉轻皱了一下。

程母招了招手,让他过来:"牧昀,江阿姨正说你呢!"

程牧昀走到母亲身边,好奇地看了一眼江母。

江母露出一副得意的表情,主动说:"你认识李玥吧?"

程牧昀眉尾微微一动,说:"认识。"

江母追问:"她和江崇分手了,你知道吧?"

程母突然插话:"江阿姨说你和李玥最近走得很近,有这回事吗?"

比起江母的话,这已经是再委婉不过的说辞了,可这怎么能逃得过在商场练就了剔透玲珑心的程牧昀呢?

程牧昀回答道:"没错。"

江母对周围人抬了抬下巴,意思是:看,我说对了吧!

她正要说李玥就是个心怀不轨的人,就听到程牧昀用镇定的语气说:"我正在追李玥。"

整个屋子瞬间安静了。

别说一脸震惊的江母,连程母都愣了好几秒。

过了好一会儿,江母才反应过来。一种被羞辱的感觉从胸口渐渐蔓延,她觉得荒唐又不忿,忍不住问:"为什么啊?"

就李玥那种小门小户的,还不如冯盈盈会说话捧人,也不会孝顺老人,还不能总陪在男朋友身边,程牧昀瞧上她什么了?

程牧昀平静地说:"她很好,你不懂。"

这句话相当于当众狠狠地打了江母的脸!

刚才江母把李玥贬得一文不值,结果呢?现在程牧昀明明白白地说,她很好,是你不懂。

你还说什么人家拿你家儿子当跳板,指不定是你儿子做了什么亏心事吧?你往女孩身上泼脏水,说人家勾引,现在明明白白告诉你,是程牧昀在追李玥。你瞧

· 114 ·

不起的人,却被你高攀不上的人家放在手心里,只是你自己眼瞎罢了。

江母的脸颊火辣辣的,她从没丢过这么大的人,心里又气又憋屈,程牧昀凭什么来抢她儿子的女朋友啊!可她又得罪不起程家,只能死死地抿着唇。

这时程母笑着对程牧昀说:"你去忙吧。"

程牧昀说了句"好",用冷锐的目光扫过江母,然后就转身离开了。

茶是喝不下去了。

众太太纷纷离开,江母顺势跟着走了。到门口的时候,程家的管家特意对江母说:"以后您要来,提前打个电话,不然我们不好招待。"

江母心里憋屈,故意阴阳怪气地说:"怎么,我不提前打招呼还不能来了?"

管家笑意盈盈地说:"我家太太是这个意思。"

啥?江母脑子"嗡嗡"的,这程家是不想再和她家来往了吗,这么当面打脸?这让她以后怎么见人?!

江母气得脸色一会儿青一会儿红,堪比川剧变脸。

丁野着重给程牧昀描述了一下当时的场景。

"我妈说头一回见人的脸能在短时间内变换那么多表情,笑死我了!"他对程牧昀说,"这种事竟然还是我妈告诉我的,应该是你第一时间告诉我才对。"

程牧昀表情淡淡地说:"没什么好说的。"

"怎么没有?江崇妈妈可真有意思哈,上你家当着你妈的面儿编排李玥和你的八卦。"

江母是小人之心,她说了不少李玥的坏话,以为李玥是拿江崇当跳板,真正的目的是程牧昀。

可程牧昀知道李玥是什么样的人,就是因为他太了解李玥了,才从不敢暴露自己一丝一毫的心思。

丁野接着赞叹:"你妈妈看起来是那么温柔的一个人,原来手段这么强啊!"

程母直接说以后和江家不来往了,那江家的交际圈肯定会变得越来越窄,他听着就解气。

"喂,什么时候让我见一下女主角啊?"这些日子听到的关于李玥的事太多,丁野越来越好奇本人了。

程牧昀眼睫低垂,说:"不是时候。"

"还藏着掖着,没看出来你小子占有欲这么强,不是……"丁野回过味儿来了,他轻轻地吸了一口气,"你不是还没追上吧?"

这都多长时间了？

程牧昀不置可否。

丁野真的被惊到了，这世上还有程牧昀追不到的人？

"不会吧？！"丁野既吃惊又觉得好笑，追问道，"你表白了吗？"

"没有。"

程牧昀知道，不说的话，还可以待在她身边，一旦说了，就一定会被她拒绝的。其实，他已经被她拒绝了。

丁野问他："那你有没有暗示一下？"

程牧昀没说话，剥开一颗橘子糖，酸酸的味道在口中蔓延。

丁野没追问，瞟了一眼说："这么久了，你还是爱吃这个糖啊。"

"嗯，"他摩挲着糖纸，塑料糖纸发出脆脆的声响，"我喜欢。"

因为，这是李玥送给他的糖。

丁野临走前告诉程牧昀，之前说的那个俄罗斯花滑运动员安娜苏已经到了国外的度假村了，程牧昀承担了安娜苏全家的所有费用，用了各种人力、物力才最终打动了安娜苏。

丁野提醒他别错过时间，安娜苏可是不等人的。

程牧昀打开手机，屏幕上显示的是李玥的名字。接着手机上方弹出了一个新闻消息提醒，上面也赫然写着李玥的名字。

他立刻点开。

"新社报道：花滑运动员李玥今日在中山广场意外遭遇车祸，现于医院救治，恐将憾别赛场……"

程牧昀立刻起身跑了出去！

先到医院的人是江崇。

他打了好几个电话都联系不上李玥，还好找到了夏蔓。

医院的走廊里，江崇终于看到了夏蔓，他焦急地开口问："李玥怎么样了？我看新闻上说她出车祸了，要不要紧？"

夏蔓坐在椅子上，看到他后冷冷地抬眼，不紧不慢地说："哟，大忙人，难得你有空来医院看玥玥，太阳打西边出来了？"

江崇急得不行，问："李玥到底怎么样了？"

夏蔓继续讽刺道："你们都分手了，管她怎么样干什么？回去找你的盈盈妹妹才对吧？！"

江崇瞪着眼睛，警告式地吼了一声："夏蔓！"

"怎么，我说错了吗？"夏蔓一点儿都不怕，冷哼了一声，"去年年底李玥受伤，半夜一个人去医院，当时你在哪儿？"

江崇愣了一秒，问："她受伤了？什么时候？"

"你和李玥去爬山，冯盈盈非要跟着去的那次，冯盈盈拉着李玥摔倒，你要送冯盈盈去医院，把李玥一个人扔在山上。你知不知道她一个人走到天黑，回到家才发现自己脚踝受伤？半夜三更的，她一个人去的医院，而你那时却正在陪冯盈盈！"

江崇慌乱地说："我……我不知道这件事。"

"你不知道？"夏蔓一下子站了起来，怒不可遏地看着江崇，"你知不知道因为那次脚踝受伤，才导致她旧伤复发，所以她才在接下来的比赛中发挥失常，最后导致摔倒不得不手术休养？如果不是因为冯盈盈拉倒她，如果不是你忽略她，她根本不会像现在一样从赛场上退下来！她是运动员，你知不知道比赛对她意味着什么？那对她有多重要！"

江崇退后一步，他从没想过，李玥受伤还有这层原因。

"我……我真的不知道……"

"你说你不知道，如果你关心她，怎么会没发觉她受伤了？你连原因都没问过，现在来装情圣了？"夏蔓毫不客气地奚落道。

江崇心里一紧，原来这么久以来，他忽视了李玥这么多，让她默默地忍受了那么多的委屈。明明他应该陪在她身边，却无意中错失了这么多时间。

"她应该早点儿告诉我的啊！"

如果李玥跟他说了的话，他怎么会坐视不管呢？他怎么会忍心让她一个人半夜去医院？

夏蔓翻了个白眼："告诉你有什么用？她说了多少次，你俩约会不要让冯盈盈来，你听了吗？你不仅不听，还反过来责怪玥玥乱吃飞醋，不懂事！你自己想想玥玥是多么好的一个人，我高中辍学没有钱，是玥玥把仅有的积蓄借给我。对我一个朋友她都能这么义气，何况对你这个男朋友！"

江崇心头一痛。

李玥对他好吗？当然好。

他生日的时候，她会精心地给他准备亲手做的礼物；他俩吵架的时候，总是她低下头来主动跟他和好；他喝多的时候，是李玥深夜做好醒酒汤给他喝，她照顾他、关心他；有时候他说太晚就不用等了，李玥会笑着说："没关系的，我喜欢等你。"因为他们过去相处的时间太少，李玥说现在她暂时休息了，可以多陪陪他，甚至每天晚上，她都会等他回家。

一直以来，她对他都太好了，以至于这么久以来他总是理所当然地享受，他渐渐忽略掉那些好，忘记了去关心她的感受，可明明那不是理所当然的。

他越是回忆从前，悔恨的痛楚就越折磨着他的内心。

他嗓音干涩地问："李玥不喜欢百合花吗？"

夏蔓冷冷地说："玥玥最喜欢的是栀子花，你不会连这个都不知道吧？"

江崇瞬间顿住，心头仿佛被狠狠地碾了一下，苦涩感从舌根蔓延，他艰难地吸了一口气："我想看看玥玥……"

夏蔓一口拒绝："看什么看？玥玥不需要你来看她，你们已经分手了！"

江崇知道李玥没把两个人分手的事情告诉李三金，觉得这件事还有回转的余地。可没等他开口，夏蔓就碾碎了他的希望："我直接告诉你吧！玥玥没事，但她不会见你的，要不是因为你妈，她怎么会出车祸？"

江崇一愣："什么？"

"你妈知道你们分手后，质问玥玥妈妈是不是玥玥做了对不起你的事。玥玥接到了她妈的电话，一时愣神，才没注意到街上开来的车！"

什么？他妈妈把他们分手的事告诉了李三金？！江崇只觉得血直往颅顶上冲！

有夏蔓挡着，又联系不到李玥，尤其在知道自己妈妈的所作所为后，江崇知道今天是见不到李玥了，他只能遗憾地离开了医院。

天空飘起了小雨，江崇低头穿过医院的花园，没有注意到就在他左前方的长椅上，背对他坐着的人正是李玥。

新闻上说的车祸事实上只是一场小小的意外，李玥仅仅是退后时擦伤了腿。司机很负责地把她送到了医院。因为在街上被认了出来，不少媒体开始传播她出车祸的消息。刚刚她联系了经纪人，已经对外说明自己没事。

可此刻的她，状况并不算好。

刚才她的教练熊耀和师妹袁婕来医院看她。

见她没有大碍，熊耀说："在新闻上看到你出事的时候可吓坏我们了。"

李玥知道媒体夸大了她的情况，还说她以后不能比赛了，打趣说："熊教练怕我以后不能上冰给您争名额啦。"

熊耀避而不答："你现在这样好好养着挺好。等过几天你没事了，回队里看看，你几个师妹挺想你的。"

李玥笑着答应了，可总觉得有些不对劲儿。

等熊耀离开，袁婕才溜进病房。在队里，李玥对这个19岁的小师妹很是照顾，两个人关系不错。

"师姐，你的腿没事吧？"袁婕圆溜溜的眼睛里写满了担心。

"没事。"李玥站起来给她走了两圈，"你看，是不是没事？新闻上说得吓人罢了。"

"那你什么时候能回队里啊？"

李玥瞧出她神色不对，问道："出什么事了？"

袁婕皱着眉头说："今年世锦赛的名额很可能要给韩晓罗了。"

韩晓罗是队里小李玥3岁的女单队员，成绩虽然不如李玥，可人年轻，爆发力强，是个值得培养的选手。

李玥紧抿着唇，目光沉重。如果她还在队里，名额自然是她的，可偏偏自己的腿伤还要疗养，不能长时间地进行剧烈运动和跳跃训练。

"不是还没到选拔的时间吗？"李玥故作轻松地一笑，"医生说再过几个月我就好了。"

袁婕叹气道："不是的……"

李玥想起熊耀脸上那种不忍又带着痛心的表情。

袁婕说："队里的领导觉得你身上伤病多，成绩不稳定，这么久没出成绩，不如换年轻人培养。当然他们不会让你退队的，你最近很出名，他们打算让你签约广告代言，给项目增加曝光率。现在队里重点培养吕琦、韩晓罗等几个人，明年的比赛名额多半会从她们当中选。"

李玥已经被放弃了。

她觉得队里的考量没错，为了成绩，自然稳妥为重。

她现在还要休息，等完全恢复再训练又要很久，哪里比得上经过全年辛苦训练的队员？

送走袁婕之后，李玥接到了妈妈的电话。

李三金也看到了新闻，再三确定她没事之后，这才放下心来。紧接着她突然问："李玥，你是不是有事一直没跟我说？"

她妈妈总是喊她姑娘、乖宝或小名，一旦正经地喊她大名，往往是真有事了。

李玥紧张起来，一时没敢说话。

李三金："江崇妈给我打电话了。"

李玥心情沉重，深吸一口气："我和江崇是分手了。"

"什么时候的事？"

"有一段时间了。"

李三金重重地呼出一口气，李玥脊背都发凉了。

可她妈没有训她，只是说："李玥，你回家吧！"

李玥浑身一僵，她听得出妈妈话里的意思，张了张嘴，喃喃地喊了声："妈！"

李三金劝她："你留在那儿也没意思了，不是吗？"

李玥感觉胸腔里的空气在一点点地被抽离，哑着嗓子说："我留在这儿不是为了江崇。"

"可你现在留在那儿还有用吗？"李三金接着说，"姑娘，咱别滑了，这时候退了挺好，不然你拿不到金牌，不是更让人笑话吗？"

这句话像一把刀狠狠地插入李玥的心脏。

她知道自己一直没出成绩，让网友和粉丝失望了。

从前江崇总是劝她放弃，现在队里也真的打算另外培养新人，可当让她放弃的这个人变成了她的妈妈，李玥完全破防了。

来自最亲的人的话语总是能够轻易地攻破一个人的内心防线。

李玥觉得这一刻自己仿佛被推入烈阳之下暴晒。三年前，在万众瞩目下她失利没有夺得奖牌，回国时机场里那么多人冲她喊"李玥，你太让我们失望了"。

那些声音像一只只无形却有力的大手，按在她的后颈上逼着她低头，告诉她：你做不到。

在冰面上一次又一次的跌倒没有让她放弃，锥心的疼痛不曾令她倒下，可这一刻她内心的信念真的被动摇了，仿佛曾经的努力全是一场笑话。

她该放下吗？

她现在放下，起码不会在失败后被说上一句——"看吧！我早告诉过你，你不行。"

她可以忽略网友的质疑，可以接受队里的放弃，可如果连一直支持她的至亲都不再相信她，她还怎么走得下去呢？

雨水落在脸上，她仰头看了看乌云密布的天空。

"真像啊！"

这是和16岁那年一样的雨天。

她一直没有告诉过任何人，在那个雨天她见到了爸爸。

两个人猝不及防地在街上相遇，孙志强认出她，表情意外又尴尬。

他手里拎着一个生日蛋糕，一看就是给他儿子买的。

李玥盯着他，突然开口："你还记得我哥吗？"

孙志强完全没想到她会问起这个，脸色沉了沉，说："我怎么会不记得！"

李玥抿着嘴唇，眼里露出几分怨愤。

如果他记得，就应该知道今天是她哥的忌日。

谁知，孙志强面露失望地看了她一眼，很小声地说了句："怎么死的偏偏就是你哥呢？"

后面一句话其实他们都心知肚明——为什么死的不是你呢？

李玥以为自己早在心里放弃了这个只有血缘没有感情的爸爸，可没想到，在听到这句话后，她的心脏还是被狠狠地戳疼了。

她不记得之后孙志强还说了什么，只想离这个让她无法呼吸的人远一点儿！再远一点儿！

当她跑到一个自己不认识的地方后，天空突然下起了暴雨。

她不知道自己在哪里，没有带钱包、手机，只能一个人在廊下避雨，可周围好冷，只有她一个人。

当时就像现在一样。李玥看着空寂的花园，雨水打湿了她的头发。

突然一片阴影罩在她的上空，雨水被阻隔，寒风不再袭来。

她心神一动，抬头看到了打着伞的程牧昀。

是他。

还是他。

每次在她软弱无助的时候，他都能恰好出现，好像他一直都在。

李玥湿润的眼睫微颤了一下，雨声在耳边淅淅沥沥地响着。周围冷森森的，她的胸口却一片滚烫。

"你怎么来了？"她用很轻的声音问。

程牧昀说："我想见你。"

雨水落在他的肩上，染出大片的深色水渍。他弯腰用伞为她遮风挡雨，漆黑的眼眸牢牢地锁在她的身上，嗓音低沉地问："你想不想我？"

此后的很多年，她都记得这个雨天。

程牧昀来为她撑伞，用直接又热烈的眼神看着她，说："我想见你。"

李玥回到病房，重新换了一身干净的病服，又喝了大半杯热水，整个人终于缓了过来。

程牧昀坐在她的病床上，递给她一条干净的毛巾。

李玥接过来："谢谢。"

她看到他手腕上露出一圈红绳，是她给他做的那条粗糙的手链。

目光仿佛被烫到，她眼睫迅速一垂。

她用毛巾擦干了头发，看着程牧昀已经湿了大半的西服，心里有些揪得慌，轻声说："我让他们给你拿一套衣服吧。"

"不用。"程牧昀站了起来，脱下半湿的西装外套，"只是外面湿了一点儿。"

他里面穿的是纯白色的衬衫，扣子系得很紧，最上面严严实实的，然而雨水打湿了衣服，让衣服紧贴在肌肤上，露出一丝难掩的欲。

李玥突然觉得后背有些热，喉头跟着发痒。

她干咳一声："你是看到媒体的消息了？"

"嗯。"

程牧昀走近她。他比她高出半个头，稍稍低头就能看到她微白的脸色，还有微微抿着的嘴唇，颜色淡红，透出一股倔强又清冷的味道。

她这模样很勾人。

他哑着嗓子问："你不想我来吗？"

李玥抬头看他。他额头微湿，眼睛黑润，目光中含着说不出的情愫。

他的眼睛很漂亮，被他注视着，总让人有些招架不住。

李玥微微摇头。她以为他会生她的气，不会再来找她了。只是她很意外，在看到他的那一刻，她心里是喜悦的，这让她有些猝不及防。

见她摇头，程牧昀的眸光明显放亮，忽地就笑了。

面前男人的笑容生动明朗，李玥有点儿受不住，微微转开头。

程牧昀说："我看新闻上说你的腿又受了伤，好在没有。"

李玥知道媒体说的那些话，可此刻她有些提不起劲儿："就算我真的受伤再也不能比赛，也没人会在乎吧？"

程牧昀有些意外她会这么说："怎么会？大家还在等你拿金牌呢。"

真的会有人还对她抱有期待吗？

李玥抿了抿唇。

在所有人都觉得她该放弃的时候，她坚定的内心微微地动摇了。

程牧昀说："上次你在活动上见到的安娜苏，现在正在挪威度假，如果有机会你想不想再见见她？她是个很惜才的人，也许可以指导你。"

李玥整个人愣了好几秒。

李玥知道安娜苏，俄罗斯的冰面女王，她在花滑女单项目中是如同神话一样的存在，创造了数个纪录。

安娜苏退役很多年了,并没有做过教练收过徒弟。她是经验老练的天才选手,如果能够得到她的指点,李玥一定会受益匪浅。

李玥感到心脏跳动得飞快,吸了一口气:"你要帮我?为什么?"

程牧昀对她微微一笑:"我正好要去挪威出差,带你去一趟并不费事,当然我不会白做好事的。"

李玥的心脏微紧了一下。

程牧昀继续说:"等你拿了今年的冬奥会金牌,你的第一个代言要留给封达。"

可……为什么他相信她一定能拿金牌……

"如果我做不到呢?"她问。

"我的运气一向好,"程牧昀扬眉,低头与她对视,"我赌你能赢。"

窗外雨声淅沥,打在玻璃窗上发出"噼啪"声,风声呼啸。

此刻她内心的激荡就如同这窗外的恶劣天气一般。

李玥听到内心无声的巨响,仿佛心脏被敲出了裂缝,有光投了进来。

"我答应你。"她坚定地回视他,再没躲避移开。

然后,她看到了这世上最动人的笑容。

第五章
橙　粒

江崇回来时,看到斜躺在沙发上长吁短叹的江母。难得的是,今天江父也在家。

江父脸色阴沉得很,旁边的江母双眼通红地说:"我怎么知道事情就到这地步了?程家太过分了,我们这么多年的交情……"

江父气急地吼道:"你以为我们哪儿来的交情?像我们这种人家能和程家来往,还不是因为小崇和程家那小子交好,这才几年你就得意忘形了?现在可好,你把人得罪了,以后没得来往了!"

带着怒容的江崇直奔江母,质问道:"妈,您给李玥的妈妈打电话说了什么?"

江母吓了一跳,瑟缩了一下,委屈地说:"我听李玥说你们分手了,就去问问她妈怎么回事。你不知道李玥妈说话有多难听……"

江崇觉得自己快喘不过气来,李玥没把两个人分手的事情告诉李三金,那就代表两个人的关系还有挽回的可能,可现在这种可能生生被自己的亲妈毁了!

"谁让你去问的?"他怒吼道,"我都说了,我俩的事不用您管,现在您开心了?满意了?"

江母满心的委屈,她还不是为了儿子?

"那好端端的,都说好要订婚了,她突然闹着要分手,肯定是做了什么亏心事,我得跟她妈问清楚啊!"

"那你也不能去程家胡说呀!"江父一样充满了火气,指着她吼道,"你知不知道就因为你在程家说的那些话,公司里谈好的业务一半儿都没了,之前的合作商都不打算续约了!"

什么?江母没想到事态变得这么严重,心里又急又悔:"我就是随便说说啊!"

她怎么知道会变成这个样子?

江崇上前一步,压着怒气问她:"您去程家说了什么?"

江母看到儿子盛怒的脸,心虚得音量也变小了:"我给李玥妈打电话,她把我骂了一顿。我听说李玥直播那天和程家那小子不清不楚的,就去提醒程家小心李玥。我是好心啊!谁能想到程家那小子……"

提到程牧昀,江崇紧张起来:"他说什么了?"

"他……他说他在追李玥。你说他是不是得了失心疯?"江母委屈道。

江崇只觉得眼前一黑,没有什么时候比此刻更加能够确认,程牧昀是认真的。

他对李玥是认真的。

那李玥呢?

她会不会喜欢程牧昀?……

她不会!

他了解李玥,更知道李玥的喜好和想法。

她绝不喜欢程牧昀这种公子哥儿,尤其是程牧昀性格冷淡清高,而李玥喜欢的是阳光帅气的长相和性格,就像自己一样!

她又是运动员,当然会喜欢体格强健的男人,程牧昀……

他感觉之前被程牧昀打过的手臂隐隐作疼。

反正程牧昀看着就不是李玥喜欢的类型!

尤其是李玥曾经因为他们两个的家庭差距不免隐忍,更何况是程家与她家的差距。

而且程家不可能接受一个普通的运动员当独子的妻子。

他不断地给自己重复着这些,仿佛在说服自己一样。

过了好一会儿,江崇终于平复了内心的不安。

他眼含愤怒与失望地看了一眼江母,沉默地上了楼,没多久,他拎着行李箱下来。

江母看到当真是吓了一跳,连忙去拦:"你这是要去哪儿?"

"我要出去住。"他脸色很冷,"以后没什么事就不要找我了。"

"你开车送我去公司。"江父站了起来,对江母说:"最近公司事务会很多,你不用等我回来了。"

他们两个这是都打算离家出走,要把她扔下了啊!

江母又气又急,忍不住哭喊:"你们这是在故意惩罚我吗?"

江崇一言不发,直接走了出去。

江父回头看了她一眼:"你自己在家好好反省!"

两个人摔门离开,独留下江母一人。

整个屋子非常安静,她红着眼睛哭了半天也没人理。

她没想到,只是说了几句李玥的坏话,竟然会落得这个下场。

现在公司业务受影响了,儿子跟她离心,丈夫又不回家。

因为得罪了程家,现在她连出门社交别人都不欢迎她,一个个避她如瘟疫。

全都怪李玥!

自己儿子跟着了魔似的,程家更是被猪油蒙了心!

这个李玥,早晚自己要她吃不了兜着走!

这各种苦楚足够让江母自己懊悔许久。

江崇把父亲送到了公司。停下车的时候,江父问他:"公司最近怎么样了?"

江崇没有继承父业,自己开了一家新传媒公司,好在借着江父的名声,业务开展得还算顺利。

可他所做的一切,都是为了能和李玥在一起。

然而现在,两个人在订婚前分手了……

江崇忍着内心的疼痛,简单地回江父说:"挺好的。"

江父:"要回家里的公司工作吗?"

江崇愣了一下,知道这是父亲在向他示好。几年前因为他执意要和李玥在一起,不肯接受家里的安排,他爸指着他的鼻子让他滚,每次见面全是六亲不认的表情。

可现在,父亲低头了。

江崇内心发酸,他更明白,这是因为父亲知道他和李玥分手了,觉得没必要再让自己在外面"胡闹"下去了。

"以后吧!"江崇僵硬地扯出一个笑,"公司做了几年了,不能说放下就放下。"

和李玥在一起四年了,他怎么能放手?

江父看了他一眼,倒没再说什么,沉默地解开安全带下车了。

江崇直接回了公司,先是周雨薇迎了上来,把积攒的文件一一给他,还说了一件要紧的事。

"江总,冯……盈盈姐说自己谈好了一个综艺资源,她想要参加,您说这个时候合适吗?"

现在网上对冯盈盈的观感十分负面，她这么快就在大众面前出现，也许会引起更强烈的情绪反弹。

江崇的心思不在这儿，他想也不想地说："她想去就去吧。"

他的口吻很随意，周雨薇有点儿意外，紧接着她更意外了。

江崇给了她一份资料，态度非常强硬："这个交给技术部，我不想再看到这些内容，今天加班也要给我做完，明天我要看到让我满意的成果！"

这么严肃的样子让周雨薇忐忑起来，她在路上看了一眼文件，顿时整个人疑惑起来。

啥啥啥？

橙粒……这是个啥？

然后，她看到了下面的介绍——李玥×程牧昀。

周雨薇当场惊呆。

江总，你是在努力洗你头上的青青草原吗？

这东西，戴上就跟刻在心里一样，摘不下来。

机场。

李玥拖着行李箱，没多久看到了人群中的程牧昀。

他长相出色，很是出挑。

尤其是今天他穿了件纯白色的外套，整个人显得清爽俊朗，大帅哥的形象异常瞩目。

李玥一直觉得程牧昀跟白色很搭，这个颜色总是衬得他格外自信明朗。

而且……他给人种说不出的感觉，让她特别想凑近他闻闻。

李玥被自己这个突然弹出来的想法吓了一跳，用力地抿了抿唇角，抬步向他走去。

程牧昀正低头看着手机，没注意到她。

可最先到他面前的人不是李玥。

像程牧昀这样出挑的帅哥自然引人注意，两个年轻的小姑娘红着脸站到程牧昀面前。

"帅哥，能合个影吗？"其中一个脸上长着斑点的女孩问。

程牧昀以为她们是认错了人，冷淡地说："我不是艺人。"

另一个梳着马尾的女孩甜甜一笑："那加个微信呗！"

程牧昀将视线移回手机上，直接拒绝了："不方便。"

马尾女孩噘着嘴，撒娇说："加个微信而已，又不吃亏。"

程牧昀不再回答。他冷着脸的样子看起来高傲冷漠，漆黑的眼眸里毫无温度，拒人于千里之外。

这和李玥平时接触到的样子完全不同。

只见程牧昀修长的手指在手机上点了几下，完全不理面前的两个女生。

没多久，李玥手机一振。

她打开手机微信，是程牧昀发来的消息。

程牧昀："到了吗？"

这时候一直被冷落的马尾女孩气愤地鼓了鼓脸，叫嚷着："你干吗这么小气？就加个微信嘛！"说着她伸手打算去抢程牧昀的手机。

程牧昀退后一步，成功地躲开了她。

他英眉微蹙，加重了语气："别碰我！"

他疾言厉色起来极具气势。马尾女孩被吓了一跳，脸色迅速转白，另一个女孩眼睛发红，看起来马上要哭的模样。

眼看着事情可能要闹大……

"程牧昀！这儿！"李玥喊了他一声，趁着女孩没反应过来，直接过去拽着他的胳膊把人带走了。

直到走出去好几米，李玥才回头看了一眼，见女孩没跟上来，微微松了一口气，转头问程牧昀："没事吧？"

程牧昀唇角带笑："没事。"

李玥忍不住揶揄一句："看来桃花太旺也不容易消受呢！"

程牧昀低头看着她，眯了眯眼："那你帮我挡挡。"

李玥心尖一颤，不敢再看他，本来拉着他的手臂的手也松开了，匆忙地说："快登机了，走吧。"

程牧昀留恋地抚了抚她刚才握住自己手臂的地方，看着李玥的背影，眼底带着灼烫的温度。

两个人顺利登机，李玥在前面先通过，快到程牧昀的时候，他又遇到了刚才搭讪的马尾女孩。

她挡在他面前一脸的不忿，语气不快地问："刚才那个女的是你女朋友？"

程牧昀冷淡地瞥了她一眼："不是。"

女孩的表情明显开心一瞬，接着又转为嗔怪："那你刚才……"

"她是我很重要的人。"

程牧昀打断她，再没看她一眼，绕过她上前登机离开，留下在原地咬着嘴唇不

· 128 ·

甘心的女孩。

飞机行程漫长又顺利,在安稳地睡了一觉之后,他们已经抵达了目的地。

两个人刚下飞机,李玥就被冷风吹了一脸雪。

这里纬度较高,正处于寒冷的雪天,比国内要冷得多。

"冷不冷?"程牧昀问。

当然冷。可这话不好说,李玥缩着肩膀,回了句:"还行。"

程牧昀没说话,直接脱下身上的白色外套给她披上,带着暖暖的体温的外套立刻贴在了她的身上。

可这样一来,程牧昀就只剩下一件薄薄的衣服。

"你快穿回去。"李玥揪着衣领要脱下来。

"你穿好。"他语气强硬了一点儿,低头看着她说,"你不想再发烧了吧?"

李玥一瞬间联想起上次发烧他来家里照顾自己,不仅带饭,还给她洗衣服……

然后呢?她把人给赶走了。

李玥羞愧得脸红发烫,没再拒绝了。

多了程牧昀的衣服的遮挡,李玥不再发冷,同时鼻端闻到一股清洌的苦橙香气。

她很快意识到这是程牧昀身上的味道,热度染上耳尖,心跳渐渐乱了节奏。

没多久,程牧昀公司的人来接他们,开车直接把两个人送到了度假村。

这个度假村地理位置优越,环境优美,每一座房子都是独立的小别墅,每一栋都有专人服务,来这里度假的人非富即贵。

几人到了程牧昀提前租好的别墅,里面的装修风格是西式的。

深色的木质家具,墙上挂着色彩斑斓的油画,脚下的地毯柔软舒适,最重要的是在客厅中间有一个四方的壁炉,可以直接烧柴取暖的那种。

李玥以前只在欧美电影里看到过这些。

她的声音里有着压不住的兴奋,用英语问:"这个能点吗?"

白肤高瘦的服务员回道:"当然,您想点的时候可以随时喊我们,我们会为您服务,随时。"

李玥摩拳擦掌跃跃欲试,不过还记得自己来这边不是享受假期的。

她还没跟程牧昀开口提,程牧昀主动开口说:"一会儿就去见安娜苏?"

李玥心里一喜,又忍不住忐忑:"她方便吗?会不会打扰到她?"

程牧昀从没见她这么在意过谁,挑了挑眉:"你想见她吗?"

"当然想。"她脱口道。

"那你先换好衣服,我带你去。"程牧昀双手插兜,示意她,"这里的房间,你随便挑。"

李玥眼眸明显一亮。

她也不客气,直接跑去选了。

连李玥都没发现,自己在程牧昀面前越来越活泼随意,像个小女孩。

程牧昀笑了一下,心想,要是她能那么快对自己说想他就好了。

选好房间,换好温暖舒适的衣服,李玥跟着程牧昀出去在另一栋别墅里见到了安娜苏。

再一次见到偶像,李玥心里依旧抑制不住兴奋。

安娜苏40多岁,有一头金棕发,高鼻蓝眼,美如冰霜。

美人会因为年龄呈现不同的美,安娜苏是其中的佼佼者。

她性格偏沉静,气质优雅,对待李玥态度客气,说不上亲近,也不疏远。

她知道李玥是想得到她的指点,便直接提出去冰场。

李玥跃跃欲试,侧头去看程牧昀。

程牧昀笑笑:"你们去吧。"

李玥:"那你?"

"我还要出去处理一下公司的事情。"他说。

对了,他是来出差的。

于是两个人就地分开。

程牧昀一走就是一整天,回来的时候听说李玥和安娜苏还在冰场,这时候已经快晚上八点了。

他有点儿担心李玥的腿伤,她毕竟还在休养期,虽然能够正常跳跃训练,医生却说过她不能长时间地进行大量的体训,这对她的恢复不利。

他开车去往别墅区的滑冰场。

整个冰场他事先已经租下来了,除李玥和安娜苏外是不会有其他人进来的。

进入场地之后,在走廊里他听到有隐约的摩擦音,同时伴有兴奋的英文赞美声。

"Wonderful(精彩)!"

他继续向前,进入滑冰场内部,视野豁然开阔。

宽阔的冰场里有一个明丽的美人。

雪白的坚冰之上,游舞着窈窕飒爽的女人。她穿着贴身的玫色花滑服,一条腿高高地向后举起,身体呈九十度向下,双臂展开,如展开翅膀的鸟在空中翱翔。

她神情专注,目光坚定向前。

每一个旋转,每一次跳跃,都带着力量与美,震撼人心。

程牧昀想起第一次见到李玥时的情景。

她当时年纪还小，十几岁的模样，眉眼英气，长腿细腰，回过头冲他明媚一笑，塞给他一块橘子糖。

"我说会没事的吧！"

当时程牧昀心头一撞，整个大脑一片空白，愣怔地望着她。

他知道，他彻底栽了。

程牧昀望着冰面上的李玥，她是那样的漂亮、耀眼、光芒万丈。

他心跳加速，目光带着灼烫紧紧地盯着冰面上的李玥。

那是他渴求的月亮。

他想了那么多年，思念了那么多年，这一次，终于有机会捧住他的月亮。

他不想把她藏起来。

他要她在冰面上肆意地展颜，以勇者的姿态去征服一切。

月亮本该高挂空中，被群星环绕。

"李玥……"他轻轻地念她的名字。这一秒，他觉得距离她那样近，可一瞬间又远了起来。

训练因安娜苏的丈夫打来电话而结束了。

李玥先去洗了澡，又去别墅区的公共楼买东西。虽然能让服务人员直接送，但李玥还是挺享受四处闲逛的乐趣的，毕竟到这种高级度假区的机会不多。

周围俱是白人或黑人，李玥作为一个黑发亚洲人十分突出，周围人会好奇地向她瞥一眼，倒没什么别的举动。

中间，李玥看到了经纪人邹姐的来电，回了过去。

"邹姐，有事吗？"

"之前打你电话好多次都没回，我就差报警了。"

"我现在在国外。"

"你去国外干什么了？"

"私事。"

邹姐一般不太干涉李玥的私生活，毕竟她不算正经娱乐圈里的人。而且李玥现在的热度非常高，她的职业"根正苗红"，业务配合，现在邹姐能带她已经是职业生涯的最高成就了。

见李玥不愿意多说，她也不再追问了。

邹姐直接说工作内容："之前签约的云步广告今天官宣，一会儿我把资料发给你,你记得按时发微博。"

"好。"

没多久李玥收到了资料,到一家店里点了餐打算打包回去,等餐的工夫把微博发了出去。

很快这条微博下面的评论数量狂涨。

之前邹姐说她最近人气不错,她一直没有体会到,现在是有切身体验了。

可她还是低估了这条微博的影响力。

在她发布这条微博之前,微博的热搜第一是"冯盈盈加入全明星运动"。

之前冯盈盈的父母是老赖的事情引起大众的反感,短时间内她竟然打算重新参与综艺出道。

本来这条热搜数据会扩大冯盈盈的影响,对节目组更是一场免费的宣传助力,可谁承想,李玥毫无预兆地空降了。

有路人好奇地点进去看,先是被广告里李玥英姿飒爽的视频吸引了眼球,整个广告风格清爽活泼,犹如夏日里的一杯冷饮。

视频里无数的弹幕飘过。

"好有力量感,果然运动员是最适合代言运动品牌的,被'种草'了!"

"李玥穿的这套云步运动装好好看啊!又帅气又日常!"

"开始期待今年冬奥会李玥的表现了!"

等网友们再看下面的评论区的时候,内心直接"噒"了一声。

只见下面全是封达集团旗下的各个官微的转发,评论里还增加了抽奖活动,全是各家品牌的经典热门明星款产品,有球鞋、滑板、电子汽艇、游戏机、手机、包包、全套肤品……还在不断地增加。

你只需转发李玥这条微博,就有机会成为天选锦鲤。

价值上百万的奖品啊!谁不想要啊?动动手指的事,转发,立刻转发!

路人纷纷开始转发,同时不少人被广告里英姿飒爽的李玥吸引开始转粉。

与此同时,橙粒情侣粉们在李玥上了热搜第一后,集体全部"支棱"起来了!

李玥发完微博后习惯性地关掉了软件。虽然从邹姐那里得知自己最近的网评有所转好,可她还是尽量不去关注网上的消息。

接着"叮"一声,她的手机弹出一条消息,是程牧昀发来的。

程牧昀:"在哪儿?"

李玥顿了顿才回:"在中心楼买饭。"

程牧昀："我去接你。"
李玥回复："不用了，我马上回去了。"
李玥拎着餐盒慢慢地往大楼外走去。

同一时间，酒吧里。
冯盈盈此时还不知道自己的热搜已经被李玥的消息顶下去了，她还沾沾自喜于得到了这次空降艳压的出道机会。
她清纯的小脸儿浮起微笑，撒娇说："谢谢深哥这次帮我！"
她能以现在的风评参加《全星运动会》多亏了余深的推荐，拿到资源去公司的时候，这次她在经纪人黄叔面前扬眉吐气了一番，终究是找回了场子。
那些人说什么她现在不适合出道，其实只不过是他们自己没本事罢了。
现在她拿了绝佳的资源回来，还是靠的自己！
这次以后公司里的人谁还敢瞧不起她？
等她红了以后，成为公司的一姐，全公司都要看她的脸色，崇哥更是会把注意力完全放在她身上。
她和李玥可不一样。
她可是能给崇哥赚钱的！
到时候崇哥就知道谁才是最适合他的人了。
余深笑了笑："小事，等你红了要多关照我啊！"
他举起酒杯，冯盈盈微笑着举杯和他碰了一下。
任加云奇怪地问冯盈盈："今天江崇怎么没来？"
冯盈盈咬着嘴唇没回答。最近江崇不知道是怎么了，总是不回她的消息，明明她参加了这么大制作的综艺出道，他竟然都没问她一句。
旁边的余深抱怨道："还不是因为李玥？"
任加云好奇："怎么回事？"
"他俩不是分手了吗？江崇妈就打电话去问李玥怎么回事，结果李玥倒好，不知道说了什么直接把江崇妈给气倒了。"
冯盈盈听得直皱眉，有点儿责备地说："玥姐太过分了吧？怎么能这么气江伯母呢？这不是在给崇哥添麻烦吗？"
旁边的人纷纷点头称是。
余深又补充说："李玥分手不就是因为那天生日江崇没去陪她嘛！我记得那天是盈盈病了，可江崇总不能抛下盈盈不管。就因为这个分手，李玥这人太不懂事了。"

冯盈盈闻言嘴角一勾，眼里露出得意的神色。

她看得出来，李玥是铁了心要分手，现在又得罪了江母，一定不可能入江家的门了！

这回不像从前，李玥不来主动求和，两个人更不会和好，他们彻底不会再在一起了。

她心里兴奋得很，高高地举起酒杯说："算了，不提扫兴的人了，今天我请客，大家随便点。"

气氛瞬间活跃起来，大家被转移了注意力，纷纷举起酒杯。

余深看了冯盈盈一眼："果然人逢喜事精神爽啊！难得你兴致这么高。"

冯盈盈抿唇露出一个甜笑："我又不是什么矫情的人。"

也是，冯盈盈一向懂事又乖巧，和他们一起玩从不扭捏。

哪儿像李玥，每次和他们见面都冷冰冰的，就算和江崇一起来也总像谁欠了她钱似的摆臭脸。

要他们说，和江崇分开后，李玥绝对再找不到比江崇更好的对象，她活该。

这时候余深看到一个穿着热裤的女孩，她皮肤雪白如凝脂，长相甜美清纯，正符合他的审美。

余深吹了个口哨向她招手："美女，要不要一起喝一杯？"

梁小西刚刚在无意间听到李玥的名字便放缓了脚步，已经偷听了好一会儿，在认出冯盈盈后，结合之前酒会当天的事情，对几个人的关系已经大致掌握了。

再看到那堆人里有个油腻无比的男人喊她，她挑了挑眉直接坐到对方旁边。

余深见状又惊又喜。

余深主动给她叫了一杯酒，搭讪道："美女怎么称呼？"

"我姓路，"梁小西露出一个标准的假笑，"路见不平一声吼的路。"

余深觉得眼前的小美女挺有个性的。

"你一个人来的？"

"是啊！本来打算和闺密一起的，结果她去打小三儿放我鸽子了。"

梁小西随口爆出一个非常劲爆的八卦。

冯盈盈心口一跳，不知道为什么有种不好的预感。

旁边的任加云来了兴趣："打小三儿？真打啊？"

"那当然了！"梁小西冷笑一声，"你们是不知道那小三儿有多欠揍，仗着和我闺密的男友是同一个导师，一天天哥哥长哥哥短的，叫得那叫一个亲，恶心！"

众人的目光也不知道是怎么了，不由自主地投向了冯盈盈。

冯盈盈背脊僵直，手指攥着衣角，嘴唇抿得紧紧的。

梁小西像完全没注意到众人怪异的表情，义愤填膺地继续道："那个小三儿心术不正，总半夜给我闺密的男友打电话，一会儿请教学习，一会儿分享歌曲，还老装偶遇。我闺密和她男友正约会呢，那小三儿不知道从哪个地方蹦出来了，非得加入他们三个人一起，还挽着我闺密的胳膊一声声喊姐！"

气氛突然变僵，仿佛有冷风呼呼地在耳后吹。

余深咽了口唾沫，僵笑说："你们想多了吧？这不挺正常的？而且人家多有礼貌。"

梁小西瞪大眼睛，极尽夸张地说："要说你们男人不懂吧？我闺密跟那小三儿就差一岁，故意喊姐是恶心人年纪大呢！"

李玥和冯盈盈年龄差多少来着？好像也是一岁，那……

众人心底不安地敲起了小鼓。

梁小西继续加柴添火："还有，我闺密和她男友过生日，小三儿打电话过来说自己半夜被困在停电的图书馆，非要我闺密的男友过去！"

冯盈盈忍不住插嘴："她可能太害怕了，一个人在那么黑的地方找人求助很正常啊。"

周围人纷纷点头。

梁小西瞥了冯盈盈一眼，冷哼一声："她没有爸妈吗？没有朋友吗？实在不行难道不会报警吗？非得在我闺密生日这天找人家男朋友？"

她的一句句话像直接在冯盈盈的脸上扇巴掌一样。

梁小西义愤填膺道："说白了，就是想要插足当小三儿，你说她欠不欠打？"

冯盈盈脸色发白，嘴唇抿得死紧，不再说话。

余深干笑一声："我觉得你纯粹是想太多了，这都不算什么嘛！当女朋友的就该多点儿信任。"

梁小西给他一个冷冷的眼神："呵，不算什么是吧？那你女朋友以后跟你约会天天带个小鲜肉。"

余深立刻撂下脸："那当然不行！"

"怎么又不行了？你不说挺正常的不算什么吗？"梁小西露出一个嘲讽的笑，"你当人家男朋友的，要大度一点儿，多点儿信任啊！怎么，难道性别一换你的标准就变了？咱们大家不都是人类吗？做人不要太'双标'啊！"

余深脸色难看，在场的人也都沉默了。

难道，是他们错了？

是他们误会了李玥,她不是小题大做,是真的忍受不下去了?

他们的目光不由自主地看向冯盈盈。冯盈盈整个人如坐针毡。

梁小西成功搅乱了一圈人的心情,满意地起身,随口编了句:"我得接我闺密去啦。"

她的手臂突然被抓住,余深怎么能就这样放她离开。

"小路,我开车送你。"

哟。

她跟他熟吗?还小路……

梁小西忍着翻白眼的冲动,甩了一下手臂:"不用了。"

余深攥得很紧,一边还贴了上来。他觉得这女孩长得又甜又纯,可性格挺酷的,生了猎艳的心思:"不耽误事的。"

梁小西很烦躁,不客气地说:"大叔,你是要酒驾吗?"

"我酒量很好的,你不用担心我。"

余深给了她一个自信的笑容。

梁小西一时无语。

好一个"人间油物"!

梁小西觉得自己好像被牛皮糖给粘住了,还是超恶心人的那种。

"放开她。"

从后面走来一个人,伸出手攥住余深的手腕。他狠狠一用力,余深放开了梁小西的胳膊。

被搅和了好事,余深一肚子的火气。他气愤地一回头,看到了一张桀骜嚣张的脸。

丁野俯视着他,手指夹着一根烟,随性慵懒地放到唇边吸了一口,猩红的火点染亮了男人如狼的眼眸。那眼眸里面温度冰寒,让余深心里的火气顿时消了个干净。

"这不是丁家的小少爷嘛!"任加云站了起来,打圆场说,"误会、误会,大家都是朋友,别伤了和气。"

丁野没搭理他,懒洋洋地看了梁小西一眼:"跟我走。"

梁小西听话地跟了上去。

出了酒吧,梁小西发现自己手臂上有一圈红印。那"油物"用了好大的力气,恶心感像附着在皮肤上一样。

她用力地甩了一下,嫌弃道:"好恶心。"

丁野吸了口烟,低头睨她:"你不是挺厉害吗?刚才怎么没踹他?"

当初她踢他那脚下可一点儿没留情。

梁小西昂着脑袋说："你要是没过来,我下一脚就踹他脸上了。"

小丫头口气不小。

"踹了人,你跑得了?"

梁小西愣了一下,当时周围那么多人都是那"油物"的朋友,估计跑是费点儿劲。

她揉着胳膊,不情不愿地说:"谢谢你行了吧?!"

丁野微微俯身,漫不经心地说:"口头谢一句就完了?"

他个儿头高出她一个头不止,低头靠过来时压迫感很强,阴影罩在她上面,伴着烟草的气息袭来,危险感让她呼吸紧了紧。

她别过脸,撇撇嘴说:"那你要怎样,要我给你送个锦旗吗?"

丁野品出来了,甭管到什么时候,小丫头嘴上绝对不吃亏。他把烟头捻灭,狭长的眼睛眯了眯:"请我喝一杯。"

"喝,现在就喝!"梁小西才不愿意欠人情,今天能办的事绝不拖到明天!

她这个回应倒让丁野有些意外,他问:"现在?"

"对啊!"反正她微博号被人给盗了,现在没事干,参加综艺前这是最后找乐子的时间了,她斜眼瞥他,"你不会喝不动了吧?"

丁野邪笑了笑:"今天我非让你心服口服地喊我一声哥。"

"呵!"梁小西不屑道,"你跪下来喊我姐才对。"

两个人说走就走,换地方拼酒去了。

丁野和梁小西一起走了,余深他们的局也玩不下去了。原本庆祝的欢乐气氛没了,余深被人当面怼得丢脸,直接起身回家去了。

剩下的人想继续玩,可经过刚才这么一搅和,兴致没了,最后大家纷纷散了。

但任加云一直没走,因为冯盈盈有点儿喝多了。

冯盈盈刚才接到了经纪人黄叔的电话,说她的热搜热度降低了不少。

冯盈盈一听就火了,说:"怎么回事?这种小事情都做不好!"

黄叔声音中透着冷意:"你自己看吧。"

他又摆出这种瞧不起她的姿态!

冯盈盈气得不行,直接打开微博,她倒要看看是谁这么大能耐!

然后,她看到了李玥。

李玥的名字就像一根针一样狠狠地插到她的心头上,又痛又凉,最可恨的是她不得不承认,李玥的这个热度,是她拼不过的!

李玥的热度和影响力在不断增加,而冯盈盈的热搜词条已经被挤到了第二十八名,眼看着已经没人讨论了。

根本没有人在乎她出不出道!

冯盈盈又气又怨,委屈和不甘积在心头,加上刚才那女孩冷嘲热讽的那些话,余深他们看她越加不对劲儿的眼神,都让她难过、委屈极了。

凭什么啊?凭什么李玥事事压她一头?

凭什么李玥和江崇分了手,还能过得这么风光?

凭什么自己要被一个无关的人讽刺是小三儿?

冯盈盈越喝越多,嘴里呢喃着江崇的名字。任加云看这样可不行,按照以往的习惯,直接一个电话打到了江崇那里。

任加云:"崇哥,你在哪儿?"

江崇:"有事吗?"

"盈盈在酒吧喝醉了,现在一直喊你,你快过来吧!"

隔了好一会儿,江崇说:"我不过去了。"

任加云惊讶地"哎"了一声。

"她要是难受你就送她去医院,没大事你就把她送回家。"有任加云在,江崇并不担心。

江崇挂断了电话。

任加云吃惊地看着手机,确定通话结束,感到不可思议极了。以往江崇碰上冯盈盈的事是不可能放手不管的,这次是怎么了?

"崇哥呢?"

冯盈盈趴在酒吧的桌子上,酒醉后媚眼如丝,要不是任加云一直在这儿,看周围虎视眈眈的男人们,她恐怕多半会出事。

本来任加云想直接带她走,可她偏偏不配合,一直喊要江崇过来。

任加云叹了口气。

"江崇有事忙,来不了。"

"不会的!"冯盈盈紧握拳头,语气笃定地说,"你撒谎,崇哥不会不管我的!"

任加云也不爱跟个酒鬼置气,回她说:"不信你自己打给他。"

冯盈盈被气到了,用自己的手机打给江崇,一次、两次、三次……最后直接被拒接了。

冯盈盈眼圈通红,完全没想到江崇竟然会不接她的电话!

不可能的,崇哥对她那么好,怎么可能不理她?

可事实一遍遍地打她的脸，让她不得不接受。

这么多年，第一次，江崇冷落了她。

冯盈盈感到震惊的同时，内心越加焦躁。她完全不明白，到底是为什么，明明江崇已经和李玥分手了，自己在他那里怎么还不如从前有分量？

江崇挂了电话，屏幕上显示的是他和李玥的微信聊天儿界面。

两个人最后的聊天儿记录停留在她生日前两个人因为孙志强吵架的对话。

他当时留言说："你好好冷静一下再来找我。"

李玥没有回复。

从那之后，她再没给他发过一条消息。

其实从这里他就应该察觉到她的变化了，可他没有意识到，这个时候李玥已经打算和他分手，然后在她生日的当天，他再次让她失望。

如果他当时能够及时意识到问题的严重性，事情根本不会发展到如今这个地步！

江崇心脏一紧，发了一条消息过去，过了好一会儿，他没有收到任何的回复。

李玥不肯理他了。

他独自坐在空荡荡的别墅里，心里跟别墅一样空空的。

直到现在，对两个人分手的事，他仍感觉不真实。

他们在一起那么久，虽说因为李玥经常训练，相处的时间并没有那么多，但怎么可能说分就分了呢？

一定是李玥在吓唬他。

她想惩罚他、教训他。他相信最后他们还是会和好的，就像从前一样。

可是就在刚刚，他看到了热搜上的李玥。

他竟然不知道她什么时候接了云步的广告。

视频里的李玥光彩照人，那样的漂亮闪耀，本该是和他最亲密的人，可现在他却觉得李玥离他越来越远了。

江崇感到一阵心慌，这是以前从未有过的心情，焦虑感萦绕在心头。

他反复地刷着手机，等待着李玥的回复。

李玥此时正拎着餐盒站在大楼门口的角落里偷听。

她实在是很意外，在陌生的国度里竟听到有人说汉语，于是停下脚步好奇地听了一耳朵。

然后，她听到了程牧昀的名字。

两个女孩手里各自拿着一杯咖啡，正在说话。

"你确定吗？不是认错人了吧？"其中一个脸上长着雀斑的女孩问。

"当然不会，我上网查过了，他肯定是程牧昀！"

另一个梳着马尾的女孩回应着，正是之前在国内机场搭讪程牧昀的人。

李玥手指微微拢紧，这下她可以确定，两个女孩确实是奔着程牧昀来的。

长着雀斑的女孩面露迟疑地说："算了吧！我看他人挺冷漠的，你忘记在机场他怎么拒绝我们的吗？"

马尾女孩嬉笑道："怕什么，大不了就被拒绝！实在不行，我拍几张照片，说这是我男朋友，过过瘾。"

"我建议你最好不要这么做。"李玥冷着脸站了出来。

两个女孩吓了一跳，她们转过头看到了李玥，尴尬、惊慌的神色凝固在脸上。

李玥冷冷地盯着马尾女孩，目光中满是警告：你最好离程牧昀远一点儿。

"关……关你什么事？"马尾女孩认出了李玥，语气不稳却又理直气壮地说，"你又不是他女朋友，用得着你来管？"

李玥心底升起一股心虚的刺痛感，呼吸跟着一窒，她嘴唇张了张，却一时没能开口反驳。

马尾女孩正要奚落回去，就听到身后不远处传来一道又低又沉的嗓音："我的事她都能管。"

三个人抬眼看去，穿着黑色大衣的程牧昀正迈着长腿一步步地走来。

李玥心跳如擂鼓，看着他站到了自己的身前。

他冷冷地盯着面前的两个女孩。

"你们最好在天黑前离开这里。"

他的冷漠感极重，触及他视线的人会忍不住浑身紧张，生不出半分抵抗的力气。

两个女孩害怕极了，没敢有一丝反驳，互相拉扯着迅速离开。

李玥攥紧的手心里满是热汗，接着她手心一松，是程牧昀把她手里的餐盒接过去了。

她一抬头，撞入一双漆黑狭长的眼瞳中，眸光水润地包裹住了她。

程牧昀嘴角含笑，说："刚才你保护我的样子好帅呢！"

李玥感到一股热流从胸口涌开，脸上微微发烫："哪儿有？"

"我就不说谢谢了，"程牧昀垂眸，眼底漫出笑意，他低头靠近了些，暧昧地轻声说，"我们之间不用太客气，对吗？"

李玥心底一阵战栗。

她黑睫颤了颤，咬了咬嘴唇，轻轻地点点头："嗯。"

他们一起回了别墅，吃完饭，李玥到房间洗完澡之后，还久久不能平复情绪。

她躺在床上，给夏蔓发微信："宝贝？"

常年"996"的夏蔓这次竟然是秒回的："我来啦，宝贝！"

她接连发了好几条消息过来。

"呜呜呜，我的老板终于给我放年假了。"

"宝贝，我们明天去逛街，我要买一套汉服穿！"

"然后直接飞到我男友那儿给他一个大大的惊喜！"

夏蔓和她男友异地恋有一年多了。她男友是医生，她是设计师，两个人都是加班狂魔，平时只能在网上视频交流，偶尔到了假期才能聚一聚。

李玥遗憾地回复她："现在我人在外地陪不了你。"

夏蔓发来一个猫猫哭泣的表情包。

夏蔓问："你在哪儿？"

呃，李玥这要怎么说？她此刻在国外的度假村，和程牧昀住在同一个独栋别墅里。这说出去任谁都会想歪吧？可他们确实……并没有在交往。

李玥感到脸上微微发热，手指点点屏幕，回复道："国外，回去给你带礼物。"

夏蔓："爱你宝贝！"

两个人又聊了一会儿，直到李玥感到嗓子干得冒烟。

因为外面天气寒冷，别墅里的开得很暖，卧室里的水已经被她全喝完了。

李玥匆匆地跟夏蔓结束了聊天儿，起身去外面拿水喝。

刚出房门，她就听到一阵悠扬的吉他声，音色明朗，曲调轻快。

她走到别墅的客厅，昏黄的灯光亮着，程牧昀坐在红色皮质沙发上，怀里抱着一把吉他。

看到她，程牧昀微微扬眉："还没睡？"

李玥点点头，走到他身边，问他："刚才是你弹的？"

"嗯，吵到你了？"

"没有，你继续。"

李玥坐了下来。

接着，悠扬的吉他声在程牧昀的指下响起，很好听，很灵动。

李玥不由得将目光停留在程牧昀的手上。

他的手很漂亮，手掌宽大，指节分明，肤色白皙，随着拨弦手背上的骨节浮动，有一种动人的欲。

李玥看得喉咙有点儿痒，赶快移开视线，目光随之向上。

程牧昀穿的是V领靛色毛织衫，两条精廋的锁骨延伸，中间的衣领敞开，露出紧实的肌肉线条。

李玥心口猛跳，视线立刻继续转上，然后，撞进一双漆黑的眼瞳里。

他直勾勾地望着她，眼底情愫翻涌，既热烈又深沉，沾染着欲望。

李玥呼吸一顿。

吉他声停了。

她看到程牧昀微微倾身，头颈低下来，在缓缓地靠近。

"喜欢吗？"他问。

她闻到一股淡淡的苦橙香气，意识到这个味道来自程牧昀，心脏跳得慌乱。

"嗯……"

他还在靠近，好像要亲过来一样。

李玥微微吞咽口水，随口问："是谁的曲子？"

程牧昀的动作突然停下，过了好几秒他才说："我的。"

李玥有些意外，由衷地夸奖道："很好听。"

"你喜欢以后再给你弹。"

他缓缓地坐了回去。

那种热烈的气氛太过暧昧，李玥连忙站了起来，小声地说："我回去睡了。"

她转过身时，程牧昀轻轻地喊了她的名字："李玥。"

她回头看去。

昏黄的灯光下程牧昀笑得很好看："晚安。"

"晚安。"

程牧昀看着李玥离开，周围还残留着属于她的淡暖的栀子花香，那是她刚刚洗完澡后的味道。

程牧昀整个后背靠到沙发上，一只手盖在眼前，他缓缓地呼出一口气："差一点儿……"

差一点儿，他就没有忍住。

手机振动，程牧昀看了一眼来电人，是丁野。

"我听说艾莫嘉要开演唱会了，你不是从初中时就挺喜欢他的吗？搞两张票一起去？"

程牧昀回道："最近挺忙的，你自己去看吧。"

"唉！"丁野拖长音，"我一个人去看算怎么回事。"

"你找个人一起不难吧？"

"那不行，别的就算了，童年偶像的演唱会怎么能随便？"丁野再次试探地问，"真不去吗？我听说这次有活动，抽中了可以同台和艾莫嘉一起玩吉他呢！"

程牧昀低头看了一眼吉他，沉默了一会儿才回复："算了。"

他早就放弃的东西，再热爱和不舍，哪怕和曾经的偶像同台，也不过是圆了一场年少的梦。而音乐的梦，他早就清醒了。

直到现在，程牧昀还清晰地记得自己在高一退出乐队时那群人是怎么说的。

"早就猜到大少爷不靠谱儿，还说是追求梦想，我看他就是装的！"

"说退出就退出，纯粹是瞧不起我们这群人，觉得咱们配不上呗。"

这时候一道熟悉的声音响起："程牧昀不一定是装的，但如果一个人连梦想都能放弃，你们不觉得他很可怕吗？"

"哟，胡明，你和程牧昀不是好哥们儿吗？"

对方笑了笑，声音讽刺尖锐地说："程牧昀怎么会把我这种学生当成朋友呢？"

"对，他那么虚伪的人，肯定是拿你这种特招生当平易近人的工具，图人气罢了。"

胡明没说话，默认了。

当时程牧昀站在一墙之隔的另一个房间，清晰地听到了他们的对话。

那些他一直当作伙伴、朋友的人，他一直认为他们是共同在追梦的同学，竟然背后如此说他，那时才终于明白，那些人从来没有把他当朋友。

"好臭啊！"一个明朗的女孩声音突然响起，"你们有没有闻到什么？好臭啊！"

"什么？"

"你谁啊？"

"我来找人的，"女孩声音清扬地说，"你们知道什么这么臭吗？"

"你在说什么啊？这里不欢迎外人，你哪班的？快出去！"

"啊！我知道是什么臭了，是你们的口臭。"

"你！"

"八婆！"

"你再骂我一句，我就把你们刚才说的话全喊出去！"女生不甘示弱地说，"就你们还有脸说别人？我看你们背后编排人的样子才最虚伪！"

"你再说一句？！"

"我再说两句。第一，你们最好把嘴巴放干净点儿，少背后说别人闲话；第二，有空多照照镜子，别把程牧昀和你们这种人相提并论。"

"原来你是来帮程牧昀的，你是他什么人？"

"你管我是谁,你们最好乖乖听话,不然我就把你们刚才说的全部告诉他。你们一定不想他知道吧?"女生特意点出胡明,"尤其是这位程牧昀的'好朋友'。"

教室里变得安静极了。

程牧昀甚至可以想象到那些人脸色难看的样子。

女生快哉地推门离开。

程牧昀走了出去,看到少女纤细漂亮的背影。她长长的黑发披在肩膀上,阳光倾泻扫过,落下一片金亮。

李玥。

他在心底轻轻地念了一声她的名字。

她那时和他并不熟悉,两个人连话都很少说,可是在听到别人诋毁他的时候,她会为他站出来。

她没有告诉过他这件事。

她总是这样体贴、温柔、勇敢、善良。

她会想要保护他。

李玥,李玥……

他在心里默念她的名字,舌尖在上颚轻弹,心尖跟着微颤。

回到房间里的李玥直接灌了一大瓶子水,这才稍稍平息了胸口的灼热。

她刚才以为程牧昀差点儿要亲她了。

一想到那张好看的脸缓缓地向她靠近,好闻的香气飘浮在身边,她的胸口就躁动成一团,整个人扑到床上,好一会儿才平静下来。

手机屏幕亮起,她抓起手机看了眼微信的未读消息,瞬间心情仿佛被一盆冷水泼下变得透心凉。

江崇:"气消了吗?"

李玥无奈,只觉得特别无奈。

江崇是怎么想的?他们两个分手都这么久了,该说的都说完了,他怎么还有脸来问她气消了吗?她气不气跟他有什么关系?他不会以为他们还有可能吧?

李玥冷嘲地笑了一声,没有回复他,手指一滑,直接把他的微信拉黑,这下世界清静了。

接着手机弹出一个消息推送,她顺手点了一下,竟然是冯盈盈的八卦消息推荐。

李玥大致扫了一眼,冯盈盈好像又要出道了,这次她参加了某种运动型综艺,好笑的是她的项目竟然是花样滑冰。

· 144 ·

八卦消息的标题是《花滑公主冯盈盈大秀冰面上的绝美风姿》。

李玥懒得点开看，直接关掉了事。

李玥把脑袋埋在柔软的枕头里，她要早点儿睡觉，明天还要和安娜苏继续训练。

她没注意到手机里接下来又跳出两条微信消息。

经纪人邹姐："李玥，你认识冯盈盈吗？"

"冯盈盈在微博里把你的名字和她关联在一起了。我联系了她们公司，对方回复我说你们是熟人。这是你同意的吗？"

此时，微博上有关冯盈盈号称"花滑公主"的词条已经在话题榜上了。

《全星运动会》预告片里，冯盈盈身穿金色亮片短裙，柔弱清纯、小脸儿娇俏，在冰面上轻松地游走，配上剪辑和特效，画面优美，着实吸引了一些人的关注。

同时，微博上冯盈盈的词条和李玥已经关联上了，有"李玥冯盈盈""李玥花滑冯盈盈""花滑一姐李玥冯盈盈""花滑公主冯盈盈"等。

之前因为云步广告被吸粉的路人在微博上搜索"李玥"时，会看到自动推送的冯盈盈的花滑预告片，这样着实为冯盈盈增加了曝光度。

有些不关注娱乐圈的路人当真对冯盈盈生出几分好奇和好感，一看今晚有直播，打算蹲守。

各个平台全是冯盈盈粉丝的推荐语。

"冯盈盈人美心善，快来看今晚八点直播的《全星运动会》吧！"

"花滑小仙女冯盈盈超级美！"

"最可爱、最纯真的冯盈盈值得你一个期待。"

这下子，公众对当天晚上八点开始的综艺《全星运动会》直播首秀的期待热度非常之高。

平台很是满意。

这边，冯盈盈刚结束和经纪人黄叔的电话，想到刚才聊天儿的内容，她心里又喜又傲。

黄叔说："这次你好好表现，也许会有意外之喜。"

冯盈盈骄傲一笑，说："我当然会的。"

她就知道，只要把自己名字的词条关联到李玥就一定会引起关注的。

她满含期待地问："今晚崇哥会看直播吗？"

最近江崇一直没来公司，冯盈盈一直没碰到他，可今天自己上直播这么大的事情,他一定不会错过吧?

黄叔模棱两可地说:"应该会的。"

冯盈盈提醒:"那直播结束了,你让崇哥给我打个电话。"

这一次,她要让崇哥明白,她对他来说才是最重要的,她才是能为他公司赚钱、能够帮助他的那个人。

比起李玥,她冯盈盈才最适合做江崇的女朋友,做江家未来的女主人!

李玥早上醒来后发现手机没电了,把手机充上电后,她收拾好东西去了滑冰场。

安娜苏不喜欢迟到的人,李玥坚决不能在自己偶像面前丢脸,于是早早地在滑冰场等候。

在约定时间的五分钟前,安娜苏准时到了。

"早啊!昨晚睡得好吗?"安娜苏打招呼。

"早,"李玥还是有点儿腼腆,说,"特别好,这里的环境很舒适。"

安娜苏笑了笑,经过两天的相处,两个人的关系拉近了许多。

"那我们开始。"

李玥兴奋地点点头。

李玥属于少有的力量型选手,个子有一米七一,这在女单选手中并不占太大的优势,花滑这项运动并不需要人太高,因为这样会导致重心不稳。

可李玥是个特例,她从小平衡感极好,身材比例完美,具备力量与美感,技术分是她的强项。

花滑比赛分两部分,一为短节目,二为自由滑。短节目由选手自选音乐,自己编排舞蹈,由选手表演的跳跃、旋转动作来获得比分;自由滑是有规定的动作、跳跃,根据完成度与技术分最后相加得出总分。

李玥的强项是自由滑,而短节目一直是她的短板,按教练熊耀的说法,她太封闭自我,表演无法给人强烈的艺术感染力。

如果李玥在短节目上实力能够得到提升,成绩绝对能更上一层楼,可她一直在努力,却始终不得要领。

训练结束,安娜苏向她招了招手。李玥踩着冰刀滑到了边缘。

安娜苏冰蓝色的眼眸里满是欣赏的笑意,她鼓励道:"你的能力很强,我一直看好你的实力,只是你还没有发挥出全部的潜能,你本应该更强的。"

李玥脸上一热,回应道:"没有啦,我还欠缺很多。"

"有时候我搞不懂是你们亚洲人太谦虚,还是你太否定自己了。"

李玥微微一愣。

安娜苏说:"我看过你比赛的视频,赛场上的你没有训练场上厉害,你是有实力的,但没有完全发挥出来。"

是,熊耀也这么说过李玥。

李玥也知道自己的这个毛病。

"你的能力没有问题,是这里阻碍了你。"安娜苏指着胸口说。

"我知道,"李玥向她点头,"我在努力克服。"

"还有一件事,"安娜苏微微蹙眉问道,"我看过你三年前在冬奥会的比赛,你当时表演得非常出彩,分数很高,可为什么之后你自由滑的时候状态完全不一样了?"

当年的观众以为是李玥压力过大,才导致在赛场犯错,最后分数偏低,错失了奖牌。

可对于久经赛场又经验丰富的安娜苏来说,她能够清晰地感觉到是李玥当天整个人状态不对。

李玥不是做不到那些动作,而是无法做到。她清楚地知道该如何跳跃、旋转,可偏偏身体不听摆布。

"那天你是生病了吗?"安娜苏关心地问。

"不是的,"李玥神情恍惚了一下,那种整个人被按在水里的窒息感再次漫了上来,她摇了摇头,甩开情绪,"我遇到了一些当时无法解决的事,是我自己的问题。"

安娜苏没有再追问下去,伸手拍了拍她的肩膀,说:"这次的冬奥会,我相信你会让世界刮目相看的。"

李玥受到偶像的鼓舞,内心激动而热烈。

"我会的,谢谢您。"

安娜苏笑了笑,说:"好了,我们出去吧!别让你的男朋友多等了。"

李玥反应过来她指的是程牧昀,脸色微红了一下,解释说:"您误会了,他不是我的男朋友。"

安娜苏诧异地回头,问:"不是吗?"

"嗯。"李玥斟酌了一下,"他算我的……支持者。"

当然两个人约定好李玥夺得金牌会给程牧昀的公司代言。

可两个人的关系不止于此,甚至有些复杂,有些纠缠,像一团红色的线头缠在李玥身上,都是理不清的纷乱,红线牵连的另一端在程牧昀那边。

安娜苏和李玥结伴出去,安娜苏的丈夫已经等候多时,两个人亲密地贴脸拥抱,恩爱极了。

李玥羡慕地看过去，接着，她看到了不远处的程牧昀。

他穿着一身黑色的风衣，肩膀宽阔，一只手插在大衣兜里，另一只手里夹着一根烟。

微风吹乱了他的头发，露出光洁漂亮的额头，在看到她的一瞬间，他压了眼尾一下，好看得紧。

看到这样一个男人在门口等待自己，李玥无法抑制地心口紧缩。

天气寒冷，她的心情却像裹了一层糖霜，外壳是坚硬的，轻轻舔化了过后才能尝到里面沁人的甜。

她抬步缓缓地向他走去。

这时有人用汉语叫了一声："程牧昀。"

程牧昀偏头看去，认出对方后，眉心突地一跳。

李玥顺着看过去，那是个戴着黑框眼镜、个子不高的年轻男人。

男人的表情局促又激动，他扶了扶眼镜，腼腆地笑了笑，说："好久不见了，牧昀。"

程牧昀懒散地掀眼，语气冷淡地说："是挺久的。"

"胡明，还不走？"黑框眼镜男人的旁边有个人正在叫他。

胡明跟同伴打了招呼让他先走，转过头对程牧昀说："我现在在乐队当贝斯手，乌鸟乐队，你听过吗？"

程牧昀漫不经心地回答："没听过。"

胡明的脸上浮现出无法掩饰的尴尬，他无奈地说："是，小乐队，不太出名。"

"程牧昀，"李玥走了过去，捂着胃部说，"我胃有点儿疼。"

程牧昀踩灭了烟，手臂搭在她的肩膀上，轻声说："我送你回去。"

"好。"

两个人转身要离开，身后的胡明急匆匆地喊了一声程牧昀。

程牧昀拧眉转头。

胡明的脸上写着歉意和愧疚，他说："那时候的事，我……对不起！"

李玥抬头去看程牧昀，他的脸色冷淡得毫无表情。

"我早忘了。"他冷淡地说。

胡明讪讪地张了张口，还没来得及再说什么，程牧昀已带着李玥离开。

两个人一路沉默地回到了别墅。

程牧昀让她坐下，说："我去找医生来。"

李玥拽住了他的衣袖，摇了摇头："不用，我是装的。"

她……是装的？他皱着眉头低头看她。

李玥被看得耳根温热，解释说："刚才你遇到那个人，我看你好像很为难的样子。"

当时他的眼睛里没有温度，比她从前见过的样子都要冷漠许多。她暗暗地觉得，他应该很不想看到这个人，所以找了借口帮他离开。

程牧昀深深地看向她，眉眼间露出几分柔和之色。

"你记得他吗？"他低声问。

李玥摇摇头。

程牧昀并不意外，以前李玥不会太注意他身边的人，毕竟连他自己，都没能引起她的注意。

他长舒一口气，说："我快七八年没见过他了。"

李玥眨眨眼，按照这个时间段，他们应该是高中同学吧？

程牧昀坐到她身边，但没看她，眼睛直直地望向前方。

"我打过他的，当时你也在。"

李玥猛然记起来了。

有一回他们一起玩，遇到了程牧昀的同学。那男生打着程牧昀的旗号骗女生的感情，当时他正好在街上遇到他们，事情被当场撞破，程牧昀直接一拳把人打倒。

她记得那男生整个人倒在地上，一脸鲜红的血吓坏了众人。

周围人看向程牧昀的眼神充满了畏惧，大家纷纷避开，甚至没人敢去拦他。

事情闹大后，他们全被带去了警察局，后面的事她也不太清楚了。

"原来是他。"李玥转头问他，"后来你们发生了什么？"

"绝交了。"

他和胡明从高一开始因为音乐投缘交好，两个人一起组乐队，课余时间全用在研究音乐上。

那时是真的快乐，直到程牧昀不得不放弃梦想，然后他听到了胡明说的那番话。

"一个人连梦想都能放弃，你们不觉得他很可怕吗？"

这句话，程牧昀没想到会从自己的好哥们儿嘴里听到。

明明上午胡明还拍着他的肩膀说："牧昀，我理解你，我会带着你那份一起努力的！"

可原来胡明心里是这么想自己的，是他太高估了这份友情。

直到那天在街上遇见，程牧昀才知道胡明一直利用他俩的关系欺骗女孩子。

闹到警察局后，在接到会被学校要求退学的消息后，胡明激愤得几个人都按不住，他冲程牧昀大吼道："凭什么只有我被罚，你在报复我对吗？就因为你不能再弹吉他了，就要毁了我是不是？他们果然没说错，你这种虚伪的人，一开始就在利用我！"

程牧昀看着满脸鲜血、表情狰狞的胡明，眼前这个人让他陌生得心凉，他面无表情地说："你也没有把我当朋友，不是吗？"

胡明"呸"了一声，说："要不是为了钱，谁会跟你做朋友？你这种人就不配有朋友！"

程牧昀闻言，只是露出一个凉薄的笑。

第二天，胡明被勒令退学。

两个人再没见过面，程牧昀有听说胡明去了国外的消息，只是没想到会在这里遇见，还会听到他向自己说"对不起"。

李玥胸口揪得厉害。她想起夏蔓之前跟她说的，程牧昀被人骗，周围人却对他抱有异样的眼光，他变得越来越冷淡，外界对他的评价尽是高傲冷漠。

可他明明是这么好的人啊！

"当时听到那些话，很难过吧？"她低声问。

他语气懒散地说："都过去了。"

他一定是很伤心的吧？所以才会一眼认出对方，直到现在对那个人说过的话还记得这么清楚。

她将手慢慢抬起，落在他的头上，轻轻地揉了一下。

程牧昀转过头来，眼里惊讶之色跃然浮现。

李玥反应过来后，也吓了一跳，她立刻把手抽了回去。

"呃……那个……手自己动了……"

她说完就感到眼前一黑，傻子也不会找这么拙劣的借口。

程牧昀盯着她的眼睛，漆黑的眼眸里渐渐沁出柔色的亮光。

他早知道这世上总有一些东西是他努力也得不到的，不过还好，他现在身边还有她。

李玥看到程牧昀向她低下头，像一只大狗一样蹭过来。

"再摸一下。"他说。

李玥的心脏跳得飞快。

刚才那个在外面冷漠如冰的男人现在在她面前如此……乖巧，这种被特殊对待的感觉让她心口生热。

隔了几秒，她伸出手，在他浓密的黑发上轻轻地摸了一下又一下。

李玥是回去之后才看到邹姐发的微信。按照时差,这个时候国内的《全星运动会》已经直播结束了。

她翻了一下微博,了解到整件事之后,发现过程非常之跌宕起伏。而且,她在回放的直播视频里还意外地看到了一个熟人。

时间回到国内晚八点。

《全星运动会》准时开播,这档集合了众多年轻艺人的综艺开启了直播首秀。

直播地点是一个偌大的体育馆,观众席上有众多粉丝,画面里都是年轻漂亮的艺人,看着就令人赏心悦目。

除此之外,节目还设置了场外观察组嘉宾点评,由专业的主持人、点评家、歌手组成,都是具有一定人气和专业能力的脸熟艺人,视角交叉地直播。

节目一开播便吸引了众多人的关注。

其中冯盈盈的名字出现的次数很高,这给直播间带来了热度。

前期是其他艺人的比赛和片段,直到冯盈盈出场,观看人数达到了八百万,这是一个高峰值。

冯盈盈穿着金色亮片的花滑服,露出的四肢纤细白皙,她妆容细致完美,粉色的眼影显得人楚楚可怜。

场内观众很多,欢呼声不绝于耳。她一只手捂着脸,怯怯地说:"哇,好多人哪!突然有点儿害怕了。"

演播室内,场外点评的主持人对在场的几位嘉宾说:"冯盈盈接下来要开始表演了,大家觉得她怎么样?"

老牌歌手:"小姑娘看起来有点儿紧张啊。"

新晋导演:"我第一次看到她,不知道她有没有兴趣演戏啊?"

这时候,一道冷冷的声音响起:"这个冯盈盈不是科班出身的吧?我可不敢让一个不会演戏的人演我的本子。"

演播室内的气氛顿时一僵,众人齐刷刷地转头。梁小西却表情轻松,好像完全没注意到自己说了多么冷场的话。

接着,画面切回体育馆。在做完了准备工作之后,冯盈盈深吸一口气,像在平复自己紧张的情绪。

她将一只手放在小腹上,嘟着嘴巴对旁边的教练说:"我穿这个不会显得太胖吧?"

教练回她:"当然不会,花滑服就是这样贴身的。"

冯盈盈咬着下唇,说:"我就怕观众觉得我腿太粗啦。"

下面还有一些讨厌冯盈盈的弹幕,很快被夸赞的言论淹没。

紧接着，画面转回演播室内。

老牌歌手："小姑娘一点儿都不胖。"

新晋导演："可不是，我之前有个戏的女演员为了减肥差点儿在片场昏倒。大家不要对自己太苛刻了，就像冯盈盈这样已经很好了。"

梁小西重重地点头："你们说得对，最烦贩卖身材焦虑的人了。"

众人无语。他们是那个意思吗？他们根本不是好吗？

直播间的评论风向在逐渐改变，而冯盈盈还以为事情按照自己的计划在顺利进行呢，此时弹幕上应该全部都是夸赞她身材和心疼她的人。她完全没想到，现在弹幕上都是讽刺她的言论。

体育馆内音乐响起，一首《致爱丽丝》熟悉又优美，冯盈盈踩着冰刀滑入场内，开始了她的表演。

通过各种镜头的切入、远景近景的变换，大家可以看出冯盈盈确实是下了点儿功夫去学习，虽然达不到高标准，可她整个人在冰面上翩翩起舞的身姿着实引人注意。

她展开双臂，做出一个标准的旋转、跳跃动作。

体育馆内响起观众热烈的赞叹声。

接着她摆了个滑翔的姿势，在冰面上自由地游走。

曲声终了，观众席里响起一片掌声。

画面回到演播厅。

主持人干笑了声："各位老师觉得冯盈盈表现得怎么样？"

这回无论是歌手还是导演都不先说话了。

弹幕里的观众全部都在期待梁小西的点评。

梁小西也不客气，挑了挑眉，两个字一锤定音："就这？"

老牌歌手出声打圆场："梁老师觉得不够好吗？我觉得冯盈盈表现得非常优秀啊！一般人不会挑战这么难的花滑项目，冯盈盈无论是表现结果还是勇气都是非常值得钦佩的。"

新晋导演立刻点头称是："冯盈盈看起来准备了很久，没有怯场，落落大方，她的水准已经很高了。"

梁小西瞥了这两个人一眼，知道他们是和冯盈盈公司有合作，才会这么照顾冯盈盈。

听完这两个人的吹捧，梁小西夸张地瞪大眼，阴阳怪气地说："哦，是吗？这就很好了是吗？可能每个人的标准不一样吧！我之前看到冯盈盈顶着花滑公主的称号以为她有多厉害，结果就这？"

"她跳跃的动作没做成功吧？剩下的转个圈就完事了，一个标准动作都没有，这也算是优秀？"梁小西靠着椅背露出十分有深意的笑容，"大家对作品的要求真的是差别很大呀！"

已经过气了很久的老牌歌手顿时傻眼。

新片票房滑铁卢的新晋导演瞬间无语。

作品炙手可热、手握各大爆剧的知名编剧梁小西：唉！就是玩。

当冯盈盈得知网上全是对自己的抨击评论时，她的表情难看得快溢出水来了。

她预计中江崇的祝贺电话没有出现，反倒是经纪人黄叔先打来电话告诉她这个坏消息。

黄叔："现在网络上的舆论对你很不利，你最好尽快解释道歉，减轻大众对你的厌恶。"

冯盈盈满心怨愤，不甘道："那个叫梁小西的是什么来头，她为什么要欺负我？"

关于这件事黄叔也挺纳闷儿的，明明是毫无交集的两个人，怎么这个梁大编剧偏偏对冯盈盈如此不留情面呢？

"估计是她想借你给自己制造口碑吧！这种事娱乐圈也不少见。"

"可我明明是无辜的。"冯盈盈委屈道。

老赖又不是她，网友凭什么要骂她呢？

黄叔："现在说这些都没用了，网友都在抨击你，如果再扩大影响的话，节目组有可能提前淘汰你。"

冯盈盈这回是真急了："那你们还不快帮我！"

"哪儿有那么容易？公司也需要时间和策略才能公关。"

"崇哥怎么说？"她不信江崇不帮她。

"江总今天没来公司。"

冯盈盈直接一个电话打到江崇那里，可是连续几次都显示无法接通。

这下完了，她联系不上江崇，网友们对她的恶评不断增加，更好的公关方式也没有，黄叔催着她赶紧发微博道歉。

就在网友对她攻击谩骂的时候，冯盈盈上线发了一条微博。

冯盈盈V："大家生活里一定要跟我一样开心！"

微博配图是一张她比着V字手的灿烂笑脸。

她这阴阳怪气的拱火微博一下子捅到网友们的气点上了，大家原本就烦她烦得不行，正主不仅不道歉，还在火上浇油。

黄叔立刻打电话给冯盈盈，质问她："你疯了？让你道歉结果你发这个干什么？！"

冯盈盈不以为然地回道："就算我道歉了，他们就不骂我了吗？倒不如像现在这样。"

黄叔实属无奈，但不得不说，冯盈盈说得对。

冯盈盈看着自己微博评论的数量正不断地上涨，过了今晚，至少娱乐圈里不少人都会知道冯盈盈这个名字了，有了名气，她还怕什么呢？

可紧接着，事情发生了巨大变化。

冯盈盈的热搜掉下来了，热搜第一换人，"李玥"这条热搜爆了。

冯盈盈的额角狠狠地一跳，怎么又是李玥？

她立刻点进去，发现有个花滑爱好者在不久前刚发了一段视频。

起初路人没有留意，直到李玥的粉丝们认出视频里的人正是李玥，尤其是这段手持录像的视频应该是近期拍摄的，不是以前的视频，粉丝们纷纷转发欢呼。

从上次世锦赛之后，李玥一直在休养，没有回归的消息，加上上次媒体误传她车祸受伤，说她将离开赛场，更是让粉丝们担忧。

虽说李玥很快澄清了，但这担忧像在粉丝们心口蒙了一层挥不去的雾，直到看到这段绝美舞姿的视频，粉丝们开始狂刷微博！

一开始是李玥的粉丝转发，然后发酵到橙粒粉，最后甚至到各大媒体号，这段视频彻底爆了。

尤其是李玥游走在冰场上轻盈绝美的身姿惊艳了不少人。她看起来十分专业、轻盈、美丽，老粉夸赞满足，新粉和路人感到惊艳新奇。

在李玥这条视频的对比下，冯盈盈之前的"身材"和"花滑公主"等热搜全成了东施效颦。

至于冯盈盈，她求仁得仁，只有一个关联词和她的名字在一起——心机，哦，还有一个——老赖。

这下子她可不是黑红，而是只剩下黑了。

冯盈盈这步险棋，刚让大众对她产生更大的厌恶感，可紧接着人气全被李玥吸引了过去。

现在她只剩下招人恨了，到了那种节目组不愿意冒着败口碑的风险继续用她的程度。可谓是偷鸡不成蚀把米。

《全星运动会》的工作人员立刻找到了冯盈盈的公司，商讨公关策略。冯盈盈这口碑眼看着就要砸了，可不能再连累节目组！

为了保住节目,她现在必须退出!

冯盈盈万万没想到自己想要一举成名,最后竟落得如此下场。她甚至还不算正式出道,因为这只是一场直播而已。

再一次,所有人的目光被李玥夺走,她变得毫无光芒。

冯盈盈气得不行,为什么每一次都变成这样!现在所有人都在看她的笑话,可凭什么呢?

网上这群人不是很讨厌李玥吗?为什么现在一个个的都变着法儿地夸她?!

仿佛她预想中的一切全部反转了。

最重要的是,她现在情况危急极了。

现在她手上的钱已经不多了,如果还不能出道赚钱,她能不能维持一直以来的生活都是问题,毕竟爸妈已经拿不出多余的钱给她,还要她回老家去!

而且,崇哥呢?……

冯盈盈难过委屈,她最需要江崇的时候,为什么他不在,他去哪儿了?

她颤抖着手指打开微博,发现刚刚发的那条微博下面全是对她的冷嘲热讽,最让她接受不了的是第三条热评。

"为什么要看大鹅滑冰,专业花滑运动员李玥小姐姐的视频不好看吗?"

冯盈盈胸口不断地起伏,早晚有一天她会让网上这群人认清李玥的真面目!

第六章
雪夜里的心动

直到李玥打开微博,她的热搜还保持在第一的位置。

她看到邹姐发的消息,两个人沟通了一下,邹姐并不知道是谁帮她做的。

可李玥在看到这段视频后,心里已经猜到是谁了。

她刚走出房间,就听到厨房里传来一阵"噼里啪啦"金属掉在地上的声音。

她加快了脚步,在厨房里看到了程牧昀。

他整个人竟然蹲在餐桌上,看到她之后大喊一声:"你别动!"

李玥后背一紧,吞了下口水,问:"怎么了?"

"你别害怕,慢慢往后退,回房间打电话叫人。"

李玥更紧张了,一瞬间联想到很多电影里被黑帮绑架之类的画面。

她小声地问:"打电话说什么?"

他示意她:"你看烤箱下面。"

李玥小心翼翼地看过去,然后,看到一只黄色的大老鼠,不对,准确地说应该是一只黄色的荷兰鼠。

李玥肩膀放松下来,问他:"你要我打电话然后叫人抓它是吗?"

程牧昀谨慎地点头,那架势非常认真。

李玥有点儿哭笑不得,说:"这还用叫什么人?"

她一脚踏进了厨房。

程牧昀喊了声"别",可来不及了,他招手赶紧让她过来,警告她:"这东西会往人身上爬的。"

李玥没说话,径直走到烤箱下面,一只手快、准、狠地捏住荷兰鼠的后颈,把它拎了起来,再回头笑着看了一眼程牧昀。

他整个人的表情变得十分微妙。

李玥说:"它应该是偷跑进来的,我送到管理员那里让他们处理。"

她拎着荷兰鼠出去了,小家伙挺乖的,淡黄色的毛很柔软,两只黑黑圆圆的眼睛看着她,表情憨里憨气,蛮可爱的。

李玥把它拢到怀里,不想它在外面冻着了。

她刚走出去不远,就碰到两个外国小朋友,原来是他们贪玩把荷兰鼠一起带了出来,但是不小心弄丢了,正着急地找呢!

李玥在他们的手机里看到了他们跟荷兰鼠的合影,然后放心地把荷兰鼠交还给了他们。

她用英语嘱咐说:"这外面太冷了,你们不能再带它出来喽!"

金发碧眼的小朋友们乖乖地点头,看得人心都暖了。

她转身回了别墅,程牧昀已经从桌子上下来了,站在门口等她。

她脸上带着遮不住的笑意,说:"好啦,我把它送回主人那里了,你不用害怕啦!"

谁能想到,程牧昀堂堂大总裁,竟然会怕一只荷兰鼠。

程牧昀皱着眉头问:"你不怕吗?"

李玥笑着说:"荷兰鼠这么乖有什么可怕的?我连那种大老鼠都不怕。小时候我住那种筒子楼,经常看见小臂那么大只的灰老鼠。那种老鼠可凶了,完全不怕人,有时候半夜听到声音被吵醒了,一转头就能看到一只大老鼠蹲在床头跟你对视。"

程牧昀侧过脸,深吸一口气:"你别说了。"

李玥觉得好玩,打趣地问:"你真的害怕吗?是不是以前有老鼠爬到你身上过?"

程牧昀没回答,大步走过来捏住她的手腕,直接带她往浴室的方向走。

李玥吓了一跳:"要……要干吗?"

程牧昀冷着脸,李玥心跳加快。直到被他带进浴室里,整个环境变得幽暗封闭,她连呼吸都变浅了许多。

他打开水龙头,挤出洗手液,开始给她洗手。

程牧昀的手掌很大,指节分明修长,完全裹住了她的手。

相比他的手,李玥的手指圆滚滚的,整只手都肉肉的,以前她妈妈打趣地说她的手如果握拳的话就像动画片里的哆啦A梦一样。

她当时伸出小手跟电视里比了一下，真的很像，为此还在被窝里哭过。她以为等长大后会好一些，可手指依旧还是圆圆的。这双手和她的长相气质完全不搭，所以她从小就是"手控"，很喜欢修长漂亮的手。

此刻，就有一双骨节分明的手包裹着她肉肉圆圆的手，两只手对比明显，肌肤完全相贴，大手在轻揉慢捻。

体温一点点攀升，胸口又热又痒，她能感受到他的呼吸落在脸侧，清浅的苦橙香气环绕着她。她的后背渐渐生出一层细汗。

她的语气软了下来："我……我自己洗。"

"不行。"热气扑到她的耳后，他低沉撩人的声音响起，"谁叫你笑我？"

这声音太近太沉，她顿时腰软了半截，耳朵红得仿佛滴出血来，只能任由他的手指穿插在她的指间，捏着她的手掌，一点点地将泡沫揉开。

清水终于落下，冲掉了手上的泡沫。她抿着嘴唇小声地说："洗好了。"

可程牧昀没松手。

她小心翼翼地抬眸，注意到他愣怔的表情，感觉明显有些不对劲儿。

"怎么了？"她小声问。

"手链。"

"嗯？"

程牧昀盯着他的左手腕，那里空荡荡的。

"你给我的手链不见了。"

她还以为出了什么大事。

"可能掉在哪里了吧？"

那条编绳手链本来就不算是完整品，就是简简单单的一条手绳，从手臂上掉落很正常，李玥自己就弄丢过几次。

"我去找找。"

程牧昀走出浴室。他记得早上还看到了手链，一定是在今天不见的。

他先是到卧房里仔细地找了两圈，接着在客厅、书房、浴室里全部找了几遍，可是没有，哪儿都没有。

程牧昀唇角紧紧地抿着，匆匆地跟李玥说："我出去一趟。"

看样子他是要出去找，可现在外面零下十几摄氏度，李玥叫住他："算了吧。"

一条手绳，他弄丢就弄丢了吧，而且本身手绳又不值钱。

程牧昀站了几秒,转过来对她露出一个浅浅的笑:"我出去随便看一圈,正好要出门处理一下公司的事。"

李玥:"好吧。"

程牧昀出去之后先是看了一遍车里,没有找到,开始在今天经过的路段仔细寻找。

那条编绳只是用普通材料做的,上面没有什么贵重的装饰,不会有人特意捡走,而且颜色是红色,应该很容易找到,可他偏偏就是找不到。

怎么会丢了呢?程牧昀脸颊紧绷,手指渐渐握起,回忆慢慢涌现……

那年,在江崇生日的同学当天,他表情喜不自胜,唇边的笑意明朗。

有和江崇关系较好的主动问:"崇哥,今天你生日,今晚我们大家去哪儿玩啊?"

江崇扬了扬眉:"哪儿也不去,我要陪她,我俩一起过。"

同学:"秀恩爱!"

"给你看看什么叫秀恩爱。"说着江崇面带得意地张开手心,里面躺着的是一条黑色的编绳手链,"看,她给我亲手做的,厉害吧!"

"哇,我当是什么好东西呢!这手链门口就有的卖,一堆一堆的。"

江崇哼了一声:"那怎么能一样?这可是我女朋友一根一根给我编的,有谁给你们亲手编东西吗?"

"喊,白给我都不要。"

"你们就酸吧!"江崇把手链珍惜地放进衣兜里,昂着下巴骄傲地说,"反正你们没有,就我有,天下独一份儿!"

程牧昀在窗外看到江崇满脸欢喜的样子,那骄傲又甜蜜的表情深深地刺痛了他。

他知道,那是李玥送给江崇的生日礼物,是她只给江崇一个人编的手链。

那是作为李玥男友唯一的优待,别人求不来,更得不到。

想必谁也想不到,程牧昀一直在忌妒着江崇。

程牧昀忌妒江崇能够拥有李玥亲手做的手链,忌妒他能够占据李玥男友的位置。

后来有一次见面时,程牧昀状似随口地问了一句李玥最近有没有做编绳手链,他当时想,如果有的话,他能不能要一条呢?……

"啊!你说编绳手链吗?"李玥当时十分随意地说,"做那个太耗费时间了,我早不做了。"

程牧昀缓缓垂眸,睫毛微颤了颤。

果然,江崇的那条手链是世上独一无二的。

五年后,程牧昀再次向她开口要的时候,又一次被拒绝了。

他并不意外。

那手链对李玥来说是耗费时间和精力的作品,可作为一名运动员,她是要全身心地投入到训练和比赛中的。

所以他才会在见到那条属于他的红色手链时那样惊喜。

她还是做给他了,这是独属于他程牧昀的编绳手链。

他终于能够拥有,可竟然被他给弄丢了!

懊恼和焦急涌上心头,天色渐渐擦黑,周围的空气变冷了许多,他还在原地一寸一寸地寻找那条丢失的手链。

此时李玥做完日常的拉伸之后,难得有空闲时间倒在床上刷手机。

她先是回复了邹姐几条有关工作的微信,又回复了这几天其他朋友发来的消息。

夏蔓庆祝李玥再次登上了话题榜第一,又说自己已经飞到男友那边了,两个人异地恋爱这么久,时隔几个月这次终于能见面啦。

袁婕看到了李玥网上的视频感到又惊又喜,十分羡慕她的状态和技术,撒娇说她以后回队里有空的话一定要给自己开开小课。

李玥心情颇好地一一回复了他们。

最后她问邹姐认不认识梁小西,如果有联系方式可以给自己一下。

邹姐说可以帮忙问问,但据说这位梁大编剧脾气古怪,不太好接触,让李玥不要抱太大希望。

这说法跟梁小西本人留给李玥的印象不太一样。

梁小西明明是个很甜美可爱的小姑娘呢!李玥想,有机会再当面认识一下吧。

她往下刷消息,手指停在了和妈妈的聊天儿框那里。

自从上次那通电话之后,她拒绝了回老家的提议,母女俩没有再联系过。

她轻轻地叹了口气,等之后再好好地和妈妈谈一谈吧。

接着她点开了朋友圈下拉刷新。

第一条出来的竟然是冯盈盈的消息。

冯盈盈:"发烧,好难受。"

李玥顿时醒悟过来,她竟然忘记把冯盈盈拉黑了。

于是她点开冯盈盈的头像,点右上角,删除。

世界清静了。

李玥能猜到冯盈盈这条朋友圈是故意发出来给江崇看的,这种招数她用了很多次。

偏偏每一次,冯盈盈都能够成功地把江崇从李玥身边带走。

哪怕是下雨李玥没办法回家,或者过生日,只要冯盈盈委屈地给江崇打上一通电话,再或者是江崇看到了她发的自己生病的朋友圈,他都一定会担忧地立刻去照顾她。

而李玥永远是被留下的那个人。好在,她已经不会再等了。

轻轻地呼出一口气,李玥在床上伸了个懒腰,侧头时发现窗外飘着洁白的雪花。

"下雪了?"

她下了床,脚踩在柔软洁白的地毯上,走到窗边,发现窗外簌簌飘着鹅毛大雪。这样的大雪她很难见到。

室内很安静,暖暖的,让人很舒服,她新奇地看了一会儿雪景,接着,她转身去卫生间洗漱。

回到房间后她又看了一眼窗外纷飞的大雪,总有一种心神不宁的感觉。

她走出房间喊了一声:"程牧昀?"

客厅是黑的,也没有人回应她。

她走到门口,发现程牧昀的鞋子不在,他还没回来。

那种空落的不安感突然从心底冒了出来,她一边尽力忽视心中的不安,一边又无法抑制地想着,如果真如同她猜测的那样呢?

她给他打电话,第一次没有接通,第二次响了三秒后,程牧昀终于接了。

她立刻问:"你在哪儿?"

程牧昀沉默了一下:"我有点儿事,要晚点儿回去。"

电话那边有风声在吹。

"你是不是还在外面找手链?"

程牧昀这次回得很快:"没有,怎么会呢?"

"真的?"

"当然,你好好休息吧!"他语气轻松且快速地挂断电话。

可李玥内心的不安感不减反增。

她觉得胸口仿佛被压着,堵得发慌,实在是待不住,于是直接回屋子穿上衣服。

刚一出门就被疾风冷雪吹得浑身发凉,她打了一个寒战。

她戴上帽子,低头朝白天去过的滑冰场走去。

这样的大雪天,路上根本没人,只有零星的光源从其他的别墅里透出,整条路上黑漆漆的。李玥走得艰难,只能听到呼啸的风声和踩雪的声音。

她打开手机上的电筒,照着光亮往前走,一路冷风阵阵,手很快变得冰凉。走了快十分钟,她终于在滑冰场门口看到有个穿着黑色风衣半跪在雪地里的男人。

她心跳得飞快,加速脚步上前。

他听到声音,转过头来,清俊的脸上写着诧异。

两个人四目相对,他愣愣地看着她。

真的是程牧昀!

李玥喉咙发紧,大步向他走过去,又气又急地拽他:"快跟我回去!"

程牧昀没动,冲她笑了笑:"还是被你发现了,我说谎很差劲吗?"

"别闹了,快起来!"

李玥拽不动他。

"不行,我还没有找到手链,雪太多了……"

他伸手拨开地上一层层厚厚的白雪。

李玥注意到他头上、肩上落了不少的雪,他紧抿的嘴唇发白,双手已经被冻得通红,不知道已经重复这个动作多少次了。

她心里又酸又紧,声音提高了些:"别找了,一条手链而已!"

这么冷的雪天里他冻成这样,为了一条手链,真的值得吗?

程牧昀的动作顿住,他喉咙动了动:"可那是你送给我的手链。"

李玥感觉心脏被狠狠地一撞,呼吸微微绷住,接着眼眶泛了红。

他这样,是因为那手链是她送给他的,是为了这个吗?

李玥清晰地记得,她当初在江崇生日那天,送出自己废寝忘食做的编绳手链时江崇是什么态度。

江崇嫌弃地捏起来,哼笑了一声,说:"这是你做的?好粗糙啊!"

当时刺痛的心情她直到现在依然清晰地记得。那种付出不被珍惜,期待被冷水浇灭,爱意没有回应的痛折磨了她很久。

以至于决定和江崇分手后再看到那条手链时,她只想扔掉,好像这样做后,就不会再难过了。

她以为自己已经不在乎了,或者是想要让自己不在乎,所以当程牧昀提出要一条她做的编绳手链时果断拒绝了。

可她最终还是做了那条手链,因为那么久以来,程牧昀只向她提过这一个要求。

那天他拿走手链的时候,李玥并没觉得这是一件多重要的事,毕竟那只是一条做工简单的编绳手链。

可在看到程牧昀双手被冻得发红，只为找到她做的手链时，她终于明白被珍惜会产生多么强烈的触动。

她感觉心脏热烈地跳动着，一下又一下地撞击着胸腔，心尖颤得发烫。

风停了，一片雪花轻柔地落在她的耳边。

据说雪落下的声音，是心动的声音。

"跟我回去！"李玥握住他的手，她的手已经冰得不行，没想到他的体温更凉。

她用力一握，说："别再找了，我回去重新做一条给你！"

这次她再拉他，轻轻松松地就把人给拽起来了。

两个人一起站起来，程牧昀裤子上全是脏污的雪迹。

李玥呼吸微微一顿，拉着人往别墅走，一路上程牧昀没说话，只有两个人踏雪的脚步声。

她回头看了他一眼，程牧昀脸色青白，瞳孔却极亮。

李玥心想自己是不是语气有点儿太重了，他是在自我反省吗？

她低声地问了他一句："想什么呢？"

他轻轻地牵了牵嘴角，看着她说："这是你第一次主动牵我的手。"

李玥一时语塞，这家伙真是……

她难以形容现在复杂的心情，又生气着急又柔软发酸，像吃了一口跳跳糖，酸甜味道化入口中，弹跳着又有点儿刺激。

空气寒冷凛冽，手心温度灼烫，同样的路，两个人一起回去的时候心情完全不一样。

走了十多分钟，两个人回到了别墅，整个环境一变，呼吸都跟着舒服了许多。

李玥推着程牧昀去浴室："你快去洗个热水澡。"这是最快恢复体温的方式了。

程牧昀握紧了她的手，眸光温柔地望着她："你不会走吧？"

她奇怪地看他一眼，反问："我能去哪儿？"

程牧昀没有说话。

他有些怕。如果他一出来，她消失了怎么办？目光落在两个人交握的手上，他舍不得放开，好像一旦放开了，她随时会离开，就像从前一样，他只能看着她的背影，却无法靠近。

"别站着了，快进去吧！"

李玥把他推进浴室，虽然不太懂程牧昀为什么会这么问，但保证道："你出来一定能看到我。"

程牧昀眸光微动，总算是松开了握住她的手。

李玥出去，浴室里很快传来"哗啦啦"的水声，她一直揪着的心终于放了下来。

她先是找来一张宽大的毯子，接着打了个电话。一切准备就绪后，她坐在客厅里有些昏昏欲睡的时候，"咔嗒"一声，有门被推开的声音响起。

她迷蒙地睁开眼，看到程牧昀出来了。

他赤着上身，皮肤呈现一种湿润感，由于热气蒸腾，带了一层淡淡的粉，头发上湿润的水珠向下滑落，从线条流畅的下巴滚到肌肉分明的胸口，滑过腹肌渐渐向下，隐没在腰间的白色浴巾里。

李玥的眼睛仿佛被烫了一下，她连忙躲开视线。程牧昀看着精瘦，可这宽肩窄腰的身材完全不亚于常年锻炼的运动员。

李玥感到呼吸有点儿紧，接着有湿润的水汽和沐浴乳的香气在向她靠近。

程牧昀在她身边坐了下来："你怎么把这个点起来了？"

他望着客厅里点着木材的壁炉，炙热明亮的火焰比空调来得更暖。

"这个取暖快。"

李玥一直想试试烧壁炉，却没有机会，这次终于借着给程牧昀取暖点上了，算是新奇体验了。

"挺暖的。"他说。

两个人坐在地板上，侧对着壁炉一起烤火。

程牧昀故意靠近了些，不是靠近壁炉，而是靠近李玥。

李玥心跳如擂鼓，救命！她不对劲儿，怎么觉得此刻自己好像正在被勾引。

好在她早有准备！

就在程牧昀微微靠向李玥的时候，一张带着暖意的绒毛灰色毯子整个罩住了他的身子，将他从上到下裹得严严实实。

李玥带着明显松了一口气的表情看着他，语气十分认真地说："你，好好披着。"

程牧昀顿感诧异。

他这个时候还不正经，不好好穿衣服，李玥真是服了他了。

接着，她起身去厨房把热好的牛奶和三明治端了过来："我只会做这些，你将就一下。"

程牧昀漆黑的眼眸看向她，眉微挑了一下，他问："你给我做的？"

"嗯……"

164

她下一句"你别嫌弃"还没说出口，程牧昀就已经拿起一个三明治大大地咬了一口，因为动作太快还不小心被呛了一下。

"你慢点儿！"

李玥把牛奶递给他，他喝了一口顺下去，开心地冲她笑了笑。

李玥也跟着笑了，嘱咐道："慢点儿吃。"

他整个人裹在毯子里，露出一张英俊漂亮的脸。有水珠落在鼻子上，他低头在毯子上蹭了蹭，笑容好看又动人，让人忍不住多看几眼。

李玥心软软的，觉得此时的程牧昀没有了平日里的冷静，显得有点儿可爱。

她不知道听谁说过，喜欢上一个人是从觉得他很可爱开始。

接下来程牧昀吃得很斯文，他是那种一看就知道家教很好的人，气质干净，人又好看。

越是靠近，李玥越是能感受到两个人的距离，他们是完全不一样的人。

这样好的人，像天上干净的云，漂亮又遥远，本该是仰望时看一看心情变得开阔就足够了，如果靠得太近反而会被光芒伤到。

等程牧昀吃完了，李玥留意到他唇上沾上了一点儿白白的奶汁。

她笑了笑，指着唇角："这里。"

他尾音上扬，轻轻地嗯了一声："什么？"

她重复了一遍动作："这里。"

他微微睁大眼睛，接着喜悦染亮了瞳仁，他一只手撑着地板，身体缓缓地向她靠了过来，毯子向下滑，露出一截洁白的锁骨。

李玥愣了有好几秒，直到他身上淡淡的沐浴香气盈于鼻端，迷得人心醉。

在他快靠近她的脸颊的时候，她伸手抵住他的肩膀，脸上烫得不可思议，她连声音都颤了："不是……你……你嘴上有东西。"

"哦……"

他喉咙里发出一个低沉的声音，简单的一个字竟然能让人听出明显的失望。

他慢慢地坐了回去。

在刚刚短短的时间内，李玥感到自己的后背生出了一层细细的热汗，同时心跳快得自己都难以抑制。

她突然就想起曾经有人跟她说过，喜欢上这个人一定是一场灾难，可谁又能不喜欢程牧昀呢？

两个人沉默地对坐了一会儿，李玥先开了口："以后不要再做这种事了，风雪天如果在外面身体失温的话是很危险的。"

他眼睫微垂，在火光的映照下，睫毛下的阴影很明显。他没答应也没拒绝，只问她："你会再给我做手链的对吗？"

"我答应你了，不会骗人的。"

"真的？"他抬起头来，目光灼烫，紧紧地盯着她。

"嗯。"她声音柔柔的，"如果你想要的话，我可以再给你做一条。你喜欢玛瑙还是转运珠，和田玉也很配的。"

"不用，只要是你亲手做的就好。"

他目光温柔地望着她，李玥感觉有点儿受不住。

她紧张地吞咽了一下口水，别过脸避开了他热忱的目光："还是加点儿东西吧，不然太简单了，毕竟你又帮了我。"

程牧昀问道："什么？"

"我看到网上的视频了。"她感觉说出口的每一个字不知道为什么变得如此艰难，仿佛一块块沉重的砖头垒在心上，可还是说了，"总之，谢谢你发了那个视频，无论是你将我引荐给安娜苏，还是发视频，我都很感激你。"

感激，这是她对他的感觉。

程牧昀顿了一下，眼睫稍稍下垂，声音有点儿发闷："我做的只是最简单的事，不算什么。"

李玥强调："你做的对我来说都是很重要的事……"

他打断了她："如果你的实力不强，就算是我介绍，安娜苏也是不会同意训练你的。网上的舆论也是一样，网友喜欢你，不是因为我发了那条视频，而是因为那条视频里的人是你。"

李玥心神一动，抬头看向他。

程牧昀深深地望向她，说："是因为你一直以来的努力，才得到了安娜苏的欣赏和网友的喜爱，你现在的地位和实力是靠自己不断地积累与努力得到的。这一切，只有你能做到。"

她心口猛地一跳，心底的某处似被击中了一般，有热流瞬间涌入心口，这种被肯定的感觉她很久不曾拥有过了。

一直以来围绕在身边的质疑声和压力都没有了，她深切地感受到，有一个人是相信她能做到的，而这个人现在就在面前。

她微微愣怔。

程牧昀等了许久，没有等到她的回应。

"李玥。"

"嗯？"

他喊了一声她的名字，不知道为什么，她的心跳开始有些加速。

他看着她，问："你喜欢我吗？"

他突如其来的直接发问让她整个人变得不知所措，心尖酥麻地微颤，喉咙发干，她完全不知道该怎么回答。

接着，他又问了一句："你讨厌我吗？"

屋子里异常静谧，暧昧的气氛在两个人之间弥漫，橘色的火光照亮了两个人的脸孔和眼眸，温热地烫着脸颊。

她想说，人的情感不是只分喜欢和讨厌两种的，有时候喜欢分很多种，讨厌也是……可她开口给出的是连自己都未能预料的回答。

"我……不讨厌你。"

程牧昀嘴角弧度上扬，露出一个生动的笑来。

李玥心头一紧，说不出地意动心摇。

窗外风声呼啸，雪不断地落下，屋子里钟表的"嘀嗒"声有节奏地响着，木头被烧得偶尔发出"噼啪"声……细密的声音在他们耳边响起，完全盖不过此刻两个人越来越剧烈的心跳声。

"扑通、扑通、扑通"……声音大得太过明显，她生怕被他听见。

然后，一只手轻轻地摸了一下她圆滚滚的指尖。

程牧昀小声地说："我也不讨厌你。"

我喜欢你。

我很喜欢你。

你知道的，对吗？

江崇发现自己被李玥拉黑了。

在他发出那条消息之后，他等了很久，李玥一直没有回复。

他实在是按捺不住，又给她发了一条消息，接着一个鲜红的感叹号弹了出来。

"消息已发出，但被对方拒收了"。

江崇瞬间感觉整颗心如坠悬崖，恐慌感爬上心头，让他难以呼吸。

李玥……把他拉黑了？

他喉咙动了动,大脑空白了好几秒。

他知道这次李玥是真的生气了,可就算是这样,难道两个人不应该好好坐下来面对面地谈谈吗?她起码应该给他一个解释的机会,不是吗?

她就这样把他拉黑了……不觉得有点儿太过分吗?

他们那么多年的感情,总不能说放弃就放弃啊。

江崇如坐针毡,从家里出去,先去了一趟花店,买了一大束栀子花,然后开车去了李玥家。

他上楼的时候,看着熟悉的环境,心情变得无比紧张。

他在心里安慰自己,没事的,李玥一向心软,只要他好好解释,她一定会原谅自己的。

到了李玥家门前,他习惯性地按了开门密码,"嘀嘀"两声,提示密码错误。

江崇的心又被扎了一下。

是的,自从李玥提出分手,她就把家里的密码给换了。

他现在就像个外人一样,要敲门才行了。

江崇还是没能适应这种身份转换,压着心底的不适感,敲了敲门。

一次、两次……他把隔壁的邻居都给敲了出来,李玥依旧没有开门。

邻居看到是他,感觉很脸熟,问他:"你这是忘带钥匙了?"

江崇一笑,状似随意地说:"没有,女朋友跟我置气,不让我进门呢。"

邻居皱了皱眉:"她不在家里啊。"

江崇意外地问:"什么?"

"这家小姑娘不在家有十几天了,好像出国玩去了,你不知道?"

江崇愣在原地。

李玥,她出国了?

邻居奇怪地看了他几眼,按理说这种事当男朋友的不应该不知情的,而且他家门又进不去,总觉得不太对劲儿。

江崇拿着花失魂落魄地从李玥住的小区离开,不知道是应该庆幸她不给自己开门不是因为她还在生他的气,还是郁闷她出国的消息自己竟然一无所知。

他蹲在门口,现在接近深夜,冷风阵阵,吹得人心都凉了。

江崇懊丧地捂着脑袋。栀子花的香气直冲脑顶,他整个人心烦意乱。

这时候电话响了,江崇看了一眼,是冯盈盈打来的。他现在对冯盈盈的心情很复杂。

李玥的确是因为冯盈盈生了气,可毕竟冯盈盈并没有什么错。

犹豫了几秒,他最后还是接了。

"崇哥,喀喀……"冯盈盈声音柔弱,嗓子明显哑了,止不住地咳嗽,"我好像感冒了,好难受,怎么办?……"

江崇知道,按道理这个时候自己应该立刻去冯盈盈家里看看她的情况。

她毕竟是个年轻女孩子,父母不在身边,因为家里的债务问题,身上担子很重。她这么努力地想要出道,也是为了能够赚钱为家里还债,现在病了可能是因为之前训练得太辛苦了。

江崇顿了顿,开口问:"你在家里吗?"

冯盈盈声音里有着压不住的喜悦:"嗯。"

"那你在家里等着。"他说。

挂掉电话,冯盈盈满心喜滋滋的。她就知道崇哥不会真的不管她,上次节目没联系到他只是一场意外。

如今网上对她的评价很差,网友们纷纷要求她退出综艺。节目组已经和公司商量下期节目不再让她上场了。

冯盈盈心里难受得厉害,这个机会是她好不容易托余深得到的,连正式的录制都没有参与,只参加一场直播她就被赶走了!

都怪那个梁小西,还有李玥!

冯盈盈现在对李玥是既恨又惧,她发现自己不再像从前一样能够在李玥身上占到便宜了,每一次遍体鳞伤的人反而是自己。再这样下去,她都不知道还能不能成功打入娱乐圈了。

好在她还有崇哥。

冯盈盈自己化了一个精致又病弱的妆等着江崇的到来。她已经想好了计策,一会儿就扑到江崇怀里,装作不小心蹭到他的嘴唇。崇哥这次一定不会再把她当作小妹妹,会重新审视她已经成为一个漂亮女人的事实。

听到门铃响起,她故意大声地咳了好几声,弓着腰"虚弱"地打开了门,轻轻地抬眸,楚楚可怜地柔声说:"崇哥,你终于来啦……"

她的话说到一半儿卡壳了,在看清楚门口的人时,她不由得愣了几秒。

来的人不是江崇,是周雨薇。

而且她穿的不是工装,是私下的便装,一看就是从家里赶过来的。

可冯盈盈没有体谅她的辛苦,反而冷着脸嫌弃地说:"怎么是你?"

冯盈盈摆出这么明显不欢迎的姿态,哪怕周雨薇再神经大条也能品出来。

周雨薇忍了一下心里的怨气,解释说:"江总让我过来的,听说盈盈姐你病了,让我来看看你,要是严重的话让我送你去医院。"

冯盈盈不满地咬了咬嘴唇,心里生出一阵委屈,埋怨地说:"崇哥为什么没过来?"

周雨薇怎么知道?她正在家里刷综艺吃火锅呢,就被江崇一个电话支使过来了。

"江总不方便吧。要是有什么事,我是女生,可能更方便照顾你。"

可崇哥以前明明不是这样的!冯盈盈心里酸涩,从前只要她难受生病,崇哥没有不过来亲自送她去医院的,为什么这次不肯来?

要不是有人在场,冯盈盈难过得都要流下泪来了。

周雨薇发现这么久冯盈盈也没咳没喘的,除了脸上异样的红,看起来不太像生病的样子。她试着问:"盈盈姐,你身体感觉怎么样,要我送你去医院吗?"

大半夜的这么冷,谁要去医院啊?冯盈盈整个人沉浸在自己的情绪中,没好气地对周雨薇说:"你先去药店给我买些感冒药,对了,把垃圾带下去。"

她把垃圾袋拎出来,接着把门一关。

周雨薇拎着两大袋子的垃圾,下楼的时候心里又气又恨,特想哭,又不得不死死地忍着。

凭什么啊?她都下班了,快十一点了被老板叫出来干活儿,这么加班谁受得了啊!

好,她干,不就是照顾冯盈盈吗?她忍了。

可结果呢?自己到了冯盈盈家,人家门都不带让自己进的,这大半夜这么冷,还要让自己去给她买药,还要给她扔垃圾!

周雨薇气得心口疼,特别想扇以前蠢死的自己两巴掌。

她羡慕冯盈盈家里大有什么用?人家可没打算让她进去。她还傻乎乎地以为冯盈盈人美心善,有心善的人大半夜折腾别人的吗?她禁不住想起从前,有一次也是晚上给江崇送文件,当时正值下雨天,她头上身上淋了雨,浑身冷得不行。

当时给她开门的是李玥。

看到是周雨薇,李玥有些意外。

周雨薇解释:"我来给江总送个文件,给你也行。"

她直愣愣地把文件往前一送,因为当时她对李玥的印象不好,态度称不上好。

李玥看到她的裤腿全湿了,对她说:"江崇出去了,你要不要进来坐一会儿?我煮了咖啡,等他回来你自己给他。"

周雨薇:"行。"

她刚进屋子,整个身体就暖了不少,再喝到暖热的咖啡,身心舒畅轻松了许多。

后来的事情她记得不太清了，可那杯咖啡的味道一直记在心里。

咖啡很好喝，特别好喝，当时她还有点儿遗憾，估计以后再也喝不到了。

毕竟李玥很少来公司，人也冷淡，才不会像冯盈盈一样总是请大家吃饭，带好吃的给他们。

然而现在的周雨薇悔不当初，她的确是喝不到了，她还有什么脸去见李玥？

她从前总是在心里贬低李玥，说话也不客气。那时候的自己简直是猪油蒙了心，竟然觉得李玥配不上江总。

周雨薇想，其实李玥才是真正温柔又善良的人，面对幼稚的自己，她给予了最大的善意，从不折腾自己，更不会大半夜地使唤并且给自己委屈受。

周雨薇抽了抽鼻子，拿出手机翻出微信，找到李玥的号码添加好友。

曾经她一气之下把李玥给删了，信誓旦旦地想要李玥日后求着把自己加回来，现在她才知道自己有多傲慢、愚蠢。

周雨薇试着重新把李玥添加回来。

可直到她扔掉垃圾，给冯盈盈买完药，她的微信好友请求依旧没有被通过。

她重新添加了一次，内心已经不再抱什么希望了。

她自觉羞愧，没脸再联系李玥了，于是在申请栏里写了三个字："对不起。"

李玥，真的对不起，我为我曾经的愚蠢、傲慢、误解向你道歉。

再次敲响冯盈盈家门的时候，周雨薇冻得脸都青了，手指和脚心凉得不行。

可这次冯盈盈都懒得给她开门了，直接发了一条消息："我睡了，把东西放信箱里吧！"

冯盈盈摆出高高在上的姿态，根本没把周雨薇当回事。

周雨薇按她说的做了，又给江崇发了微信，把事情交代清楚。

江崇没有回复，这个时候，他可能已经睡了。

深夜的小区里，大部分灯光熄灭了，只有周雨薇一个人又冷又怕地往外走。

她抬头看了一眼冯盈盈家的房间。灯分明亮着，冯盈盈并没有睡，这只是打发她的借口罢了。

她死死地盯着冯盈盈的窗户，提醒自己要牢牢记住今晚的委屈和教训。

她早晚要冯盈盈——还回来！

李玥并没注意到有人添加自己为好友。

她猜到自己最近在国内应该是挺火的，因为再一次登上了话题榜第一，当天晚上她的微信又炸了，不少人来旁敲侧击，有关心，也有八卦。

来添加好友的人不计其数，无论是广告邀约还是业内人士，都想要联系她，想要挖出她的人脉或者是跟她结交。

李玥把大部分的事情推给了邹姐。邹姐最近是忙起来了，在她的职业生涯中，就从来没接触过这么多优秀的资源。

但最大的问题是，李玥人还在国外啊！

于是一大早邹姐就联系她："你什么时候回国来公司我们好好谈谈，好多资源要你点头对时间才行啊。"

李玥："我最近没空的。"

安娜苏一家的度假行程快结束了，他们要回俄罗斯了，最后的训练时间，她一天、一小时、一秒都不能错过！

"可星直播的晚会典礼你要来的，我已经答应官方了。"

多亏了那个热搜和视频，给李玥吸引了更多的路人粉丝。

李玥回道："那时候我应该回国了，放心吧。"

这个最重要的活动李玥拍板会去，邹姐就放心了。至于李玥在国外做什么，既然李玥不说，她就不问了。

可邹姐不关心，不代表别人不在意。

在和安娜苏训练结束的当晚，李玥突然接到了教练熊耀的电话。

他关切地问："李玥，你腿伤恢复得怎么样了？我上次去医院看你，护士说你当天就办出院了，可别太勉强自己啊！"

李玥知道熊耀是个非常注重成绩的教练，哪怕你会勉强、吃力、受伤，只要能站起来，就要训练，就要出赛。

这几年，李玥的旧伤是在一次次紧迫的训练中逐渐形成的，所以才导致她这次被医生下了最后通牒：如果还想滑冰，这次一定要认真休养、好好恢复。李玥这才暂时进入了休养期，但从她暂时离队的那天起，熊耀几乎没联系过她，除了她车祸那次，那是他们几个月来为数不多的见面。

而袁婕已经告诉她，熊耀放弃她了，会培养其他选手参赛。

至于她，以后就是个负责宣传的吉祥物。

李玥客气地回了句："我没事，教练您放心吧。"

"你现在在哪儿啊？"熊耀问。

"国外，有点儿私事。"

"李玥，我就直接问了，你现在是和安娜苏在一起训练吗？"

之前网上的视频里没有安娜苏，但如果找有人脉的圈内人打听的话，他想知道并非难事。

李玥直接承认了："是啊！因为朋友的介绍，有幸得到了她的指点。"

熊耀见她承认了，语气欢喜地说："那这样，你师妹正好在你们那儿特训，你安排照顾一下。"

师妹？他是说吕琦还是韩晓罗呢？不过是谁并不重要了。

"熊教练，我这边不方便。"

熊耀不耐烦地说："李玥，做人不能太自私，这对队里是好事。你难道不想下次比赛为国家出成绩吗？"

谁不知道安娜苏是享誉国际的女单选手，可惜她退役后不肯担当教练。私下里各国都争着向她伸出橄榄枝，而她全部拒绝了。想要得到她的指导绝非易事，据熊教练所知，李玥是国内第一个得到她指导的选手。所以这么好的资源，李玥怎么可以不分享出来？

李玥说："因为朋友介绍，我才能认识安娜苏。她是来度假的，我不能因为个人的事占用她太多的私人时间。"

熊耀理直气壮地说："那把你的时间让出来给你师妹不就行了？"

李玥无言以对。

熊耀状似苦口婆心地劝道："李玥啊，你这个年纪就算再滑又能滑几年呢？你腿上的旧伤那么多，况且这么久你也没出成绩，还不如把机会让给别人。你之前对外夸下海口说今年冬奥会要夺金，如果你拿不到呢？你知道舆论会变成什么样，带来多大的影响吗？倒不如不要参加了，队里会给你出证明的。你是女孩子，以后还是要生活的。听我一句劝，明天去机场接你师妹，好好地把她介绍给安娜苏。"

李玥沉默着，她想说，腿伤加重难道不是他逼的吗？

当初她因为冯盈盈崴了脚，本来只需要休息好就能完全恢复，是他要自己轻伤不下火线，一定要每天训练，这才导致伤情加重。明明近年来最好的成绩是她赢得的，每次的大赛名额也是她的努力换回来的，为什么他认定她会输？

她突然想起程牧昀曾经对她说的那句话。

"我赌你能赢。"

李玥不会让程牧昀输的，她冷冷地回复："我不会去接人的。"

熊耀错愕，没想到她会拒绝："你……"

"这是属于我的特训机会,我不会让给任何人。"

熊耀气急了,说:"你还想不想回队里了?"

"队里是看成绩,不是看谁的脸色,只要我能赢,当然能回去。"

李玥挂了电话,手机的黑屏倒映出她紧抿的唇角。她知道自己又冲动了,但这一次,她不会再退让、迟疑。

她脑海里想起程牧昀那天对她说的话——"只有你能做到。"

她想要证明,程牧昀没看错人。

没多久,邹姐把一些广告的邀约和有合作意向的品牌资料用微信全部发了过来,最后她还提到了冯盈盈的公司最近联系了她。

李玥微微蹙眉,问:"她想要干什么?"

邹姐说:"冯盈盈的公司因为擅自把名字和你关联的事情来找我们道歉了,希望可以和我们这边和解。"

冯盈盈的日子最近过得不太顺心,她上次打算在综艺正式出道,可还没熬到正式拍摄,就在那场直播里被网友集体抵制,丢了综艺不说,现在路人缘还很差,这就导致她现在的处境极其尴尬。

尤其是她现在的关联词跟自己两个最大的黑点——老赖和心机女联系起来了。

冯盈盈知道,这一定是李玥在报复她!

冯盈盈言之凿凿,黄叔只能托业内的熟人联系了邹姐,希望李玥那边能高抬贵手。

可这件事还真不是李玥授意的,邹姐也没有。

李玥冷淡地说:"不必理她。"

江崇可恶,冯盈盈也不无辜,李玥不愿意理会,但也不会选择原谅纵容。

邹姐明白了她的意思:"好的。"

结束对话后,李玥倒有几分新奇,冯盈盈遇到了麻烦,竟然没有拜托江崇帮忙处理?她以为这次一定会是江崇打电话让她"通融"一下呢。

这种事以前不是经常发生吗?不过这次到底是为什么没有,她并不关心就是了。

李玥不知道的是,冯盈盈一开始确实是直接去找了江崇。

上次装病没能让江崇到她家里来,冯盈盈这次主动去了他家里。

冯盈盈到的时候很巧,江崇刚收到他预定了一个月的东西。

他小心翼翼地打开盒子。这一次连盒子都是他特别定制的,盒子里躺着一条红宝石项链,是名设计师J.C的最新作品。

上一次，周雨薇寄错了项链，把原本给李玥的项链送给了冯盈盈。

这一次，江崇一定会亲自把这条项链送到李玥手里，以表示自己的诚意。

他相信李玥一定会被自己打动的。

冯盈盈就是在这个时候过来的。

江崇打开门看到她的时候心情有些微妙，顿了顿才开口："盈盈你怎么来了？"

冯盈盈清纯的小脸儿上浮起微笑，她提了提手上的餐盒，说："你最近都没来公司，我好担心你呢！特意带了你最喜欢的牛肉煲。"

江崇看了一眼，想到从前每次吃这个的时候，李玥都皱着眉头躲得远远的，因为里面有不少香菜，她闻不得这个味道。

他当时根本不觉得这有什么了不起，还试着让李玥陪他一起吃，总觉得只要慢慢习惯，她总会喜欢上的。可最后他盛给李玥的那碗汤她一口没动，正如现在，她不要的东西，说不要就不要。

无论是之前的项链，还是他对她的口味的忽视，这些堆积的问题把李玥推得越来越远。

江崇的心被狠狠地扎了一下，他叹了一声："谢谢，不过我现在没什么胃口。"

他好像没有让冯盈盈进去的意思。

冯盈盈却不客气，直接推开门走了进来，笑着说："那我先给你放冰箱里，什么时候你想吃就热一热。"

江崇没能拦住她，只好让她进来了。

当冯盈盈走进客厅，看到桌子上精美的首饰盒里有一条璀璨闪光的红宝石项链时，她整个人瞬间定住了，心情如烟花般绽放。就在不久后，就是她23岁的生日了，这一定是崇哥买给她的生日礼物！

怪不得刚才崇哥在门口没有主动邀她进来，一定是不想让她看见礼物，是怕破坏了这个惊喜吧？！

冯盈盈装作没看到的样子，径直去了厨房。

放好东西后，她走到江崇面前，关心地问："崇哥，你最近都不去公司，是不是还在为玥姐的事烦心？我听说伯母最近也病了呢。"

江崇语气有点儿冷淡，说："我妈是老毛病了。"

他没再多说什么，这可和以前不一样。

冯盈盈能感觉到最近江崇对自己的疏离，她明白这是江崇一时无法接受李玥主动提出分手的后遗症。

· 175 ·

"要不然，我去找玥姐给她道歉吧。"

江崇愣了一下。

冯盈盈咬了咬下唇，说："我觉得玥姐虽然嘴上没说，但心里还是怪我的，不然也不会在网上那么针对我……"

江崇拧了拧眉心，说："李玥不会做那种事。"

江崇心里明白，李玥纵然不喜欢冯盈盈，可以前从来没给过她难堪，最多是背后跟自己说不想在约会时见到她。

可当时的他只觉得李玥太过小气了，他当时因为冯盈盈的亲人不在身边，怕她孤独难过才在约会时带着她的，却不想明明李玥才是他的女朋友，那本就是属于他们两个人的约会。

江崇舌根泛苦，他相信李玥不会背后搞冯盈盈的。

"你想多了，李玥不会做这种事。"江崇笃定道。

冯盈盈脸色一僵，原本下面诉苦的话全说不出来了。

这时江崇接到了下属的电话。

"江总，之前的那件事情进展不太顺利。"他说的是之前江崇想降低橙粒粉热度的事。

江崇加重了语气："怎么回事？"

"上次进展就不太顺利，现在全公司的业务完全施展不开。这件事要不先推迟一段时间？"

江崇太阳穴突突地跳，到底是谁在捣乱？

李玥和安娜苏的特别训练还在有条不紊地继续着。那天和熊耀不愉快地通过话后，接连又有几个人打电话旁敲侧击，都是劝说她让出机会，李玥都直接拒绝了。

拿到金牌的承诺不仅仅是对网友，更是她对自己的要求，所以她一定会抓住机会。

时间匆匆而逝，今天已经是特训的最后一天。

李玥不得不承认，在最近训练的日子里，她体会到了久违的快乐，不是为了成绩、排名、竞争，只是单纯地享受滑冰带给她的欢愉。

像回到了儿时刚刚接触滑冰的时候，每天晚上睡觉前她闭上眼期待第二天的到来，因为她又能滑冰了。

结束了最后的训练，安娜苏一家已经决定在后天离开度假村回国了，在离开之前，她邀请李玥去别墅里参加今晚的聚会。

李玥能感觉到安娜苏态度的变化，从一开始的客气淡漠，到如今的热络亲切。

这让李玥欣喜不已，她自然一口答应。

回到别墅，程牧昀同样也接到了邀请，两个人可以一起过去。

李玥非常紧张地找衣服，来的时候她带的行李不多，到这里后几乎没出去过，没有添置什么衣服，而且这次带的衣服大多是冷淡风，黑白色居多。

她把衣服全部翻出来一件件地搭配，感觉都不合适。

等到即将出门，她的衣服还没选好，整个人快纠结死了。

程牧昀过来时，看到李玥满屋子凌乱的场景，愣了几秒。

他问："你还没选好？"

李玥坐在地上一回头，发现程牧昀穿的是深色羊毛衫，同色的长裤。人好看怎么穿都非常时尚，这一身让他看起来阳光俊朗，气质不显冷淡，亲和许多。都是人，大家怎么差别就这么大呢？

李玥苦恼道："怎么办，现在我想出去买衣服也来不及了。"

程牧昀很少看到李玥这么纠结，心里有点儿发痒，她可爱得让他想要摸摸她的脑袋。

他忍了一下，接着把一件方领白色衬衫和黑色窄裙挑出来。

"这么穿试试。"

他帮她关上门。

李玥试着这样搭配穿上，效果出奇地好，方领衬衫有一种法式优雅感，锁骨平直露出，大片的胸口肌肤十分白皙，稍稍露出一道浅沟。

下面的裙子增添了几分柔美，李玥对着镜子里的自己微微一笑，眼角眉梢露出自信大方的光彩。她看着镜子里的自己突然感觉有点儿陌生，最近一段时间，自己好像哪里变了，却又说不清是哪里变了。

"咚咚"两声，是程牧昀在敲门。

李玥深吸一口气，打开门，程牧昀低头看着她，嘴角微微一翘。

他什么也没说，目光透着亮，就那样注视着她。

李玥的脸慢慢地红了。

安娜苏的聚会邀请了不少人，他们刚到门口就听到了里面传来的音乐声。在两个人开门准备进去时，里面突然响起一声尖叫。

接着一个高大的人影从客厅里直接冲了过来，他们还未反应过来，对方便直接给李玥来了一个热情的熊抱。

当程牧昀皱着眉头戒备地准备去阻止时,对方已经松开了李玥。

他抓着李玥的胳膊,脸上满是热情,说:"嘿,玥!"

李玥认出对方,跟着笑起来:"安德烈。"

程牧昀看了一眼男孩,没错,即使外国人长相成熟,依然可以看出他是个年轻男孩。

这男孩年纪顶多20岁的样子,雪白的肌肤里是满满的胶原蛋白,他金发碧眼,鼻梁高挺,俊朗中透着一点儿文艺的秀气,还有一种脆弱感,这是少有的西方古典气质。

程牧昀心中警铃大响。

李玥笑着给程牧昀介绍:"这是安德烈,是俄罗斯很出名的男单选手,上一届世锦赛的男单冠军就是他。"

她接着说:"这是程牧昀,我的朋友。"

安德烈湛蓝如深海的眼睛微微眯了一下,他热情地对程牧昀伸出手:"嗨,程。"

程牧昀和他握手,目光沉沉地用英语说:"我认识你的。"

在李玥被报道的绯闻里,程牧昀看到过安德烈的名字。

安德烈友好地笑笑,露出脸颊上的小酒窝:"我正在学中文,你可以用汉语的。"

两个男人短暂地握了一下手,接着安德烈眼疾手快地搭住李玥的肩膀,热情地说:"姐姐,好多老朋友来了,我带你去。"

"啊!好。"

李玥有点儿担忧地回头看了程牧昀一眼,他沉稳地朝她点点头。

程牧昀,他应该……没事吧?

不过她的注意力很快被安德烈拉走,他高高地举起手机:"姐姐,好久不见,我们来拍张合影好不好?"

李玥爽快地答应了:"行啊!"

虽然一直以来两个人的粉丝间闹得不太愉快,还因为之前的乌龙绯闻惹过一些麻烦,可私底下李玥和安德烈的关系还是不错的。

在国外第一次见面时,这个热情的大男孩就亲自帮她指过路,是个非常细心友善的人。

两个人拍完了合照,接下来她看到了不少熟人,大部分是俄罗斯的运动员,在各大赛事上全是熟脸,他们又一起拍了好几张合影。

李玥这才得知,他们是在附近集训,正好结束前收到了安娜苏的邀请,便集体过来了。

然后安德烈非常不经意地给李玥爆了个大料——安娜苏是安德烈的亲姑姑。

李玥恍然大悟，怪不得他们有些相像，可他们的姓氏并不一样啊！

安德烈解释说："姑姑的父母在她小时候就离婚了，我们两家已经不太来往了，所以很少有人知道这件事。如果不是因为我们都是滑冰运动员，我们不会有交集的。"

李玥足足愣了三秒，所以说，这是个非常劲爆的秘密吧？！他竟然就这么告诉她了？！

安德烈竖起食指在唇上碰了碰，对她轻轻地嘘了一下，小声地说："要保密。"

李玥蹙眉："是秘密就不应该说出口。"

"我知道姐姐会为我保密的。"他爽朗地笑，"跟我说说，你和我姑姑相处得怎么样，她教你什么了？"

李玥对他嘘了一下，提醒他不要再喊安娜苏姑姑了，万一被别人听到了怎么办。

安德烈长长的睫毛扑闪了一下，蓝眼睛亮晶晶的，他笑着对她说："玥，你越来越可爱了。"

李玥正想说她比他大呢！可爱的是他，才不是自己。

然而他们的对话被打断了。

屋子里响起男人的歌声，声音慵懒而沙哑，众人从喧闹的交谈中停了下来，纷纷侧头看去……

在房间中央，程牧昀怀里抱着一把吉他，修长的手指拨动琴弦，撩动人心的音乐通过耳朵直达心尖。

柔色的灯光落在他的侧脸，显得轮廓立体，他仿佛浑身发光，带着一股贵气，在人群中央，他慵懒地清唱着：

City of stars（星光之城啊）

Are you shining just for me?（你是否只愿为我闪耀？）

City of stars（星光之城啊）

There's so much that I can't see（世间有太多不可明了）

Who knows?（谁又能明了？）

I felt it from the first embrace I shared with you（我感觉到你我初次拥抱时）

That now our dreams（所怀有的那些梦想）

They've finally come true……（都已一一实现）

李玥怔怔地望着程牧昀，她第一次听他唱歌，竟如此动听。

程牧昀突然抬起头，越过重重人群，看向后面的她，轻轻地吟唱："Are you

shining just for me？"

——你是否只愿为我闪耀？

李玥心底轰然一声。

他专注的目光落在她身上，带着一些侵略性，又被他深深地克制住。

一曲终了，整个房间里爆发出热烈的掌声和尖叫声。

所有人注视着程牧昀，口哨声不断，大喊着："brilliant（绝妙）！brilliant！"

"My God，you are so amazing，man！（天啊，你真是太棒了，伙计！）"

安德烈侧头问她："他吉他弹得真不错，你的朋友是歌手吗？"

李玥缓了一会儿才听到安德烈在跟她说话。在他重复了一遍问题后，她回答道："我朋友不是歌手，不过，他吉他弹得算很好的那种吗？"

"很专业。"安德烈评价道，"把吉他弹好很难，他这种水平足够开演唱会了。"

他这么厉害吗？李玥想起之前在客厅里听到的那首曲子，他弹得确实很好听。

她抬头看向程牧昀，这下是他被热情的外国人给团团围住了。

电话铃声响起，这里人多口杂，李玥顺手接了起来，那边传来咬牙切齿的声音。

"李玥，你是不是疯了？一个程牧昀还不够你气我，还要一个安德烈？"

李玥听出来电话那头的人是江崇。

她是想直接挂断的，但他是怎么知道自己正和安德烈在一起的呢？

她不知道，就在刚才十分钟前，安德烈在社交网站上面上传了一张合影，不是和派对其他人的大合影，是他单独和李玥拍的那张，唯一的一张。

安德烈的配文是："嗨，玥。"

下面是两个人冲着镜头笑的合影，安德烈年轻俊朗，李玥漂亮英气，画面非常养眼。

两个人早有绯闻，这张私下见面的合影更是引起了众多人的注意，微博上有不少转载。

李玥和安德烈的粉丝们同时声称两个人大大方方地拍照，绝对是朋友关系。

可有看热闹不嫌事大的网友热评成了第一："年下不喊姐，心思有点儿野。"

这条热评点赞三万，于是顺理成章地，这张照片被一直在关注李玥消息的江崇看到了。

这些天始终联系不到李玥的焦躁在江崇的胸口爆发，他这才知道，李玥出国原来是去找安德烈了！

面对江崇的质问，李玥不明所以，更是懒得理他。

安德烈拿着蛋糕过来给她，说："姐姐，吃这个。"

李玥示意自己在接电话，对他摆了摆手。

可电话那头的江崇立刻敏感地捕捉到那是一个男人的声音，他疾言厉色地质问："什么姐姐？谁在喊你姐姐？"

李玥笑了一声，反问道："怎么，只有你可以当别人的哥哥，我就不能当别人的姐姐了？"

江崇感觉胸口一窒，一口气差点儿没喘上来："你是在报复我？"

就因为冯盈盈喊他哥哥，她现在就要找一个弟弟来惩罚他？

江崇听到李玥冷淡地"哼"了一声。

"如果你这么想的话，是不是说明你是心虚的。"

江崇的心口被这句话烫得生疼。

如果从前他还抱有希望，那么现在他已经非常确定，李玥是在惩罚他。

一想到李玥身边有个年轻的男孩子用温柔的嗓音喊她姐姐，江崇连拳头都硬了。

他深吸一口气："李玥，如果你想我向你认错的话，我可以……"

"没有必要。"李玥打断他，"你能做的最好的事，就是离我远一点儿。"

她挂断了电话，接着利落地把江崇的号码拉黑，就像曾经对孙志强一样。

派对还在继续，李玥可不想被影响了心情，她开心地喝了几杯酒，感到轻松又快活。

然后，她在角落里找到了独自靠在墙上的程牧昀。

他显然也喝了不少，头发有些乱，几缕刘海儿搭在光洁的额头上，醉意蒙上眼睛，浑身散发着性感的气息。

李玥看得心惊，过去喊："程牧昀，你怎么样？"

他抬起头，看到是她，笑了笑。

李玥脑袋当时空了一秒，就算相处这么久了，她发现自己还是难以抵抗程牧昀这种惑人的笑。

气氛变得不一样了，昏黄的柔光，低沉的音乐，有淡淡的酒气在空气中萦绕，还有男人勾人的笑。周围的空气不知道为何变得灼烫，气氛暧昧又缱绻，让人心痒痒的。

李玥感觉后背在发热，心尖紧得异常。她轻轻地吐出一口气："我……我去给你拿杯水。"

她的手腕被程牧昀轻轻地握住，他手指热烫。

他不让她走。

"我的歌你喜欢吗?"他看她。

她避开他的眼睛,小声地说:"嗯。很好听。"

他凑近她的耳朵,说:"那我能要个奖赏吗?"

没等她回答,他伸出双臂轻轻地把她拢住,男人温热的体温瞬间袭来。

李玥先是被吓得躲了一下,可完全抵不过他的力气,接着耳边拂过一阵温热。

程牧昀小声地说:"你都没抱过我。"

他声音沙哑,瞬间让人的身子酥麻起来。她不敢再动了,让他把自己抱在怀里,他的气息落在颈侧,湿湿热热的。

一瞬间,她觉得自己像是抱着一只健壮的大狗狗,是那种在外面威风凛凛,只有遇到主人时才会小声哼哼着用鼻子拱着主人的手臂,需要被好好地顺毛、哄着不断撒娇的大狗狗。

李玥不知道自己怎么会把程牧昀和大狗狗联想到一起,但接下来她没有再胡思乱想了。

李玥身材挺拔,四肢修长,身材十分有料,只是平时穿衣宽松不太明显。可今天不一样,她穿的是贴身衬衫,皮肤与衣服只隔着薄薄一层,因此在程牧昀抱住她的时候,他们几乎立刻触碰到异常柔软的部分。

李玥浑身一烧。

她伸出手轻轻地抵住程牧昀硬挺的胸膛,让两个人稍稍分开,哄着他说:"你喝多了,我跟安娜苏和烈哥说一声就回去吧。"

程牧昀缓缓地放开她,眉毛好看地皱着,重复了一遍:"烈哥?"

"哦,是安德烈。"李玥解释道。

"你为什么要这么喊他?他明明比你小。"

"我们以前玩游戏输了,他要我喊他烈哥。"

程牧昀沉默了一会儿,薄唇紧紧地抿着。他握着她的手腕不放,认真地对她说:"安德烈想追你。"

李玥闻言被吓了一跳:"别开玩笑了。"

她又不是什么"万人迷",哪儿有那么多人喜欢她?

程牧昀低头盯着她的眼睛,把声音压低:"你要记得,我排在他前面,你要先考虑我。"

像印证了程牧昀的话一样,安德烈穿过人群找过来了。

他脸上写满了惊喜，问道："姐姐，你和男友分手了是吗？"

他刚才在社交网站的评论里看到了李玥之前在网上公开自己是单身的消息，他知道李玥一直有固定交往的对象，但现在公开说自己单身，她是不是已经和对方分手了？想到这儿，他立刻去向本人求证。

李玥看着安德烈湛亮的蓝眼睛，心底"咯噔"一下，程牧昀的猜想……不会吧？

她喉咙发干，清了清喉咙才回："是，不久前分的。"

安德烈的眼睛明显更亮了。

他舔了舔红润的嘴唇，眼睛有意地瞟了一下旁边的程牧昀，直接问李玥："那姐姐现在是单身？"

李玥感觉到程牧昀握着自己手腕的力道紧了一下，心脏也跟着猛跳了一下。

她轻轻地吸了一口气："嗯。"

李玥能明显地感觉到程牧昀身上散发出的低沉气压，他不高兴了，可她也不能说谎吧！

安德烈眯了眯眼，对李玥说："姐姐，我姑姑想见你呢！"

李玥听到他这么喊安娜苏，赶紧嘘了一下。

安德烈却笑得轻松灿烂。

"我先过去一下。"李玥动了动手腕。

程牧昀没松手，就那样看着她，脸上收了笑。

程牧昀本就气质清冷，不笑的时候距离感很强，就算你就站在他面前，也能清晰地感觉到这个人有多遥不可及。

李玥很久没看到程牧昀这种表情了，不由得愣了几秒，小声对他说："我去一下就回来。"

他深深地看着她，终于松开了手："那你快点儿。"

"好。"

李玥跟着安德烈离开，走的时候莫名其妙地有点儿不放心，回头看了程牧昀一眼。他独自靠在墙上，棱角分明的脸上落着一层阴影，漂亮又精致，他就在那里等着她。

她心里有点儿发软，突然觉得程牧昀挺乖，这真是个很奇怪的想法。

外人对他的评价都是高冷、淡漠、沉稳、成功，有着让人猜不透的城府。可在李玥这里，程牧昀真是又乖又体贴。

她的思绪被打断，安德烈低头问："姐姐，你喜欢什么类型的人？我可以帮你介绍。"

李玥一抬头，安德烈表情轻松自然，也许是程牧昀搞错了。

她怎么也跟着自恋起来，觉得安德烈对自己有心思呢！他才多大？

再说，谁会给自己喜欢的人介绍男朋友呢？

不过这话李玥不好回。

说真的，因为心底的一些羞耻感，她对外一向说自己喜欢长相阳光、性格幽默这种类型的人，可实际上，她从小喜欢的就是精致的美少年，就有点儿像安德烈这种长相。

李玥从来没对人说过她喜欢这种类型的男人，当然也不能跟安德烈说了。

她赶忙拒绝：“不用麻烦了，我现在不太想谈。"

"为什么？"

"我现在更想专注在滑冰上面。"

安德烈皱眉，低头跟她说："姐姐，你不觉得自己太紧绷了吗？比赛的时候也是，你太束缚自己了，有时候人是要更冲动地放纵一下自己的，这会让你的内心更富有激情。"

李玥愣了好几秒，是吗？是她太束缚自己、压抑自己了吗？

她承认这几年因为各种压力让她太在意比赛的结果和排名，逐渐忘记了享受滑冰带给她的快乐，直到最近和安娜苏一起训练才让她渐渐找回了初心。

可她的这种态度也许不仅仅存在于比赛中，在她的感情生活中也是一样的。

为什么在和江崇的交往过程中屡屡受委屈，她还是去找江崇和好？因为她把更多的时间放了训练上面，和江崇相处的时间太短，内心的愧疚感让她一直选择对江崇退让。

她更不喜欢冷战，这种无谓的冷战最终会导致双方的感情消失，就像她爸妈一样，在长久的冷战中消磨了感情，他们不沟通也不对话，最后成为彼此的死敌，走向了离婚。

其实在她哥发生意外之前，他们家是很温馨幸福的，孙志强虽然重男轻女，但也不是没对她好过，然而最终亲人成仇人，一切全变了。

她以前一直觉得，除了冯盈盈，她和江崇之间就不会存在特别大的矛盾。

而且江崇总是会提起他们以后结婚的计划，他每天工作回到家，会看到她在家等他。在他畅想的未来里，两个人会走进婚姻殿堂。

既然这样，李玥更希望这段感情能够稳固。所以她才会在之前的感情里一直忍耐，直到孙志强的出现才让她彻底明白，她和江崇的问题不仅仅是他对冯盈盈的偏爱。

他们也许并不了解彼此真正想要的，无形中两个人已经渐行渐远了。

正如安德烈所说的，一直以来，她太束缚、太压抑自己了。

之前，她把自己困在比赛排名的压力下，感情也仿佛被围困在和江崇这段压抑的关系中。

可实际上，她努力就一定会获得相应的回馈吗？不一定，也许是竹篮打水一场空。

谈恋爱就一定要追求完美结局吗？也不一定，她只要在谈恋爱的过程中开心就足够了。

她的人生一直在四平八稳地推进，她从没走偏过，可换一条路的话未必没有更好的风景。

安德烈看着她的眼睛，说："真爱是不等人的，而且追求事业和谈恋爱并不冲突。"

李玥听到这些话以后有些恍然，也许，她可以试着随心而动，不要太在意那么多的条条框框。

如果一段恋爱是快乐的、轻松的，即使走不到最后，也一样是令人愉悦的。令人吃惊的是，这个想法一旦出现，脑海里浮现的第一个人竟是程牧昀，她有点儿被吓到了。

安德烈问："姐姐，你觉得我说的有没有道理？"

她缓缓点头，说："你说得对。"

安德烈见她听进去了，表情更灿烂了，他小心翼翼地想去抓她的手，实践一下李玥国家的那个成语——毛遂自荐。

这时，李玥一抬头，唤道："安娜苏！"

安娜苏穿着一条深绿色的裙子，身材窈窕迷人，举着酒杯对李玥笑："嗨，你今天真漂亮！"

安娜苏过来拥抱她。李玥受到偶像的夸奖，顿时心潮澎湃，用英语回复说："真的吗？我还觉得有点儿太简单了。"

"相信我，你很甜美，也许你以后的赛服可以大胆一点儿，绝对能够迷倒很多人。"

李玥的脸顿时热热的。

接着，通过安娜苏的介绍，李玥结识了不少人，当然也喝了不少酒。

李玥觉得眼前有些发晕，自知有点儿醉了，于是走过去跟安娜苏道别，然后去找程牧昀。

过了这么久，程牧昀还在那里等她。

他周围站了好几个人，有男有女，正在试着跟他搭话。

程牧昀站在人群中间,眼睫低垂着,一小片阴影落在下面,好看得让人心颤。

他没有理会那些人,修长的手指夹着一根烟,懒散地抬了抬眸,冷淡又撩人。

这一刻李玥深切地明白了为什么程牧昀被称作高岭之花,他身上那种致命的吸引力是所有人都能感受到的。

她看到程牧昀突然侧过脸,穿过层层的人群,一眼锁住了她。接着,他眼底泛起浅浅的笑意,做出"李玥,你过来"的口型。

她从别墅里出来,冷空气嗖嗖地顺着脖颈往衣服里钻,可李玥依旧晕乎乎的。

就在刚刚,她差点儿和人起了冲突。

看懂了他的口型,李玥的心脏跳得剧烈,她慢慢地向程牧昀走去,到他面前时伸出手,说:"我们回去。"

"嘿!"

一个站在程牧昀旁边的红头发女生跳出来瞪着她,好像在指责她破坏了什么规矩。

这时,一直冷淡的程牧昀主动牵住了李玥的手。

一瞬间,周围所有人都纷纷看向李玥,吃惊于李玥竟然能得到这个琴技高超、歌声动听的俊美男人的欣赏。

这个男人是属于她的。李玥的心脏止不住地猛跳。

李玥顶着压力带着程牧昀离开了别墅,外面的冷风没有让她变得清醒。程牧昀也同样喝得脚下不稳。

她扶住他的手臂,关切地问:"还好吧?"

隔了一会儿他才说:"喝得多了些。"

他的呼吸变得沉重许多。

李玥不得不把他的手臂搭在自己的肩上,另一只手扶着他的腰侧一点点地往他们的别墅走去。

两个人靠得很紧,相贴的体温在提醒着彼此。

终于回到别墅,屋子里的温热让两个人的呼吸都舒缓了不少。

"到……到了。"李玥迷迷糊糊地对程牧昀说。

她闻到他身上淡淡的苦橙香气,同时伴有浓重的酒味,两种气味混合在一起奇异得让人胸口发热。

她看了一眼程牧昀的脸色。他的脸并不红,喝了这么多的酒脸色居然都没变,难道这就是颜值天赋?

她用尽最后的力气把他扶到他的房间门口。李玥觉得自己脑袋晕乎乎的,随时可能倒在地上。

这时程牧昀嗓音低哑地问她："刚才，安德烈叫你过去说什么了？"

因为喝了太多的酒，李玥迷迷糊糊地回答："嗯，什么来着，男朋友，真爱之类的……"

残留的最后一点儿意识让她察觉到自己确实醉了，她都开始语言表达不清了。

程牧昀低头看她。

李玥眼睛黑润润的，睫毛纤细又长，眉宇微微皱着，有点儿苦恼的样子，她红唇微抿着，有种平时少见的媚。

程牧昀继续问："你想让他当你的男朋友？"

李玥没听清，凑近他："你说什么？"

她的衬衫方领微微向下，上半身因靠近贴到了他的手臂上，柔软的触感让他背脊一紧。

接着，李玥听到一道低哑的声音："不忍了。"

他拉了她一把，她的身子贴上他的胸膛。

她的下巴被手指捏起，迫使她抬起头来，接着一片阴影罩在她眼前，温热的气息在缓缓靠近。她听到程牧昀的声音："如果你生气的话就打我吧! 不过我不会道歉的。"

接着，温热的触感印到了她的唇上。

这一刹那，酒精让意识变得混沌，她分不清是谁的呼吸乱了，只感觉到身体的温度在不断升高。她的手抓着他坚硬有力的手臂，他牢牢地握着她的腰。

残留的意识里，她好像清楚，如果这时候推开的话，是可以结束这场意乱情迷的。

可她的手向上摸到他的颈后，那里温度灼热，颈侧的脉搏不断地在掌心鼓动。她稍微下压，让他再低一点儿。纠缠的吻还在继续，两个人的呼吸全乱了。

她尝到淡淡的酒味，又热又甜。很快她来不及想太多，他的呼吸落在她颈侧。

"玥玥。"

她听到程牧昀低哑的声音，让人心尖发酥。

他诱哄着说："我来做你的男朋友。"

这句话像一盆冷水迅速浇灭了她大脑中混乱的热气。

他说什么……男……男朋友？

她用手抵住了他的肩膀。

"等……"

她卡壳了一下。

他舔了一下她的手背。

"停……停下……"她呼吸不稳地喊。

"嗯？什么？"

他低了下来，凑到她的唇边，声音粗哑。

最后残存的理智在提醒她不能再继续下去了。

李玥用最后的力气推了他一把，这次她终于从他的怀中退开，跌跌撞撞地回到自己的房间。

随着"砰"的一声门响，整个别墅重新回归安静。

程牧昀独自靠在门上，胸口的热度在迅速降温，手指痉挛了一下。刚才仿佛是一场美梦，他还未切身体会就已被叫醒。

很久以后，丁野毫不留情地嘲笑了程牧昀。

丁野说："人家都是生米煮成熟饭后再要求人负责，你倒好，还没加水呢，你猛添柴火，要给人当男朋友了，可不得把人给吓跑了吗？"

不过这已经是后话了。

这天晚上李玥睡得非常不好。

她几乎隔几个小时就醒一次，偏偏因为酒精作祟，一颗脑袋胀得很疼，整个昏昏沉沉的，这就导致她犯了一个错误。

她在迷迷糊糊的时候听到了电话声响，胡乱地摸到手机后没看号码就接了，她声音饱含困意地"喂"了一声。

对面没马上回应，仿佛在诧异她竟然接得这么快，随即热情的声音从手机里传来："小玥，怎么还在睡呀？这个作息可不行，不能因为现在没训练了就这么放纵自己。"

李玥一听出对方的声音，脑袋"嗡"了一声，顿时整个人变得清醒。她坐起来，语气冷了不少："什么事？"

对面的孙志强有点儿抱怨地说："爸爸给你打电话一定要有事吗？就不能关心关心你吗！"

李玥毫不掩饰地冷笑一声，深知他无事不会打电话来。

按照之前的习惯，在看到老家的区号时她就会直接挂断拉黑，今天是睡迷糊了，否则才不会接他的电话。

她没好气地重复问："你有什么事？"

孙志强喷了一下嘴巴，用一贯让人不舒服的语气说："你这孩子，怎么越大越不懂事呢？爸就想知道你现在过得好不好，最近你弟弟跟我说总能在网上看到你的消息，你现在可是大红人了呀！"

李玥鼻子喷了一口气，慢条斯理地说："我弟弟？我哪儿来的弟弟，可别瞎说啊！我妈才没给我生弟弟。如果你是说你那宝贝儿子，就更别逗了，我和你都不是一个姓，和他更没什么关系了。"

孙志强那边沉默了好几秒，李玥完全可以想象到他现在的脸色有多难看。像孙志强这种大男子主义性格的人，才不会任她这么怼，他估计又会和从前一样气得挂电话。

可令人没想到的是，这回他竟然压住了脾气，叹了一声说："你看你，总是这样，跟爸爸说话夹枪带棒的，这样可不行，有机会你真应该跟你弟弟见一面，看看你弟弟多有礼貌。对了，到时候你就跟江崇一起来，你俩快订婚了，一家人总要见见面的。"

"我们分手了。"李玥扯了扯嘴角，"就在上次和你见过之后，你满意了吧？"

孙志强这次音量明显拔高："好好的分什么手啊？你都多大了，像江崇这么好条件的你能遇到几个，女人不抗老，过了25岁就不值钱了，别老了老了没人要……"

李玥懒得听他这些陈词滥调："没事我挂了。"

"你等等！"孙志强这回直接说了，"你现在给我汇些钱过来。"

哦，他总算进入正题了。

李玥语气嘲弄地说："你不是最爱你的宝贝儿子吗？让你那有礼貌的儿子给你钱不是更好吗？找我要什么钱。"

孙志强不耐烦地说："你弟还在上学，哪儿来的钱，你现在赚这么多钱不孝敬孝敬亲爹，自己留着有什么用？"

"一个从来没给过我妈一分抚养费的人配当爸吗？"

孙志强被揭穿了，脾气变得暴躁了起来："以前的事你计较那么多干吗？要不是我，你能出生吗？能像现在这么出名吗？我要你几个钱怎么了？儿女孝敬父母是天经地义！"

李玥轻描淡写地说："那找你儿子孝敬你!我是一分钱都不会给的,我又不姓孙。"

孙志强深深地吸了一口气，威胁道："你不给我，我就去找江崇要。他跟你在一起这么多年，青春费他也得赔一大笔钱给我！"

李玥才不受孙志强摆布："你试试看他会不会给你。我得提醒你，敲诈别人是犯法行为。"

孙志强火大起来，吼了一声："李玥，你敢这么跟我说话！"

李玥冷笑道："是啊！而且我直接告诉你，别再妄想了，我不可能给你一分钱。再来骚扰我，我会起诉你之前那些年没有付抚养费给我。你在我这儿非但要不到一分钱，还得给我钱。你想要我的钱，只有等你老了起诉我给你赡养费的时候，不过那也是几十年后的事了。少再来跟我谈感情，你不配。"

李玥一连串的话怼得孙志强说不出话来。他占不到半点儿便宜，气得差点儿没法儿呼吸，连连干咳了好几声。

接着李玥挂断了电话，拉黑，动作一气呵成。

她大概能猜到孙志强是遇到什么麻烦事了。估计他生意又赔了，他目光短浅，又没有计划，听别人说什么赚钱就把所有家产压上去想赚个盆满钵满，这招儿在从前不是没有成功过，可撞大运也不是次次都行，前几年有一次赔光了老本，这次估计又翻车了。

可这些跟她又有什么关系呢？

电话的那头，孙志强整个人暴跳如雷，被挂了电话后下意识地想狠狠地摔飞手机，举起来后又想起了什么，又无力地放下了手机。

孙志强的现任老婆孙姨凑过来，焦急地问："李玥那边怎么说，她肯汇钱来吗？"

孙志强铁青着脸没吭声。

孙姨看他的表情就知道了结果，忍不住推了他一下，埋怨道："要你什么都不听，非要瞎投资，这下全赔光了，现在怎么办？到日子银行就要来收车收房子了，你要我和儿子背一身的债跟你睡大街吗？"

"你等着！"

孙志强又打了一个电话，他强撑着轻松的语气："小崇啊！是我，李玥爸，我听说你俩闹矛盾了。李玥不懂事，你别跟她计较。"

他停了下来，听完江崇的话后，又大大咧咧地一摆手："哎呀！你别替李玥说话了。这孩子从小就不行，什么都干不好，总是犯错，你俩这次吵架肯定是她的错！"

他接着干笑着说："你看，你叔我最近公司的资金周转有点儿困难，能不能帮叔一把？回头我好好劝劝李玥，你说你俩在一起都这么多年了，哪儿能说分手就分手呢？我就是绑也把她绑到你面前给你赔罪！"

不知道电话那头的江崇说了什么，孙志强眉间的皱纹深得简直能夹死一只蚊子。

接着，他轻吸一口气，非常不理解地说："问李玥，你问她干什么？她一个女娃能做什么主？咱们男人之间好好说就成了，你管她怎么想的？"

接下来，孙姨眼看着他的表情越来越难看。

孙志强火冒三丈地说："你这个态度还想不想我参加婚礼了？！"

"行，不来就不来！"

他生气地挂断电话，孙姨不用问就知道肯定是又没戏了。

孙志强独自骂着："小王八蛋，用人朝前不用人朝后，一个个都当我是好欺负的！"

孙姨愁眉苦脸："现在怎么办？你三年前就犯过这毛病，好不容易缓过来，现在家里亲戚听说你又出事，全都不肯再借钱给我们了。李玥那丫头又是个冷血无情的人，怎么办？"

孙志强焦躁地在房间里走了好几圈，最后狠了狠心："李玥是觉得自己翅膀硬了，以为我治不了她！"

本来他不想用这种方法和李玥撕破脸，可谁让她这么不识抬举？

挂断了孙志强的电话，江崇揉了揉太阳穴。

之前李玥跟他说分手原因的时候，他才知道她跟她爸爸的矛盾原来有这么深。

在今天听到孙志强对待李玥的态度后，他完完全全地明白了孙志强是多么轻视李玥，甚至是贬低李玥！

这样的父亲，一个从没在乎过自己女儿的父亲，李玥怎么会在乎跟他的感情，怎么会为了所谓的修复亲情就选择委曲求全？

难怪她会有这么大的反应！江崇感到自责，一开始就不应该安排他们见面的！

"江总，"周雨薇敲了敲办公室的门走进来，"冯盈盈来了，想要见您。"

江崇点了一根烟，想了几秒后说："让她进来吧。"

冯盈盈进来时眼睛有点儿红肿，嘴巴微微抿着，越过周雨薇时不悦地瞪了她一眼。

刚才她要直接进来的时候，周雨薇竟然拦住了她，说什么要见江崇必须提前告知才行。

她是江崇什么人，什么时候需要提前通报了？周雨薇这个直愣愣的傻子是不想在公司里待了！

可冯盈盈今天来见江崇是为了另一件事。

她眼底闪烁着泪光，楚楚可怜地说："崇哥，黄叔不让我去参加星直播庆典活动。明明之前说好我可以去的，公司那么多人都收到了邀请，凭什么单单就不让我去？"

江崇吸了一口烟，缓了缓才说："盈盈，现在公司的处境不太好。"

他的公司毕竟是新公司，才创建没几年，资金、人脉都不算扎实，很多时候合作方还是听说自己是江父的儿子才肯跟他合作，但因为领域不同，公司运营得不算稳定。公司能签约一线艺人的机会根本没有，只能靠挖掘新人。

这几年，公司虽然没有培养出几个一线顶流艺人，可也捧红了几个知名的优秀新星，发展得还算不错，但底子还是太薄。

尤其是自从上次爆出冯盈盈的父母是老赖后，网友们开始自发地抵制他的公司。

江崇不是没试过平息一下网上的攻击，可冯盈盈太心急了。

之前她父母是老赖的事情没过去多久，她就要再上综艺出道，结果半路杀出来个梁小西。

再加上冯盈盈自己胡闹，擅自主张地怼网友，口碑下滑严重。

这下冯盈盈想再出道可太难了，毕竟公司没有那么大的能力给她资源。现在业内只要提起冯盈盈，合作方通通摇头，甚至有人把她列为危险性"网红"。

这几次出道，无论是广告还是综艺，冯盈盈纷纷失败，所以现在她关联的词条又多了一个——"冯盈盈出道坠机"。

这个话题下面全是嘲笑冯盈盈的各种微博，浏览量比她所有的热搜词条都高。

江崇试过公关，可这个词条去掉，下个新词条再出来，网友们又开始新一轮的嘲笑奚落。

他实在是有心无力，任由这种情况下去，会给公司造成更多的损失不说，恐怕还会连累到他的父母。

他想了想劝道："盈盈，要不你别进娱乐圈了吧！"

冯盈盈愣了好几秒，眼泪要掉不掉的，震惊地反问："崇哥，你说什么？"

江崇用力地吸了一口烟，沉闷道："现在网上对你的评价我也不用多说，实在是很难逆转。之前你不是说只是想体验一下娱乐圈吗？反正多少也体验过了，就算了吧！至于那个星直播的晚会，也没有必要非得去。"

"没关系的，我觉得暂时口碑不佳不算什么大问题。"冯盈盈强撑着露出一丝微笑，"像玥姐以前不是也被好多人骂？现在她照样被人捧成女神啊！"

李玥都行，她哪里不行了？

江崇抬眸看了冯盈盈一眼，觉得好笑："李玥和你怎么能一样？"

冯盈盈呼吸一窒，简直难以置信这句话会从江崇嘴里说出来，这和当面说她不如李玥有什么分别？

她耳边再一次响起李玥当初的那句话——"江崇女朋友这个位置，就算不是我在，也永远不会是你。"

不会的，崇哥明明对她那么好！

"我还想再试一次！"冯盈盈握紧了拳头。如果江崇再拒绝的话，她有点儿不敢再想下去。

江崇沉思了几秒，捻灭了烟头。

"好吧！"就当这是最后一次，他家欠冯盈盈的，也算是还够了。

冯盈盈脸上绽开喜色，说："谢谢崇哥！"

可这一次江崇没有像以前一样对她微笑了，更没有像以前一样宠溺地摸摸她的头。

冯盈盈在喜悦的同时，内心禁不住蒙上了一层阴霾。

国外。

李玥结束了和孙志强的通话，不一会儿，电话再一次响起了。

打来电话的人是邹姐，听声音就知道她心情极好。

"李玥，星直播庆典就快要开始了，你这边什么时候可以回国？现在有不少赞助商联系我，那天你穿的衣服和首饰有很多品牌想要赞助，不过还要你同意才好。"

邹姐最近过得可谓是春风得意，她从没接触过这么多大牌和资源。多亏了李玥，她现在的人脉都增加了不少，自然事事以李玥为先。

李玥算了一下日子，现在安娜苏已经回国，她们的特训已经结束了。

本来她是想趁着这次机会在国外玩一圈，看来是不行了。

"我应该会在后天回去，有什么问题我们见面再谈。"

邹姐："好的。"

挂了电话，按照往常，李玥应该出去吃点儿东西，可她还没想好接下来该怎么办，于是拨通了夏蔓的电话。

电话响了好几声那边才接起。

夏蔓"喂"了一声，抱怨道："宝贝，我才捞到一个休息日睡懒觉。"

"啊！那我等等再打给你。"

"没事，反正我都醒了，你说吧！"

"嗯，"李玥深吸一口气，"就是，我和程牧昀接吻了。"

"什么？"

夏蔓那边"哐当"一声，李玥合理猜测她一定是从床上掉下来了。

那边手忙脚乱了十几秒，手机杂音嗞嗞地响，夏蔓好像比李玥本人还要激动。

李玥干脆设置了免提外放，免得一会儿夏蔓一个尖叫把她耳朵给震到。

"宝贝，你要唠这个我可就不困了。"夏蔓清了清嗓子，八卦小雷达上线了，"时间、地点，谁先亲的谁，没往下进行吗？不可能没往下的对吧？怎么能忍得住啊？注意，我要细节！"

李玥一时不知该从何说起。

她该怎么说？说自己因为喝大了所以完全不记得了？她只知道自己被亲了，可别说细节了，她连感觉都忘得一干二净！所以她只能老实地说："我不记得了。"

夏蔓沉默了好几秒。

"你要是现在在我面前，我会咬你，真的，我咬你！"

这就相当于夏蔓晚上十二点下班回家刚躺在床上，突然听到楼上的人扔了一只靴子，一直在等第二只的落地，却发现等到天亮了还没动静，太让人抓狂了！

李玥："我错了。"

夏蔓问她："那你是打算和程男神交往了吗？哇，我想想就觉得刺激！我跟你说过没？之前江崇来找过我。"

李玥被她带偏了注意力："没有。"

"就前两天，他知道你出国了，问我你去哪儿了。我说我不知道，他还以为我骗他，等一下……"夏蔓说着说着，突然想起了什么，"你这次出国是跟程牧昀一起的，是不是？"

李玥一阵心虚："是。"

"我就知道你俩有情况！"夏蔓兴奋地大声喊道，"跑题了，说回江崇吧！他真是有毛病，当初为了冯盈盈让你受了多少委屈，现在跑来装深情了，有意思吗？"

"玥玥，我坚决支持你和程男神在一起！气死江崇！"夏蔓义愤填膺地说。

李玥动了动嘴唇，吐出一句："我不想……"

她不想为了报复江崇而选择和程牧昀在一起，她和谁在一起，只会是因为喜欢。

这时候她的房门被敲响了，李玥的心口猛地一跳。这个别墅里只有她和程牧昀两个人住，敲门的人只会是他了。

她吞咽了一下口水，心情变得无比紧张。

"小夏，我先挂了，回国再跟你说。"她匆匆挂断了和夏蔓的电话。

咚咚。

门再一次被敲响，声音比刚才急促了一些。

唉，她早晚是躲不过去的！

开门之前，李玥深吸了一口气，迅速地调整了一下情绪，不知道是不是太过紧张，脚底有股悬浮感。

她握住金属的门把手，轻轻地一拧……

当她打开门后，一股浓重的酒气从门外钻了进来。

她看到了单手撑着门框的程牧昀。他比她高很多，看到她后漆黑的眼眸亮了一下，长长的眼睫轻颤，他声音浑厚低哑地说："我以为你已经走了。"

本来李玥以为两个人再见面会有点儿尴尬的，可现在这个情形……

她盯着程牧昀，他脸色如常，可周身的酒气和微微不稳的身形都显现出他状态很不对劲儿。

她蹙着细眉问他："你喝酒了吧？喝了多少？"

程牧昀用拇指和食指给她比了一下："一点点。"

这气味可不像一点点。

"昨晚不是喝了挺多吗？怎么又喝酒？"

"我想来找你，就提前喝了一点点，只有一点点。你不喜欢我以后都改，别讨厌我。"他的声音很低。

李玥觉得自己可能也是被熏醉了，竟然觉得程牧昀好像在跟她撒娇。而且她能够确定，他一定是醉了，清醒状态下的他是不会这么跟她说话的！

"还是说，你已经讨厌我了？"他的声音有点儿发闷。

空气中弥漫着他的气息，夹杂着淡淡的清冽苦橙香气，她只能小口地呼吸，却还是无法避开来自程牧昀的影响。尤其是，在他问出这个问题时，眼睛紧紧地锁着她，让她无法逃避。

李玥艰难地吞咽了一下口水："为什么这么问？"

"昨晚我没经允许就亲了你。"

李玥的心口猛跳了一下，喝醉的人都这么直白吗？她感到脸颊发烫，握着门把手的手指紧了紧。

没等她回答，程牧昀突然说："你可以打我，扇我巴掌，踢我，让我下跪都可以……"

"停。"李玥抬了抬手，越听越觉得不对劲儿了，"不要说这个了，你现在应该回房间去休息。"

程牧昀盯着她，眼神放肆热烈，明明语气那样轻柔，可此刻的他散发出的危险感让他看起来仿佛是一匹狼。

李玥的心脏猛跳,后背微微绷紧。

程牧昀在看了她几秒后,开始动了。本来他一直堵在门口,隔着一扇虚掩的门,在没得到她的允许之前,一直没进来。可现在他长腿一迈,直接闯了进来。

李玥呼吸一窒,被逼得不得不往后退,心脏"怦怦"直跳,脚下一时不稳,身体向后仰去……

一只灼烫的手用力地攥住了她的手臂,接着一拉,她整个人跌入他的怀中。

李玥挣扎了一下,可他紧紧地抱着她,手臂收紧,他将脑袋埋在她的颈窝里,炙热的鼻息喷在颈侧,引起一片战栗。

他沉沉的嗓音响在耳畔:"你不该给我开门的。"

李玥挣扎了一下:"你……"

"等我说完下面的话,你再打我吧!"他的声音又低又沉,"李玥,我喜欢你!"

她想后退,却无法再退。她被他紧紧地抱着,能清晰地感觉到他剧烈的心跳,他的身体在微微颤抖,气息灼烫而急促。

他的脑袋轻轻地蹭了她一下,触感柔软又痒。

他说:"我知道你会拒绝我,但我还是要说,我喜欢你,李玥。"

李玥的内心剧烈地震颤了一下,心跳得飞快。这种热烈的、认真的、深沉的感情席卷而来,让她整个人被当场震住。

他们相触的身体在彼此灼烧,越来越高的温度快要将她仅存的理智燃烧殆尽。

心脏跳动得越来越剧烈,李玥不想再回避了。

她轻轻地张口,喉咙里的话还没说出口,程牧昀打断了她。

"我知道你有顾虑,你不用马上回复我,也不一定非要答应我。"

他轻轻地放开她,握着她的肩头,深情地看向她。他眼睛里有股湿热的水润感,眉眼生辉,看得人心跳加速。

"李玥,你可以选择要不要喜欢我,我却只有爱你这一个选择。"

李玥再次被震住了。

他没有任何遮掩,更没有后退,而是一步步地进攻,攻城略地。

也许他在门口的时候听到了自己和夏蔓的对话,可明知道会被拒绝,还是来向她表白了。

她从未被人这样重视过。

他这样，仿佛她很珍贵一样。

李玥第一次感受到这种温柔，他的喜欢如此真实又热情，让她完全无法抵抗。

"别讨厌我，考虑一下让我做你的男朋友，好不好？"

这一刻，她不想再遮掩和回避，一颗心变得又柔又软。

她舔了舔嘴唇，朝他轻轻地点了点头："好。"

程牧昀愣了一下，仿佛得到了不敢期待的礼物。

他唇边绽出笑容，仿佛阳光一点点侵染了上来，染亮了他的瞳孔，笑意动人。

气氛变得暧昧又纠缠，他散发的气息充斥着整个胸腔，就算被他松开了，她好像还是在被他环抱着一样。

李玥心口发燥，轻轻地咬着下唇，心底已经下定了决心，等他酒醒之后，她再明确地告诉他心中的答案。

程牧昀低头盯着李玥，她纤长的睫毛轻轻地颤着，眼眸乌黑水润，黑长的头发披在肩上，她手指一钩，将黑发顺到洁白小巧的耳后。

他眼眸深了深，对她说："李玥，我没有退路，也没想过放手，我希望你明白这一点，在我这里，你可以为所欲为。"

李玥呆住了，她清晰地感受到他的强势与紧逼，可最后他又把选择权放回到她的手里。

他主动退了一步，不再像之前那样步步紧逼，柔声说："你不要怕，在你考虑好之前，我们还像之前一样相处，好吗？"

李玥动作很小地点了点头。

他露出欣然的微笑，微微低下头，突然凑近，淡淡的红酒香和苦橙香同时袭来。

他在她耳畔落下一句让人心口灼热的话语："昨晚的事，以后再继续吧！"

李玥一时羞愧难当。

她的心池再次被搅乱，昨夜的回忆因灼烫的气息和触感迅速浮现。这一次不再是朦胧的画面，橘色的灯光，周围的气味，还有热烈的触感全部历历在目，激得她心尖一颤。

程总，这是朋友间相处的方式吗？

这男人，他真的是太会了！

第七章
她得对他负责

到了回国的日子,李玥收拾好了行李,即将离开这个总是下雪的异国。

安娜苏在前几天已经回国了,来送她的人只有安德烈。

他一头蓬松柔软的金发,眼瞳湛蓝清澈,不舍地说:"姐姐,为什么不多待几天呢?我可以带你好好玩一圈的。"

对此李玥也很惋惜,只能摇摇头说:"国内有急事,总会再有机会的。"

安德烈却知道这机会稍纵即逝,他眨眨眼:"那等我去你的国家时,你要当我的导游!"

李玥爽快地答应了:"没问题。"

安德烈张开双臂,上前一步打算拥抱她。

这个时候李玥腰间被一只有力的手臂揽住,她整个人身子一轻,被挪到了另一边。

她愣住了,一偏头就看到程牧昀代替她被安德烈抱住了。

拥抱的对象突然换了,安德烈也愣住了。

谁也没想到程牧昀动作如此之快,愣怔间,安德烈耳边落下一道冷沉的嗓音——"她是我的。"

程牧昀推开安德烈的手臂,接着他抓住李玥的手:"我们该去机场了。"

李玥被他拽走,只能匆匆地回头朝安德烈挥了一下手:"拜拜,下次再见!"

安德烈还未跟她说再见,就看着她被人带走了。他嘴唇翕动了一下,想说些什么，可看到两个人交握的手时，他的双脚仿佛被钉住了。

李玥的手被程牧昀的大手紧紧地包裹着，他步子迈得又大又快，李玥拽了他一下："慢一点儿。"

程牧昀停下脚步，回头看她，漆黑的眼眸深沉，让人心头忍不住狠狠地一撞。

"怎么了？"她小声问。

程牧昀抿着唇没说话。

她后知后觉地琢磨出了些什么，故意问："你刚才干吗拉开我去抱他？"

程牧昀心想，如果他说自己不喜欢安德烈抱她的话，她会不会不高兴呢？

他犹豫了一下，没有回答，拉着她继续往外走："该上车了。"

李玥抿着唇，忍不住生起调戏他的心思，小声地问："程牧昀，你是吃醋了吗？"

他没有回答，只是交握的手又紧了几分。掌心温度灼热，热度直达心口。

李玥盯着他耳后的一小片红晕，心里有股蜜一样的甜，被人在乎的感觉，真甜呢！

两个人坐上飞机回国。

李玥几乎一下飞机就被邹姐拉到了工作室，现在天大地大都没有工作大。

在开了好久的会后，他们终于决定了当天星直播要穿哪个赞助商的衣服，接下来是一些试装、拍照等环节。

没多久就到了星直播庆典晚会的日子。

李玥最近因暴涨的人气和正面的形象颇受活动方的重视。

最重要的是她非常积极配合，没有一点儿架子。

当天，星直播庆典准时开始，门口聚集了各大媒体的记者，大家全部举着各种专业的"长枪短炮"，等待着捕捉每一位嘉宾的瞬间。

当然，出席活动的各个业界精英也是全副武装，务必要在今天成为最亮眼的一位，力争抢夺关注度和冲上热搜。

这其中就包括了冯盈盈。

在江崇和公司的帮助下，她终于得到了星直播庆典的邀约，可她没有像其他嘉宾一样，名字在微博公布的名单上，场内给她安排的位置也是偏后的角落。

不过冯盈盈相信只要自己一出场，一定能够在红毯上大放异彩。

果然，当她下车出现的时候，现场的记者纷纷一惊。她最近也算小有名气了，属于有争议的体质，而且她本不在邀请之列，可今天竟突然出现了。

冯盈盈微微一笑，心中得意极了。网络上的那群人以为自己会像过街的老鼠，今天她就让他们看看现在的自己有多么光彩照人！

她眼眸弯弯，提着裙尾，踏着高跟鞋一步步地踩在红毯上。很快所有的镜头对向她，冯盈盈对着镜头开始搔首弄姿，这一切满足了她无限的虚荣心。

等到媒体把照片放到网络上，她就能再次拥有曝光率，只要有了名气，后续她就不怕没有资源了。

媒体后面的粉丝群在看到她后一阵阵骚动，冯盈盈唇边的笑越来越大。

直到那群人一声声齐喊："李玥！李玥！啊啊啊啊！"

冯盈盈脸色顿时一变，她注意到原本的镜头瞬间扭转，纷纷对向红毯的另一头。

穿着黑色抹胸纱裙的李玥从车上走了下来，她皮肤白若凝脂，长发柔顺披肩，美丽中带着英气，因优美的体态整个人看起来明艳大方，瞬间惊艳了在场的所有人。

一瞬间，所有的镜头对准了李玥，快门声齐响。她走上了红毯。

微风轻轻地拂过，吹开黑色的发，令她看起来生动而明艳。她抬手捋了一下耳边的碎发，耳畔与手腕上的钻石首饰相映生辉，身后长长的裙摆如旖旎的凤尾，黑裙上精美的刺绣与宝石是华丽的点缀，所有的目光全部聚焦在她一个人身上。

这一刻，在场的所有人都知道今天最耀眼的人已经出现了。

而冯盈盈早已被众人撂在一边，甚至还有工作人员上前催促她赶快离开。

她感到一阵羞辱，脸上发热，委屈道："我还没有签字和接受采访呢！"

工作人员："不好意思，为了不影响后续的流程，您只能先进去了。"

冯盈盈的脑子"嗡嗡"作响，只觉得浑身的血液在沸腾，心里又怒又委屈，可又不得不强压下去。

这是她唯一的机会，她却偏偏被李玥夺去了光环！

她提着裙子慢吞吞地往前走，旁边的工作人员焦急地催促，她忍不住回头看了一眼。

李玥正拿着礼仪小姐递给她的笔在背景板上签自己的名字。她背脊挺拔如竹，回身莞尔，惊艳了在场的每一双眼睛，同时定格成为今晚最美的画面。

李玥在工作人员的引领下走进了会场。一般活动嘉宾会穿外场和内场两套衣服，外场华丽，内场轻便，李玥合作的赞助商同样要求她换装。

她刚进入化妆间，就有一个人闯了进来。

冯盈盈完美精致的妆容丝毫遮不住她脸上的戾气。她冲到李玥面前，质问道："李玥，你用得着这么赶尽杀绝吗？特意选在我后面出场，就是想毁了我最后的出道机会吗？"

李玥见到她，不急不怒地说："不要把自己看得太重要了，你值得我用心针对吗？"

今时今日，她们早已不可同日而语了。

冯盈盈从未被如此无视过，心头狠狠地一窒，嘴硬道："你还在狡辩！如果你不是故意报复，怎么会几次三番地在网上散播我的谣言，往我身上泼脏水？"

李玥上前一步，用锐利的眼眸紧盯着她，声音镇定而强势："冯盈盈，你少给我来这套了。你身上的那些丑闻不是我造成的，是你自己的问题。无论是你家人欠债，还是你自作聪明最后弄巧成拙，这些都不过是你咎由自取罢了。你说我毁了你最后的出道机会，你最看重的怎么会是出道？难道不是江崇吗？"

她轻轻地挑眉，毫不留情地讽刺："不会吧？你还没和江崇在一起？能不能动作快点儿，我很烦他总是来打扰我。"

冯盈盈瞬间脸色铁青，李玥的这句话狠狠地踩中了她的死穴！

她当然想和江崇在一起，但是近期江崇种种的反常行为让她不敢对江崇表白，原本信心满满的事情在一件件地脱离她的掌控。

她眼神恶毒地看着李玥，不甘地道："你以为你就很清白无辜吗？信不信我出去告诉所有人你的丑闻！"

李玥冷淡地看着她，声声质问："一心想要插足别人感情的人是谁？故意蹭热度的人是谁？如今一身丑闻的人又是谁？"

这些话像针一样刺入冯盈盈的耳朵里，她跟着呼吸一窒，连空气都仿佛冷了起来。

李玥推开了化妆室的门，指着冯盈盈，示意门外的工作人员："请把这位偷溜进来的人带出去，我这里不欢迎她。"

工作人员对冯盈盈做出一个请的姿势。

冯盈盈难堪又不甘地离开，接着身后的工作人员用对讲机跟主管商量了一下，拐了一个弯继续带冯盈盈向前。

冯盈盈本以为自己是直接去主场馆的，结果对方竟然快要把她带出场地外了！

冯盈盈不肯走了，喝问："你要带我去哪儿？"

工作人员说："请您跟我去侧门离开会场。"

冯盈盈难以置信，瞪眼说："我是今天的嘉宾，凭什么要我离开？"

工作人员公事公办地说："我查过名单，您不在邀请之列，而且又影响了其他的贵宾，请您尽快离开。"

冯盈盈满脸通红地说："你们知不知道我是什么人？你们是瞎了吗？就因为李玥，竟然要把我赶出去！你们这么做一定会后悔的！"

这时候旁边传来一阵毫不掩饰的嘲笑声。

冯盈盈转过头去，竟然看到了不远处站着的梁小西。

梁小西"咯咯咯"地笑，说："一个业内三无人员还觉得自己比运动员强，东施效颦舞到正主儿面前也太好笑了吧！"

梁小西周围还有不少业内的工作人员，包括一些导演、制片人，这下子冯盈盈是彻底没脸了！

冯盈盈灰溜溜地拖着大而华丽的裙子避开了记者独自走到地下车库。

她红着眼眶，内心的愤怒和委屈在胸口炸开。她走到车边，送她来的周雨薇这时候不在。她拿出包里的手机，打了一个电话，气愤地说："之前说好的事情提前开始，速度一定要快，半个小时之内我要看到李玥被钉在耻辱柱上！"

这次她孤注一掷，一定要李玥付出惨痛的代价！

今天微博是热闹极了。

从星直播庆典开始之后，微博和各大论坛娱乐版面一直活跃度很高。

各个艺人工作室出图比美，大家期待今晚活动的最终赢家。

接着，大家被李玥的红毯图纷纷惊艳到了。

"运动员气质好独特，体态超一流，今晚太美了！"

"李玥今晚实力艳压，容貌、身材、实力都超一流，这样的女人我好爱！"

"只有我一个人关注到今晚程总也在现场吗？橙粒永远的神！"

与此同时，一条微博迅速地开始传播，是关于早在三天前就在网络上发布的一张照片。

那是一个新注册的账号发的一张照片。

照片里的少女看起来只有十七八岁，黑色的长发有些凌乱，细细的手臂和小腿，身上的衣服脏污一片，手臂上和小腿处有明显的瘀青，最重要的是她正站在警察局门前，面前站着一名民警状似正在训斥她。

起初这条微博无人在意，直到今天晚上，这条微博在短时间内被迅速转发。这时候有人认出照片里的人好像是少女时期的李玥。

网友们纷纷议论起来。

"这是李玥吗？什么时候的照片啊？"

"应该是很久以前的照片了吧？什么情况啊？"

"据说李玥以前在队里经常霸凌小队员的，看她身上就知道架没少打。"

但由于近期李玥的形象良好，网友们并没有一上来就相信传言并攻击李玥。

"一张照片说明不了什么吧！也许是误会。"

"让'子弹'再飞一会儿。"

"不是，这照片模糊不清的，怎么就一口咬定里面的人是李玥？各位眼睛都是八倍镜吗?我看一点儿都不像李玥!"

紧接着,这个小号又发布了一条消息。

"知道李玥为什么在上一次冬奥会失败吗?其实她是故意输了比赛![图片]。"

如果说之前的照片存在争议,大家不能确定那里面的人到底是不是李玥的话,那么新发的这张图片里任谁都能看出来就是她!

图片里,李玥脸色青白,眼下的黑眼圈很严重,可以看出来和上一张照片是同一天拍的。

这分明就是李玥,种种爆料简直是坐实了李玥的丑闻!

网络上瞬间炸开了锅。

网友对李玥的好感大多来源于她运动员的身份、她一直以来的坚持、为国家争取荣誉的努力,再加上之前因意外卷入娱乐圈继而被扒出是误会的愧疚。

即使一直以来大众因为李玥没有取得他们想要的成绩而失望,可她没有放弃过,并承诺会在今年的冬奥会为国家赢得金牌。

在万众瞩目的直播上,她信誓旦旦地承诺,网友们对她重新产生了期待。

而这些图片分明是在说,无论是从前还是现在,李玥都在诓骗网友。她一直以来的良好形象,坚持努力的精神,包括许下的承诺全部是假的!

"我就说为什么李玥当初会输掉比赛,明明前一天状态那么好,第二天简直跟换个人一样!这种人还配代表国家出战吗?请立刻开除她!"

"我一直为上次冤枉李玥而愧疚,结果她原来是这种人。@星直播能不能不要邀请这种人参加活动了?我觉得她会踩脏了红毯!"

"一直不明白李玥怎么就被吹成是女神了,明明根本没拿过金牌吧!"

"我是粉了李玥八年的粉丝,我不相信李玥会做出这些事情。照片能说成白的,也能被误解成黑的,等待一个真相@李玥。"

无数的言论在网络上炸开,李玥的口碑岌岌可危。有时候一个人长久建立起来的良好形象会在一瞬间崩塌干净,尤其是在有心人引导的情况下,舆论像一把火一样在原野里迅速焚烧。

网络上一系列的言论将李玥推到了风口浪尖。

当邹姐找过来时,李玥已经换完衣服打算进入内场区了。

看到那两张照片之后,李玥的脸色极为肃然,邹姐认识李玥这么久,从来没见过她这种表情。

邹姐劝道:"这件事可大可小,必须迅速澄清,要不要去跟程总说一下?"

之前她去机场接李玥，看见两个人是一起出来的，虽然李玥没说，但关系肯定不一般。

李玥却摇摇头，说："这件事我要自己处理。"

邹姐为难起来，她现在对于这两张照片的内情完全不了解，最重要的是尽快解决。她说："现在不知道多少双眼睛在盯着你，推波助澜的人不在少数。我们最好是现在退出活动，再马上找公关团队……"

李玥打断了她："我不能一直逃避下去的。"

她不能退，起码在这个时刻，她不能像个心虚的战败者一样离开。她没有做错任何事，没有理由当逃兵。

邹姐："星直播这边跟我说他们比较为难。"

李玥这突如其来的舆论让所有人猝不及防。

星直播官方希望李玥能够退出活动，之后不要上台领奖了，毕竟现在她更需要尽快澄清事实和做好公关。星直播事后也愿意配合她给出一个体面的解释。

李玥对此直接拒绝了，她态度强硬地说："我不仅要上台领奖，还要他们配合我。"

邹姐被吓了一跳："这该如何是好？"

李玥："如果不是星直播他们当初瞒着我和江崇安排了一出神秘男嘉宾的事情，我会面临那种境地吗？包括之前我被造谣，他们一直在旁观。这次他们该还我人情了。"

邹姐想了想，下定决心。她虽然是个小经纪人，没什么大的人脉和背景，但她的职责不就是保护好自己的艺人吗？于是她坚定地说："好，我去帮你争取，不，李玥，今天我一定会让你风风光光地站上领奖台！"

李玥有些意外，对她笑了笑："谢谢你，邹姐，一直以来辛苦你了。"

邹姐的眼眶有点儿热，她知道现在最难受的应该是李玥才对，但李玥还在安慰自己。

邹姐吸了一口气，转身走了出去。

此时，星直播的直播间里弹幕热闹极了。

"艳压女神怎么还不出来呀？不会是不敢出来了吧？"

"几张照片就能被捕风捉影到这种程度，网民真是没脑子，起码听听当事人的说法吧！"

"如果李玥真的是霸凌者，我无法原谅她。"

"李玥出来了！"

"真的是李玥，她不会是不知道现在网上的事吧？"

直播间里，只见李玥缓缓地走入会场内，她将乌黑的长发盘起，两鬓垂下两缕碎发，顾盼之间明媚动人。

　　李玥身上穿着的是今年某奢牌最新款的单肩金丝长裙，她身材比例本就极好，更因为常年运动，肌肉体态一流，细细的肩带挂在她白皙的锁骨上，领口是深V，露出一片白皙如凝脂的肌肤，行走间腿部的开衩设计露出又长又直的白腿，美艳超群。

　　很少人能把英气与明艳结合在一起，李玥这种难得一见的独特气质，任谁见了都会赞一句美人。无论为人如何，在颜值上，今晚她绝对是艳压群芳。

　　星直播活动仿佛没有注意到弹幕上和微博上的消息一样，一切都还在有序地进行着。

　　李玥独自坐在被官方安排的位置上。

　　其他的艺人都是三五成群地围坐着一张桌子，只有李玥被安排在活动台下的正中间位置，整个座席却只有她孤零零的一个人。

　　对比旁边的座位，李玥简直可以说是被孤立了。

　　就在弹幕吵得不可开交之际，有一个人从后排走到了李玥身边。

　　李玥正在出神，听到声响侧过头。昏暗的灯光下，身着黑色西装的程牧昀容颜俊朗，眸色柔和清亮，唇边带着微笑，好看得不像话。

　　"你今晚很漂亮。"他说。

　　李玥愣怔地盯了他几秒，接着看了看周围的摄像头，顿了顿后小声地说："你不该坐到我这边来的。"

　　她现在一身的麻烦，程牧昀这时候靠近只会给他平添烦恼。

　　"李玥。"他轻声喊她的名字。

　　她愣怔地抬眼，对上他漆黑的眼眸。

　　他说："我永远站在你这边。"

　　李玥心口泛起一股奇异的酥麻感，她的心脏跳得飞快。借着身形的遮挡，她小心翼翼地抓住了程牧昀放在座椅边的一根手指。

　　她抿唇："说话算话。"

　　热度不断地从他的指尖传来，这一刻李玥忘记了周围的一切，只想看眼前的他。

　　昏暗嘈杂的大厅内，谁也不知道他们的对话和动作。但所有人都知道，程牧昀在明目张胆地表现出他的这份偏爱。

　　从程牧昀坐到李玥身边之后，弹幕就炸开了。

　　"谁这么不长眼坐李玥身边去了，是不是傻啊？现在李玥一身麻烦不知道？"

　　"啊啊！我疯了，程总太棒了，橙粒就是最棒的！"

　　"李玥×程牧昀！李玥×程牧昀！"

205

"哪怕被千夫所指,我依然选择陪伴你,这不是绝美爱情是什么?"

"呜呜呜,我要哭,始终相信李玥小姐姐,看到有程总在更加安心起来了!橙粒好甜好甜!"

原本弹幕里有不少攻击李玥的网友,可在程牧昀出现后,整个画风一转,大家全部在为绝美爱情尖叫。

接着,背景音乐声响起,随着知名主持人的出现,直播庆典颁奖开始了。

一个接一个的艺人上台领奖,直到场内响起了李玥的名字,摄影和灯光给到了李玥的位置上。

聚光灯下,李玥和程牧昀坐在一起,两个人的容貌给人一种极大的冲击感。

只见李玥冲程牧昀柔柔一笑,接着她站了起来。

贴身的金色长裙仿佛黄金战袍,在灯光下熠熠生辉,她一步步地走向领奖台。

李玥就这样站在了领奖台上,接过了水晶奖杯。

主持人请她站在中间,轻声笑道:"恭喜李玥小姐,今天您真的是超级漂亮。"

"最近因为伤情在休息,所以身材管理比之前差了点儿。"李玥配合地自我调侃。

主持人继续道:"这次在活动中收获了很多网友的喜欢,对此您有什么感想呢?"

弹幕里一片嘲笑声。

李玥看向台下,下面有众多艺人,镜头外更是有无数的观众。她从容一笑:"很感谢星直播的邀请,更感谢网友们和粉丝们的支持,最荣幸的是这次活动的全部所得会以慈善的性质捐献出去,能够帮助到灾区的人们,这也是我参与这次活动的初衷。"

主持人问:"我记得李玥您资助过灾区的学生对吗?是有什么渊源吗?"

李玥点头:"是的,我曾受到过当地的帮助,所以现在想要力所能及地去帮助他们。"

主持人吃惊地问:"帮过您?什么时候?难道地震那时候您也在?"

李玥承认了。同时台上的背景大屏幕里出现了一张图片,正是今晚在网络上疯传的那张图片,瘦小的李玥站在警局门口,手臂、小腿上还有明显的伤。

"这是我当时在震区受伤的时候被拍到的,是当地的警察帮助了我,并且护送我回了家。当时我才17岁,独自在外地,如果遇难了,恐怕我的家人都找不到我。"她的声音微微哽咽。

主持人没想到这张照片还有这样的内情,在场的人纷纷惊到,场外的观众更是傻了眼。

"所以我一直非常感激,通过这次活动我能够帮助当地更多的人,这是我最大的荣幸。"李玥举起奖杯,"这个奖杯很漂亮,我很喜欢,但下一次,我会站在领奖台上拿到属于我赛场上的奖牌，敬请期待吧！"

随着李玥当众亲自说出这段过往之后，事情变得明朗起来。

袁婕V："从进队和李玥相识，她一直对我照顾有加，对待所有人都亲和友善，相信大家有目共睹。"

袁婕作为国家队后起之秀，长相可爱，气质独特，具有一定的人气。她发的配图是自己和李玥两个人私下的合影，对着镜头笑的两个女孩子看起来阳光极了。

后面还有不少花滑队的成员发了和李玥以前的合影。

很快李玥的公司发了正式的律师函，表明将对传播不实言论、侵犯李玥名誉权的网友提起诉讼。律师函上面直接指出了那个爆料小号的ID。

这时候突然有人发出一段匿名人投稿的录像，视频里，一个女人站在地下停车场里。她穿着华丽的礼服，独自一人打着电话，语气颇为凶狠地说："之前说好的事情提前开始，速度一定要快，半个小时之内我要看到李玥被钉在耻辱柱上！"

这个女人是冯盈盈！

天！竟然是她！

网络上一片哗然，今晚故意造谣污蔑李玥的幕后黑手竟然是冯盈盈！

这两个人有什么关系？为什么冯盈盈要这么针对李玥？

很快有人扒出来，原来今天走红毯时两个人是前后顺序，本来冯盈盈突然出现在星直播的红毯上一定会引起一些人的讨论，但这一切在李玥出现后完全变了，所有的目光都聚集在李玥身上！如果不是被扒了出来，大家都不知道今天的活动里有冯盈盈！

网友们纷纷被冯盈盈震惊了，视频里的她更没有一丝之前表现出来的清纯甜美，语气、表情都凶狠得让人胆寒！

在打完电话之后，冯盈盈果然在很短的时间内看到了成效。

她看到微博和弹幕里充斥着对李玥的谩骂和攻击，今晚李玥一定无法登台！

既然李玥把自己赶出了活动现场，那她也别想上台！

一想到李玥也会被赶出活动现场，冯盈盈就忍不住笑出声来。

可谁承想，过了两分钟后，她竟然看到李玥换了一套更漂亮的裙子进了内场！

冯盈盈的眼睛里生出了蛛网状的血丝，连呼吸都变得沉重起来，不过她又看到被引导的网友说李玥活该被孤立，顿时心情微微畅快了。

结果，她看到有一个人坐到了李玥的身边。没等网友认出来，冯盈盈就已经认出那就是程牧昀！

冯盈盈实在是想不明白，为什么程牧昀会如此心甘情愿地屡次帮助李玥？

手机屏幕里，她看到李玥一步步登上台，灯光打在李玥身上，整个人漂亮又夺目。

这一刻，就算冯盈盈再怎么不甘心，也不得不承认此时她和李玥的差距。

即使丑闻缠身，李玥依旧站在了璀璨的领奖台上，接受所有人的注目与掌声。

而她只能躲在阴暗的地下车库里！

然后她想不到的事情发生了——李玥竟然选择了跟星直播合作，当众澄清了丑闻照片的来源。

冯盈盈手指一抖，手机滑落下去，怎么会这样？她只想让李玥和自己一样被赶出活动，最后李玥却没有离开，甚至拥有了更多的鲜花和掌声。弹幕里那么多支持李玥的话语像一根根针扎入她的心脏，她眼前一阵阵发黑……

这个时候车窗被咚咚地敲响，冯盈盈以为是司机回来了，打开了车窗，语气不悦地发脾气："知道我等你多久了吗？"

可回应她的是一阵阵快门声，闪光灯晃花了她的眼睛。

好几个人举着摄像机和话筒对向她："冯盈盈小姐，针对网上的录像你有什么感想？"

冯盈盈一阵慌乱，问道："你们怎么找来的？什……什么录像？"

记者们争先恐后地继续发问，话筒几乎伸到冯盈盈的脸上。

"是你造谣李玥吗？爆料发图的账号是你的小号吗？"

"你为什么要针对李玥呢？这是你第一次利用舆论攻击她吗？"

"你是在报复她吗？"

"是你个人的行为还是公司要你这么做的？"

冯盈盈仿佛被人抓着头按在了水里，整个人快呼吸不过来了。被一群人团团住质问，摄像头都快凑到她的脸上了，她整个人都在发抖。

怎么回事？他们怎么会知道的？

她的脸色变得惨白，试图狡辩："你们在胡说什么？我……我没有！"

一个记者翻着白眼，说："视频都发出来了，李玥的公司已经对你下了律师函，你不会还不知道吧？"

冯盈盈眼前一黑！什么？

她赶紧躲回到车里，关上了车窗，任由记者们拍打也不管。重新拿起手机时，她看到了热搜第一是她的名字。

她也终于弄明白刚才那群记者说的录像是什么了，竟然有人把她刚才打电话的视频发到了网上！她的形象彻底毁了。

车窗外还有记者在不停地敲窗要她回应！

她终于切身体会到被千夫所指的滋味有多难受，而这是她曾经想要陷害李玥进入的境地，如今所有的苦果全部由她自己咽下。

这个时候，她的手机响了，上面亮着江崇的名字……

关于网络上的一切，李玥目前还不知情。

因为刚才在领奖台上的澄清，李玥和平台再一次斩获了超高的网络热度，她的名字再次霸占了热搜，下面是一片溢美之词。

今晚所有的风光与焦点已经全部聚集在她一个人身上了。

有关她的信息和热搜不断扩大，这次事件更是被当作美谈广为传播。毕竟李玥曾经在灾区被人救助，到如今长大后回馈当地，这是非常正能量的事件，足以博得大众极大的好感。

更别说今晚李玥和程牧昀再一次在公众场合出现，这简直是给情侣粉发糖，橙粒的粉丝们快开心疯了。

此时，星直播活动还在继续，但所有的高光与荣誉全部在李玥身上，镜头每一次扫到她的时候，弹幕全是一片赞美之词。

大家注意到，李玥回到座位上，但程总已经不在了。

不过刚才大家觉得是她被孤立，然而现在李玥仿佛是女王，独享专座，比活动的第一名还要风光。

终于，颁奖完毕之后，在场的所有人有序地从会场离开。

在化妆室内，在李玥得知网上爆料的人是冯盈盈后，她眉头依旧紧锁着，没有一丝放松。

"不是她。"李玥低声道。

邹姐没听清："什么？"

李玥没回，只是问："程牧昀呢？"

旁边的邹姐说："你上台之后，程总的助理跟他说了些什么，两个人就离开了。"

李玥觉得有点儿奇怪，找到了自己的手机，发现有不少的来电。

恰巧这时候又有人打来，是夏蔓。

李玥接通后，听到夏蔓声音急迫地说："玥玥，是你吗？"

李玥："怎么了？我这边活动刚结束。"

"玥玥，你快来，程牧昀出事了！"

一个小时前，夏蔓看到了网上疯传的照片，立刻联系了李玥，可用了很多办法，始终联系不上。

她只能盯着直播，看着视频里李玥巧笑嫣然的模样，可弹幕里充斥着对李玥的攻击与谩骂。她死死地咬着下唇，紧接着，看到程牧昀坐到了李玥的身边。

夏蔓眼前一亮，费了一番周折，她终于联系上了程牧昀的助理，通过他才成功地跟程牧昀接通了电话。

夏蔓焦急地问："玥玥现在怎么样？"

程牧昀说："她还好。"

"不，她一点儿都不好。"夏蔓太了解李玥了，准确地说是了解她家里的情况，"李玥现在表现得越镇定，说明问题越严重。"

程牧昀沉默了一会儿，告诉她："网上的事情我已经处理了，这次我拿到了证据，是冯盈盈安排人恶意攻击李玥，我会陪在李玥身边保护她的。"

夏蔓心头微微一动，深吸一口气："如果你真的想保护玥玥的话，现在出来，我就在活动会场门口，有些话我要当面跟你说。"

程牧昀思索了一下。他看向台上的李玥，她红唇轻弯，翠绿色耳环在洁白的耳下微荡，她正在说自己当年在震区被救时的心情，表情轻松，完全看不出任何紧张情绪。

他在心中迅速做出了一个决定："好，我现在出去见你。"

夏蔓在电话那头微微一愣，她能感觉到程牧昀很在乎李玥，这个人，应该是值得信任的。

在见到程牧昀后，夏蔓微微有些不自在，两个人虽说认识，读同一所高中，但接触不算多。

沉默了几秒后她直奔主题："网上攻击玥玥那件事，就算你抓到了冯盈盈也没用的。"

程牧昀不解地问："为什么？"

夏蔓笃定地说："发图的那个人不是她。"

说到这里，夏蔓的表情有些不自然，她觉得这些话对程牧昀说是不合适的，可为了李玥，她还是抛下了心中的一切顾虑："我觉得发图的人应该是玥玥的爸爸。"

程牧昀："什么？"

"玥玥那张照片，是从前在震区陪我一起找我父母的时候被拍的。我……我父母是医生，在援救的时候意外失踪了。"夏蔓停顿了几秒，深吸一口气才继续说，"我接到消息时太着急了，就想去找他们，玥玥是担心我才陪我一起去的。结果我们两个遇到余震差点儿被困，被当地的警察找到，后来是玥玥的爸爸来警察局接的她。"

程牧昀记得夏蔓的父母在她高三那年意外过世，后来她没有再来上学，他现在才知道她父母是因为救援才牺牲的。

没等程牧昀说什么，夏蔓别过了脸，说："我的事都不重要，现在最要紧的是玥玥。她爸爸肯定是找她要钱没要到，想用这种方法诋毁她！"

程牧昀从夏蔓的讲述中得知，李玥和她父亲孙志强的关系有多么水火不容。

李玥18岁时在世锦赛上得了奖牌，在全国小有名气，孙志强就来找过她要奖金，还非要她走关系把他儿子转到重点学校里念书，李玥不答应，孙志强就各种闹。

其间发生的各种狗血事不少，孙志强软硬兼施，亲情牌打过和苦情戏演过，发现不管用之后，还闹过、骂过。最严重的是有一次孙志强带着一众亲戚跑到李玥的家里，围着李玥的妈妈李三金要她劝说李玥听话。当时李三金刚经历一场手术，身体本就不好，站都站不起来，可孙家人还在闹！

被李玥拒绝后，孙志强甚至一条腿跨在阳台的栏杆上，哭喊着说："李玥你个白眼狼是要逼死亲爹啊！"

当时李玥冷着脸，在一片混乱之中直接走过去抱住孙志强的另一条腿，笑盈盈地说："爸，你要我帮你是吧？来，我这就帮你！"说着她就把他的另一条腿往上抬。

孙志强整个人悬在半空中，瞬间叫得跟杀猪一样刺耳。客厅里的亲戚这才发现情况，吓得赶紧过来拦。他们把孙志强拉进来之后，发现他的脸煞白煞白的。

李玥笑着对孙家的亲戚说："怎么，不是要我帮忙吗？"

孙志强瘫软地坐在地上骂："疯了，你真是疯了！"

"滚！"李三金忍着病痛，跑到厨房拿出擀面杖，"全给我滚出去！"

李三金像一只母豹子一样咆哮着："孙志强，你再敢来找我闺女，我就去你儿子的学校。你动我闺女一下，你儿子也好不了，大不了我豁出这条命去！"

孙志强的命根子就是他儿子，而且夫妻多年，他清楚李三金这话说的是真的，这才铩羽而归。

孙志强显然不死心，还想从李玥身上要好处，可按照李玥的性子，就算是拼个你死我活，她也不会给他一分钱的。

"我刚才知道，他打算上电视指责李玥不赡养他，还要胡乱爆料！"

夏蔓实在是着急，她是见过孙志强的，知道他是个多么可恶的人，他这么做就是要故意毁掉李玥的前途，以此来要挟李玥，而李玥是不可能低头服软的。

车子里安安静静的，程牧昀一言不发。

夏蔓偷偷看了一眼程牧昀，心里忐忑不安。她知道这件事很麻烦，很难解决，可这关系到李玥的未来和前程，她不能眼睁睁地看着李玥被孙志强给毁了。

周围的车辆快速驶过，夏蔓紧张得直抠手。

· 211 ·

程牧昀低低地说了一句:"他想要钱是吗?"

夏蔓立刻回道:"据我了解,应该是的。"

"你能联系到他吗?"

"可以。"

夏蔓也没料到找到孙志强会如此容易,而且通过程牧昀的助理小杜调查,他现在孙志强住在最便宜的旅馆里,每天只吃一餐,生活捉襟见肘。

程牧昀把人请到一个高档饭店的包间里。

路上夏蔓有些不安地问他:"你打算怎么做?"

程牧昀回头看她,眼眸里写满了冷静:"我说过,我会保护李玥的,我不会食言。"

他们推开门时,孙志强正在大快朵颐。他要了不少的菜和酒,吃得满嘴流油,见到有人进来,这才讪讪地擦了擦嘴。

助理小杜上前,递给孙志强一纸文件:"孙先生,您可以看一下这份合同,如果满意的话请签字。"

孙志强警惕地看着几人。他只认识夏蔓,目光对视时,夏蔓毫不掩饰对他的怒气。他满不在乎地移开,在触及她身边的男人的冰冷目光时,孙志强有股被刺到的警惕与恐惧。

孙志强收回了目光,接着迅速地看了眼合同,在看到上面的金额时,震惊地瞪大了眼睛。

他收敛了呼吸,缓缓地放下合同,盯着程牧昀问:"你是我家李玥的什么人?"

程牧昀微微扬眉,反问他:"这重要吗?你现在需要的只是为你解决问题的人。"

孙志强被说中了心思,用力地捏住手上的合同,故作不屑地说:"这点儿钱你就想买断我和李玥的关系,太瞧不起人了吧!"

孙志强的确为合同上的钱心动,但代价是他以后不得骚扰李玥和她的家人,那怎么行?

李玥现在就是他的金山,现在有人愿意出这么多钱为她解决问题,那怎么能一次买断呢?毕竟,他可是李玥的亲爹啊!

"你可以拒绝。"程牧昀轻松地站起来。

夏蔓有点儿不安地跟着程牧昀起来,只见他示意小杜收回合同。

"你的那些手段在这里没有用。我们会立刻向你提起诉讼,你别忘记以前做过什么事情。一个罪行累累的人,谁还会相信他的话呢?"

夏蔓当时注意到孙志强大口大口地喘气,合同的塑封被他捏得"嘎吱"响。孙志强盯着他们,眼神像一只穷途末路的野兽。

只是她没想到孙志强会这么冲动，竟然一气之下抢起一个酒瓶砸了过来。他对准的不是程牧昀，而是她。

就连伤人威胁，孙志强都要挑弱者下手。

"程牧昀是为了保护我才受的伤。"

夏蔓在李玥抵达医院之后将事情原委全部告诉了她。

李玥问她："程牧昀现在怎么样？"

夏蔓指着病房："你还是自己去看吧！"

李玥提着心推开了门。病房里，程牧昀坐在洁白的床上，头上包了一圈纱布，正在打电话。听到声响后他抬头看到了李玥，迅速挂断了电话，手抬了一下，又知道遮掩不住，只能偏了偏头低声问："什么时候过来的？"

李玥大步走上前去，语气里有压不住的焦急和怒气："谁让你去见孙志强的？"

程牧昀低着头没回答，她是觉得自己多管闲事了吧？

心口有点儿扎，比起头上的伤口生出更加绵长的疼痛来，他低声说："对不起。"

李玥走近时，看到他头上洁白的纱布边缘上的鲜明血迹，眼眸微微一震，伸手轻轻地摸向他的头："别动，我看看。"

程牧昀身体一僵，一动也不动。

她轻声问："伤得重不重，还疼吗？"

程牧昀重复道："对不起，是我没处理好。"

他抱歉的是没有处理好事情让她不高兴了，这让李玥心头微微一震，说不出的情绪在她的心口扩散开。

"我气的不是这个！"李玥沉着脸对他说，"你们去见孙志强干什么？他要上节目污蔑我、曝光我就让他去好了，我怕他吗？大不了我把所有的事情说出去，到时候全部的人都知道他就是一个跳梁小丑。等时间久了，谁还会在乎？"

"我在乎。"他终于开口，抬起头看向她，漆黑的眼眸温柔无比，盛着满满的心疼，"我知道你不怕他，你更不愿意给他钱，你宁愿像今天一样当众把事情告诉所有人。可我不想你用这种方式来澄清，一次次地把伤口展现给所有人看，那太疼了。"

如果孙志强上节目斥责李玥不孝顺，恶意捏造事实，就算有人会相信李玥，但因为生父的身份，他绝对能够得到一部分人的支持。

当然，李玥可以像今天一样，将她家里的事情告诉大众，程牧昀也相信，大众会明理地站在她那边，可那不代表她不会伤心。

无论如何，孙志强是李玥的父亲，她和自己的父亲在全国观众面前对峙，舆论不一定会站在她这边。

她应该是天上翱翔的鹰，自由快乐，在领奖台上熠熠生辉，接受所有的荣光与掌声，而不是成为他人茶余饭后的谈资。

他不想李玥一次次地遭遇这种事情。

今晚那些人的攻击不是第一次。

她曾经被那些人捧得有多高，三年前输掉比赛时，被贬低得就有多狠。所有人都忘了，她当时只是一个20岁的姑娘。

同样的事情，程牧昀不想再发生一次。

程牧昀看着她："我知道你不怕，但你会疼。"

他知道她很坚强，也看透了她内心的脆弱。

他想要保护她的自尊，小心翼翼地不想让她知道。

他抬起手触碰她的脸颊。因为深夜气温低，她的脸颊一片冰凉。他展开手掌贴在她的脸侧，温暖了她的脸颊。

"我不想你疼。"他说。

这一刻，李玥心底涌出一阵酸软的复杂情绪，眼眶微微泛了红。

一直以来，她在外面受到再多的伤害都习惯了自己扛，当关心、在乎她的人出现时，她突然委屈得想哭。

她的眼泪滴了下来。

程牧昀一阵心慌地喊她："玥玥。"

她紧抿了一下唇，说："今天我一直在笑，即使很累很痛，我也在笑，因为我知道我不能哭。他们越是想看我的笑话，我越是要笑给他们看。"

她不能哭的。在队里她是一姐，被所有人仰望瞩目，她不可以软弱；她更不能去找妈妈诉苦，妈妈已经很累了，不能再让妈妈担心，所以她一直在一个人扛下所有，可现在，终于可以哭出来了。

她的腰肢被揽住，接着整个人被抱了起来。她坐在他的腿上，一只有力的手臂环抱住她，一只手轻轻地拍在她的后背上，一下又一下。

他用哄小孩一样温柔的语气说："玥玥，以后有我在。"

他低头亲了亲她湿润的眼睫，一点点舐去她的眼泪。她的脸颊湿热发烫，嘴唇触碰到他的唇时轻轻地被含住。她尝到了淡淡的咸味。

他们静静地接吻，炙热又清醒着，两颗心"扑通、扑通"地跳个不停，分开的时候，彼此的喘息交错，湿热地落在皮肤上，眼神微潮。

他又低了一下头，克制地吻在她的眼角上，小声地问："还想哭吗？"

她整张脸都在发烫，摇了摇头，手心发紧，她这才发觉自己的手一直紧紧地抓着他胸口的衬衫,他的衣服都皱了。

她小心地松开了手,他却抱得更紧了些。她的脸颊贴在他的胸口,心跳声一下又一下地震动在耳边,提醒她此刻的真实与温暖。

她伸出手轻轻地回抱住他,掌心触碰到他宽厚的背脊时,明显感觉到他微微一震。

"你……"

"你……"

他们同时开口,又同时停下。

这时病房门口传来一阵慌乱的脚步声,有人喊着:"李玥,李玥你是不是在里面?"

门口有小杜的声音传来,挡住了来人:"女士,你不能进去。"

对方扯着嗓子喊:"我要见李玥,我有话要说!"

他们齐齐看向房门。程牧昀紧紧地皱着眉头。

李玥知道来的人是谁,她撑住他的肩膀从他的腿上起来。

她站在他的身边,程牧昀跟她招了招手:"你低一下。"

李玥有点儿呆地眨眨眼,顺从地弯下腰来,接着他凑近来。在闻到他身上特有的苦橙香气时,她的脸微微地热了。她以为他要亲过来,他却伸出手擦了擦她眼角的湿润。

"别怕,有我在。"他低声说。

李玥心尖一颤。事到如今,她不得不承认程牧昀带给她的影响如此之大。

她轻轻地嗯了一声,站直转身后,她脸上的表情已恢复得冷静自若。

只是刚走了一步,她突然想起了什么,回过头问了程牧昀一句:"刚才你去见孙志强的时候,他问你是我什么人,你是怎么说的?"

程牧昀浓密的眼睫微颤了一下,他反问道:"你觉得我应该怎么说?"

"你看着。"她说。

李玥上前打开了房门,孙志强的现任老婆孙姨在看到李玥后大喜过望。

她焦急地上前,却被小杜拦住,只能着急地说:"李玥,我就知道你在。你快跟我去一趟警察局,你爸被关进去了。我们在这儿人生地不熟的,万一他出事了可怎么办?"

李玥挑眉问她:"你不知道他是为什么才被抓进去的吗?"

孙姨闻言脸色尴尬,她当然知道。

李玥冷冷地看着她说:"之前他在网上恶意中伤我,那两张照片全是他发的。我怎么都想不到,当年我在震区受伤的时候,我的亲生父亲竟然会拍下我的照片打算以后用来威胁我。"

· 215 ·

说不伤心是假的，可她不想再给这种人机会，让他一次又一次地伤害自己，应该到此为止了。

孙姨苦着脸哀求道："你爸是一时糊涂，他真的是没办法了，之前跟你商量你那么绝情。而且就算是你爸发了照片，事情也不是我们闹大的啊！我们本来只是想吓唬吓唬你，没想到会变成这样。李玥，不，玥玥，你原谅你爸爸一次。他要是出事了可怎么办？那毕竟是你亲爸啊！"

李玥完全不为所动："我不会原谅他的。他不只想要伤害我，还打伤了我的男朋友，这次我要让他付出应付的代价！"

孙姨闻言，脸上蒙上一层绝望，知道李玥是铁了心不肯管孙志强了！

她似乎想起了什么，忍不住恶毒地说："李玥，你不只是怨你爸，还蓄意要报复我，对不对？"

"是啊！只准你们伤害我，不准我反击吗？"李玥眸光冷锐地说，"我已经不是从前的那个小女孩了。"

她已经长大了，可以保护想要保护的人。

李玥示意小杜："把她带出去，如果她不走，就叫警察来。"

她又对孙姨微微一笑："也许你们夫妻能在警察局里团圆呢。"

小杜带走孙姨："女士，请跟我离开。"

孙姨不断地挣扎，却抵抗不了："不！我不走，李玥，你浑蛋……"

她的声音渐渐变小。李玥关上门，刚退后一步，后背就撞到一个又硬又暖的胸膛。

她转过身，看到了程牧昀，不知道什么时候他从床上下来，站到了她的身后。

他漆黑的眼睛里仿佛燃着热情的火，紧紧地盯着她。

"玥玥。"他低声喊她的名字，声音低沉沙哑，"我是你的男朋友吗？"

他执着地想要一个明确的答案。

李玥感觉耳根有点儿热，看了一眼他头上的纱布："你……都这样了，我不得负责吗？"

"嗯。"他伸手抓住了她的手，一字一顿地说，"你得负责。"

李玥扬起笑意，脸上微微发热，掌心相贴的肌肤微湿，心脏急促地跳动着。

这个男人，是她的了。

视线在空中无声地碰撞交织，热烫的气息在缓缓靠近，他低下头来，目光让人身体发热……

李玥一抬手，正好捂住了他的唇。

程牧昀眼眸微动，嘴唇在她的掌心动了动，声音有点儿哑："不行吗？"

"当然不行了。"李玥蹙眉盯着他,"你不会以为我不生气了吧?"

程牧昀无声地盯着她看,眼神勾人,接着轻轻地张口咬了一下她的手指。

李玥仿佛被烫到,捂着他的手一下子弹开。

他上前一步,阻隔的距离再次被拉近。她下意识地后退,后背靠在坚硬的门上,下一秒细细的腰肢被他握住。

他保证道:"下次我会护住头的,而且我没有伤到脸。"

她小声地说:"我又不是看上你的脸。"

"那你看上我什么,嗯?"他压低嗓音,又沉又撩人。

她仰头看着他:"你知不知道我听到你受伤的时候有多害怕?孙志强那个人疯起来什么都敢干,这次他身边只有酒瓶,可万一他藏了刀子怎么办?我真是后怕……"

她是真的在乎他。

程牧昀的心口紧缩了一下,注意到她眼底的不安,他这次认真地道了歉:"对不起。"

他的脸颊被她的双手轻轻地捧住。

李玥告诉他:"你现在是我的人了,以后不准再受伤。"

他轻轻地笑开,好看极了,对她说:"好。"

他喜欢被管着,尤其是被她管着。

"那现在我能亲你了吗?"他凑近问。

她说:"不行。"

"为什么不行?"他感到微微委屈。

李玥戳了他一下,打趣着说:"欺负你,行不行?"

"行,让你欺负。"他俯下身靠近。

她已经卸掉了妆容,也摘掉了之前晚会上戴的华丽耳环,白皙小巧的耳垂上只有一个小小的耳洞。

他亲了亲:"让你欺负一辈子,好不好?"

她没回答,拧了他一下。

他故作疼痛地抽气。

李玥却被吓到了,连忙问:"你是不是身上也伤到了?"

程牧昀:"没有,只有头。"

"让我看看。"她去抓他的衬衫领口。

他却按住她的手,接着退了一步:"真的没有。"

他越是躲,李玥越是不信,总觉得不对劲儿。

他扣住她的一只手,漆黑的眼眸低头锁着她:"真的要看吗?看了今晚你就出不去了。"

李玥给了他一个眼神："你试试。"

程牧昀无奈地一笑，只得败下阵来。

他叹了口气："好吧！给你看，反正迟早都要看的。"

这话让李玥的心脏猛跳了一下，她忽略掉他暗示的另一层意思，指向他身后："去床上吧！"

他轻笑了一声，低低的，很好听。

李玥脸颊一热，觉得这话比他的话更露骨了一些。她心底有些懊恼的羞意，明明不是那个意思！

程牧昀坐回到床上，姿态随意，问道："然后呢？"

"你把衣服脱了我看一眼。"

程牧昀盯着她看："你要检查，你来脱。"

这不会又是他的什么套路吧？不过是她自己提议的，也是她不放心，只能先答应。

"你别动。"

李玥伸出手去解他衬衣的扣子，解了第一颗还好，他锁骨微微露了出来。解到第二颗的时候，她的手微微开始发抖，偶尔蹭到他的皮肤，隔着衬衣感受到温度滚烫。明明没打算做什么，她只是想检查一下，却莫名其妙地感觉有些色情。

程牧昀轻笑一声，问她："你抖什么？"

李玥否认："我没有！"

"是吗？"他靠前了一点儿，胸膛抵上她的手指。

李玥飞快地抽回了手，再抬头去看他的时候，男人眼底浮起得意的笑，他衬衫的领口外翻着，露出胸口紧实的肌肉。

他故意问："还要继续吗？"

她咬着牙嘴硬："为什么不？"

她天生就是不服输的那类人。

她伸出手，解开了第二颗扣子，然后是第三颗、第四颗。她能近距离地看到他紧实的肌肉，从胸肌到腹肌，随着他的呼吸一起一伏，不同于上次在国外别墅，此时的温热她触手可及。

同时，她也能看到他没有外伤，他没骗她。

但是他的腰侧下面有一点儿微红。

"这里？"

这好像是她刚才拧的地方。

程牧昀解释:"我皮肤天生是这样的,爱留印子,等一会儿就消了。"

"哦。"她微微有些结巴,"那我……我检查完了。"

"只看到这里吗?"他凑近过来,"不再多检查一下?"

这时候有一个人突然闯了进来。对方是一个长相英俊、气质出众的年轻男人,看到病房里的场景他愣在原地。

程牧昀愣在原地。

李玥也愣在原地。

"打扰了。"丁野转过身,"你们继续。"

李玥的手里还抓着程牧昀的衬衣下摆,整个人羞愤至极,这简直就是她此生最羞耻的"社死"现场!

第八章
你呀，你呀

丁野是听说程牧昀出事后赶过来探望他的，没想到一进来就撞到这幅场景。

李玥当时就受不住了，留了句"夏蔓还在楼下等我"就走了。

越过丁野的时候她整张脸红得像要滴血。

从她离开之后，整个屋子的温度就在不断降低，丁野靠在门上吹了声口哨："兄弟，这位就是你心心念念的那位吧！这是终于追到了？"

程牧昀抬起眼皮冷冷地看他一眼。

丁野赶紧端正了一下态度："好，我错了，以后我来肯定提前打个招呼，可我不是担心你嘛！"

程牧昀把衬衫的扣子一颗颗系好，低头拿手机又发了一条消息，然后才抬头问丁野："事情查得怎么样？"

"打你的这位老哥可是摊上大麻烦了。"丁野把带来的资料递给他，"他身上起码背了两千万的债务，名下的财产全部抵押出去了，现在因为伤人被关在拘留所里，就算你不起诉，他也出不来了。"

程牧昀迅速地浏览着孙志强的资料，在看到他从没给过李玥母女一分钱抚养费的时候眼底微微一刺。

他把资料递回给丁野："剩下的交给你了。"

丁野微微挑眉："你打算怎么处理？"

程牧昀眼睫低垂，想了想才说："确保他以后不要影响、打扰到李玥和她的母亲，他要永远消失在李玥的生活中。"

丁野有几分意外："难得你这么手软。"

程牧昀知道，那毕竟是李玥的生身父亲，而且像孙志强这种人，到了穷途末路说不定会做出什么发疯的事，倒不如捏着他儿子这个软肋，让他从此以后再不能来打扰李玥和她的母亲。

想到这里，程牧昀不免为李玥不平。

明明都是子女，孙志强会为儿子考虑，却不断地压榨亲生女儿李玥。

程牧昀按了按眉心："这种人，以后再不见是最好的。"

丁野点头："行，交给我了。"

"另一份资料发了吗？"

提起这个，丁野摸着下巴，语气无比地期待："当然，现在江崇应该已经收到我们准备的大礼了。"说到这里他"啧"了一声，也是搞不明白，"这个冯盈盈真是看不出来，心思够毒的，她为什么要这么针对李玥？"

这也是江崇想要知道的！

在得知李玥回国之后，江崇就想再见她一次。他始终认为两个人只是一言不合的吵架，李玥是不会真的跟他分手的。

他们不是没吵过，以前李玥来找他和好，他们还不是和好如初了嘛！

这次换他来求她！

只是这么多天他一直没有找到适合的时机见李玥，直到今晚星直播活动，他看到了一身华服、艳丽不可方物的李玥。

他简直难以置信那就是李玥。

明明应该是他最熟悉的人，此刻却变得耀眼夺目到遥不可及。

这种感觉并不陌生。

在李玥18岁那年世锦赛获得奖牌的时刻，那时候的她意气风发，众星捧月。

她是所有人的中心，所到之处皆是赞美与荣耀。

那时候的她一心扑在花滑上，两个人的联系不由得减少，再加上见面的次数变少了很多，江崇总是觉得，他快抓不住李玥了。

他在电视上看着领奖台上李玥美丽耀眼的笑容，别人调笑恭喜他的时候，他却被恐惧与不安淹没。

总有一天，她会彻底地消失，离开他的。

好在，她20岁那一年，在国内外众人的一片期待声中，却没有赢得奖牌，于是所有人又转而攻击她。

当时的江崇心疼李玥，可内心仍旧压不住地兴奋。

他小心翼翼地隐藏着自己阴暗的心思。

他希望李玥能够就此放弃花滑，她的生命中只要有他就够了！

他会好好爱她，好好宠她。

可李玥没有。

哪怕赛场上一片嘘声，网络上攻击不断，她还是没有听从他的劝导。明明已经23岁，过了花滑运动员的最佳年纪，可她还是不肯退役！

江崇不想再过这种忐忑不安的生活了。

所以当初孙志强找到他的时候，他是希望能够借由这次父女和好，让孙志强好好劝她放弃花滑。

结果李玥却是毅然选择了跟他分手。

他无法相信，更无法接受。

这么久以来，他冷落她，打压她，她从未想过要分手！

一直以来李玥的乖巧让他太过飘飘然了，她都答应跟他订婚了，他总以为再逼一逼她，她会就此放弃花滑。

可不承想，从这以后，事情完全脱离了他的预想……

他不想失去李玥！

从前每次都是她主动来和好，这次换他来求她，他们一定会和好如初的！

整个晚上，江崇的内心不断地翻涌着，他看着视频里的李玥，忐忑不安，又期待连连。

直到李玥的照片在网上炸了锅。

他深知这场舆论是有人故意针对李玥的，这次他没有再像从前一样等李玥来求他，而是主动让公司的人替她清除抹黑她的言论，公司里上下忙了起来。

当李玥上台说出照片背后的原委时，事情的转机来了，同时，冯盈盈打电话的那条视频让他震惊无比。

他无法相信视频里的人是冯盈盈，可他无比清楚，视频里表情狰狞、语气狠辣的女人正是他青梅竹马的妹妹——冯盈盈。

这时一封邮件发到了他的邮箱里，标题表明了就是要告诉他冯盈盈的秘密。

他颤抖着手点开邮件。在看完里面的内容之后，他静坐了足足五分钟，然后，拨通了冯盈盈的电话。

江崇再见到冯盈盈的时候，她正在公司的会议室里。

在她被记者们团团围攻的时候，好在司机回来了。

司机把冯盈盈带回了公司，公司上下的员工看到她的时候脸色各异，交头接耳地议论，眼里是毫不掩饰的鄙夷。

这种眼神像一根根针一样扎在身上，冯盈盈觉得自己仿佛被扒光了衣服晾在众人面前。

她只能低着头。包里的手机不断地振动，有人在给她打电话，她根本不敢接，草草关了机。

此时她一个人坐在会议室里，身上穿着不舒适的礼服，脸上厚重的妆容让她疲惫，心里充斥着不安的情绪，想喝杯热茶竟然没有人为她准备，从前公司的人可不会这么怠慢她！

她心里又气又怕，手指反复地绞着。她知道江崇要来了，但她一定还有机会的，只要她好好解释……

"砰"的一声，门被用力地推开，表情沉重、周身带着明显怒意的江崇大步走了进来。

冯盈盈浑身一颤，瑟缩在椅子上看着江崇走到她面前。

他胸口起伏个不停，双眼发红地盯着她："冯盈盈，你为什么要做那些事？"

冯盈盈喉咙一涩，她猜到江崇会生气，只是没料到他会这么气，她从没见过江崇这么难看可怕的表情。

"崇哥，那个视频是误会，我只是一时冲动，没想到会闹得那么大，"说着她委屈起来，"是李玥故意排在我后面走红毯。这可是我最后出道的机会，她却为了从前的事故意报复我。"

江崇只觉得太阳穴一突一突的，直到现在，冯盈盈仍旧不知悔改！

他握紧拳头："那上次你害得她被全网骂呢？"

冯盈盈脸色一白，没想到江崇竟然把这件事都查出来了！

她慌乱起来："我……我……"

江崇大声喝问："你还要说你是一时糊涂吗？"

"是她让我当众丢脸，我才气不过的，"冯盈盈哭了起来，"我真的不是故意的。"

她的眼泪往往是利器，可这一次不管用了。

江崇静静地看着她，只觉得眼前的女孩陌生极了，明明在他的印象里她是个单纯善良的女孩，是从什么时候开始她变成这样的？

或者说，她原本就是这样的，只是他一直不知道。

江崇退后一步，看着冯盈盈的眼神满含冰冷："你明知道我喜欢李玥，她是我的女朋友,你竟然几次三番地陷害我爱的人,你到底安的什么心?"

冯盈盈不由得抖了一下,抬起头看向江崇,不甘地说:"崇哥,为什么你眼里只有李玥,我才是最爱你的人,为什么你不看看我?"

什么?

江崇整个人愣住了。

他从一开始只把冯盈盈当作妹妹看待,因为她救过自己的母亲,所以一直善待于她,并且要求李玥和他一样,因为在他眼里,李玥和他是更亲近的人,而冯盈盈有恩于他家,那么要李玥多让冯盈盈是理所应当的。

可他从没想过冯盈盈竟然喜欢自己!

那他一直以来做的那些都算什么?

江崇不由得想起从前李玥一次次地说不想再见到冯盈盈,约会时不想冯盈盈出现,他为了冯盈盈而冷落李玥的场景也一幕幕闪现在他的眼前。

一瞬间,江崇的心仿佛被狠狠地扎透了!

如果冯盈盈喜欢自己,那他一直以来都做了些什么蠢事?

江崇的内心不断地翻涌,气愤到了极点,忍不住抬手狠狠地扇了自己一个巴掌。

冯盈盈震惊地站起来:"崇哥!"

江崇伸手阻挡住她要过来的步伐,一双眼睛红得发狠地死死盯着她:"我江家欠你的,这么多年该还的都还了,从今天开始,你不要再出现在我面前。"

冯盈盈难以置信,颤抖着声音问:"崇哥,你不管我了吗?那我怎么办,我爸妈都不在身边,只有我孤零零一个人,那些网民和记者会怎么对我?你要看着我被那群人欺负吗?"

"你还想用这种方法来骗我?"江崇冷冷一笑,"我以前真是蠢,相信你可怜无依,如果你真的这么柔弱,怎么可能干出陷害李玥的事情呢?"

冯盈盈胸口一窒,现在江崇竟然这样看待她吗?

江崇无视了她惨白受伤的表情,冷嘲一声:"何况就算你被骂、被欺负,也不过是咎由自取,那本来就是你想让李玥面临的境地,不是吗?"

冯盈盈眸光震颤,知道她是彻底被江崇放弃了。

"不……我不是故意的,崇哥。"

她伸出手想去抱江崇。

江崇却后退一步,眼看着冯盈盈踩到裙摆,整个人跪跌到地上。

江崇眼神像要吃人似的狠狠地盯着她:"从今天起,别再让我看到你!"

他决绝地转身。

· 224 ·

冯盈盈绝望地看着江崇一步步离开。

她哭求着："对不起，崇哥，你要我怎么道歉都可以，别不理我。"

她一直喜欢他，所做的一切努力全是为了他。她错了，真的错了！

她不顾形象地崩溃大哭，泪流满面，可所有的挽留和努力都没能让江崇停下脚步。

最后，他关上了门。

门"砰"的一声，像一记狠狠甩到她脸上的无形巴掌。

在她表白后，江崇不仅没有回应她，甚至深恶痛绝到再也不想见她了！

李玥当初的那句话说对了。

冯盈盈悔恨不已。她用光了所有积蓄，没有了江崇的保护，接下来还要面临更加可怕的排山倒海般的恶嘲，而她一直期望的养尊处优的生活，是彻底地落空了。

此时，网络上风波尚未平息。

以前跟她合作过的平台把她的信息删得一干二净，她的粉丝群和后援会全部解散销号。

最后冯盈盈的公司将一纸合同公之于众，宣布和冯盈盈正式解约了！

李玥从邹姐那里得知冯盈盈被业内封杀，而且被经纪公司解约后，微微蹙眉："她被解约了？消息属实吗？"

邹姐："她公司官网发的书面函，肯定啊！她公司手段挺快的，以前一直给她资源，这回挺狠，直接解约了！"

李玥沉吟了几秒。

不是公司放弃了冯盈盈，是江崇放弃了冯盈盈。

可这两个人之间到底发生了什么，她并不想打听，更不在乎。

"之后网上的事情交给你处理了。"

对于屡次恶意中伤她的人，她是不会心慈手软的。

邹姐拍拍胸口保证："好嘞，交给我吧！"

接着，她收到了教练熊耀的消息："明天上午过来一趟，领导们有事跟你说。"

李玥沉吟了几秒，回复："好。"

第二天，在见过熊耀和其他领导之后，李玥从体育局出来，接到了李三金的电话。

李三金起初没有说话。

李玥先开了口："妈妈。"尾音略带哽咽。

最近事情闹得那么大，妈妈肯定已经知道发生了什么。

李三金抽了抽鼻子，柔声问："乖宝，你好不好？"

李玥眼睛有点儿湿，好在现在不是视频，深吸了一口气："都没事了，放心吧。"

李三金顿了顿："上次妈跟你说让你回家来，是妈不对。"

李玥立刻说："我知道您是为我好的。"

她妈妈很爱她，这么多年一直在支持自己，她是害怕自己再一次经受像三年前的挫折，李玥心里知道的。

"妈，我会好好努力的。"

李三金声音扬起来："当然，我闺女最厉害了，等你有时间回家来，妈给你煮粉吃。"

李玥笑了笑："嗯，等再过一段时间吧！我这边还有点儿事要忙。"

李三金："嗯，妈在家等你。"

母女俩冰释前嫌，李玥的心情轻松多了。

接下来，李玥从李三金的口中得知了孙志强的近况，他被扭送回当地的公安部门，他名下的房产、一切的财产都赔给银行了，现在整个人负债累累，已经一个人回老家赚钱还债去了。

不过他的儿子还在当地的学校念书。

而且从出事到离开，孙志强竟然没有闹，更没去找李三金，要知道以前他欠了债一定会来大闹一番的。

李玥知道是程牧昀帮了她。

"妈，他不会再来打扰我们了。"李玥笃定道。

李三金沉默了几秒，没有深入去问，到了她这个年纪，已经明白有时候做人难得糊涂。

"那就好。"

母女俩又聊了十几分钟，李玥看时间快中午了，就先挂了电话。

她去餐厅买了清淡的饭菜，去的还是当初程牧昀在她生日当天给她买饭的那家私房菜馆。看到账单时李玥愣了一秒，不过这个价钱在她的承受范围之内，而且给男朋友买饭，怎么能舍不得呢？

带着打包好的餐盒，她开车到了医院楼下，停车的时候看到有一对夫妇正走过来。

她能留意到他们的原因是夫妻俩真的属于很好看的那类人。

夫妻俩看起来是有些年纪了，不过这不妨碍他们出众的颜值与气质。

中年男人穿着黑色大衣，风度翩翩，主动去给妻子开车门。

他妻子更加漂亮，气质出众、皮肤很白、眉黑睫浓，是那种古典婉约的美人，尤其是一双手葱白纤纤，手腕上戴着一只碧色的翡翠玉镯，有股出尘淡雅的美。

大概是她站着盯他们看的样子有些明显，中年男人低头对女人说了些什么，接着夫妻俩齐齐抬头向李玥看了过来。

李玥的脸有点儿热，不好意思地低着头赶紧往前走。

她掏出手机给程牧昀发微信，这才发现他十分钟前给她发了一条新消息。

程牧昀："想你了。"

李玥站住，点点屏幕，发了消息过去："吃饭了吗？"

程牧昀秒回："没有。"

李玥还没来得及回，他又发来一条："你想不想我？"

李玥看着手机左侧屏幕一长串他发来的微信，不知怎么突然想起夏蔓曾经对她说的话：程牧昀这个人超冷的，你给他发微信，他一句不回你。

骗人的吧？

李玥唇角微弯，心里有点儿甜甜的。

上楼到了医院病房，推开门的时候她看到程牧昀对着电脑正在看报表之类的东西。看到她之后，他俊美的脸上盈起笑意，马上要下床过来。

"别，"李玥制止了他的动作，加快了脚步来到他的身边，提了下手里的餐盒，炫耀着，"看我的爱心午餐。"

程牧昀把平板电脑和文件放到一边，让她坐到身边："刚才你给我发消息的时候就在楼下了是吗？"

"嗯。"

"那你不说？"

"想给你个惊喜呀！"她注意到屋子里有新鲜的花束和茶杯，"刚才有人来过？"

程牧昀："嗯，我爸妈。"

李玥惊了一下，好在她来得晚，否则惊喜变惊吓了。

程牧昀注意到她的表情，眼神黯淡了几分，过了几秒，主动问她："带了什么过来？"

"呃，私房菜，"李玥把餐盒一一拿出来，"是你以前给我买过的那家。"

程牧昀的眼眸微微发亮："你还记得。"

"当然，很好吃的。"

李玥记得生日那天的心冷与疲惫，是程牧昀送给她的这份美味饭菜暖热了她的心和胃。

程牧昀说："你陪我吃。"

"好。"

饭菜依旧是美味的，虽然价格让人心痛，不过绝对是物超所值。

吃饭的时候，程牧昀很安静，他一直是那种用餐礼仪很好的人，偶尔视线在她身上停一会儿，然后再接着吃。

李玥因为之前已经吃过，所以吃得并不多。

等程牧昀吃完，李玥主动起身收拾，程牧昀握住她的手腕："我来。"

李玥没让，对他说："病人是有优待的，这段时间你就好好享受吧。"

她弯腰开始收拾，今天她穿的V领衬衫，领口低垂，露出一小片白圆的形状。程牧昀的目光触到，目光微微移开，唇角抿得极紧。

收拾完了东西，程牧昀没有继续工作，对她招了招手。

李玥刚坐下，就被他轻轻地抱住了。

李玥的身体不受控地僵住。

他们之前身体接触不多，虽说交往了，但还有很多的不真实感，乍然亲密，李玥一下子不习惯。

程牧昀也感受到了。

他轻轻地松开她，小声问："不喜欢？"

"不是的。"她立刻回。

她只是不知道该怎么表达。

正窘迫间，程牧昀语气温柔："没关系。"

她诧然抬头，看到他眉宇柔和地看着她。

"没关系，我们慢慢来。"他微微一笑，明白她内心的想法，"从今以后，我们有很多属于我们自己的时间来习惯。"

最难挨的日子，他已经走过了。

从今以后，哪怕是含酸带涩，也是裹满了蜜糖的甜。

李玥轻轻地嗯了一声，肩胛缓缓放松。

程牧昀："你今天做什么了？"

李玥一时有些愣怔，往前数三个月，打死她也不会想到，自己有一天会和程牧昀以男女朋友的关系，坐在一张床上闲聊。

"我去做了检查。"李玥说。

程牧昀漆黑的眉微微蹙起："什么检查？"

"我的腿不是做了手术，之前又和安娜苏做了特训，回来去医院检查了一下恢复情况。"

"怎么不叫我陪你？"

"我自己就可以的，又不麻烦，"她抬头示意他头上的纱布，好笑地说，"再说你这样怎么陪我？见医生的话肯定以为你才是患者。"

程牧昀微微抿住唇，接着问她："检查结果呢？"

"挺好的，没有太大影响，不过还是要休息一段时间。"她压抑着胸口的心跳，鼓起勇气主动握起他的手。

程牧昀的手很漂亮，手指修长，掌心很热。

她没抬头："嗯，然后我去了一趟体育局。"

程牧昀的目光落在两个人的手上，随口问："你去见你的教练了？"

"嗯，还有挺多领导。我有没有跟你说过，他们本来是不想培养我了。"

程牧昀的注意力被拉回了一些："不培养你？"

"嗯，他们觉得我不会出成绩了，想把机会给别人。"她微微扬眉，接着说，"不过他们今天见过我之后就放弃这个想法了。"

竞技体育，一切以实力为尊。

今天她去冰面上滑了一段，从跳跃到高难度的旋转全部做了一遍，状态和技巧比起三年前更娴熟、老练，在场的所有人都为她惊叹。

熊耀本想斥责她最近太过张扬，外加没有把安娜苏的特训机会分享出来，但在看过她的训练成果之后，就老实地闭上了嘴。

队里的领导对她很是满意，愿意等她伤情彻底恢复之后回到队里，但同时也告诫了她，最近在网络上着实有些招摇，在役运动员的名字更应该出现在成绩名单上，而不是在娱乐八卦里。

李玥深知这话不无道理。

"我跟局里保证会降低活动频次，起码不能像之前一样总是上热搜。"

她毕竟是花滑运动员，希望大众在想起她的时候不是因为娱乐新闻，而是她在赛场上的表现。

"所以，嗯……"她觉得这话有点儿难开口，不敢抬头去看他一眼，"我们交往的事可以先不公开吗？"

室内静了静，有风吹进窗户，文件的纸张翻飞，"哗啦啦"地响。

李玥的心脏"怦怦"地跳着，只感觉到程牧昀掌心的温度很烫，然后她的手指被握住了。

"好。"他说。

李玥抬眸看了他一眼。程牧昀眼睫微垂着，接着轻轻地一颤，浓密的睫毛抬起，眼尾压了压，在对她笑。

李玥的心口突然有点儿堵，有种特别对不起他的感觉。

他轻轻地拉了她的胳膊一下："陪我躺一会儿。"

李玥脱了鞋子，躺到他身边。他这次没有抱她，所以她只是轻轻地挨到他的手臂上，感受到他肌肉的坚硬与过热的体温，伴随着淡淡的苦橙香气，好闻得诱人。

屋子里静静的，只有偶尔纸张翻飞的声响和清脆的鸟叫声。

李玥握了握他的手，小声地问："你不高兴了吗？"

"没有。"

他的手慢慢地扣了过来，一根一根地插入她的指缝，完全的包裹姿态，拇指摩挲着她指间细嫩的肌肤，惹得她一阵发痒。

她有点儿受不住他这样，舔了舔嘴唇："那你……"

他闷闷的嗓音响起："你还没回答，想不想我？"

心底鼓起一阵躁动，热流在胸口涌开，浑身灼热，她一动不敢动，可掌心湿热的温度早已出卖了她。

她轻轻地侧过身，触到他灼烫缠绵的目光，她回视过去，没有躲避。

接着她伸出一只手盖住他的双眼，感觉到他的睫毛像蝶翼一样在掌心拨动。

好像在很久之前，他也问过这个问题。

当时怎么回答的她已经不记得了。

现在她可以给他一个明确的答案。

她起身凑到他的耳边："我怎么可能不想你？"

她看到程牧昀白皙的耳尖渐渐染上淡红，忍不住抿唇笑开。

可盖在他眼前的手被抓住了，她的心脏猛地一跳，快要涨开了一样。

他的声音变得低哑："为什么不让我看你？"

"因为，不想让你看见不擅长说情话的我那张红透的脸。"

"你呀！"程牧昀低声笑了笑，紧了紧他们交握的手，声音宠溺，低哑地重复，"你呀！真是拿你没办法。"

李玥和程牧昀说好了，暂时不公开恋情，不过也不是地下恋情，又不是偷情，没必要太遮着掩着。

当然，亲近的朋友肯定是要说的。所以李玥就把两个人交往的事情跟夏蔓说了。

李玥等夏蔓晚上十点下班后，去了她单位接她回家，还叫了一堆外卖夜宵。李玥今晚就住在夏蔓家里了。

当得知这个消息的时候，夏蔓没有表现出任何意外，挑了挑眉说："我早知道了。"

李玥"啊"了一声，问她："什么时候？"

她没说夏蔓怎么知道的?

她心底冒出一个不可思议的想法来,不会吧?

夏蔓慢条斯理地扒着小龙虾,圆圆的杏眼递给她一个眼神:"就那天,程牧昀住院咱俩一起回去的时候,他给我发了微信。我看看原话说的是什么。"

她摘掉一次性手套,翻出手机有模有样地念出声:"辛苦你照顾一下我的女朋友,楼下有车送你们回家。"夏蔓边读边啧两声,"我的女朋友,哎哟,这才上位就恨不得昭告全天下,我是没想到程男神谈恋爱是这样的。"

李玥的脸有点儿热,同时又有点儿心虚。也许程牧昀是很想公开的。

等李玥把低调恋爱这件事说了之后,夏蔓倒是有点儿意外的。

"他就那么痛快地答应了?"

"嗯。"

"那程男神挺好的。"

"是。"李玥眉眼柔和起来,唇角漫出笑意,"他很好。"

夏蔓盯着她看了几秒。

她觉得李玥的这段恋爱会比上一段好很多,起码现在李玥脸上的光彩是她从前没有见过的。

"啊!总之恭喜你姐们儿!"夏蔓过去给李玥个熊抱,"拿下了我们学校的男神,姐妹我与有荣焉!"

李玥推推她:"你手上的辣油要蹭我身上了。"

"现在是关注辣油的时候吗?"夏蔓拉着她站起来,"现在是庆祝的时候,来!"

她举杯:"恭喜姐们儿拿下男神!"

李玥笑着和她碰杯:"谢谢姐们儿!"

两个人喝了不少,玩闹到了半夜。第二天一大早,夏蔓已经去上班了,李玥是在中午的时候被电话叫醒的。

"喂?"

那边传来好听的低冷嗓音:"你不在家里?"

嗯?

李玥慢慢回过神来:"我在夏蔓家里。"

"我去接你。"

挂了电话之后,李玥还有点儿蒙,通话结束之后才意识到打电话的人是程牧昀。

她真是喝蒙了。

她去卫生间洗漱了一下,发现自己的脸水肿得大了一圈,估计是熬夜加喝酒搞的。她懊恼地用冷水冲洗了几遍脸，依旧没有消肿，这时候门铃响起。

她把头发散开，门外站着的果然是程牧昀，他戴着一顶黑色的鸭舌帽。

李玥问："你从医院偷溜出来的？"

"已经出院了，反正只是外伤，没必要一直待在医院，定期去检查就好了。"他说。

李玥知道他公司还有很多事要忙，可还是有些担心："不要太勉强自己了。"

他点头："好。"

他这么乖的样子让她想起之前在国外的时候，她说什么他就应什么……

然后她想起了那天晚上的事，脸微微发热，低头小声地说："等我一下。"

她回屋收拾好自己的东西。房间她早已经收拾过了，拎着两袋分类处理好的垃圾，李玥带着程牧昀离开了夏蔓的家。

处理好了垃圾，两个人慢慢往小区外走。

程牧昀问她："你经常来夏蔓这边？"

"没有，她工作忙，我过去要封闭训练也顾不上，大多是微信联系。"

"你们关系蛮好的。"

李玥笑着说："是啊！好朋友是一辈子的，男朋友就不一定了。"

这时程牧昀停下脚步。李玥看到他表情微微有点儿冷，知道是自己说错话了："我开玩笑的。"

程牧昀眼皮微掀，沉默着，漆黑的眼珠盯着她。

李玥不由得咬着下唇，淡红的唇边缘微微发白。

他的眼神幽深起来。

程牧昀看着她的眼神让人心尖发烫。他将目光停留在她的脸上，渐渐弯下腰来。气息靠近的时候，李玥偏了偏脸。

程牧昀动作停住。

李玥内心羞耻，不好意思说自己的脸水肿了，实在是不好看。

"是我犯规了。"他低沉的嗓音在她的头顶响起。

李玥愣了几秒。

"不能在外面这样是吗？"程牧昀显然会错了意，以为她怕被人看见。

李玥咬了咬唇，不知道该怎么说。

一只好看修长的手伸到她的面前，他问："那牵手可以吗？"

她怎么可能说不呢？

这家伙，真的是太会了。

她把手轻轻地放了上去，然后被紧紧地牵住。

初春的天气还有点儿冷，她指尖微微地发红，偶尔轻颤，不知是太冷还是太热。

他低眸看了一眼，她心头陡然一热。

然后他将她的手和自己的手一起放进大衣兜里，又暖又热。

李玥抬头看了他一会儿。

程牧昀敏锐地注意到了："想说什么？说吧！"

"我怕你生气。"

他扬了扬眉："我在你眼里是很爱生气的那种人吗？"

"不是。"

当然不是，从在她生日那天再相遇开始，她从没见他对她生气过，就是因为这样，偶尔她会有点儿怕。

"我保证不生气。"他哄着她。

李玥眨眨眼："我觉得我们在一起之后……"

他低低地"嗯"了一声，尾音上扬，有撩人心弦的那种沙哑。

"你好像有点儿黏人。"她的眼底藏着笑意。

他发微信的频率也好，讲情话的样子也好，宣示主权迫不及待公开的架势，全部和之前的形象很不一样。

程牧昀垂眼看她。李玥一般喜欢扎马尾，高高的，头发晃动间扫过白皙的颈后，可今天，她披着头发，素颜干净，长眉黛黑，唇色是淡红的。

他的眼眸渐渐幽深，很想摸摸她的头发。

他看着她的眼睛对她说："以前我一直在克制啊！现在不需要了，我是你的男朋友了。"他用力地握了握两个人在兜里相贴的手，唇角扬起。

即使不能公开，即使仍需忍耐，可在这个春日，他终是得到了他魂牵梦绕的小月亮。

李玥的一颗心在胸腔里不断地跳动。

"而且，男朋友也可以是一辈子的。"他说。

李玥抿唇微笑。

一路上两个人都没说话，可握住的手没有放开过。

很久以后，她再回忆起这个时候，最深刻的记忆是那天春光烂漫，阳光正好，微冷的空气抵不过他手心里灼烫的温度，如暖流般钻到心尖上，惹得她心动不已。

当天晚上她抱着被子久久不能入眠，谈恋爱，是这样的吗？这么快乐，这么心动，这么……这么……她想不下去了。

两个人的交往是低调的,但这丝毫不影响网上情侣粉的狂欢。

"这对不结婚,很难收场。"

"还有人没看过我玥宝的这个采访吗?新出炉的星直播当天的后台采访,星直播实在是太差了,今天才给放出来!大家快看!链接:××××××。"

大家纷纷点进去。

视频里,李玥穿着直播当晚艳压群芳的金色单肩礼服,耳边是光彩夺目的钻石耳环。耳环轻轻地晃动,衬得李玥美艳不可方物,最独特的是她眉宇间的英气极其吸引人。

采访是很短的一段,但信息量很大。

主持人:"接下来的行程有哪些可以分享一下吗?"

李玥柔柔一笑,整个画面仿佛都亮了:"我应该会再休养一段时间,接下来就要集训,准备参加年底的冬奥会了。"

主持人:"大家知道你承诺过会拿金牌,现在距离冬奥会已经不到一年了,你有信心吗?"

李玥:"我觉得努力是不会辜负自己的。"

主持人:"之前你对外宣布现在是单身,如果有交往对象的话会选择公开吗?"

这个答案粉丝们心里早有数了,以前李玥也被记者问过很多次感情问题,她都是避而不答,哪怕是和安德烈绯闻闹得最凶的时候,她只是澄清和安德烈并非情侣,但对于个人的情感状况,她从没有对外说明。

可这一次,李玥停顿了一下,思索几秒后说:"有好消息的话,机会合适时会跟大家分享的。"

李玥除了上一次澄清单身,这是第一次在采访里正面回应感情问题!

"姐妹们,这是不是在暗示我们好事将近了?"

"别的不说了,唯有祝福!"

这时候橙粒超话的主持人大粉"西西爱嗑糖"上线了。

"家人们,有点儿人脉。就在星直播当晚,程总突降封达公司的微信大群,接连发了八十八个大红包!我相信这一定就是喜事的红包!"

这时候有人跟着一起回复。

"大家发现了没?最近既不是什么节日又不是什么大促销活动期,可是封达旗下的公司产品都在做打折活动,已经持续三天了啊!荷包已不堪重负(我胡说的,程总请你继续,我还能买!这次活动比黄金双十一还便宜,我快乐疯了)。"

"天哪天哪!程总这是遇到什么好事了?不用说了,当然是和老婆在一起的美事。"

"快点儿公开吧！求求了！"

当江崇顺着李玥的采访视频看到橙粒超话里的言论时，他已经快气炸了！

江崇坐在沙发上，整个人坐立不安。

李玥才不会和程牧昀在一起！

最近因为公司的事情江崇不眠不休地连轴转，要不然他早去找李玥了，可现在再多的事情也挡不住他了。

他站起来，订好鲜花与餐厅，抓起车钥匙就走。

等他和李玥和好，这一次哪怕是父母阻拦，他也要和李玥公开恋情！他要让这群人好好看看，李玥和谁最相配！

一开始接到陌生电话时她没听出对方是江崇，在她问出是谁的时候，他声音微哑地说出自己的名字，李玥下意识地蹙眉，本来她是想直接挂断的，可电话里江崇的态度很坚决。

"我在你家楼下，如果你不出来，我就一直等。"

还是很熟悉的语气，他似乎从没有觉得这种方式有什么不对。

而现在，她已经明白两个人的问题所在。

李玥："好。"

她挂了电话，随便套了件卫衣和牛仔裤，把头发扎起来，踩着帆布鞋就下了楼。

江崇果然等在楼下，他穿着一身笔挺的正装，将头发梳得利落，手上捧着一束洁白的栀子花，看见她时喜笑颜开，主动上前把花递给她："玥玥。"

李玥没接，面无表情地手插着兜："什么事，直接说吧。"

江崇讪讪地把抱着花的手收了回去，他吞咽了一下口水，示意她上车："我订了餐厅，我们好久没一起吃饭了，边说边聊，好吗？"

李玥沉默地盯了他几秒："行啊。"

无视了江崇拉开的车门，她选择自己坐到后面。

江崇抿了抿唇，坐上驾驶位。

开车的途中，李玥一直侧头看着外面，江崇忍不住频频从后视镜打量她。

这么久没见，李玥变得更加漂亮了。

她是素颜，皮肤细腻，容色带光，眼睛乌黑，身上带着一股说不出的动人气质，让人心里发痒。

可江崇心底的不安感禁不住增多。他感觉得出来，她在有意地拉开距离，对他很冷淡。

他们抵达了目的地，这是本地很出名的高级餐厅，订位很困难，可菜品精致，服务周到，除了价格贵，没有别的缺点。

两个人走进餐厅，按照李玥这种随意的打扮，她和餐厅的整体风格都是格格不入的，当然，和她身边的江崇一样对比强烈。

要是以前李玥穿成这样来餐厅，一定会被江崇嫌弃，他非得让她重新换一套衣服才行。

她突然冷嘲地笑了笑，为什么自己以前要那么忍呢？

江崇听到笑声，回过头，以为她是高兴，主动上前带路，语气亲昵："玥玥，我选了单间，就在二楼。"

李玥："哦。"

见她神色淡然，江崇脸上的笑不由得收了收，他心里越发没底。

两个人进入包间，江崇主动把菜单递给她："想吃什么？"

"不用了，你自己点吧！"李玥表现得兴致缺缺。

江崇不气馁，点了很多东西。

等到菜品一一上桌，江崇微笑着："玥玥，都是你喜欢的。"

李玥扫了一眼满桌的美食，接着好笑地扬了扬眉："原来，你是知道我喜欢吃什么的。"

江崇的面色僵了一下。

他禁不住想起从前的事，明知道李玥不喜欢香菜，还是会点带有香菜的菜品，总觉得是她太小题大做，任性、不识趣。

他沉默了一会儿才艰难地开口："玥玥，这次是我的错，我不应该在你生日那天抛下你，以后再也不会了。"

他看着她的眼睛保证。

"是只有那次吗？"

她微微歪头，鬓角的一缕黑发贴在白皙的脸颊边，唇角微微扬起，露出一个讽刺的弧度。

"这个场景真是好熟悉啊！几乎每次我们吵完架，你都会带我来吃这种很贵的餐厅。其实你很清楚的吧！虽然从前每一次吵架都是我去找你和好，但那是因为我不喜欢冷战，可并不是因为我们吵架的过错全都在我。"

正因为犯错的是江崇，而他偏偏拉不下脸来道歉，所以在李玥主动找他的时候他们才会迅速和好，他会再补偿似的带她来这种昂贵的餐厅。

两个人谁都没说，却心照不宣，他是在用这种方式向她示好、道歉，错的人，其实是他。

江崇微微僵住，后背绷得很紧。

她撑着下颌，好笑地问江崇："你是不是觉得今天再请我吃一顿饭，然后一切就跟从前一样，全当没发生过？"

他的这种想法，简直可笑！

江崇哑口无言。他的确这么想过，不过见到李玥之后，他就知道这个办法没用了，只是还不愿放弃地想再试试。当面被戳穿内心的想法，江崇羞愧得脸颊火烫，避无可避。

"玥玥，对不起。"他看着她的眼睛，郑重地道歉。

"以前是我太过分，冷落了你，"他动了动嘴唇，"可过去无论我怎么样，你总是会原谅我的。"

"那时候我们还是男女朋友，"她轻轻地笑了一声，用充满嘲讽的冷淡语气清清楚楚地告诉他，"但我们现在已经分手了。"

江崇心头一痛，心脏仿佛被一只大手给捏住了，呼吸变得困难起来。

从见面开始，江崇就感觉到了李玥冷淡的态度，不仅是她的外表变了，对待他的方式，说话的口气，她一切的一切全都变得陌生起来。

江崇禁不住想起从前，李玥第一次见到他的朋友们，她的脸上笑意盈盈的，全程耐心地陪他们玩了整整一个晚上。

江崇那天也玩得特别开心。

可后来余深却说觉得李玥人挺傲的，陪他们玩好像不乐意似的。

任加云在一旁委婉地解释："我们觉得李玥这人吧，好像她是有意在跟我们拉开距离一样，反正性格不太合吧！"

江崇当时不懂，李玥明明挺乖的啊！可现如今，他切身体会到了这种感觉。

当她想跟你拉开距离的时候，你能清晰地感觉到她的疏离与冷漠。

江崇可以接受李玥对他是生气的、怨怼的，甚至憎恨的也可以，但绝对不要是现在这样全然不在乎的态度！

他紧张地吞咽了一下口水，眼神带着渴求："玥玥，我知道因为冯盈盈我让你受了委屈，我已经赶走她了。"

"哦，"李玥微微挑眉，"你可别说是为了我。"

他们分手不是一两天，他过了这么久才赶走冯盈盈，肯定是有别的内情。

江崇唇角抿得紧紧的，每一个字说出来都无比地艰难："冯盈盈说她做那些事……是因为喜欢我，所以……总之以后我不会再见到她了。"

李玥愣了几秒，问："就因为她说喜欢你，所以你就赶走她了？"

"还有她陷害你的那些事，我已经知道了。"江崇扶着额头，叹息着，"我不能原谅她伤害我爱的人。"

江崇看着她，柔着语气说："玥玥，以后你不会再看到她了，我们和好吧！"

李玥忍不住冷笑一声。

江崇整个人一僵。

她眼神冰冷地盯着江崇："你是不是觉得只要向我道歉，赶走了冯盈盈，一切就能回到从前了？"

就这么简单？怎么可能呢？他可别搞笑了。

她的表情清晰地表达了她的想法。

"你觉得我和你分手只是因为冯盈盈吗？"

江崇表情难堪地说："我知道上次安排你和你爸爸见面是我的错。"

"不只是这个。"李玥冷冷地盯着他，"我跟你说过很多次吧！我不想见到冯盈盈，可你是怎么说的？"

"你别闹了。"

"你现在怎么变得这么小气？"

"无论什么时候，你都不能对盈盈说不。"

冯盈盈像一座沉重的大山，始终隔在两个人之间，可江崇从未真正在意过李玥的意见。

李玥曾经以为冯盈盈会一直存在于他们的世界中。

可不承想，江崇竟然会因为冯盈盈的告白便如此轻松地将她赶走了。

李玥忍不住嘲讽一笑："啊！原来你是可以让步的。"

原本李玥以为会像山一样沉重的冯盈盈，曾经困扰她那么久的问题，竟然是能够如此轻易地解决。

李玥抬头看着江崇。他紧皱着眉头，目光带着渴求，向她低头示好，他从未有过这样的举动，她却觉得刺眼极了。

李玥质问他："你觉得错的人只有冯盈盈吗？"

江崇立刻回道："当然我也有错,但我对盈盈从来没有其他想法,我爱的人只有你！"

李玥面无表情地说："你说你爱我，可我完全感受不到。"

她现在回想起来，那种痛楚，依旧能够不断地碾磨着心口的嫩肉。

她拿出手机翻出一张照片给江崇看。

照片中，是江崇在车子里靠在冯盈盈的肩膀上睡着的样子，两个人姿态亲密极了，拍摄的日期，正是李玥提出分手后不久。

江崇瞪大了双眼，他完全没见过这张照片！

他慌乱起来："我没有……玥玥你相信我，我从来没和她发生过什么！"

"我知道。"李玥放下手机，"我只是告诉你，这种照片，我不是第一次看到了。"

之前也有一次，冯盈盈把她和江崇的照片设为了朋友圈背景，不熟的人还以为她和江崇是一对。

李玥曾提醒冯盈盈换掉，冯盈盈却红着眼睛委屈地向江崇告状："我只是当崇哥是家人才放上去的。"

江崇当时也说："这么小气干吗？盈盈喜欢就行。"

在李玥和冯盈盈之间，江崇总是会选择站在后者的立场上。

"你说我再也不会因为冯盈盈受委屈，的确，冯盈盈让我恶心，还在网上屡次陷害我，但真正伤害我的人是她吗？"

李玥无视了江崇绝望的表情，还有他不断地哀求她不要再说下去的目光。

可李玥怎么可能会停？

她接着说："你一直跟我说你欠冯盈盈的，冯盈盈是你妹妹，要照顾，要体谅。可我呢？身为你女朋友的我呢？你有照顾过我、体谅过我吗？我生病难受的时候给你打电话，你说你在陪冯盈盈应酬给她拉资源；我下雨天打不到车回家，你说你在去机场接冯盈盈的路上；我生日直播的时候，你瞒着我搞出那么大的事情，最后你却在医院里陪冯盈盈。

"在我困难、难过、需要安慰的时候……你在冯盈盈那里。你说你对冯盈盈没有别的想法，我相信。可就算没有了冯盈盈，你还会有其他人，你的父母，你的朋友，你的公司，我永远不会是你的第一选择。一个只会给我带来痛苦的男朋友，我不要。我只后悔，没有早一点儿跟你分手，或者说，我从一开始就不应该跟你在一起。我不会跟你和好的，请你以后不要再来找我了。这是我最后一次跟你见面。"

李玥看着江崇的脸色寸寸转白，表情痛苦揪心，可她没有停顿。

江崇不傻，他只不过是一直不敢面对那些问题而已。

不仅仅是他，包括李玥自己也是，总以为忍忍就可以了，可自己一步步退让，满心以为可以化解问题，其实只是将问题积攒下来，最后化作一个巨大的脓包，无法恢复，只能剔除，这样伤口才能愈合。

她站了起来，俯视着表情痛苦的江崇："我和你早就结束了。"

如果说之前江崇还心存侥幸，现在他已经彻彻底底地明白李玥是真的要和他断绝关系了,她甚至说后悔和他在一起。

江崇一想到这个,心脏就仿佛被狠狠地戳穿了一下。

他站起身拦住了她,胳膊挡在她面前:"别走,玥玥,再给我一次机会!"

"如果我说不呢?"她盯着他看,"你要怎么威胁我?是去网上曝光我,还是去找我妈或者孙志强来压我?或者说你要跑到我家楼下下跪,让所有人知道我是个无视你深情的冷血女人?"

江崇脸色发白地后退了一步。

"怎么可能?我……我不会的。"

"是吗?"李玥冷嘲一声,"那真是谢谢你了。"

江崇心底发酸,简直难以置信地问:"在你眼里我是这样的人吗?"

李玥反驳道:"难道你不是一直在这样做吗?我们吵架,你就会选择冷战,这样我就能主动去找你,化解你的不满。如果我不下楼见你,你就要一直等在楼下不走。我说的那些不过是你行动升级之后的表现,不是吗?"

在他们的关系中,一旦遇到了问题,江崇往往会用这种威胁的手段,而她选择了妥协。可再多的感情也会被这种长久的打压与威胁消磨干净。可为什么,她现在才发觉呢?

在她冰冷的目光中,江崇缓缓地放下了阻拦她的胳膊。他心里有很多想说的,可在她那番话之后,喉咙仿佛被堵住了,他一句话也说不出来。

他只能看着她越过自己,她的背影很快消失在视野里。

屋子里散发着栀子花的香气,江崇低头看着满桌的菜肴,李玥完全没有动过。

他拿出袋子里的首饰盒,里面是李玥最喜欢的品牌的项链,他甚至没有机会送给她。

今天的李玥虽然没直说,可她的行为无时无刻不在告诉他,她不再喜欢他了。

"原来被讨厌,是这么难受啊!"

直到失去,他方知后悔。

从餐厅出来之后,天色完全黑了,冷风呼呼吹过,空气中有股湿冷的气息。

李玥独自往家的方向走去。

时至今日,她已经不会再为江崇伤心了,只是回忆起过去,不免有些感伤。

江崇也不是没有对她好过,他们也不是没有美好的回忆。

可每次只要遇到冯盈盈,她就显得没那么重要了。

李玥曾经一度以为他们之间唯一的问题就是冯盈盈,可事实上并不是的。

在提出分手后,她原以为两个人以后就这样算了,这次她是不会再找他和好了,而按照江崇的性格更不可能向她低头。

然而她现在才明白,江崇根本没把她的话当回事。他以为他们只是吵架了,只要像从前一样随便哄一下,她就会原谅他。

而且,这一次是他屈尊降贵地来"求"她。

在看到他说自己错了的时候,李玥并没有感到开心。

她不由得想起自己从前去找他和好的场景,当时的江崇是怎么想她的?

他是得意的?施舍的?或者是毫不在乎的吗?

江崇固然可恶,她是不是也有错?

李玥花了一个小时走到家,进了书房,拿出藏在柜子里的一个盒子,里面装着一个水晶奖杯,那是她在滑冰比赛青年组获得的第一个奖杯。奖杯底座下面有一个明显的缺角,那是曾经被人打碎过的痕迹。

那是冯盈盈偷进她的书房摔坏的。

当时在听到声响后,李玥立刻赶到书房。她看到砸到地面上的奖杯,还有坐在地上脸色发白的冯盈盈。

冯盈盈划伤了手,带着哭腔委屈地说:"我不是故意的。"

江崇紧随其后赶来,什么也没说,立刻带着冯盈盈去了医院。

当时的李玥和那个被扔在地上孤零零的奖杯一样,完全不被江崇在意。

门铃响起的时候,李玥一时没能反应过来。

开门看到程牧昀后,她微微愣住。

他穿着纯黑的T恤和长裤,戴着一顶新的鸭舌帽。看着她时,他微微垂下目光,睫毛的影子落在白皙的肌肤上,他抬手勾了勾她的下巴,问:"怎么,见到是我很失望?"

"怎么会?"

李玥笑了一下,转身去给他找拖鞋。

程牧昀穿着上次李玥特意给他买的小熊男式拖鞋走进了屋子。他低头看了一眼拖鞋,不同于上次,现在他的身份已经不一样了。这双拖鞋,是在她家里独属于他的物品。

唇角微不可察地扬起,再去看李玥的表情时,他眉头微微一皱。

"你吃饭了吗?"他问。

李玥垂下眼睫:"没什么胃口。"

当程牧昀看到桌子上的水晶奖杯时，李玥脸上粉饰的表情一瞬间碎裂，她还来不及去收拾，水晶奖杯已经被他拿在了手上，他自然也看到了底座下面明显的裂纹。

"这里是？"

李玥沉默了几秒，才上前说："被人给摔的，是我没有保护好。"

程牧昀把奖杯放了回去，小声对她说："那不是你的错。"

李玥不知道为什么，鼻子微微发酸。从看见程牧昀开始，她就莫名其妙地有点儿想哭，直到他说出这句话，她心里的情绪更是不断地涌上来。

她好像等了很久，希望有一个人跟她说——那不是你的错。

被江崇当众斥责不懂事的时候，被故意冷落的时候，其实她并没有错。

程牧昀上前一步，用手指拨开她脸颊边的碎发，顺到她白皙的耳后，他低声问她："要抱吗？"

李玥脸上无法抑制地一阵发烫，屋子里静静的，过了一会儿，她轻轻地"嗯"了一声。

紧接着她立刻被拥入一个滚烫的怀抱中。她的脸颊靠在程牧昀的胸膛上，身体被他的手臂环抱，又暖又坚实。那种满满的安全感包围着她，让她感到安心，同时她又有些惧怕。

程牧昀低头靠在她的耳侧，低声说："我帮你把奖杯修复好。"

"不用了。"李玥微微摇头，脸颊在他的胸膛上蹭了一下，"碎了就是碎了。"

破镜无法重圆，修好的奖杯也不是原来的样子，很多事情早已回不去了。

程牧昀顿了一下，说："以后你会有更多奖杯的，到时候我给你定制一个玻璃书柜，里面全放上你的奖牌，中间就放你今年冬奥会的奖牌，保证不会再被人摔坏。"

李玥想象了一下那个画面，接着禁不住问："我真的能做到吗？"

她一直在努力，在坚持，但并不是所有的辛苦都能够换来想要的结果。

就像和江崇在一起的这些年，她极力地去维护这份感情，但到最后才明白，那是一场不值得付出的情感。

她以为只要不发生冷战，一切就会美好如初，不会落入父母当年的境地，可到最后，她还是失败了，是她选错了人。可同样地，并不是她努力就一定会有结果的。

程牧昀感受到怀里的人身体紧绷着，连呼出的气息都是小心翼翼的。

"其实我一直很佩服你。"他突然说。

李玥眨了眨眼，一瞬间不敢相信这话竟然会从程牧昀嘴里说出来。

他竟然佩服她？

程牧昀接着说："你从小就承受着巨大的压力，夜以继日地练习，这不是一句简简单单'努力就可以实现'的话就能够总结的事情。很久以前我就想跟你说，你追梦的样子很美。"

李玥微微愣住，想抬头看他，却被压住了头。他将下颌轻轻地放在她的头上。

他的声音在她头顶上响起："我曾经也有想要实现的梦想，可中途还是放弃了。我做不到的事情，你却在努力地实现，并且已经取得了很高的成就，你已经很棒了。"

李玥感觉脸颊发烫，声音微微哽咽，在他怀里闷闷地说："我才没有你说的那么好。"

"你当然有，"程牧昀收紧了抱住她的手臂，"你会做到的。"

她小声地问："为什么你这么肯定呢？"

"命运不会辜负努力的人。"

他放弃了音乐之后，又开始这段持续多年的暗恋，小心翼翼地怕被发现，他甚至早已做好她会和别人在一起的准备，可最终，他还是等到了她。

他伸手把她的头绳解了下来，柔顺的长发披散在她单薄的肩上，有一缕落在他的手心里，触感又滑又凉，他轻轻地摸了一下，又一下。

他一直想这样摸摸她的头发，从17岁那年开始，他以为这辈子都不会碰触到了，她像梦一样美好又遥远，可现在这柔软的黑发纠缠在他的手心里，很软，很柔。

他知道，她是外强内柔的人，跟她的长发一样，内心柔软细腻。

很多人看她的外表就判定她是坚强、不会受伤的那种人，可有谁能不脆弱、不伤心呢？

她也是一个需要安慰和保护的女孩子。

他凑在她的耳边低声说："就算那个柜子的中间不能放奖牌，也可以放我们的照片，你还有我。"

他紧紧地抱住她。

她将脸埋在他怀里。

他在无声地告诉她，这里是属于你的，你已经赢了我。

他的胸膛、他的心跳、他的爱慕……全部属于她。

他真的是太好了。

李玥用力地咬着嘴唇，心口紧得厉害，不断地泛起一波波酸酸甜甜的情绪，逐渐蔓延到整个胸口。她的身体完全放松下来，脸颊在他的胸膛上小心地蹭了蹭，她说："我饿了。"

程牧昀语气温柔地说："想吃什么？"

"你会做？"

程牧昀沉默了几秒："我不会。"

李玥微微笑开："那我们叫外卖吧。"

她轻轻地拍了一下他的后背，程牧昀慢慢地松开了她，低头郑重地对她说："我会去学的。"

她弯着眼睛说："没关系呀！现在外卖很方便，想吃什么随便点。"

"不一样。"他抿唇。

"嗯？"

程牧昀垂下眼睫，就是……不一样。

两个人点了外卖在家开心地吃了一顿，到了晚上十点多，程牧昀才离开了李玥的家。

当天深夜，程牧昀做了一个梦。

李玥上了江崇的车，回来的时候只有她一个人。

程牧昀上楼敲了她家的门，她没让他进房间。

他上前一步，她立刻防备般后退，不让他靠近，更不让他抱。

她的表情带着明显的歉意，态度客气地对他说："对不起，我仔细考虑了一下，我们还是不要在一起了。当初答应跟你交往，只是因为我那时候需要一个人陪我……"

她冷淡地看向他，客气又诚实地说："我不喜欢你。"

第二天，李玥早早就起床了，把家里全部大扫除了一遍，免得以后程牧昀来的时候看到她家里乱成一团。

不过，好像上次她生病的时候他已经见过一次了，还帮她收拾了屋子。

不仅如此，他还帮她洗了衣服……想到那次，李玥就有点儿脸红耳热。

虽然说不想比较，但她还是不得不承认，和程牧昀的相处，与她以往的体验完全不同。

程牧昀对她实在是太好了，或者也可以说，他太过从容自然。

李玥仿佛是恋爱新手，总是会因为他的举动和话语变得飘飘然。

这种状态让她感到陌生，总有种隐隐的不安感，可这完全是她自己的问题。

收拾完了屋子，她看了一眼窗外。

天色阴沉沉的，空气中弥漫着湿润的水汽。天气预报说今天会有中雨，不过将近过了一个上午，一滴雨都没下。

家里的食物储备不多了，李玥决定开车去超市采购。

超市里的人并不多，她没多逛，只买了一些生活必需品和简单的食材、水果，感觉并没买多少东西，几百块就花出去了。

她回家开到半路的时候，雨点儿突如其来地落了下来。豆大的雨点儿像冰雹似的砸得车子"咚咚"作响，车窗很快被雨打湿。李玥打开雨刮器，将车速放慢了许多。

快到小区的时候，她在路边看到了住在旁边的邻居。邻居手里拎着购物袋，头上、肩膀都被打湿了，正小跑着往小区赶。

李玥按了一下喇叭，降下车窗喊了一声："谭姨，上车！"

谭姨看到她简直像是看到了救星，毫不犹豫地钻进了车里。

李玥递给她纸巾："谭姨，擦擦脸吧。"

谭姨直呼："哎哟，谢谢小李，多亏是遇到你了，不然我非成了落汤鸡不可。"

李玥启动车往小区开，随口闲聊着："谭姨也去超市了？"

"是啊！我闺女周末要回来了，我准备给她买猪肉做红烧肉吃，这该死的天哟，说下雨半天不下，我一出门就下！"

李玥记得谭姨的女儿，之前见过几次，女孩长得秀气漂亮，好像还在念大学。

车子慢慢地开进了小区。

这时谭姨擦完了脸，转过头问："对了，小李，我跟你打听打听，昨天来找你的那个帅小伙儿，他有女朋友吗？"

李玥一愣，疑惑地看了她一眼："您说谁？"

谭姨来兴致了，眼睛贼亮，说："就昨天，你和你男朋友开车出去的时候，有个长得可俊的小伙子来找你。不过真不凑巧，他刚来你就跟你男朋友走了。"

李玥心头一震，错愕地看了她一眼。

谭姨说的该不会是程牧昀吧？

程牧昀难道是早就来找她了吗？而且，谭姨看到自己上了江崇的车？

李玥的耳畔"嗡嗡"的，她将车在地下车库里停好，两个人坐电梯上楼。

谭姨没有留意到李玥奇怪的脸色，犹自热情地夸赞着："你那朋友真不错啊，还帮我搬东西呢！那么大一袋米，他轻轻松松地给我扛了上来，还挺客气礼貌呢！我让他上我家坐会儿等你吧，他还不好意思，自己回车里去了。"

当然谭姨还没说出最大的优点，那小伙儿啊，长得是真好。

"小李，有空的话你给我介绍一下，我女儿天天追星看别人谈恋爱，自己倒一点儿都不上心……"

"叮"的一声，这时候电梯门打开，两个人一拐弯，谭姨的话音一顿。

程牧昀正站在李玥家门前，身形挺拔，侧影英俊，听到声响他转头看到李玥，冲她温柔地笑了一下，瞬间昏暗的走廊变得明朗起来。

李玥注意到他额头的刘海儿湿了，心猛地一揪，什么也没说直接上前按了密码开门，拽着程牧昀进了屋子。

动作快得让谭姨觉得自己刚刚跑进李玥车里的速度都不及她一半儿。

谭姨拎着购物袋走回家里，过了好一会儿才后知后觉地品过味儿来。

刚才小李好像是牵着那俊小伙儿的手进屋的，这……这不对劲儿吧！

小李不是有男朋友吗？不过她那个男朋友好像连小李出国的事都不知道，不是吵架了吧？哎哟，这到底是个什么状况？那俊小伙儿该不会是那个什么男小三儿吧？

谭姨不敢瞎想，小李可是个正经的好姑娘。不过她想了想刚才那小伙子冲人笑的样子，又犹豫了，这换谁能顶得住？

李玥把程牧昀拉进屋子，第一时间去卫生间拿了毛巾过来。她指着沙发对程牧昀说："你快坐下。"

程牧昀沉默地照做。

李玥先是拨开他的头发看了一下他头上的伤口。他刚把纱布拆下不久，可伤口还在结痂，被雨水浇到就糟了！

程牧昀看着她贴近过来，胸口正对着他，温暖的香气随即传来。

她穿着衬衫，白皙纤细的脖颈上戴着铂金的月亮吊坠，吊坠随着她的动作在他的眼前一荡又一晃。

他喉咙一紧，呼吸轻轻地屏住，向后撤了一下。

"你别动。"

李玥扶住他的后颈，又靠近了些。一瞬间，他们距离贴近，铂金的月亮吊坠贴到他的唇上，冰凉与灼热相触，李玥却毫无所觉。

程牧昀双手握紧。

她总是会在不经意间让人禁不住心动。

李玥仔细地检查了一遍他头上的伤口，好在没有被雨水浇到，这才小心翼翼地把毛巾盖在他的头上，她轻轻地擦拭着他湿润的头发，嘴里念叨着："自己头上有伤不知道吗？被雨浇到感染了怎么办？"

程牧昀没说话。

李玥帮他擦好了头发，突然喊了他一声："程牧昀。"

他闻声抬头，眉宇俊朗，眼眸漆黑，睫毛卷而长，微微一眨，有股乖巧的气质。

一瞬间李玥觉得自己好像在给一只又大又乖的狗狗擦毛一样，老实又忠诚、贴心的那种。

她被自己这个想法逗得有点儿想笑，可又觉得这么想有点儿对不起程牧昀。

只是蓦然间，她心里微微一软。

她把手搭在他坚实的肩膀上，低头看着他："来之前怎么不跟我说一声？"

难道我不回来，你就一直等吗？

就像昨天一样，李玥算了一下，他应该在车里等了起码有三个小时，他傻不傻？

程牧昀眉眼轻松地说："下班顺路过来看看，不费事。"

李玥："说谎。"

他微微一愣。

李玥拎起他的领带，将蓝色条纹的薄薄一条夹在她的指间。

"我家离你公司那么远，哪里顺路了？"

程牧昀与她对视，轻轻地一笑，老实说："是我想见你了。"

"那昨天呢？"她追问。

他的唇角渐渐抿紧。

"昨天，你很早就过来了是吧？"李玥见他不说话，心里已经有数了，"你看到我上了江崇的车对不对？"

程牧昀一瞬间露出错愕的表情，接着微微垂眸。他看到眼前那条月亮吊坠的边缘闪着光，一瞬间如同刀剑反射的冷光，目光触及仿佛有种刺到心里的冷。

李玥看着程牧昀露出慌乱的表情，一种荒唐的想法从心里冒出，他不会是在害怕吧？

哪怕当场看到她上了江崇的车，程牧昀却不敢上前，事后一句也没问她这件事，连询问都不敢，他难道是怕她会生气吗？

她小心翼翼地问："你是不是不敢问我？"

程牧昀眼睫微颤，突然伸出手握住了她的手腕，说："我知道你一定是有事才会跟他出去的，我不会不信任你的。"

他抬头看着她，柔和的目光中甚至带了几分颤抖。

李玥注意到他表情里细微的情绪，心里暖暖的，又充满了怜爱。

谁能想到，天之骄子程牧昀会在感情中这样不自信，甚至是卑微，他生怕会触怒她。

这种反差让她错愕不已，她心底跟着变得热热的。

她沉默了片刻，想松开他的手，他却用了力，不肯放。她只能说："你先松开我。"

程牧昀的眼底微微一震，嘴唇翕动了一下，他问："是我做得不对吗？我应该过去直接把你拉走？"

"你先松开。"她重复道。

他的表情露出几分挣扎的痛苦之色。

李玥不敢再逗他了，连忙说："你不松开我，我怎么抱你啊？"

嗯？他微微一震，倏然抬头看她。

李玥脸上露出柔柔的笑容来，小声地说："你再用力攥下去我手就要疼了。"

他立刻松开手，小心地去看她的手腕，好在皮肤没有红。

接着，他突然被抱住了。

李玥上前抱着他，他的头轻轻地挨在她的脖颈处，这个姿势，李玥正好能够轻轻地抚摸他脑后的头发。

两个人先是一阵沉默。

她小声问他："你是不是觉得我还会像从前一样跟江崇和好？"

过去的李玥屡次主动找江崇求和，不仅是江崇对待她越来越轻慢，包括他身边的朋友，余深之流全部认为她绝对离不开他。

"我以前那样是不是挺让人瞧不起的？"

程牧昀瞳孔微震，声音猛然提高："我从来没那么想过！"

他怎么会？怎么可能？他唇抿得极薄，眉宇深深地皱着，表情说不出是痛苦还是愤怒。

李玥下意识地伸出手想要抚平他眉心的褶皱，却被他一把抓住了手。

"你每次找他和好只是不想继续吵架，"他看着她的眼睛，"能主动的人是很勇敢的。"

一个人向另一个人低头，主动去和好，无论是在亲情、友情还是爱情里都是不可多得的品质。那分明是一个人勇敢无畏的情感，证明更加在乎，怎么会被瞧不起呢？对待感情认真是错吗？表达爱意怎么会是贱呢？

错的人，从来不是李玥。

李玥眼眶一热，轻吸一口气，说："江崇昨天找我是想跟我和好。这么久以来他第一次认错低头，但我已经把话跟他彻底说清楚了，我不会跟他复合的。"

我已经有你了，她的眼睛如是说。

程牧昀的身体微微一震，双臂猛地收紧，抱住了她的腰。

"轻一点儿。"她吸着气。

他微微松开一点儿，手指抓着她的腰侧不放，声音有点儿发闷："我怕我过去会让你为难。"

他看到是李玥自愿上了江崇的车。

"那你知道我和他去哪儿了,是吧?"

程牧昀的身体微微一僵:"嗯。"

好家伙,敢情昨天他是全程跟踪啊!

"那你知道自己错在哪儿了吗?"李玥松开他,扳着他的肩膀问。

程牧昀好看的脸上闪过一阵迷茫。

李玥捏住他的脸,气鼓鼓地说:"你让我自己走回家,足足一个小时,你开车了倒是叫住我啊!"

因为被她捏住脸,他声音有点儿变调地说:"我怕你……当时看到我会……不高兴。"

真是的!他在这种地方懂事体贴的样子实在是让人又气又无奈,同时她心底又软得不行。

"你是我男朋友啊!"李玥舍不得捏他了,温柔地捧住他的脸,看着他的眼睛说,"你为什么要躲开啊?而且我哪有那么任性,因为这点儿事就不高兴了,再说,该不高兴的人是你才对吧!"

自己的女朋友和前男友见面,现任男友难道不会吃醋吗?再大方的人都不可能的吧!

可在听到她的话之后,他眼眸微微睁大,试探地问:"我可以吗?"

什么叫……他可以吗?

李玥忍不住皱眉头,她之前还觉得自己在和程牧昀相处中像个恋爱新手,可今天的事让她发现,程牧昀远没有那么游刃有余,甚至说,他有些隐忍,卑微到了伏低做小的地步。

难道说,他是在怕自己比不过江崇?

李玥简直难以想象,程牧昀这样的人,怎么会呢?

心底不知不觉地柔软了下来,她轻轻地环住他的脖子,低头笑着说:"你现在可是我的男朋友,当然可以的啊!我们才刚刚在一起,可以慢慢来。"

同样的话,他也曾对她说过,没关系,我们不懂的、陌生的、不习惯的,都可以慢慢来。

程牧昀心头微动,突然靠了过来,头发蹭到她的下巴。李玥吓得短促地"哎"了一声。

"别动。"

他用力地按住她的背,上前把脸侧贴到她的胸口附近,嘴唇触碰到冰冷的月亮吊坠。他轻轻地含了一下，冰冷变得温热，尖锐化作温水。听到耳边来自她胸口急促的心跳声，他终于能够忘却昨晚的噩梦。

那个梦里，她完全不肯让他靠近，不让他进屋，不让他亲近。

像从前一样，她跟江崇和好了，想要跟他分手，还说，她不喜欢他。

"让我先抱一会儿。"程牧昀说。

两个人静静地抱了好一会儿，李玥的身体渐渐变得发热，她总觉得再抱下去就要出事了，可又有点儿舍不得分开。

李玥被自己的这个想法吓到了。她不是个黏人的女朋友，自己能做的事情都会尽量做好，不习惯麻烦别人。这倒不是刻意的，而是她从小养成的习惯。

父母很早离异，李玥不得不尽快变得独立，因为李三金要出门工作，她经常是自己一个人起床、做饭、洗衣服，有时候会一整天看不到妈妈。为了不让李三金担心，她更是会自己默默地克服许多困难。

后来她学了花滑，又被挑选到队里，周围都是差不多年纪的队友，更别指望被照顾，她每天训练是日常，生病难受自己扛。

李玥早习惯了这种相处方式，可现在，她竟然有点儿想一直被程牧昀宠着，像个撒娇耍赖的小姑娘一样。

她心里总觉得，如果她提要求，他是不会拒绝自己的。但这样可不行，她会被惯坏的。

李玥轻轻地拍了拍他的肩膀，示意他松开。

程牧昀："累了吗？"

她一直是站着的，他却是坐在沙发上，于是他伸手插入她的腿弯，轻轻地一抱，将她打横放在他腿上，把人整个搂到了怀里。

李玥不由得抽了口气，等脸颊靠到他坚实的胸膛上的时候，渐渐开始转红。

她身高腿长，完全不像别的娇小女生可以被人轻松地抱到怀里，她其实偶尔也羡慕过，但显然自己的身材不适合。可程牧昀要比她高出一个头，肩膀宽阔，手臂有力，他竟然如此轻松地把她圈到了怀里。

她一抬眼就能看到他的脸，造物主真是不公平，就算是仰视的角度，他竟然也这么好看。

程牧昀目光温柔地望着她："脸怎么这么红？"

李玥一时语塞，她才不想告诉她，自从6岁以后，再也没人这么抱她了。

她轻咳一声："其实，我想了一下，我跟江崇见面前应该事先跟你说一声的。"

我以后多注意，你有什么要求和想法可以跟我提。"

程牧昀静了一秒："那我直说了。"

"你说。"

"我不想你再去跟江崇见面了。"

说完他的心脏忍不住急促地跳动着，低头看着她的表情，他忐忑地觉得会不会有点儿太干涉她的生活，她会生气吗？

李玥："好。"

程牧昀眨眨眼，她就这样？这么痛快？

她玩着他的领带："还有什么，你一起说。"

程牧昀唇角微弯，表情跃跃欲试地说："我们每天要互发消息。"

李玥忍不住笑，怎么跟小学生似的。

"好，我会发的，不过有时候我不一定能够马上回你的消息，之后我要进入训练的话就更没时间了，不要觉得我是故意冷落你。"

程牧昀低下头，用下颔蹭了蹭她的脸颊，声音低低地说："我没那么小气。"

"是，你大方，"李玥推开他的脸，"看到自己的女朋友和前男友出去还坐得住，就真不怕我跟人跑了？"

"你不会。"他语气笃定地说。

这倒是让李玥好奇了，他对自己这么有信心？

程牧昀低头看她，心里泛酸。

当年颜值最高的时候，程牧昀天天找借口跟江崇一起出去，他就是想多看看李玥，可她当时根本没看他几眼。

别人不知道，程牧昀是亲身体会过，她是一心一意的人，绝对不会跟人跑的。

"我男朋友真好。"她笑着说。

程牧昀看着她躺在自己的怀里，乌眉舒展，眼眸弯弯，他的眼眸渐渐黯淡。

他其实一点儿都不好，早在很久之前，七年前看到她的第一眼时他便瞬间钟情。可那时意外错过，他连她的名字都不知道。然而他再见到她的时候，她身边站着的人是江崇。

他知道她叫李玥，是花滑运动员。

在介绍自己的时候，他内心已埋藏了最阴暗的心思。

他惦记她，喜欢她，想勾引她，想要占有她的一切。

他知道自己远没有她想的那么好，当看到江崇再次出现在她面前时，躲在暗处的他心中的忌妒如野草般疯狂生长。

"想什么呢？"她伸手摸了摸他的脸。

程牧昀用力地抓住她的手，接着低下头，咬住了她的唇。

李玥猝不及防，唇齿被撬开，闷哼溢出，又被他一点点地吞了下去。

程牧昀对她一直是温柔克制的，可这个吻凶狠又霸道。舌尖被搅住，气息被夺走，完全被掌控的感觉，心跳"咚咚"地响在耳侧，她快喘不过气来。

等到他微起身的时候，她红着脸在他怀里喘气，手里拽着的领带早已被她握得皱皱巴巴的。

她眼角微润，边喘边说："你……是用这种方法惩罚我吗？"

他亲到她的眼角，舐走那里沁出的泪珠，声音又沉又哑："是赔礼。"

他明明是在欺负人，还硬说是赔礼。她就没见过这么坏的人！

这天，程牧昀在李玥家里待得比较晚。

两个人没叫外卖吃，李玥拿出了自己在超市采购的食材，程牧昀主动请缨。不过显然他厨艺有限，就做了个番茄炒蛋和辣椒炒肉。

他挺不好意思的，不过李玥觉得这两道菜配上大米饭超级好吃，她比平时吃得多了一些。

吃完后她主动承担了刷碗工作，程牧昀不让她干，可李玥怎么好意思再让他做下去呢？

他一句话却让她偃旗息鼓："我又不是客人。"他可是她的男朋友！

行吧，李玥弯着唇角，靠在冰箱旁边看着他刷碗，觉得特别赏心悦目。

程牧昀擦着锅，对她说："下次来我家，我保证做得比这次好。"

李玥挑眉，问道："怎么，你报好厨艺班了？"

"家里的阿姨在教我。"他把碗和锅具一应放好，又洗了手，侧过脸说，"都是你爱吃的。"

她笑着说："你知道我喜欢吃什么吗？"

程牧昀："尖椒土豆丝、红烧肉、麻辣小龙虾、八珍鸡、鱼香肉丝……"

"停。"她忍不住打断，他在报菜名吗？不过这些确实全是她爱吃的，"你怎么知道的？"

程牧昀冲她抬了抬眉："秘密。"

两个人静默。

电话在这个时候响起，李玥回房间去看，打电话来的是夏蔓。

她习惯性地喊了句："宝。"

夏蔓："啊！宝贝，我想死你了，明天我假期，城西开了一家新馆子我好想去吃，陪我呀！"

李玥明天倒是有空。

她回头看了一眼，程牧昀正在擦桌子。作为一个日理万机的大总裁，他有点儿过分贤惠了。

李玥心底发软。

"带家属，行吗？"

她注意到程牧昀的耳尖微微一动，手上的动作跟着顿了一下。

她唇角忍不住弯起，电话那头的夏蔓顿了一下也立刻答应了。

"没问题啊！说起来我还欠程男神一顿饭呢！"

上次要不是有他在，孙志强手里的酒瓶划破的就是夏蔓的脸了。

"应该是我请的。"李玥说。

"都行，反正咱俩不分谁，明天见。"

"嗯。"

挂了电话，李玥过去问程牧昀："明天我要去找夏蔓玩，一起吗？"

程牧昀上次跟夏蔓见过，不过这次显然意义不同，李玥是要在自己的好朋友面前坐实他的身份。

他低声"嗯"了一声，眼底露出明显的喜悦之色。

李玥忍不住打趣："这么开心啊？"

程牧昀没说话，轻轻地拉住她的手，捏了一下。

他这种害羞的样子，真的是太可爱了。

到晚上九点的时候，程牧昀离开了李玥的家。

李玥出门送他。也是赶巧，两个人刚出来，就撞到了谭姨。

谭姨看到他们一起出来，表情讳莫如深。

程牧昀站在一旁，眉目微敛。

两个人约定好要保持低调，交往的事情不能公开。

李玥想了一下，主动跟谭姨搭话："谭姨要出门啊？"

"没，"谭姨卡壳了一下，"我刚倒完垃圾回来。"

李玥大大方方地牵住程牧昀的手，对谭姨说："这是我男朋友。"

程牧昀愣住。

李玥笑了笑，又说："他有女朋友了。"

谭姨猛地想起下午拉着李玥打听的事，哎哟，原来这帅小伙儿是小李的新男朋友呀!

她就说嘛!小李多好一姑娘,怎么会经受不住考验呢?

谭姨脸上浮起一个开朗的笑,冲李玥竖起个大拇指,打趣道:"男朋友帅的咧!"

李玥腼腆地笑,轻轻地,回捏了一下他的手。

两个人坐电梯下去。

程牧昀问她:"不是要低调吗?"

"邻居没什么的,他们都不知道我是干什么的。"李玥揶揄他,"怎么,难不成你想被人当成是我的地下情人吗?"

程牧昀偏头看她:"也不是不可以。"

本来是想调戏他的,最后是李玥自己渐渐地红了脸。

这男人……有时候真是过分大胆了,她撤回觉得他乖巧可爱的评价!

两个人到了楼下,雨早停了。

雨后的夜晚微凉,不过空气清新怡人,呼吸间弥漫着青草的芬芳。

"别送了,晚上冷。"他说。

"哦。"

她嘴上答应着,脚却不动。

程牧昀拨开她脸上的头发:"还有事?"

磨磨蹭蹭,犹犹豫豫,李玥觉得真不像自己的性子。轻轻吸一口气,她把藏在裤兜里的东西拿了出来,一鼓作气地抓着程牧昀的手塞了进去。

"以后,别傻乎乎地在门口等了。"

程牧昀摊开手,里面躺着一把锃亮的新钥匙。

这是李玥家门的钥匙。

李玥眼睫黑润,轻轻地颤了颤,她说:"密码我一会儿发你微信……嗯。"

她没能再说下去,肩膀被握住,他低头吻了过来。

夜空群星闪烁,细小的雨滴在新长的青草叶下滑落,夜色映照出一片灯光。

他们在路灯下静静地亲吻。

唇微微分开,两个人的呼吸炙热地交错。

她的脸热得发烫,提醒他:"你犯规了。"

不是他自己定的规则,在外面不亲的吗?

他用额头抵着她,喉结缓缓滚动,带着笑意说:"那你罚我吧!"

"怎么罚?"

他凑近又亲了她一下,发出"啵"的一声响,在黑夜里尤为响亮。

"这样。"他说。

瞬间,李玥浑身的血往脸上冲,她用眼角的余光看到远处有人渐渐走近,一下子害羞起来,推开他的脸赶紧让他走。

程牧昀不舍地拉她的手,说:"真不罚我了吗?那我下次还犯。"

"你够了。"她的脸红得快滴血了。

程牧昀看着她,轻笑了一声,到底没逼得太过,他捏了捏她的指尖,这才开车离开。

临走前,他对她挥手:"明天见,女朋友。"

李玥站在车边,将红润的嘴唇微微抿起,眼眸像蒙了一层雾,湿漉漉的,她说:"明天见,男朋友。"

程牧昀离开时眼底是笑盈盈的。

李玥看着他的车离开小区,觉得今晚的夜会比之前更加漫长,她无比地期待明天快快到来。

第九章
撒个娇

这个夜晚对江崇来说同样漫长,然而意义完全不同。

在和李玥见面之后,他彻底地清楚李玥不肯回头的心。

公司最近更是连连遭遇不顺。

他当初开这家公司本就是为了李玥,如今李玥不想回头,开这家公司又有什么意义?

江崇内心苦闷难言,独自在酒吧买醉。

余深是碰巧看到江崇的,坐到了他的身边:"崇哥!"

江崇看到他,说了一声:"你啊!"

余深说:"我听说你的公司冯盈盈解约了,她背后弄李玥的事到底是不是真的?"

江崇皱着眉头:"少跟我提冯盈盈。"

余深心底"咯噔"一下,意识到网上说的竟然都是真的,心中大为讶异。他真瞧不出来,冯盈盈竟然能干出这种事。

他看到江崇面前有几个空了的酒瓶,问道:"你怎么喝这么多?"

江崇这明显是在买醉!

江崇脸色愁闷,眉宇深深地皱着,自言自语地说:"为什么呢?"

余深问:"什么啊?"

"玥玥不肯回来。"

余深没想到过了这么久江崇还惦记着李玥,这两个人都分开多久了?

"你不会还以为李玥能跟你在一起吧?"

江崇看了余深一眼,眼底疑惑重重。

李玥以前都可以的,为什么这次就……

余深看江崇这副模样,感叹着:"你怎么还看不开呢?这女人啊就是这样的,喜欢你的时候,什么都能包容,要是不喜欢你了,心狠得绝对不回头,全是忘恩负义的主儿。"

李玥真的不喜欢他了?

江崇心头刺痛,眼底渐渐蔓延出红血丝。

他长这么大过得实在是太顺风顺水,连爱情都来得太过容易。李玥是个非常好的恋人,让他习惯了享受而不知道珍惜,直到现在失去了才后悔莫及,连补救都来不及。

余深想了一下,又说:"其实李玥这么狠心我也挺奇怪的。她这么狠心对你,也许另有原因。"

江崇:"什么原因?"

余深理所当然地说:"我以前不是说过?程牧昀啊!"

江崇的脑子"嗡"了一声,下意识地觉得不可能,可过往看到李玥和程牧昀站在一起的画面全部在脑海中浮现了出来。

他俩一起约会喝奶茶,他在她家里洗澡,连上次在直播晚会上,他俩也坐在一起。

网络上有属于他们两个的超话,粉丝们纷纷在喊他们快在一起!

还有程牧昀曾经站在他面前目光坚定地对他说:"我是在追她。"

江崇心口烧得厉害,又疼又妒,他不信李玥会和程牧昀在一起,绝对不可能!

这时他的手机亮起,是周雨薇发来的微信消息。

"江总,技术部已完成任务。"

此时。

微博上橙粒超话里在一阵狂欢之后,热度稍稍降低,不知道又从哪儿冒出来一群人来唱衰。

"迎来了久违的枯水期,最近稍稍开始下头了。刚刚从别的渠道得知原来李玥在之前有交往多年的男朋友,越来越觉得玥玥和程总不可能了。"

"话说也许是我们太过剃头挑子一头儿热,之前都说程总各种在追的,但是在星直播晚会那天,玥玥好多朋友发微博帮她澄清,程总却没发呀!"

"对对对，以前还扒过手绳是情侣款，可直播那天程总戴的是手表，可不是红色手绳。如果是在暧昧期，会不戴吗？估计是在避嫌了。"

"程总送李玥的首饰她也没再戴过呢！"

接着大粉头子"西西爱嗑糖"直接跳出来。

西西爱嗑糖："我们爱糖的果汁们到底碍着谁了啊？三番五次地搞事。不会是李玥或者程总现实里哪个缺心少肺的追求者因为求爱不得，就在网上找存在感吧？"

其他粉丝已经过了千锤百炼，早不会轻易被动摇了，纷纷同仇敌忾。

"可不是，硬较真儿程总没发微博，废话！程总当时在陪我们玥神。在当时那样紧急被黑的情况下，程总难不成特意发个微博给网友看？做这种表面功夫最不实用了，当时程总陪在玥宝身边支持她比发什么微博都要强！"

"陪伴最重要了，橙粒给我冲！"

"我可以是假的，我的橙粒绝对是真的！"

第二天中午，程牧昀来接李玥，夏蔓已经直接打车去餐厅等他们了。

不过路上程牧昀接了一个电话，是工作上的，比较紧急，需要他本人出席。

他面露挣扎。李玥拍了拍他的手臂，对他做了个口型：去吧。吃饭嘛，下次再约就好。

程牧昀这才答应下来。

他没马上回公司，先把李玥送到了餐厅才走的。

李玥在包间里见到了夏蔓，推开门的时候夏蔓正在看手机，表情讳莫如深。

李玥问她："看什么呢？"

夏蔓闻声抬头，飞给她一个媚眼："你家男人给我发的消息。"

是程牧昀？

"他说什么了？"

"拜托我好好照顾你，还说我辛苦了，今天我们随便点，他跟老板打过招呼了，账单由他付。"夏蔓脸鼓鼓的，"话说得挺漂亮，我怎么越品越不对劲儿呢？怎么？还说我辛苦了，他不会觉得自己跟你交往了就地位比我高了吧？"

李玥忍不住地笑："你跟他比什么？"

"对啊！他跟我有可比性吗？我的地位可是绝不可能被撼动的！"夏蔓非常清楚，李玥才不是那种重色轻友的人。

不过，她说这话仍旧是显得稍稍心虚了一些。程牧昀可不是别人，长成他这样，这个色还是颇具分量的。

"总之，你得选我，知道吗？"夏蔓强调着。

李玥快笑倒了，抱着夏蔓的肩膀哄："选你，我肯定选你，程牧昀又不是小气的人。"

夏蔓幽幽地看向她："宝贝，我觉得你对你的男朋友认识还不够明确。"

"啊？"

"依我看，程男神醋劲儿大着哪！"

他指不定还是个大醋缸。

两个人美美地吃了一顿，又逛了好几圈商场买买买，很让人放松，不过大部分是夏蔓在买。

直到晚上两个人分开，李玥给程牧昀发了微信："在哪儿，忙完了吗？"

程牧昀过了几分钟才回："公司。你要回家了吗？我让助理送你们回去。"

李玥："不用啦。"

她买了一份热饭，坐地铁到了程牧昀的公司楼下，在公司对面的咖啡厅里点了一杯咖啡，悠然自得地等着。这种感觉很新奇，她第一次觉得等人是充满期待的。

晚上十一点。

男男女女的一群人陆续从封达集团大楼里出来，大约是一个团队的。

又过了十五分钟，一个高大英俊的男人走了出来，他戴着一副无框眼镜，手里拿着一个平板电脑，颇具冷酷干练的精英形象。

只是在停车场里看到她的时候，精英冷酷的形象瞬间融化，他眼底露出明显的笑意。

"在等我？"程牧昀走到她面前，抬手摸了一下她的脸，有点儿凉，"怎么不提前告诉我？"

"说了不就没惊喜了？"李玥看着他的眼镜，好奇地问，"你近视吗？"

他单指抵了抵眼镜："这是无度数防蓝光的。"

李玥踮起脚近距离盯着他看，注意到他喉结微滚，过了几秒才慢慢地说："挺好看的。"

程牧昀的目光在她的脸上停留了一会儿，接着捏住她的下巴，低头亲了过来。

李玥先是一愣，接着一只手钩住他的脖子。鼻梁偶尔被镜框硌到，她没有喊停。

深夜的停车场里安静无声，只有他们彼此相拥的体温逐渐攀升。

呼吸交错的时候，程牧昀微微起身，单手摘了眼镜。他再次低下头来的时候，她喘息着用手抵住他的胸口。

他抓着她的手腕，低低的嗓音从喉咙里滚出来："戴着眼镜更有感觉吗？"

李玥脸红得不行，轻捶了他胸口一下。程牧昀低低地笑。笑声响在耳边，她仿佛被一根柔软的鹅毛扫到敏感的心口皮肤，痒得人心发燥。

她把买好的饭递给他："你回去热着吃。"

他的眼底渐渐发出柔色，问她："要不要去我家？"

李玥摇摇头："这么晚了，去了会打扰你工作吧？"

程牧昀沉默了一会儿："那我送你回去。"

"嗯。"

两个人上了车，程牧昀开向李玥的家。

路上，李玥把白天和夏蔓的谈话内容跟他说了。

车子缓缓停在李玥家楼下。

程牧昀侧眸看她，眼底涌动着不明的情绪。

"我没有你想的那么大方。"

他很贪心。以前只想跟她在一起就好了，可自从得到了她，享受到她的好，他逐渐变得贪婪起来。

他将目光停留在她左胸心脏处的位置，他想走进这里。当她开心、生气、委屈的时候，他希望她第一个想到的人是他。他想要成为她心中的首位。

他直勾勾地盯着她："你说过，我可以跟你提要求的，对吗？"

话题有点儿跳，李玥愣了下："啊？嗯。"

他微微垂下眼睫："我希望你能够多依赖我一点儿。"

李玥张了张嘴。

他这……这是什么奇怪的要求啊？

"就这个？"她问。

"就这个。"他回。

李玥眨眨眼，对他招手："你靠过来一点儿。"

他心跳得快了些，解开了安全带，缓缓向她俯下身……

李玥也靠了过来，接着脑袋一歪，靠到了他的肩膀上。

"呼，"她吐了一口气，"让我靠五分钟，今天我好累的。"

过了一会儿，程牧昀用很轻的气音问："你是在撒娇吗？"

李玥："嗯，我在撒娇。"

男人低沉好听的笑声在车内响起，慵懒地震在耳边，李玥的心脏"扑通、扑通"地跳。

好在，他看不到她红透的脸。

在和程牧昀的交往中，李玥是愉悦、轻松且甜蜜的。

很奇怪，明明有过交往对象，他们两个却像刚谈恋爱的高中生一样，生涩而甜美，彼此摸索着合适的相处方式，不过一直是平稳向前的。

李玥很难想象他们两个人吵架闹矛盾的样子，更没想到这一天比预想中来得快多了。

这天程牧昀来的时候李玥正在跟袁婕视频聊天儿，袁婕捧着脸像个小花栗鼠似的。

袁婕声音软软地撒着娇对她说："玥姐你什么时候能回队啊？我好想你。韩晓罗上次看到你的表现后，最近发疯一样地训练，熊耀都劝她歇一歇。你能相信吗？熊教练劝人别练了。明天又要小考了，我动作总是不够好，你要是在的话，就能帮我看看了，呜……"

李玥笑起来，眉眼弯弯："我现在也可以看啊，你录一段视频发给我。"

袁婕瞬间惊喜地瞪大眼睛："啊啊啊！等我啊，我马上。"

她关了视频通话去找人录视频，那种浑身散发出来的喜悦感染了李玥。

她摸了摸自己做过手术的小腿，医生说她必须还要休养两个月，经过检查确定后才能够承受像从前一样强大的训练节奏。

真的，她好想滑冰啊！

家门密码音响起的时候，李玥先是心头猛震，浑身紧绷了一下，接着突然想起什么，心跳变得平缓，她把手上的平板电脑放到沙发上，奔向门口。

随着一声"嘀"响，门被打开，程牧昀站在门口，手里拎着一堆吃的，笑容灿烂："我来了。"

"欢迎。"

李玥上前本想帮他去拎手上的袋子，却被他一手抱住。男人的胸膛坚实宽阔，她鼻端闻到淡淡的苦橙香气，好闻得紧。

他走了进来，那只手才慢慢地松开她。

有一件事她在意很久了："你身上总有股橘子香。"

他皱眉："不喜欢？"

"好闻的。"

他说："应该是我总吃这个的原因。"他从兜里拿出两块橘子糖，"要吗？"

李玥："要！"

他剥开糖衣喂到她嘴里,指尖触碰到她柔软的嘴唇,眼底微微一黯。

李玥没注意到。橘子糖酸酸甜甜,蜜一样融化在舌尖。

李玥看着程牧昀把带来的餐盒一一放到厨房的桌上,除此之外,还有一个奶油小蛋糕。

"这个你拿回去吧!我不能这么吃了,会胖。"

再回去训练的时候,她得保持最佳的体形和状态。

程牧昀走过来,展开手臂直接把她抱住掂了掂。

李玥吓得抱住他的脖子,听到他沉沉的嗓音——

"没胖。"

李玥低头看他:"你怎么知道?"

她以前训练的时候要比现在瘦得多哪!

他抬眉一笑:"秘密。"

"你有好多小秘密。"她靠近说,吐出的气息带着橘子的清香。

"以后一点点告诉你。"

"好吧!"

不着急,总有一天她会把他的小秘密全部挖出来。

"叮"的一声,是平板电脑的消息提示音。她拍拍他厚实的肩:"先放我下来。"

程牧昀不舍得松开,看到她转身去拿平板电脑,心里有点儿好奇,到底是谁让她这么上心。

程牧昀看到李玥点开的是一段长视频,有一个年轻的女孩在冰面上滑冰。程牧昀不认得,不过能猜到大概是她的队友。

视频很长,李玥全程看得很认真,这期间程牧昀在帮她收拾屋子。

直到李玥给袁婕发完消息,这才想起屋子里还有一个程牧昀。

她抬头找人的时候发现他坐在旁边的沙发上,支着下巴看着她,不知道已经多久了。

她放下平板电脑,抱歉道:"不好意思啊!师妹有事找我。"

程牧昀温柔地对她笑,眉眼仿佛带着光,好看极了:"没关系,这里面有你训练的视频吗?"

"好像有。"

李玥打开相册。照片全是前几年拍的,有一部分是她试穿花滑服装的图片。等滑到一张合影时,她眼角猛地一跳,立刻往左拨当没看见。

可程牧昀捕捉到了,他沉默地伸手过来。李玥下意识地躲了一下。

这一躲就糟糕了。她看着程牧昀的脸色冷了下来，漆黑的眼瞳里没有一丝温度。她第一次看到他这种表情。

他再一次伸过手，这次李玥不敢躲了，任由他拿走了手里的平板电脑。

程牧昀在回翻相册，手指轻点，很容易就找到了刚才的那张合影，是李玥和江崇的照片，时间是三四年前。

在李玥的家里，江崇的行李早已被清理干净，电话微信全部拉黑，但毕竟他们在一起那么久，总是会在某个连李玥都不记得的角落里留有他的痕迹，就像这张平板电脑里的照片。

李玥觑着程牧昀的脸色。

他表情紧绷着很难看，目光紧盯着屏幕。

屋子里静悄悄的，谁也没有说话。

"唰"。

提示音响起，是删除照片时的声音。

他一张张看，一张张删。

李玥现在意识到了，程牧昀的确是很在乎江崇的存在。

尤其他们曾经是那么好的朋友，她和江崇的很多事他都知道，如果他真的计较起来，两个人未来会有不少的矛盾。

但这个问题到底还是躲不过的。

李玥心口微微发闷。

程牧昀把有关江崇的照片删了个精光，把平板电脑放到一边。

空气异常沉闷。

李玥默默起身，她记得厨房里还有几个甜梨。

将梨洗好递给程牧昀，她小声问："吃吗？"

他抬头，目光沉沉："为什么给我这个？"

"这不是你喜欢的……"

话还没说完，在注意到程牧昀的表情变化后，她立刻意识到自己再一次踩到了程牧昀的雷区。

甜梨是江崇喜欢吃的，她习惯以前两个人闹别扭的时候洗个梨给他，这样气氛就会缓和，但显然这不是程牧昀喜欢的。

她赶紧把梨收回去，吞了一下口水，小心地去看程牧昀的脸色。

他阴沉着脸一言不发，挺吓人的。

时间一分一秒地过去，这种压抑的气氛李玥熟悉又难挨，这种事早晚是要面对的。

"程牧昀，"她喊他的名字，看着他问，"你这样，是不打算理我了是吗？"

他微微抬眸，窗外的阳光投了进来，让他的眼瞳浮起一股淡淡的柔光，五官立体漂亮，淡红的唇微微张着。

"我在平复自己的情绪，这是我的问题，我不想因为这个对你发脾气。"

李玥整个人愣住。

他很坦诚，他是生气的，可他不愿意把这种负面的情绪发泄到她身上。

他看着她一字一顿地说："我永远不会不理你。"

李玥心口泛起一股怪异的酥麻感，蜜一样的甜意流淌到心口，整个人仿佛快化开了。

程牧昀怎么这么好啊！

原本的沉闷气氛瞬间一扫而空，那种悬浮在两个人之间无形的隔阂早已不见。她靠近他，小声问："那你是生气了吧？"

他抬眸看了她一眼，注意到她唇边的笑意："我生气，你很高兴吗？"

呃，之前她和江崇见面的时候他没跟自己提过，她还一直觉得他很懂事大方，但其实心底一直有个想法，难道程牧昀真的就不在乎吗？

他明明认识他们这么久，对她和江崇的事一清二楚，难道真的一点儿都不介意？

所以她总有点儿酸酸的，知道不应该，但忍不住。

但是这些她一直没有机会问，也害怕两个人触碰到这个敏感话题会闹不愉快。

今天她终于明白，程牧昀是很在乎的，但他无论是生气还是焦躁，都不会把这种情绪带给她。

这更让她明白，当初他隐瞒不说的时候，在自己面前表现得那样轻松，背后不知道咽下了多少苦涩。

她小声地说："我不知道那里面有以前的照片，我自己都忘了。"

"我知道。"

他删的时候她没阻拦，他也知道她已经放下江崇了。

只是在看到那些照片时，过往的记忆浮现，他内心依旧刺痛，可这是他自己的情绪。

"再给我十分钟。"他冷静地说，"你不用管我。"

所以他是十分钟就恢复了的意思？

李玥相信程牧昀可以做到，但，作为女朋友难道能不管他吗？

"我能帮你吗？"她的眼睛亮晶晶的。

程牧昀淡红的唇微微抿了抿，他特别小声地说："那你哄我。"

啊?

李玥:"怎……怎么哄?"

她可不敢再用以前的经验了,绝对不敢!

他的语气有点儿气又无奈:"抱我。"

"哦,好!"

李玥立刻过去,双手搂住他的脖子,整个人贴在他的身上。

她是不是太急切了?程牧昀这次怎么身子这么僵啊?硬邦邦得像块实心铁板。

过了几秒,她才感觉到后背被两只强健的手臂拢住,男人的下巴轻轻地磕在她的肩膀上,呼出的沉重气息落在颈侧,很明显地,一下又一下。

她摸了摸他的头发,感觉在哄一只体温很高又强壮的大狗狗似的。

如果类比的话,他有点儿像杜宾犬。

"乖……乖。"她低声哄。

程牧昀语气平直:"我不是小孩子。"

"是,我还不想犯罪。"她唇边是忍不住的笑意,"我男朋友最好、最大方、最懂事了。"

"我不是,你不要给我戴高帽。"

"哦。"

"我爱吃橙子,还有牛肉面。"

"好,我记住了。"

李玥温柔地给他顺毛,感觉到他的身体渐渐不再僵硬,脸埋在她的脖颈里偶尔会轻轻地蹭她一下。

她没忍住,低头亲了亲他的鼻子。

他微微抬头,漆黑的眼睛映出她的影子。

接着,她倾身吻他。

这一次,终于不用他再教她了。

屋子里静悄悄的,气氛变得温热。

对于过去的事情,程牧昀不会在意,那是李玥的过去,他拥有的,是她的现在和未来。

不过他有一点儿小要求。

程牧昀转过脸,小声地说:"他以前有的,我也得有。"

他们可以暂时不公开交往,但是一起约会、旅游、拍照,他都要。

265

李玥目瞪口呆。

这宫妃争宠一样的话，他是怎么说出口的？

这还是她认识的那个高冷程男神吗？还是说恋爱真就这么能改变人？

她脸颊一阵发烫，答应他："好。"

"还有一件事，如果你觉得不合适就算了。"

"你说吧。"

程牧昀觉得自己今天有点儿太贪心了，可这样的机会稍纵即逝，于是他就直说了。

李玥听完后眨眨眼，就这？

"一起出去玩是吗？"

"好啊！这周末，去哪儿？"

程牧昀问她："你说呢？"

"海洋馆怎么样？"

郊区有个很有名的海洋馆，能玩能吃，周末假期人多，平时人流还好。

"好。"

李玥注意到他柔和的眉眼，伸出手摸了一下，调笑道："高兴啦。"

程牧昀无言，低头过来轻轻地蹭了蹭她的脸，软软的，热热的。

李玥伸出手抱住他，非常享受这种温柔惬意的时光。

一下午过得很快，其间李玥微信联系了一下夏蔓。

李玥："最近有珠宝展吗？知道哪家店的珠宝比较好吗？"

夏蔓过了十分钟才回："干吗？你要买首饰？"

李玥："嗯。挂坠那类的。"

夏蔓有点儿奇怪，李玥怎么会突然想起来买珠宝首饰？

她直接发了几个口碑好的小众首饰珠宝店地址，价格自然也和普通的金店不是一个档次，要贵上许多。

夏蔓："最近是要参加什么活动吗？"

按理说李玥不是要保持低调吗？一方面是领导要求她，另一方面也是李玥自己想要降低热度，免得她家的事情再扩大。

别说代言活动推了不少，她连和程牧昀的恋爱都不公开。

现在她到底什么情况？

李玥还没来得及回，程牧昀过来手臂搭在她肩上，让她靠到自己身上，满足地当她的人肉暖垫，低头问她："看什么笑得这么开心？"

李玥护住手机不让他看："秘密。"

程牧昀诧异。

就准他有小秘密吗？她也有。

此时，江崇正在办公室面对黄叔的辞呈。

黄叔是公司里的老员工了，是江崇开公司时挖来的第一个资深的业内经纪人。最近公司动荡，艺人纷纷想要解约，可江崇完全没料到黄叔会是第一个正式提出辞职的人。

江崇皱着眉头："黄叔，真的要这样吗？"

黄叔是老江湖了，这些年跟江崇合作得确实愉快。作为老板，江崇对他不错，所以他也就不瞒着了。

"我走之后，后面很多人都会一起，江总，不是我不仗义，实在是个人难撼大树。"

毕竟谁不想往高处走呢？

何况大家都看得出来，江崇现在的心已经不在公司上面了。

江崇明白了，也不为难，只是问他："之后去哪儿？"

他最后还想确定，到底搞事的人是谁。

黄叔："您应该知道的。"

江崇嘴唇抿紧。

封达。除了程牧昀，没别人！

江崇想不明白，为什么程牧昀会突然发难，一副势必要搞垮他的公司的架势！

可江崇不愿意退，这是他为李玥开的公司，是他对她的感情的证明。如果公司倒了，就好像两个人彻底没有回转的余地了！

江崇："我再想想办法，给我一周时间。"

黄叔给江崇这个面子，答应了。

不过他心里清楚，人心不在了，过不了多久，公司终究会挺不下去的。

江崇处理完公司的事情已经接近晚上十点钟了，他有时候宁愿待在公司里，也不愿意回到那个冰冷的家。

无数次他按照从前的习惯开上了到李玥家的路线，可直到小区门口时才诧然回过神。

他们已经分手了。

他无法相信更无法接受，可事实摆在面前，从李玥提出分手那天之后，她再没对他展露过一丝笑颜。

胸口的疼痛从不间断，他只能咽下苦涩，再次回到那个冰冷黑暗的别墅里。

他最近一直在思考该怎么挽回李玥。

可那天李玥的态度冰冷极了，让他陌生又无措，他完全不知道该怎么亲近这样的李玥。

因为她的话，他完全不敢再威逼她，更不敢去她家楼下堵她。

公司的事情又是一团糟。

一直顺风顺水的江崇完全不知道该怎么应对现在的局面。

这时周雨薇敲门进来："江总，冯盈盈来了。"

在听到冯盈盈的名字后，江崇眉心狠狠地一跳："把她赶走。"

他现在一点儿都不想看见冯盈盈。

原本他觉得她无辜，可现在他已经知道，让李玥逐渐对他冷心的原因之一绝对少不了她！

他绝不可能原谅她！

周雨薇十分乐意并兴奋地接受了这个任务。见到暴瘦苍白的冯盈盈时，她一时都难以相信眼前的人曾经是清纯动人的冯盈盈。

不过她深深地记得，冯盈盈曾经在半夜里是怎么冷漠地支使她的，还有之前私自偷拿江崇家的钥匙却把罪过推到她头上。

她记着一桩桩一件件，为的就是今天。

到了冯盈盈面前，她和从前一样保持鲁直的态度："盈盈姐，你回去吧！江总不想见你。"

冯盈盈顿时脸色黯淡。

自从公司和冯盈盈解约之后，再不负责她的任何事务，圈内的人都知道，江崇彻底跟冯盈盈决裂了。

冯盈盈家道中落的事情早已传遍全网，成为圈内圈外的大笑话。

以现在的名声，她这辈子都不可能再进娱乐圈了。

最近冯盈盈过得十分凄惨，可最让她难过的还是江崇的拒绝和冷淡。

"不会的，崇哥怎么会不想见我？"

崇哥不会对她这么绝情的！

周雨薇不知道冯盈盈哪里来的自信："江总确实不想见你。你那个视频的事情闹得那么大，把公司差点儿拖下水，江总现在还在处理这件事情带来的恶劣影响，哪儿有心情见你？"

"他还在怪我？"冯盈盈咬了咬下唇，不甘心地为自己辩驳道，"就算我有错，也不是我一个人的错啊！如果不是李玥找人拍那条视频发出去，事情也不会闹到这个地步！"

周雨薇毫不掩饰地翻了个大白眼，到现在冯盈盈还在怪别人？

她直接说了："不是李玥拍的视频。"

冯盈盈态度坚决："就算不是她本人拍的，也一定是她派人一直跟着我！她忌妒我，所以想害我！"

周雨薇都乐了："你也太把自己当回事了吧！"

在她毫不掩饰的大笑中，冯盈盈的表情从愤怒渐渐变作恍然大悟。

她一直视李玥为劲敌，却忽略了身边闷不作声、又傻又直的周雨薇。

她瞪大双眼，震惊地问："是你？"

星直播晚会那天跟她一起去的人除了司机还有一个周雨薇，她当时被赶出场到地下车库的时候，没有看到周雨薇和司机，走的时候也是司机赶回来直接开车带她离开，她完全把周雨薇给忘了。

可谁又能那么巧，恰好在角落里拍到她的视频呢？

如果不是李玥派人跟着她，那就只有一个人了！

脑袋里的弦猛然断裂，冯盈盈的面容顿时扭曲，她质问道："是你拍的视频对不对？"

周雨薇见她这副快被气疯的模样，心里一直积攒的闷气一扫而光，真是爽死了。

她挑眉，得意地说："是我做的又怎么样？"

"真是你！"冯盈盈瞬间冲了上去，又恨又怒地说，"你知不知道你拍的视频把我害成什么样了？"

江崇跟她彻底决裂了，不仅不接受她的爱慕，反而冷酷地拒绝了她！

她名誉扫地，简直像一只过街老鼠一样被人唾弃！

这辈子她都不可能再进娱乐圈了，不能再过从前的奢华生活，连父母都打电话说她没用，让她赶快回老家去！

周雨薇毁了自己的一切！

周雨薇用力地一把推开她，冷笑道："我害你？我只是把你做的事情发出去给大家看而已。如果不是你一次次地陷害李玥，会沦落到这种地步吗？这一切不过是你咎由自取！"

周雨薇嫌弃地抖抖手，鄙夷地看着冯盈盈，就像曾经冯盈盈对待她的态度一样："以后不要再来公司，否则我就让保安直接赶人了！"

冯盈盈气得直喘，怨恨地盯着周雨薇："亏我把你当朋友……"

周雨薇直接打断了她："把我当朋友？别逗了，把我当朋友会连家门都不让我进吗？会在半夜三更的大冷天使唤我扔垃圾吗？会把所有麻烦都丢给我吗？冯盈盈，我是不聪明，但我分得清好坏。"

冯盈盈脸色难看到铁青，她这辈子都想不到，自己经营了这么久，最后竟然在阴沟里翻船，被一个又直又傻的周雨薇给耍了！

周雨薇不再理会冯盈盈，转身离开。

周雨薇紧紧地抿住唇，那条视频，不仅是对冯盈盈的报复，更是她对李玥的赎罪。

以前长时间对李玥的轻视与傲慢，致使周雨薇没有脸去找李玥道歉，她只能用这种方式弥补自己从前愚蠢至极的过错。

从今以后，她要学会用心去看人，不会随意听他人的评价。

她希望以后自己也能像李玥那样，即使被敌对，却依然能够善待他人，保持正直。

她再次在微信上申请添加李玥为好友，在备注写道：谢谢你以前给我的那杯咖啡，很好喝。

李玥没有留意到这条微信，那时她正在接李三金打来的电话。

李三金嘱咐道："乖宝啊！我给你寄了快递，都是你爱吃的，自己一个人别总不吃饭啊。"

李玥正在厨房里，回答道："我有好好吃饭的。"

程牧昀突然从背后走过来，说："李玥，饭好了。"

这一下吓到了李玥，电话那边的李三金同样听到了。

李玥示意自己要再接一会儿电话，程牧昀点点头离开。

李三金立刻开启了刨根问底大法："宝儿啊。你是在家里吧？刚才谁啊，听声音挺年轻的？"

李玥吞了一下口水，最后决定老实地告诉妈妈："是我男朋友。"

李三金一听就笑起来："行啊我闺女，小伙子怎么样啊？"

她忍不住微笑："挺好的。"

"什么时候带给我看看，妈给你把把关？可不能再像上一个那样了。"

李玥害羞起来："以后吧！距离这么远见面什么的也不方便。"

李三金："好吧！你开心就行，就是个人方面得注意啊！"

即使是和妈妈谈这个话题，李玥的脸依旧有点儿烫，她连忙说："还没到那个地步呢！"

李三金"咯咯"地笑起来："你心里有数就行！"

李玥温柔地笑，又和妈妈聊了一会儿才挂。

只是一转身，她发现不知道什么时候，程牧昀站在厨房门口盯着她看，他眼神锐利，让人猛地心一提。

"刚才是你妈妈打来电话吗？"他问。

"嗯。"

他直接问："不打算向她介绍我吗？"

李玥："也不是。"

"看来你是想把我藏起来呀！"

他长腿一迈走了进来，高大的身体步步逼近，他缓缓低下头凑到她脸侧，甜蜜的情话响在她耳边："藏起来的话，我就是你一个人的了。"

两个人挑了个工作日，由程牧昀开车，去往郊区的海洋馆约会。

一下车李玥还是被人群涌动的场景给惊到了。

看来，工作日海洋馆里的人也不少啊！

为了避免被认出来，李玥和程牧昀早有准备。

程牧昀戴着鸭舌帽，帽檐压得很低，李玥则戴了墨镜，遮住大半张脸。

不过两个人长手长腿，身材比例完美，站在一起的模样，在人群中显得特别亮眼。程牧昀出众的颜值更是惹人注目，因此没多久，他也被李玥给戴上了一副墨镜。

两个人并肩走入海洋馆大厅，路过反光的玻璃前，李玥看到两个人的样子，觉得造型挺酷炫。

目光慢慢移向一旁，她微微一愣。

场馆里人群拥挤，有很多情侣结伴，年轻的面孔上洋溢着单纯放松的快乐。

她周围更多的是夫妇和孩子。

李玥将目光停留在不远处的一家三口上。

那是一对年轻夫妇，带着一个三四岁梳着羊角辫的小女孩。小女孩头上戴着粉色的猫耳发箍，舔着手里的粉色冰激凌，白白嫩嫩的脸颊，她笑起来眼睛像月牙儿。

有一件事李玥一直没说，其实她很少来这种地方，她将时间大多用在训练上，来这种人群涌动的游乐场所游玩基本在少年时期。

很小的时候，她跟父母一起来过海洋馆，那时她哥哥还住在医院里。在她生日那天，难得父母有空，他们一家在海洋馆玩了一天。

她还记得第一次看到海豚时的心情，惊喜又激动。

这是她第二次来海洋馆。

比起小时候那次，现在这个海洋馆建设得更加壮观，她也已经长大了。

一家三口渐渐消失在人群中，李玥恍然回过神，侧头问程牧昀："先去哪个场馆玩？"

程牧昀盯着她看了一会儿，突然说："你在这里等我。"

没等她回应，他快步向前方走去。

李玥看着他离自己越来越远，心里有点儿局促。

"美女。"有个人凑过来。

李玥一转头看到两个年轻女孩。

"小姐姐能不能帮我们两个拍张合影啊？"

李玥接过手机："好。"

李玥给她们拍了几张照片，因为曾经有拍摄平面广告的经验，还给她们指导了一下动作，拍出来的相片自然好看，角度找得很好，两个女孩超级开心。

"哇，好棒好棒，小姐姐你是摄影师吗？"

李玥："我不是。"

"拍得实在是太好看啦！"

这时候其中一个女孩突然一愣，眼睛睁得大大的，压低嗓音跟同伴说："快看快看，有帅哥！"

李玥闻声一回头，看到程牧昀戴着一副墨镜又帅又酷地向她们走来。

女孩抑制不住内心的兴奋，激动地说："啊啊啊，冲我们这边来了，好帅好帅！"

李玥忍不住嘴角微翘。

眼看着程牧昀越来越靠近，面前的两位女孩眼睛瞪得大大的，最后完全不敢出声，因为程牧昀已经站到了她们面前。

"给你。"

他把手里的粉色冰激凌送到李玥面前，清香冰凉的水蜜桃气味飘到她的鼻端。

原来他是去买这个了。

李玥心口溢出一股说不出的暖意，捏着甜筒，她嘴唇微微抿着，接着脑袋微紧。

李玥一愣，侧头去看玻璃，她头上多了一个粉嫩的猫耳发箍。

李玥今天穿的是短袖长裤，戴着黑色墨镜，气质本就英气偏冷。

不过现在她戴着猫耳发箍，手里拿着粉色甜筒，气质倏然一变，像一只故意装酷的小猫。

李玥小声地说："我现在一点儿都不酷了。"

程牧昀"嗯"了一声，伸手刮了一下她的鼻尖："很可爱。"

她脸颊微热,心跳跟着变快。

李玥咬了一口冰激凌尖儿,冰凉的甜意化入口中,此刻说不出的欣喜满足。

她笑起来,说:"甜。"

她终于笑了。

程牧昀抬手揉了揉她的头。

没关系的,当你想起失落的事情,心里感到遗憾的时候,我都在,以后都有我陪着你。

两个女孩在一旁纷纷用手捂着嘴巴,满脸"别刀了"的表情,今日单身狗狗粮吃得足足的了!

李玥意识到的时候,她马上红着脸抓住程牧昀的手快步走了。

这一下子更是坐实他俩是情侣了。

他俩走后还能听到身后女孩们的议论声。

"哇,那帅哥竟然是小姐姐的男朋友啊!我俩刚才还当着她的面发花痴,好丢人。"

"不过好帅啊!真的好帅啊!你不要吐槽我词汇量少,你知道我对帅哥的形容只有这个。"

"小姐姐在男朋友面前好乖,挺甜的,嘻嘻嘻。"

"刚才我应该跟他们要一张合影的,这么帅的情侣恐怕以后都没机会再碰见了。"

"现在追上去还可以说,你敢吗?"

"我不敢。"

李玥本来窘迫得紧,听到她们的对话,却有点儿想笑。

两个人走进海洋馆内,玻璃长廊两边的玻璃壁里面游走着各色鱼群。整个馆内环境发暗,幽光的水泽倒映在地上,有一种特别的气氛。人们走在里面,有一瞬间觉得仿佛置身于海洋中。

李玥牵着程牧昀的手,提起刚才遇到的女孩,说:"现在的小女孩挺可爱的。"

"是吗?"他捏了下她的手指,"没你可爱。"

李玥耳尖微热,抬头去看他。他半张脸藏在墨镜下面,看不到他的眼睛,她只知道他的表情是轻松愉悦的。

她揶揄着:"程总,你可以去开糖果店了,说的话比冰激凌还要甜。"

他挑眉:"是吗?我尝尝。"

他俯下身来,清新的苦橙香气靠近,李玥以为他是想吃冰激凌还主动往前送了一下。

谁知他抓住她的手腕轻轻地一移,她唇上一热,舌尖被迅速卷过。

他站起身，嘴唇红得水亮，慢条斯理地说："是很甜。"

周围抱着小孩的家长赶紧捂住孩子的眼睛，李玥的脸"唰"地一下红透了！

她撇开他的手，抿着唇快速往前走。

她拐到一个人少的通道里，程牧昀跟在身后。

他腿长，步子迈得大，跟着的步调也是悠然自得的。

他的声音又低又缓，带着戏谑散漫的腔调："李老师是生气了吗？"

李玥不理他。

"我能再尝尝冰激凌吗？"

他还敢！

李玥气呼呼地说："你犯规了，不给你吃。"

"李老师，我错了。"

李玥回头看他。

他单手钩下墨镜，露出形状漂亮的眼睛，漆黑的眼珠润泽有神，哪怕是在这种幽暗的地方依旧生动明丽。

李玥的心一下子就软了。她刚开口要说什么，场馆一下子黑了下来，不是那种全黑，还有淡淡的幽光，地上是绿色的指示灯，可以依照向前。

"咕咚。"

沉闷的水声传到耳际，是很逼真的音效。

李玥这才记起，他们走的这个甬道是特殊的深海体验通道，环境漆黑，水声沉闷恐怖，怪不得进来的人这么少。

"程牧昀？"

隔了几秒钟他才回应："我在。"

李玥摸黑往前伸了一下，摸到一条硬硬的手臂，然后他猛地收回去。

"是我。"李玥上前一步，这回再碰到他，他没再躲了。

她有种重新站到顶峰上的感觉，顺着胳膊抓到他的手，带着笑意的嗓音在黑暗中响起："你要是害怕就抓着我的手。"

他马上答应道："好。"

嗯？他这么乖？不会是还要做坏事吧？

她提醒："你不准捣乱。"

"我不会。"

掌心热热的，两个人手指相扣，李玥牵着他向前走："这边。"

他由她牵着，一步步向前。

程牧昀的心跳得很快。

很少人知道，他怕黑，不是惧怕黑暗，而是因为小时候他有段时间得了夜盲症，在黑夜里看不到任何东西，那种只能听到声音却什么都看不到的感觉太糟糕了。

李玥一直以为他们初见是江崇介绍他们认识的那次，其实是在更早之前，程牧昀遇见过她。

他那时还不知道她叫什么，只记得自己误入了一个巷子里，走了很久都没有走出去，偏偏手机没电了。那天是节日，周围的人都出去庆祝了，小巷里空无一人。

天色渐渐黑了下来，他眼前逐渐变得模糊，只能听到遥远的音乐声和狗叫声。

他在深巷中摸着墙壁往前走，被石块绊倒，手按住的不是坚硬的土地，触感温热有弹力的，接着那东西顺着胳膊蹿到身上来，不止一只！是老鼠！

他甩掉胳膊上的老鼠，跌跌撞撞地往前跑，身后有窸窣的声响，他知道是老鼠在后面！

不知道过了多久，摔了多少跟头，狼狈不堪的时候，他听到有一个清亮的稚嫩女声在耳边响起。

"同学，你还好吗？"

程牧昀知道是遇到人了，心口激动得发热。

他不知道自己有多狼狈，抖了抖衣服，故作镇定地说："我有点儿低血糖，摔了一下。"

"哦，这样。"

接着有翻动东西的声音响起。

"给你这个。"

天色完全漆黑，他看不到任何东西，沉默了两秒，他伸手抓了个空。

空气静悄悄的。

程牧昀率先开口："请问你知道怎么走到大路上吗？"

"知道……"女孩犹豫了一下，"我带你过去吧，挺远的。"

"好。"

"这周围挺黑的，我牵着你行吗？"她有点儿不好意思似的，"我有点儿怕。"

程牧昀的心脏紧了一下，他知道她不是怕，是在照顾他的自尊心。

他被女孩的这份温柔触动到了内心，嗓音逐渐变柔："好。"

他的手被轻轻地牵起，她没有在意上面的脏污泥泞。

她抓着他的一根手指，程牧昀感到指尖被握在少女柔软的手心里，暖暖的。

"没事的。"她安慰地说。

· 275 ·

他焦灼警惕的心仿佛在这句温暖的话语之中渐渐地平静了。

两个人穿过无数个狭小的窄道，黑暗的小巷中只有彼此的脚步声。他闻到淡淡的橘子香气，好像是从她身上传来的。

耳边的音乐声越来越近，他终于看到了远处有一簇光亮。

"快到了。"女孩说。

她牵着他的手指向前，终于走到充满光亮的街上。路灯照射下来，他看到女孩的马尾在灯光下闪闪发光。

他看到光亮后，第一眼看清的是她的头发，柔顺光亮。

他目光紧紧地看着，像被勾走了灵魂。

她回过头来，露出一张稚嫩英气的脸，表情明媚动人，带着说不出的得意欣喜，她对他说："看，我说会没事的吧！我会带你走出来的。"

程牧昀心头狠狠地一撞。

"少爷！"司机看到他，发现他身上全都脏了，胳膊、小腿上还有剐蹭的伤口，吓得脸都白了，"我带您去医院。"

程牧昀："等等！"他回头去找她。

女孩见到有人来接他了，脸上露出放心的笑容，她往他手心里塞了一块橘子糖："记得吃糖。"

她还记得他说自己是低血糖。

她朝他挥挥手，像一阵风一样跑走。

他还没来得及问她的名字，她就消失在了他的生命里。

后来的几年，他的夜盲症早已好了，只是在路过相遇的地方时，他总是会留意街上的人。他希望有机会再碰见她，可没承想，再次遇见时她成了江崇的女朋友。

他看到她牵着江崇的手，露出温柔的笑容，他只能咽下一切爱恋与苦涩，站在他们身后。

"呼，挺吓人的。"总算是走出来了，李玥长一口叹气，她回头看了一眼程牧昀，"怪不得走这个通道的人这么少，要是有深海恐惧症的人来走，估计会瘫软在里面出不来。"

她突然被他抱住，他将下巴搁在她的颈窝里，依赖又亲密，像在撒娇卖乖。

李玥拍了拍他坚实的背，逗他："怎么，现在才开始反省啊？"

"我一直在怕。"怕我来得太迟，已经错过了你。

"什么啊？"李玥忍不住笑起来，"好啦，我原谅你了，以后不准再那样了，好多人看着呢！"

他抱着她的腰不放。

他真是不乖的大狗狗，李玥顺了顺他的背，凑到他耳边小声地说："没人的时候，在外面就随便你了。"

这是她最大的让步了！

程牧昀在她的颈窝里闷闷地笑出声。

她什么都不懂。不过，好在她什么都不懂。

他七年的暗恋与等待，已经结出了花。

两个人磨磨蹭蹭的结果就是李玥手里的冰激凌化了一半儿，最后不能吃了，还弄脏了手。

李玥独自去卫生间洗手。

出来找程牧昀的时候，她看到他面前站了一个年轻的长发女孩。女孩皮肤白皙，眸黑唇红，是那种气质很仙的女生。

李玥心头一紧，她记得程牧昀的初恋女友就是这样的女孩。

女孩落落大方，正在向程牧昀要联系方式。

这场景李玥并不少见，之前也帮他挡过几次，就算没有她，程牧昀处理这种事情也已经很有经验了。

可这次不一样了，他的态度不像从前那样冷淡，甚至摘下墨镜，对女孩说了些什么。

李玥的心脏"怦怦"直跳，她不由得向前走了几步。

她明显地看出女孩的面部表情从喜悦、期待、惊艳到失落，接着女孩猛然转头。

两个人的目光对上。

李玥听到程牧昀低沉好听的嗓音："看，我女朋友来了。"

李玥默默地走到他身边，他的手缠了上来，也不管她手上还沾着凉水。

女孩倒也爽快，说了句不好意思，走回自己小伙伴那边。

李玥突然说："这是第三次我看到有人跟你搭讪了。"

"这次不一样。"

李玥眨眨眼，哪里不一样？

他握紧她的手，水珠在贴合的掌心里变热。

他笑意直达眼底："现在，你可以光明正大地管我了。"

李玥想起国外那次，唇边泛起微笑。

"是，你不准给别人联系方式。"

"好。"他一口答应。

他不会让她失望的,她永远是他的首位,也是唯一。

李玥看着他,心想:和这个人在一起,可真好。

这一天他们玩得开心畅快,离开时刚走到海洋馆门口,李玥突然想到还有一件事没做呢!

她举起手机,突然说:"程牧昀,这边。"

他侧过头,伴随着一声"咔嚓",两个人被拍到照片里。

背后是蓝色牌匾的海洋馆和碧蓝的天空,两个人戴着墨镜,表情放松惬意,抓拍的构图很棒,有一种电影质感。

李玥把照片给他看:"我们的第一张合影。"

程牧昀唇角漾出淡笑,搂住她说:"再拍一张。"

以后,他们要有很多很多张合照。

不同于和江崇的交往,和程牧昀在一起,李玥感到前所未有的甜蜜。

他对她好,她自然也要对他好。

这天终于得空,李玥来到夏蔓介绍给她的珠宝店。

李玥去了几家都没有找到合心意的珠宝,终于找到最后一家店面。

这家店的装修和之前几家很不一样,精致气派,颇具匠心,一看就下了功夫,不是市面上千篇一律的样式。

她走进去,店员穿着特制的红色店服,客气地说:"小姐您好,想要买些什么?"

李玥:"有和田玉吗?可以用在手链上的,男士戴。"

店员小姐微笑:"请跟我来。"

李玥跟着店员来到柜台前,玻璃柜里面躺着琳琅满目的珠宝,可以看出品质明显比较高,珠宝在灯光下透出温润的光泽,当然价格也同样让人心惊。

有一块造型独特、通体白润的和田玉没有标价,李玥一眼相中了。

"这个多少钱?"

店员小姐微笑着说:"八千万。"

李玥顿时惊呆了。

店员小姐说这个是他们店里的镇店之宝,平时是不会拿出来的,只是刚才给其他贵宾看过,李玥又说要看和田玉,便一起拿给她看了。

毕竟,在这种地方,谁知道哪个看起来平平无奇的人会不会是身家上亿的富豪呢?何况店员小姐觉得李玥看起来英气漂亮,有一种贵气,不像差钱的。

李玥要是跟程牧昀一起来这里,绝对相信这些话,因为程牧昀一看就是那种含着金汤匙出生的公子哥儿，自己嘛，她还是有自知之明的。

她对店员小姐一笑："多谢夸奖。"

"李玥？"

身后传来一声诧异的呼喊。李玥一回头，看到一个熟人。这人说起来也不算熟，她只不过是认识罢了，而且记忆全是负面的。

余深好笑地看着李玥："你来这儿是要买珠宝？你买得起吗你？"

李玥从第一次见余深起就和他不对付。

余深把李玥当成拜金心机女，觉得她纯粹别有用心地钓江崇想攀富贵，两个人第一次见面就闹了不愉快。

因为是去见男友的朋友，李玥打扮了一下，还戴上了自己攒钱买的设计师J.C设计的一条项链。

当时余深看见就问了句："项链是崇哥给你买的吧？你挺会挑的啊！"

李玥不适地蹙眉，解释说："是我自己买的。"

余深当时哼笑一声，根本不信，还去找江崇确认了一下，这才相信是她自己买的，只是他的态度依旧阴阳怪气。

其他人对李玥的态度也很冷淡，那次之后她更是不爱去见江崇的这群朋友。

可在余深眼里，这不过是李玥心虚的表现。如果不是被他说中，她何必躲着不见？而且她每次吵架都主动找江崇和好，还是舍不得江崇！

可谁知，两个人交往这么久，在订婚前，李玥竟然把江崇给甩了。

这不仅让江崇措手不及，更是隐隐地打了余深的脸。事后有不少朋友说余深看走眼，李玥根本不是冲着钱，甚至有人对李玥感到抱歉内疚。

余深心里知道是自己误会了，却更加讨厌李玥了。

他毫不留情地奚落着，试图让李玥丢脸："就你赚那两个钱，能买这里的什么东西？"

李玥转过头不理他，对店员小姐说："这个请帮我拿出来。"

余深上前一步，抬着下巴对店员说："她要哪个，我买了。"

李玥瞥他一眼，冷冷地说："你这样很无聊。"

"是吗？"余深见她脸色冷然，邪邪一笑，"我乐意，你没钱买，我有。"

店员小姐速度很快，立刻把李玥刚刚看上的和田玉打包，示意余深："先生，请这边交款。"

余深拿出一张黑卡："刷这个。"

他刷卡、付账、签字，速度也很快。

李玥感到好笑地"哼"了一声，转过头对店员小姐说："我想看看这个。"

余深走过来，表情嘲讽地对店员小姐说："你信不信就算给她服务一整天，她什么都不会买，因为她根本买不起。"

李玥："这个我要了。"

她绷起脸，看起来有些生气。

余深得意了，指着李玥挑的和田玉："我买这个！"

李玥侧头看他："找事情是吗？"

"买卖自由，关你什么事？"余深直接从李玥面前拿走那块和田玉，对店员小姐说："我就要这个。"

店员小姐脸上洋溢着笑容："好的，先生。"

"你看，谁都知道这东西是什么人能买得起的。"

他捏着和田玉，不过一时没捏住，和田玉"啪"的一声掉在地上。

店员一瞬间脸都绿了。

李玥明显感觉到整个店里的气氛完全不一样了，其他的店员虽然还留在原地，但眼睛纷纷看了过来。

她微微一挑眉，起身要走。

余深才不会放过这个机会，继续冷声讽刺："知道自己不配在这种店消费，待不住了啊！"

谁知李玥一改刚才郁闷的表情，竟然对他柔柔一笑："余深，希望你别后悔今天说的话。"

余深："呵，我会后悔？"

"先生，这个……"

店员小姐已经把和田玉捡了起来，明显能看出上面有裂痕了。

余深毫不在意地说："刷卡，我买了。"

店员小姐立刻刷卡，接着她严肃地说："先生，您的余额不够。"

余深："别开玩笑了。"

他这张卡里有一千多万，这个破玉几十万顶天了，怎么会不够？

等看到账单的时候，他立刻拔高了声音："八千万？！这个破玉要八千万，刚才我买的那个才三十多万，这八千万，你们怎么不去抢？！"

李玥第一个挑的是普通款，但是第二个就是刚才介绍的镇店之宝，本来她只是想回击一下余深，可谁让他手欠偏偏给摔了呢？

余深的表情越来越难看，他整个人完全慌了，指着李玥愤怒地说："你们合伙骗我！"

"买卖自由，关我什么事？"

李玥把余深说的这句话完完整整地还给他，她双臂抱胸，好笑地看着狼狈的他。

"东西是你抢的，也是你自己摔的，现在想不认账了？这不会是自诩尊贵人的余少爷的做派吧？"

什么是搬起石头砸到自己的脚，余深是真心体会到了！

"李玥，你等着！"他放了狠话，转身就要走。

一瞬间店内所有的员工一哄而上，团团围住了余深。

"先生，您没付钱呢！"

"我们店里是有监控的，这块和田玉是我们的镇店之宝，是经过鉴定的。"

"您不会不付钱就想走吧？"

余深是富贵大少爷，但八千万也不是碰碰嘴皮子说拿就拿的，真当人人是程牧昀啊？

余深脸色难看地说："掉地上也没坏，你们别想讹我！"

"那叫警察来好了，让警方鉴定。"李玥看热闹不嫌事大，"不过这一闹大，恐怕大家都会知道你余深摔了东西不认账想跑了。"

余深最在乎的就是他的少爷面子，真闹大丢了脸，比杀了他还难受。

余深陷入两难，又气又恨地盯着李玥，眼睛快冒火星了。

李玥开心地一笑："你买不起吗？看来你也不比我高贵多少啊！毕竟是花家里的钱，不是自己赚的呢！"

她的钱哪怕少，一分一毛全是靠自己，她和余深这种没工作的败家公子哥儿可不一样，他没有资格看低自己。

李玥冷笑道："你这样子真叫人瞧不起。"

她转身离开。

"你给我回来！"

余深被李玥那一笑深深地刺激到自尊心，谁承想自己有一天竟然会在她面前丢这么大的脸！

他气急了，情绪上头，竟然冲开了店员的包围，一瞬间到了李玥面前，高高地举起拳头："去你的，让你瞧不起我！"

余深来得又凶又快，拳头即将落下之际，一只手横空出现握住了他的手腕。

是程牧昀。

"你敢动她一下？"他语气冰冷，抓着余深的手狠狠用力。

"咔嗒"声响起,接着余深痛苦地哀号。

程牧昀一脚把人踹开,站到李玥面前,背脊修长挺拔。

他居高临下地俯视着还在惨叫的余深,漆黑的眼眸里冷锐一片,气势逼人:"余深是吧?我记住了!"

余深认出程牧昀,这下才知道事情真的闹大了。

可他来不及求饶,就看到程牧昀握住李玥的肩,声音变得低柔:"走吧。"

而李玥顺从地点头:"嗯。"

两个人从余深面前走过,他整个人彻底呆住了。

虽然他在江崇面前说过也许李玥搭上程牧昀了,但其实内心是不太信的。

程牧昀怎么可能真看得上李玥?他只不过是一时图个新鲜罢了。

而且,李玥不是不爱钱吗?如果她真的不是拜金女,那更不会和程牧昀在一起了。

可今天他亲眼看见程牧昀对李玥的维护。

从前余深接触的程牧昀是冷傲的,拒人于千里之外,从没像今天这样在乎一个人。程牧昀最后的那句话更让他心惊胆战。

他再顾不得脸面,抖着手给家里打电话:"爸,我……我好像闯祸了。"

李玥被程牧昀带出来,直到手上被塞了一杯奶茶,她才回过神。

"吓到了?"他摸摸她的脸。

李玥点头:"有一点儿。"

她倒是不怕余深,只是没想到在短时间内他的情绪会变化这么大,一瞬间像一只没有理智的野兽一样。

程牧昀听她说完了经过,倒不觉得意外:"因为自己的愚蠢一下子倒赔了八千万,他是想要泄愤。"

李玥也不在乎要控制体重了,喝了一大口奶茶,情绪渐渐平复。

程牧昀低头看着她:"以后……"

李玥眼睫微动了动,她以为他想说以后要小心点儿,以后不要惹这种人,或者是以后多注意,被骂就忍一忍,这是她自小被周围人教育并习惯了的语句。

谁知他的下一句话是:"以后,他不会再来烦你了。"

李玥心口一热。

他在保护她,不仅仅是刚才,包括以后。

"程牧昀。"她低声喊他。

他低低地"嗯"了一声,尾音上扬。

她看着他，灯光落在他的侧脸上，轮廓分明。她说："我有没有说，你刚才特别帅？"

程牧昀注视着她，突然说："值了。"

"什么？"

他微微一笑，单手把她搂到怀里，一直以来的等待，全都值了。

她的眼里，终于有了他。

很久之后，程牧昀才告诉李玥，少年时他一度怀疑自己的颜值。

李玥闻言，表情简直称得上惊恐，她问："程男神,你怎么会怀疑自己的长相的？"

程牧昀低眸看她，眼里写满了控诉。

因为，她从来没看向过他。

所有人说程牧昀长得好，李玥却仿佛完全没有注意到，视线在他身上停留不超过三秒。

"那时候我只当你是江崇的朋友啊！"李玥抱住他的脖子，"现在你是我的了。"

她盯着他看，怎么都看不够。

"程牧昀。"

"嗯？"

"你真的超帅的。"

他唇角牵了牵，捏了一下她的脸："现在你是很会了。"

李玥被他搂着，过了一会儿才想起来问他："你怎么会过来？"

"我在店门口看到你的车了。"

怪不得他会出现呢。

程牧昀："我还想问你，怎么去珠宝店了，是不喜欢我之前送你的那些吗？"

李玥没回答，沉默了几秒之后，她从包里掏出一个黑色的丝绒袋子："本来是想加个吊坠再给你的。"

她从里面拿出一条黑色的编绳手链，中间有一个红点儿。

程牧昀的心跳开始加速，他问："这是……"

"我答应过你，会给你重新做一条手链的。"

她微微抿住唇，摩挲了一下中间由透明树脂包裹的红点儿："这里面是红豆。"

她目光中充满了温柔。

"红豆生南国，春来发几枝。愿君多采撷，此物最相思。"

程牧昀立刻戴上了这条编绳手链。看着他柔和的眉眼，李玥知道他是喜欢的。

她不知道的是，当天晚上，程牧昀发在微博的日常照片中，有意地露出了手腕上这条崭新的编绳手链。

橙粒粉们立刻注意到了。

"姐妹们，程总回应我们了！看他新微博！"

"你品，你细品。"

"之前有人说程总避嫌不戴手链，结果现在就安排上了！"

"分明是在回应我们已经在追爱了吧！"

"我悟了。"

"怀疑程总在盯超话，不然怎么这么快就戴上手链了呢？虽然和之前的红手链不一样，但这不就是在回应吗？"

"这个世界上没有巧合，只有兜转轮回的必然。"

"程总：在追了……在追了。"

"@程牧昀要像你家的产品一样，不要让果汁们失望！"

西西爱嗑糖这时候出来了。

西西爱嗑糖："果汁们冷静一下，不要@本人。圈内嗑糖，注意不能影响到他们现实的生活，我们乖乖静候佳音就好啦！"

"同意同意，关门嗑糖，不要影响程总和玥神，毕竟公开是朋友关系，万一弄巧成拙就不好啦！"

"玥神在准备冬奥会吧！最近一切代言和活动全停了，综艺估计得等明年了。"

"我已经预想到小情侣在一起的甜蜜生活了。"

"甜死我了，甜死我了。"

程牧昀的这条微博仿佛给超话的粉丝们吃了一颗定心丸，粉丝们受到鼓舞，花式嗑起来。

这下无论再有什么下头言论，都无法阻挡他们爱李玥和程牧昀的心了。